《末代枪王》以洋洋80余万言的鸿篇巨制，用那发生在草原深处的一个个精彩故事，给我们带来了丰盛的精神大餐，让每一个阅读该书的人得到了心灵的滋养、情感的锤炼、意志的砥砺……也艺术地再现了青海湖北岸、祁连山南麓这片土地磅礴神奇的自然景观、多姿多彩的民族文化、色彩缤纷的民俗风情……我们真诚地希望，读过这本书的朋友，来该书故事发生的地方走一走、看一看，亲自领略一下海北旖旎的山川风貌，体验一下浓郁的民族风情，品尝一下绿色有机的民族风味……

中共青海省海北藏族自治州州委书记

青海省海北藏族自治州州长

末代枪王 贰

MODAIQIANGWANG

祁连山　著

九州出版社
JIUZHOUPRESS

图书在版编目（CIP）数据

末代枪王.2/祁连山著.—北京：九州出版社，2010.3
ISBN 978-7-5108-0345-1

Ⅰ.末…　Ⅱ.祁…　Ⅲ.长篇小说—中国—当代　Ⅳ.I247.5

中国版本图书馆CIP数据核字（2010）第033860号

末代枪王.2

作　　者	祁连山　著
出版发行	九州出版社
出 版 人	徐尚定
地　　址	北京市西城区阜外大街甲35号（100037）
发行电话	（010）68992190/2/3/5/6
网　　址	www.jiuzhoupress.com
电子信箱	jiuzhou@jiuzhoupress.com
印　　刷	北京紫瑞利印刷有限公司
开　　本	710×1000毫米　16开
印　　张	18.5
字　　数	210千字
版　　次	2010年4月第1版
印　　次	2010年4月第1次印刷
书　　号	ISBN 978-7-5108-0345-1
定　　价	28.00元

第四十三章

小狼继任狼王后，面临的第一个任务就是必须打一次猎，让它们家族饱餐一顿。好多天以来，它们只是靠吃一些草原鼠兔之类的小动物来充饥。那些鼠兔极其机警，它们的洞一般是洞洞相连、洞洞相通的。狼们将嘴塞进洞中狠命吹气的同时，一边要耳听八方、眼观六路，观察小鼠从洞中窜出，然后迅捷地扑剪，动作一气呵成才能捕获到一只仅够塞牙缝的食物。这在年轻的狼们尚能维持生命，年老体弱行动不够敏捷的狼们则连损耗的体能都补不回来。如果不捕获到一只大猎物，让狼群充分补充营养和体能，则会影响到整个狼群的战斗力。

但狼们接连几次的围猎行动，使斡尔朵草原的人和狗警惕百倍，防范措施也更加严密。白天，牛群马群羊群的后边牧人们背着枪紧紧跟随，瞪着眼睛四处巡逻，让它们无机可趁。太阳落山后，人们就将马绊了脚绊，围圈在牧人的帐篷旁不叫离远，将牛也拴在帐房旁的“接连”中。为了防止狼摸进羊群，他们连夜将厚而密的草皮挖裁成长条，几天内就砌起了又高又厚的羊圈，将羊收进圈内，在圈门口拴上最壮硕最厉害的藏獒——夜晚的防范更让它们无懈可击。

小狼王连日来侦察着，甚至近距离地接近人类的宿营地查看人类的布防情况，寻找人类和狗防范的纰漏。几天的反复侦察，它终于发现了一个围猎的机会，但那需要冒险，需要缜密的计划、孤注一掷的决心和速战速决的战术。

那天夜晚，小狼王独自一人到打算围猎的地点进行了反复的察看，然后进行周密的安排。夜深人静时，它带着仅剩二十多匹狼的狼群，趁着夜色匍匐着，几乎滑行似的潜伏到两个牧民宿营地之间的一条小山坳里，在鞭麻丛中潜伏下来，等待着那个戴着眼镜、文质彬彬干部模样的人经过。

小狼王侦察好了，这个人每天傍晚骑着一匹精壮的好走马经过这个小山坳回到他居住的那个黄帆布军用帐篷里去。他胯下的那匹枣红马膘肥体壮，很显然是吃好草、喂好料且平时不出大力养成的，够它们一家美餐一顿的。小狼王在看见它的那一刹那间就已然起了觊觎之心，心中谋划着如何搞掂它。

它们潜伏到小山坳里低矮的鞭麻丛中后不久，那干部模样的人便骑着马东倒西歪而来。这小子显然是喝了一种叫“酒”的东西，变得神志不清了。人类真他妈是奇怪的动物，他们的许多行为让小狼王百思不得其解。比如饥馑之年饿殍遍野，有些人却拿救命的粮食酿酒喝，怎能做不到同它们狼群一样有肉同吃有难同当？比如有些人吸呛肺的鼻烟，有些人却吸着旱烟或白色的烟棒成天熏自己，直把自己吸得体质羸弱咳嗽起来连屁都夹不住；比如有些人成天劳累却食不果腹、衣不蔽体，有些人游手好闲却锦衣玉食、骏马金裘？比如……

小狼王在那儿“比如”的同时，眼睛从鞭麻丛中死死盯住猎物不放。它看见干部座下的那匹马显然察觉到了前方的危险。这是小狼王没有办法的事。动物们千百年来进化成的感知能力是超绝的，就像它们狼族能够感知甚至预测地震、暴雨一类的天象物候一样。那匹马在离它们埋伏地点五十步之遥的地方开始双腿发软、浑身发颤，原地打转不肯前行。那干部显然急于回家，抽出马鞭狠命地抽马屁股。马负痛之下喷鼻子、尥蹶子，就是不肯前行，有几次还想转过身原路逃遁。

那人睁开眼睛朝前方望去。几百米之遥就是自己的帐房，其间一片平旷，一片安宁祥和。这马今日犯了什么邪，竟然不肯前行？今晚回去后还有一个重要的会要开，还有一个重要的文件要宣传呢！他勃然大怒，狠命地扯马的铁嚼子，抽打马屁股，甚至将马刺刺进了马屁股。枣红马被迫无奈只好驮着他一步步前行。小狼发现枣红马双眼圆睁、双腿发颤，显然对死亡充满了恐惧。但当它进入狼群布好的圈子后，突然双腿一挺，镇定自若、旁若无人，迈着小步不紧不慢地傲然行进，一副全然不把群狼放在眼里的架势。

但那干部看见埋伏在鞭麻从中的狼群后立马怂了，像一滩泥瘫在马背上。这可苦了枣红马，它一边要表现出傲视群狼神情，从气势上压倒群狼，叫它们不敢贸然进攻，一边还要像人类玩杂技一样平衡背上的人不叫他掉下来，一边还在寻觅狼阵的破绽，期望能够突围出去。但马背上的人看到完全陷入了狼阵，尿立马顾不住了。枣红马感到一股滚烫的东西自脊梁那儿浇了下来。枣红马的心开始凉了，主人的恐惧、胆小和萎顿如果被奸诈的狼看出来，它们的疑惧会彻底打消，它们将会毫无忌惮地发动攻击，它和主人必将葬于狼腹。

小狼王看到那人神情惊恐变形，目光散乱迷茫，手颤抖着打不开驳壳枪的皮套，它知道这次捕猎必将大获全胜。想到此，它士气大振，在鞭麻从中鼓足了劲，突然一跃而起向枣红马扑去。枣红马镇定地一转身，将自己的铁蹄对准了小狼王。但小狼王在接近枣红马的刹那间，敏捷地往旁边一跳，躲过了枣红马致命的一踢。它这只是佯攻，旨在吸引枣红马的注意力。果然枣红马在防御和攻击小狼王的时候，将左边脖颈、软肋等处的致命弱点充分暴露无遗。右边埋伏的一匹精壮母狼心领神会，与小狼王配合默契，说时迟那时快，在枣红马踢出小狼王一蹄的刹那，骤然扑击，一嘴就将枣红马的软肋撕开了一条大口子，顺便将里边的肠子“哗”地倒了下来。

枣红马负痛狂奔，将背上的主人重重地摔在地上。小狼王随即跳起来，一个剪扑，咬住了枣红马的脖颈，闭住了它的呼吸。枣红马跑了几步后便窒息而倒地。狼群旋即如一股旋风裹了过去，几十张饥饿的血盆大口将倒地后尚在挣扎的枣红马撕扯得血肉横飞。

狼们发起攻击的同时，牧人和牧羊狗也发现了狼群。人吆喝着、狗吠叫着纷纷赶来，赶狼救人。狼们根本顾不了这些，以最快的速度吞食着马肉。狼进食的速度恐怕世间所有的动物都望尘莫及的。它们的舌头生有倒刺，舐舐就能将骨头上的肉舐得干干净净，更何况这匹养尊处优的干部坐骑养有一身肥膘呢？狼们顷刻间就已吃到了最佳状态——既不挨饿，又不影响快速逃跑的半饱状态。直到人、狗离狼群有十几步之遥的时候，小狼王一声令下，狼群毅然决然放弃了美味大餐，如一股八级大风掠过一个山包，无声无息地消失在夜色中。

狼群居然在游牧点旁边，在人们的眼皮底下公然攻击带枪的下乡工作队侯队长，并将侯队长心爱的坐骑——那匹在斡尔朵草原上挑选出来的名驹“青海骢”啖而食之，这让牧人们深切地感受到了狼群的大胆狂妄。同时，也从狼群对时间地点及以伏击对象的选择等各方面看出了它们的聪明与狡诈。

人们的防范更加严密了。

小狼王在牛刀小试初战告捷后信心大增。狼群也在得到有效的补给后，战斗力明显增强。小狼看着围在它身边献媚的年轻母狼和那些生龙活虎的公狼——老狼王在经过大自然的遴选后留给了它一支精干的队伍——心中谋划着一场更为宏伟的偷袭计划。

小狼王白天带着狼群深入到祁连山的丛林中，靠捕旱獭、吹兔鼠、打些小型的如兔子、麝之类的小动物果腹，晚上它身先士卒，深入到牧民的放牧点，实地踏勘地形，侦察人们的防范布局，寻找作战的机会。但小狼王发现人类的防范太严密了，可以说是天衣无缝！那位遭到它们袭击的工作队侯队长那晚被牧民们救回后，在帐房里调息了二天才缓过劲儿来。缓过劲儿来后他勃然大怒，将民兵们集中起来，组成了一个打狼队，从斡尔朵草原的马群里挑选出最好的走马，配发给打狼队，风驰电掣般白天黑夜巡逻、搜寻狼踪，想将小狼王们一举歼灭，为他心爱的枣红马报仇，也为自己雪耻。

小狼王们正是为了避其锋芒，才深入到祁连山丛林中的。但躲避绝不合这位继位不久、年轻气盛而又颇想有所建树的年轻狼王的性格，它决定出其不意给人类以重创!

它观察着天象等待着战机。一天早晨，它兴奋地冲向高高的山梁，扬起粗壮的脖子发出声声长嚎，似乎在向人类高声吟咏一道讨敌的檄文。群狼振奋，围着它快速奔跑和跳跃。因为它们同小狼王一样准确地预测到了绵绵秋雨到来的信息。小狼王站在山梁上，面朝东耸动着鼻子，闻着从河西走廊顺风飘来的杏花香——东风预示着必将有雨，杏花香意味着季节已然转换到了牛肥马壮的秋季了。

果然，一夜微凉的东风后，厚厚的云层低低的蒙在了穹隆上。祁连山半山腰里都落上了大团大团浓黑的云块。估计太阳一竿子高的时候，雨开始淅淅沥沥地下了起来，接着黑雾便开始弥漫在祁连山麓和斡尔朵草原上。祁连山的浓雾是出了名的，说是雾其实是云，浓得只能在三步之内才能看清对方，十步之外便什么也看不见！小狼王借着这浓雾带着部属长驱直入，直插到牧民帐房不远处的草坡上，在灌木丛草丛中潜伏下来。它知道，越是阴雨大雾天，人类越发谨慎，他们会紧紧跟着羊群，在帐房周围放牧。

果然不出小狼王所料，一群足有一千多只的羊群在四五位牧羊人的赶围下，咩咩叫着瑟瑟抖着迤逦而来。狼们在小狼王的指挥下侧身平躺，静伏不动，等自己彻底融入羊群后，才骤然出击。刹那间羊群血流成河尸横遍野。等那些受惊的羊将危险的信息一圈一圈，如水池中丢进块石头激起的涟漪般传递到在外圈警戒的牧羊人那里时，羊群中央足有三四十只羊已然被狼放倒了。狼们在那里开了一场丰盛的大宴，敞开肚皮大吃特吃。等牧羊人骑马赶来时，它们已然借着浓雾的掩护撤退得无影无踪。

这让牧人们大吃一惊的同时，也生发出强烈的复仇之心。工作队侯队长在查看了灾情后严厉地处罚了这几个年轻牧人的渎职之罪，并责令他们近期内必须将这群狼剿灭干净。

这几个牧人来自于黛彤川的农区，对于打狼防狼，远没有世居斡尔朵草原藏族和蒙古族以及裕固族人有经验。他们骑着马背着枪在草原上转悠寻觅，但转悠了一整天，连一根狼毛也没找着！他们只好拿出了农区人捕狼的看家本领——下夹脑。

他们将几十副铁夹脑巧妙地铺设到了前天被狼咬死的羊尸旁边，耐心地等待那些狼回来重新觅取它们捕获的猎物。根据他们的经验，这是对付狼几乎百试不爽的绝招，他们相信这群狼一定会舍不得它们打的这些猎物。

但是他们太低估了小狼王的智慧。自从在桦树湾掉到陷阱的那一刻起，小狼王吃一堑长一智，已然知道人类异常聪明，他们会利用狼族的贪婪设陷算计它们！昨晚，它的部属有很多狼就蠢蠢欲动，想去前天打猎的地方寻觅残羹剩饭。但小狼王知道，那些早被人类收拾殆尽了——人类好多人尤其那些牧人也盼望着狼灾呢！那样，他们可以用狼杀死或杀伤的牛羊充饥，而不必为宰杀一只羊层层向生产队、大队、公社申批。如果还有死牛死羊，或者有一只受伤的羊在咩咩直叫，那绝对就是一个诱饵，绝对不可以亲近的！

小狼王正是为了防止属下有人禁不住诱惑而遭毒手，它决定暂时避开这个是非之地。它带着狼群一夜之间翻越了三座达坂，直朝青海湖北岸那锦绣千里的草原奔去。前年的时候，它在老狼王的带领下，曾经到这个地方打猎，但却只是匆匆而过。那次它们是在追猎一群黄羊时，不经意间一夜掠过了在它的记忆中牧草茂密的广袤草原。可今日它们又一次来到这里时，发现这里牛羊如云黄羊羚羊成群，真是一个适宜它们狼族生存繁衍的世外桃源。但它们接着发现，这里根本没有它们的立足之地。那些撒在山梁的狼尿散发出的气息告诉它们，草原狼、湖滨狼在这里军国割据，早已划分了势力范围。除非你非常强大，在这里凭实力开辟出自己的疆土，建立自己的根据地，否则你就乖乖地夹着尾巴走人。

小狼王他们的家族显然过于弱小，尚不具备与这块草原上的狼抗衡甚至攻城掠池的实力，只好乖乖地在别的族群的嚎叫和威胁声中灰溜溜地回到翰尔朵草原。但那块水草丰美、河渠弯弯，在人类的语言中誉之为金银滩的青海湖北岸的肥美草原从此就深深地刻在了小狼王的记忆中，使它从此如金王完颜亮读了柳永《望海潮》中“……烟柳画桥，风帘翠幕，参差十万人家”等优美词句便有了投鞭渡江之志一样，滋生了日后夺取这片草原的野心。它在爬上达坂山时，回望脚下绿色如茵如一匹闪光的缎子一样铺向水天一色的青海湖，铺向洁白如云的阿尼玛娜雪山，最后铺向天边的大草原，发出了声声长嚎。所有在金银滩上割据为王的狼王都从这嚎叫声中感受到了小狼王的野心与抱负，也回报以声声长嚎，告诉说你小子甭狂！

回到斡尔朵草原的那晚，小狼王却违背常规，带领部属回到了前两天打猎的地方，偷偷地去查看。它们小心翼翼地借着夜色靠近围猎地，意外地发现有两只死羊静静地躺在那儿，而在羊的旁边，有一只半大的牦牛犊被铁夹脑夹住了腿，在那儿痛苦地战栗着。小狼王大喜过望，这正是它期望的结果，也是它冒着危险重返此地的目的。小狼在无数次的打猎中获得了这样的经验：人类在利用诱饵钓狼，却使牛羊走进圈套，中了夹脑、扣子，反而给狼们捕获了猎物，让它们坐享其成！

小狼王看到今日人们又为它们捕获了一头健壮的牛犊，欢快地躺在草丛中，高兴得将四只蹄子翘到天上去了。它知道这小牛所在的牛群已然为它们踏发了夹脑排除了危险，它们可以放心大胆地长驱直入了。它放松了警惕，得意地巡视了它的部署，炫耀自己的智慧，然后命令几匹年轻的公狼母狼过去猎杀已然在夹脑中的小牛——它得培养狼群的干部，让它们在实践锻炼中尽快成长起来，成为精兵强将。

然而接下来发生的事让小狼王魂飞魄散！当那些年轻的公狼母狼们扑向小牛时，突然响起了小狼王熟悉的铁夹脑发出的“咔嚓”声。牛犊周围几十具有尖利铁齿的夹脑像一片森林似的竖了起来，几匹狼惨叫着被牢牢地夹住了！

小狼大惊之下，急速撤退。它想不到人类居然会使连环计，并为捕获它们居然舍得那样一头健壮的牛犊。它当然更想不到人类有一句成语叫作舍不得孩子套不着狼。为了套住它们，有时候连自己的孩子都舍得做捕获它们的诱饵呢，何况一头牛犊？

小狼王退到了祁连山的一个人迹罕至的山坳里。它不是怕了人类，而是它的妻妾们大多怀有身孕，它必须把它们带回家族的老窝生儿育女。好在时令已至深秋，山坳里的旱獭、高原鼢鼠个个体肥肉美，足可以充饥。但随着狼崽的增多和日益成长，不打一场大的围猎，是满足不了家族生存的需求的。尽管丛林中和草原上不乏猎物，但小狼王它们对祁连山草原上这些肥美的藏系羊少膻多汁、味道鲜美的肉情有独钟，何况那肉营养丰富，极有利于狼崽们成长。

小狼王白天潜伏在丛林养精蓄锐，晚上带领部属掠过几十里甚至几百里，到达牧场寻找战机。连续几夜的侦察、摸排，它发现牧人们的防范依然非常严密。那些嗅觉听觉都异常敏锐的藏獒们似乎在它们踏进斡尔朵草原的刹那间就已经发现它们，它们立马狂吠，给牧人们发声示警，接着就非常负责任地巡逻在羊圈周围，没有丝毫的懈怠。而牧人们常常枕弋待旦，随着狗的报告要么朝天开枪，要么燃放鞭炮，吓唬它们驱赶它们。

小狼王们先是被吓得惊惶逃窜，毕竟人类那冒着火舌的东西威力无穷。这东西可大老远地致它们于死地——这是小狼王在老狼王的率领下多次与人类打狼队的交战中发现的一个可怕真理！可这次它发现这些东西也只不过如此而已，在黑夜中似乎奈何不了它们。而且它们发现，只有它们侵凌到人类的领地时，才会噼噼啪啪地响起来，之后他们会偃旗息鼓，并不出来主动追击它们。

那一夜，它独自逆风滑行，悄悄地潜行到牧民的放牧点。等巡逻的藏獒到另一边时，它悄然出击，将拴在牛接连中的一头半岁大的牛犊咬住脖颈甩在背上转身就走。翻过两座山后就地啖而食之，直吃得大腹便便垂地而行。艰难地回到山坳后，它才吐出肉让两窝半大狼崽吃了顿饱饭。

第二天早晨牧人们在挤晨奶时才发现牛犊不见了，大惊之下查看痕迹，发现牛接连里梅花形的狼爪印在潮湿的地上清晰可见。“哎哟我的妈哟！这狼娃子咋这么厉害？”牧人们纷纷围拢来，吃惊得面面相觑。之后，纷纷回去加固牛接连和加高牛圈去了。

此时，小狼王躺在树阴下呼呼大睡养精蓄锐，而那些吃饱了肉的狼崽们在它的身上爬来爬去，用牙咬它的耳朵鼻子。小狼王慈祥而温顺地四爪朝天，任凭狼崽们跟它亲近玩耍，享受天伦之乐享受着狼的一生中最美好的时光。后来，实在受不了狼崽们的欺负，它索性翻起来，在草坡上教小狼们捕捉鼠兔，教授它们谋生的本领。

夜幕降临后，它带领狼群又回到了放牧点。从狗嘈杂的叫声和交织在天空中的手电光柱看，今晚人们对它们防备有加，打一场大规模的阵地战绝对是以卵击石，打游击也未必取得胜利。小狼王观察良久后毅然命令狼群化整为零，分头向各个放牧点袭击，不求大胜，只求将人和狗骚扰得乱了阵脚。一夜之间，它们以闪电战频繁攻击了四五次。天麻麻亮时，它们又如草原上见到太阳的露珠，消失得无影无踪。

狼群昨夜分头出击，让牧人们感到一夜之间有千百万只恶狼来到了斡尔朵草原。各个点的牧民们奔走相告，大有风雨欲来风满楼的意味！草原上充满了恐惧，羊倌马倌们从马群里挑选了最好的走马，备上鞍，扣紧肚带，白天黑夜用三脚绊绊在帐房旁边，以备不时之用。夜晚来临后，牧民们将牛羊收进圈，从木桩上放开了狗，带着狗骑着马巡逻。今晚的狼似乎没有昨晚那么多，前半夜只是北边的圈窝和西边的圈窝里受到狼的袭击，他们骑马赶去增援时，狼已经闻风而逃了。但后半夜情形却严重得多了，狼似乎在凭借其快速移动的优势，专攻人们防备薄弱的圈窝，且它们忽而攻击北边，忽然南边，忽而又是东边，让牧人们焦头烂额疲于奔命。一夜的奔波和防卫，让牧人们疲惫至极，天亮时躺在帐房的羊皮褥子上浑身瘫软几乎起不了身。

小狼王们接连四个晚上如是攻击牧人的圈窝，直把牧人们搞得身心疲惫。第五天是一个风和日丽的好天气。北国秋天晴朗的日子阳光和煦，气候宜人。牧人们将牛群羊群放到草场后，便借一个向阳的地方，将身上的白板皮袄一裹躺了下来，心想迷糊一下就紧随羊群放牧。可惜连续几夜几乎没有合眼，躺下后在温暖的阳光下一下子就睡死了过去，就是天塌地陷也休想惊醒他们。

这正是小狼王精心谋划的结果。它指使两匹狼将牧羊狗引开，将一群足有二百多只的羊群悄悄地赶到一个背风山坡，大开杀戒大开盛宴。等牧人们醒来，惊慌失措好不容易寻到羊群时，远远看去，真似一地鸡毛！

牧人们抱头痛哭！

哭过之后受过严厉惩罚的牧人们再也不敢懈怠，白天黑夜轮班巡夜。这让小狼王的疲劳战术顿时失灵。但两天后，小狼王又站在山梁上嚎叫。整个狼群都知道，它们这位英勇善战、足智多谋的君主又在运筹帷幄、想决胜千里了。

果然，从这天晚上开始，小狼王只派出一匹年轻而矫健的公狼去骚扰圈窝。而其他狼则去捕旱獭。此时正值白露霜降的深秋季节，被祁连山下的好牧场滋养了一身肥膘的旱獭们正准备冬眠。这个季节牧草开始枯黄，旱獭们在老洞里进进出出忙个不停，往里弄干草构筑它们冬眠的安乐窝。小狼王带领狼群分别趴在旱獭洞的上方，守株待兔，一天下来收获颇丰，一个个吃得肚皮滚圆。

零星狼的轮番骚扰让牧人们不胜其烦。他们先是剑拔弩张严阵以待，过了几天发现这些狼只是禁不住秋后肥羊的诱惑在偷窥或觊觎而已，根本没有能力突破它们的狗、人、高高羊圈筑成的多道防线。尤其是那些用厚厚草皮筑成的高达丈余的羊圈，对于狼来讲，简直就是古代的城墙，是根本攻不进去的。

于是牧人们开始松懈下来。经过了一夏半秋的紧张和劳累后，此时也应该有所松懈了。每晚听到狼的骚扰，它们从枕头旁抬起头，听听藏獒追击狼远去的吠叫声，便重新落枕呼呼大睡起来。或者，他们骑上马串帐房找他们心爱的姑娘谈情说爱去了。——这羊倌马倌正处在尕羊馆尕马馆硬得像牛角，能将天戳个窟窿将生铁砧子捣个窝窝的年龄，不去找大姑娘尕媳妇如何熬过这个漫长的夜晚？

正当牧人们松懈下来年轻人嫖风打浪的美好夜晚，小狼王带着狼群悄没声息地靠近了一个圈窝。小狼王指使一匹狼朝那几只藏獒扑去，藏獒被这匹胆大妄为的狼深深地激怒了，一路追击而去。等藏獒离开后，小狼王靠近高高的羊圈，前腿竖起站立在圈旁，后边的狼远远奔来，将小狼王当成梯子，一腾一跃间便跳进了羊圈。后边的狼如法炮制，顷刻间狼群中健壮的狼全部跳进了羊圈。跳进去后它们瓮中捉鳖，将那一圈羊全部杀死撕吃得一塌糊涂。之后它们故技重演，原路返回，最后将小狼王留在了高高的圈内。小狼王在圈内转悠着查看着，发现有一面墙的半墙中有一土条砌得不规整，半边凸出来，正好做个借力的支点。小狼王大喜过望，将三只死羊叼起来叠在一起，然后退到一边，一个猛冲，先是踩着叠起的死羊，然后以凸出的半个土块为支点，来了一个漂亮的三级跳，轻松地跃出羊圈扬长而去。

等第二天早晨牧人们打开羊圈门准备放羊时，被眼前的情景惊呆了吓傻了。聪明的人类反复地查看、研究，最终没有想透这狼是怎么进得圈来，又是怎样安然离开的。于是草原上纷纷传言，说祁连山草原上出了一只会飞的狼精。

第四十四章

在黛彤川人的传说中，天下万物皆有生命皆有灵气，天长日久必然会成精。比如他们从来不将死猫死狗埋在地下，据说那会变成猫鬼神、狗头精专门害人，就是刷锅的芨芨刷子埋在地下日子久了也会成精的。有血有肉的狼成了精那就更不足为奇了。

这成了精的狼让牧人们重新陷入了一片恐惧之中。人们纷纷传言，说那狼精长着鹰一样的两只翅膀，在空中飞来飞去且来无踪去无影，能在十步之外将牛羊的脖颈动脉切开，血像一根红线似的被它吸个干净。

但有经验的老牧人查看了羊脖颈的伤口说："瞧！这咬在大动脉上的伤口，分明是狼的虎牙咬的——只是从伤口看，这是一群下口狠毒、经验丰富的狼！"

既然是狼而且是普通的狼，再狡猾的狼也斗不过猎人的。牧人们从恐惧中逐渐解脱出来，重新研究讨论打狼灭狼预防狼灾的办法。但研究来讨论去，最终觉得还是传统的老办法管用。他们将一只病死的羊扔在狼们必经的山垭豁里，死肉里掺上毒药。他们想用这无影无形的东西给狼群以大面积的杀伤。

小狼王带领狼群遇见那只死羊后，已然明白那是一个陷阱。但它太喜欢挑战。说实话，对于它们常吃不饱的肚皮，那确实是一个不劳而获的巨大诱惑。它小心翼翼地靠近去，搬了块石头在前边滚——那样就可引发夹脑一类捕兽器的机关。它滚一下往后跳一下，滚一下往后跳一下，等它把以死羊为圆心，以十多米远为半径，将足有一个打碾场大小的地方滚过来时，天已然麻麻亮了。它滚完后破天荒地发现人类根本没在这里铺设机关，眼前的肉已然唾手可得。旁边的狼们跳跃着馋涎欲滴，只等小狼王一声令下便大快朵颐。可小狼王还是谨慎地一闻再闻死羊，然后低声吼叫一声，领着群狼毅然决然地离开了。

不是小狼闻着了溶化在新鲜羊肉里毒药的气味——那是人们研究出来几乎是专门对付狼的无色无味且毒性极强，名叫“三步倒”的毒药，别说小狼，就是嗅觉比它们略胜一筹的狗都闻不出来，而是它闻着了另一种气味，人类的气味！近两年，整个祁连山草原上死羊死马的朽骨都被人们捡拾干净，去做“代食品”了，人类既然发现了死羊——姑且不说是人类故意投放的诱饵，就是自然死亡的，他们肯定会忙不迭地收拾了去充饥的，哪有原地不动地放在这儿的道理？

“这肯定是一个陷阱！”小狼意识到这一点后，便咽咽口水，狠命地离开了死羊。

第二天，小狼王静静地潜伏在一丛鞭麻后边，观察着那只死羊。它发现牧人们骑着马经过死羊时，还时不时下马仔细地查看，而不像平时那样欣喜地带走。

小狼王更加坚信自己的判断。

第三天中午时，死羊开始腐烂，那腐臭的气息开始在空气中弥漫。这气味将一群喜食腐肉的金翅大雕吸引了过来。它们展开有成人一庹长的翅膀凌空扑来，开始围餐。

这可吓坏那些不远处放牧的羊倌马倌，它们骑着马吆喝着风驰电掣般地赶来。可说时迟那时快，等他们赶来时，那些金翅大雕已然在草地上踉踉跄跄扇动着翅膀，茫然地望着它们在前一炷香的时间还凌风翱翔的蔚蓝天空力不从心！扑腾了几下翅膀后，便将柳叶似的舌头吐出在铁钩似的喙后倒地而死。

羊倌马倌们趴在地上抚着渐渐冰凉的金翅大雕脸色惨白，双手发颤双腿发软。这帮从黛彤川农业区来的汉民土民们知道这下闯下了弥天大祸！这次能不能活着逃出斡尔朵草原恐怕很难说了。

这些金翅大雕是藏区的圣物，是藏族人百年之后天葬的圣物，是容不得半点亵渎的，更别说是猎杀了！今日它们冷不防毒死了这么一群金翅大雕，斡尔朵草原上的藏族同胞们、阶级兄弟们不剥了他们的皮才怪哩！

牧人们忙不迭地收羊入圈，打倒了帐篷，赶着牛羊仓皇转场。此时已然是深秋季节，也已经到了转场的季节。斡尔朵草原的牧民们不知就里，以为这些来自农区的阶级兄弟们要回去打碾他们的青稞和油菜哩，纷纷拿来青稞美酒和洁白的哈达来送别远行的客人。

那些农区的牧人们用一脸的愧色掩盖了往年那相濡以沫了一个夏天一个秋天后分别的依依恋情，这让藏族蒙古族牧民们大惑不解，他们为何神色仓皇如丧考妣，喝了六盅酒后掉头就走，急急忙忙连夜赶着牛羊翻过达坂山向南转去呢？现在虽然到了转场的季节但也没必要如此仓皇紧张啊？

小狼王看到牧人们急急撤退，便知道他们情急之下难免疏忽，就率领部下一路尾随。实际上，每年牧人们转场时，它们都会尾随或设伏。尾随说不定会逮住一个、两个掉队或不合群的羊或牛。而设伏大多数是雾大多雨的天气，狼们会在牧人转场的必经之路提前潜伏下来，等羊群经过时出其不意、攻其不备，神不知鬼不觉地捞走一两只走在前边的强壮的头羊美餐一顿。

但今年转场的牧人们则惶惶如丧家之犬，牛羊几乎是小跑着往黛彤川赶。小狼王们一路尾随翻过了两座达坂，仍然没有捕获到离群的牛羊，这让小狼王们大大疑惑的同时非常沮丧。眼看着在斡尔朵草原吃了一夏一秋，肥得滚圆的牛羊就要从岗什尕雪峰边掠过，进入人烟绸密的黛彤川，小狼王们吧嗒着口水，在雪峰上躁动不安以声声低嚎表达失望和愤怒。

然而奇迹发生了！

小狼王看见从斡尔朵草原方向的达坂垭豁里，如乌云般滚过了一团大队人马，风驰电掣般地直朝牧人们追来。牧人们赶着牛羊急速赶路，但相对于这队人马，无异于龟兔赛跑。不一会儿，那队人马已然赶上了牧人们。牧人们慌忙地集结到队尾，与追赶而来的人马对峙在一起。小狼王居高临下地观察着这人类的离奇表现，发现两队人马对峙不久后便混战在一起。双方用帐篷杆子、马镫展开了激烈的打斗，直打得马嘶人叫，暗无天日，最后竟然动用了枪支。那令小狼王魂飞魄散的枪声在岗什尕雪峰下清冷的空气中格外清脆。

夕阳西下，人类的战争结束了，双方两败俱伤。斡尔朵草原上的藏族、蒙古族、裕固族骑兵似乎取得了胜利，整饬好队伍原路返回了。而黛彤川的牧人们则在那片向阳的草坡上折胳膊瘸腿躺了一地，似乎连收拾残局的能力都没有了。

牛羊们在混战中四散奔逃，三五成群地散布在雪峰下的草甸上，惊恐不安地咩咩叫唤。没有了它们熟悉的圈窝，没有了牧人们管束和藏獒们的呵护，牛羊们没有了归属感、没有了安全感。牛们很自然地聚集在一起，聚在背风的山坳处，结成了它们固有的防御阵地，而羊们则本能地顺风而逃，盲目而危险。太阳落山时，雪峰下高山草甸和河谷地带的热空气朝雪峰上吹来，尽管不甚凌厉，但足可以将羊群直朝雪峰诱逼而来。

小狼王大喜过望。

它指挥部属顺沟而下，迂回到羊群的后边，故技重演，将羊群追赶裹挟着直朝岗什尕雪峰的山阴处而去。到那里后，积雪表面的硬壳被羊尖利的蹄子踏破后，羊们如它所料一个个陷在那儿动弹不了。健壮的羯羊们不甘就缚，在雪地里拼命挣扎，只几下就将脚下的雪壳踢踏得粉碎，雪壳底下的雪如粉如沙，松散异常，跳动挣扎的羊很快沉进积雪中不见了。

小狼王们大开杀戒。那些可怜的羊儿，健壮肥美的全部掉进雪洞冷藏下来，备狼们饥饿时取食。那些羸弱的母羊、幼小的羔羊则被它们当做了盘中美餐，当做了以宣泄杀戮狼性的对象，或狼族培训干部练兵强将的工具。

岗什尕千百年来纤尘不染、洁白晶莹的雪原上，鲜血殷红，斑驳如花。清冷的空气中新鲜的血腥味在弥漫在漫漶，引得金翅大雕、豺狼、狐狸、雪豹等肉食动物蜂拥而至，在寂静的草原上撕咬、打斗，发出饕餮之声，愉快而贪婪地享受小狼王们带来的免费晚餐。

看到这些反客为主的不速之客，那些白森森的牙齿和壮硕的体格，小狼王们只好悻悻地离开了。

时间过得飞快，在它们奔波游荡、围猎中秋天很快过去了，严酷的冬季伴随着一场罕见的白毛大雪降临了。

这场细如牛毛密如牛毛凛冽如针的白毛大雪整整下了一天一夜。大雪后，活动在斡尔朵草原觅食的黛彤川的农人们似乎一夜之间被大雪掩埋了，消失得无踪无影。小狼王不知道，农人们一夜之间消失，一是他们抵抗不了这祁连山麓、这斡尔朵草原的冬日刺骨的严寒，二是秋天过后，素有米粮川之称的黛彤川又一次获得了丰收。尽管绝大多数粮食缴了公粮，但秕谷乱糠、残粮余籽尚能充饥，所以他们不约而同地返回黛彤川，老婆孩子热炕头度他们悠闲而安逸的冬天去了。

没有了农人的草原寂静多了。偌大的草原上游牧民族的牛羊如湛蓝天空中漂浮的轻云，显得稀少而单薄。但羚羊岩羊黄羊大角盘羊以及大鹿等野生动物却出奇地多了起来。这场大雪将平时生活在祁连山丛林中的食草动物们逼到了山下的草原。食草动物一多，小狼王们便不愁食物了。没有人类冒烟的枪口，没有人类的布设的机关，狼们与其他动物凭着原始的速度与智慧较量，小狼王们的食物反而较夏天更为充裕。

但人类放牧的那些祁连藏系绵羊对小狼王们仍然是一个不小的诱惑。那肉质的肥嫩、味道的鲜美其他动物是不能与之相提并论的。过一段时间不美餐一只祁连山藏系绵羊，就像人类过了几个月开水干粮的日子不吃一顿肉一样难受。小狼王们在斡尔朵草原上追猎野物的时候，常常会不经意间与人类放牧的羊群擦肩而过，这不断地撩拨着它们的觊觎之心，让它们在馋涎欲滴之际蠢蠢欲动。

它们始终在寻找机会。功夫不负有心人，这个机会终于让小狼王觅得了。

这是一个风和日丽的日子，太阳一出来，凛冽的寒风便销声匿迹，天地显得静谧而温暖。小狼王站在山梁上——它常常站在山梁，一来可以放眼四野视察猎物和预防敌人，二来高人一筹可以充分显示狼王的尊贵与威严——放眼被积雪覆盖和未被覆盖的草原，望着湛蓝得令人心悸的天空，心中谋划着一天的光阴。

它站在高高的山岗上，发现了今日的不平常。它看见牧民们家家户户的黑牦牛毛帐房上换上了新的经幡，帐篷的四周也缀上了黄的白的经幡，如蒙古大营或王者宫殿檐下的流苏，在风中摇曳。帐房上淡蓝色的炊烟较以往更为浓烈更加持久，帐篷后边的香炉里“桑”又大又浓，浓烟滚滚，在空气中弥漫着一种柏木枝特有的馨香。这香味沁人心脾，令人凭空产生肃穆与神圣之感。

它还看见家家户户的帐房旁杀了几只羊，人们正紧张地剥皮剁肉。人们把牛羊赶出圈窝后，不像平常那样紧随其后，警惕百倍地来回巡逻，而只是让一些半大不小的孩子或者羸弱的老阿爷老阿奶看管。羊群没有了往日强有力的约束，在头羊的带领下，尽自朝向阳的山坡上跑去。那里的积雪几乎融化殆尽，露出了厚而密的牧草，是它们理想的觅食之地。

智者千虑必有一失。小狼王明白这段时间它们去追猎野生动物，好长时间没有骚扰人类，人类自然地放松了警惕。

这可是一个难得的围猎机会！

它带领部下在牧草丛中潜行着、观察着，寻找着战机。太阳偏西时，它看见一个身穿鲜艳藏袍的少妇放牧的一群羊吃饱喝足后在向阳的草坡上卧了下来，悠闲地反刍。而那少妇则骑着一匹枣红马赶回帐篷了，似乎去张罗宰羊杀牛的事儿去了。

机不可失，时不再来。它们悄没声息地潜行到羊群旁边，然后风卷残云般地将羊群赶到了阴坡的积雪中，让步履维艰的羊群顷刻间成为它们的盘中餐。

第四十五章

撤回草原深处后，它们在一个向阳的山坡上静卧着休息。山坡上鞭麻丛十分浓密，加上高高的披肩草充当着保护色，它们藏身期间，十分安全。人们也似乎知道这些浓密的鞭麻丛和高颈牧草相间的地方是狼族的乐园，如果不是大规模的猎狼行动，一般会绕道而行，特别是单身行走的人，大都不愿也不敢靠近这些地方。

因此，这里是它们的乐园。它们在这里生儿育女、休息玩耍，在这里教育子女学习打猎的本领。

太阳一娃娃高的时候，小狼王已然回复了体力。昨天傍晚的围猎是它一生中难得的一次既轻松、又有大收获的一次行动，狼群的体力消耗得并不厉害，到这个时候，它们一个个已经精神抖擞、意气风发了。以往经过一次围猎后，狼群要经过好长一段时间的休养才能恢复元气，特别是追猎黄羊、大鹿一类的动物时，它们所付出的时间、精力，长途奔袭所消耗的体力，简直无以复加。作为一代狼王，每一次狩猎后，他都要认真总结成功的经验和失败的教训，也颇有心得。它知道，作为草原食物链顶端的狼族，上天恩赐给了强健的体魄、尖利的牙齿，凭借这些，足以让它们在草原上安身立命。但它知道，仅有这些远远不够，还需要足够的智慧。智慧是个无往而不胜的利器，你看人类，体格羸弱，性格懦弱，攻击不如一只绵羊，奔跑不如一只兔子，但他们却无往而不胜，世间万物无不为他们所利用、所驱使，凭借是什么？无非就是那个看不见、摸不着，却具有无限威力的智慧。据说，人们将包括它们狼族在内的所有野生动物们捉了去，关在铁笼子里，供他们茶余饭后赏玩。壮硕、凶猛的老虎、豹子、黑熊饶是如此，更何况体格瘦小的它们呢？在动物园，人类的孩子们敲着铁笼子不屑一顾地嚷嚷："这就是狼啊，还不如一只狗……"让他们狼族驰骋草原、为其他动物惊惧的尊严顷刻间荡然无存。曾几何时，它在认识到智慧重要的同时，渴望着拥有智慧。

智慧是需要学习和实践的。因此，在它跟随父亲狩猎的时候，在它服从黑眼线狼王的指挥而冲锋陷阵、驰骋疆场的时候，它便不断地观察、学习，不断地实践、总结，才使它拥有了较之常狼略胜一筹的智慧。比如昨晚的胜利，就来自于自己利用了人类在过一个什么节日，放松了对羊群的看管这个天时，那片草原南边正好有一片有积雪的阴坡这个地利，狼群士气高昂、团结一致这个人和等诸多因素，才获得了空前的成功。

它趴下来，静静地看着向阳的山坡上休息的狼群，神情充满爱惜与关切。它们服从领导、听从指挥，它们英勇善战、聪明机智，是一支富有战斗力的、充满希望的队伍。但它们狩猎的技巧、遇到危险时的应变能力，特别是运用计谋，以最小的成本获取最大的收益等方面，与它理想中的队伍有一定差距，尚待进一步提高。特别是那些一两岁大的小狼们，被几次的胜利冲昏了头脑，行为举止有些飘飘然，全然不知世事的艰难与生活的艰辛，还需要学习，需要历练。为此，它昨晚特意授意几匹年轻的公狼临走时带回来了几只羊头，便于那些小狼们练习。

想到这里，它轻轻地发出了一声吼叫，那些年龄稍大、经验丰富的公狼、母狼们便从鞭麻丛中翻起身，衔着羊头，招呼小狼们上了一个陡峭的山坡。它们狼族的语言是异常丰富的，声音的长短、音调的高低都能表达不同的意思，当二者有机组合，则能表达不亚于人类的丰富思想。而自以为是的人类，武断地认为狼们只能发出九种声音，只能表达一些肤浅的情感，传递一些简单的信息。

那些公狼母狼们爬上山坡，将羊头顺坡滚下来，招呼那些小狼们去追逐，在追逐中一次一次地去捕捉、撕咬羊头，猛、准、狠地咬羊的致命所在——脖颈。而经验丰富的公狼母狼们则在旁边言传身教，抑或相互配合，在急速滚动的羊头间跳跃、穿梭，制造混乱，以锻炼小狼们的应变能力；抑或衔着羊头在鞭麻丛中奔跑，模拟羊们遭到狼袭击后惊慌失措、仓皇逃窜的模样，让小狼们在复杂的情形下能够准确无误地咬住猎物的脖颈或者软肋。

这种练习，小狼们已经进行过多次了，基本技巧已然掌握。如果假以时日，待这些小狼们身体长成，它相信它们不要说是捕获那些家养的绵羊，就是捕获那些野生的大角盘羊、祁连山岩羊甚至奔跑起来快捷如风的普氏原羚羊都不在话下。下一步，它要找一些牦牛头、大鹿头之类的大物件让小狼们练习，还要教会他们学习观天象、识地理，带领它们实地狩猎，让它们在不断的学习、实践中逐步成长为一支随时随地拉得出、用得上，战无不胜、所向披靡的威武之师。

想到这里，它站来，径直向草原深处纵去。它打算去周边的草场上去侦察一番，看有没离群的大牦牛。那些牦牛、黄牛们看似憨厚老实、温顺懦弱，但一旦受到它们的攻击，立马变得聪明机智、坚强勇敢起来。它们那刹那间组成的牛阵，它们是不止一次地领教过的。因此在一般情况下，小狼王是不会去攻击牛群的，它会去寻觅那些离群的小牛，或者设计将牛群中的某一头羸弱的牛隔离出来，再行捕杀。当然，也有一些大公牦牛、大�牛会离群索居，但它们对狼群的威胁根本不屑一顾。它们一般都拥有十分庞大、壮硕的身躯，拥有尖刀一般锐利的犄角，加上它们与生俱来的御敌本领和后天与狼、熊们无数次的战斗中积累的丰富经验，常常使它们不但一年四季毫发无损，而且能够吃到最好的牧草。每至秋末，肥得流油的恰恰就是这些公牦牛、大犏牛，也恰恰因为它们肥得流油，被人类宰杀，成为人类的盘中餐。

每每想到此，小狼王不禁哑然失笑，想那人类对它们恨之入骨，认为它们是这世界上最贪婪、最残忍的动物，殊不知自己较之狼们贪婪、残忍有多少倍！狼吃羊是不错，但狼吃了多少羊，而人类又吃了多少羊？狼吃羊，吃其他的野生动物，仅仅为生存，同时也为了这个世界食物链的平衡，而人类所到之处，那是水干草枯、一片荒芜！

笑过之后，它悠闲地游走在山峦之间，停停嗅嗅，不时地抬起腿洒下一些狼尿，强调自己的领地。它发现，凡是自己尿味被雨水冲刷、被空气冲淡的地方，就有其他狼群侵凌的痕迹。这是它决不能容忍的！作为一代狼王，保持领土的完整，是它的神圣职责，那些图谋不轨者胆敢冒天下之大不韪，觊觎它小狼王的领地，简直是在自寻死路！也算那些小子们有自知之明，不敢公然冒犯，否则一定会在它的尖牙利齿下皮开肉绽的。

它一边游走，一边耳听六路，眼观八方，以狼族特有的机警搜寻着一切危险的信息和猎物的踪迹。它发现，在这片草原上，有人带着枪刚刚经过，而且它敢明确地肯定，那是一支半自动步枪类的快枪和一支土铳枪。半自动步枪类快枪的铁腥味在空气中淡淡地漂浮，而土铳枪的火药味则是那样的浓烈，在它的鼻子下，那药味以雾带状蜿蜒迤俪向祁连山南麓的山脚下的草原而去。不过这也不足为奇，每天都有人带着枪在这草原上行走，那些牧人几乎人人有枪，可能耐它们其何？除了凤毛麟角的神枪手的枪，其它牧人们的枪，在它眼中，跟一根烧火的铁棍差不了多少。

它不再去想那两只破枪。它将注意力集中到草原上的那些牛羊。草原上的牛羊成群结队，但都被骑着马背着枪，警惕百倍地巡逻着、警戒着的羊倌牛倌们看管着。他们全然没有了昨日的散漫和随意。小狼王又一次为人类的智慧所折服。也不知人类靠什么专递信息，昨天傍晚自己成功围猎的消息已然传递到了这偌大草原的角角落落，人们已然高度戒备，加强防范了。就是那些藏獒，此时虽然躺在温暖的阳光下无所事事，一副慵懒、散漫的样子，但它们那是养精蓄锐厉兵秣马，一到夜晚，它们定会高度亢奋高度戒备，极度负责地游走在牛圈羊圈周围，巡逻防御它们的侵凌。

看来在今后的一段时间内，自己是绝对不能贸然去那些放牧点上打猎了。根据它的经验，每一次遭到狼群的袭击后的好多天里，牧人和狗们都会警惕百倍，防范十分严密，它们打猎成功的几率几乎为零。但过一段时间，人和狗自然都会松懈下来，那时如果出其不意地去偷袭，成功的几率会大大提高。如果谋划科学，安排周密，一切行动又能听指挥，说不定炭中取栗，能打他们一个措手不及，将那整圈整圈的羊，整个“接连”的牛放倒在地上呢！

一匹藏獒冲它藏身的鞭麻丛“汪汪汪”地狂吠起来。这家伙真够机警的，别看它刚才还躺在草坡上晒太阳，但它已然觉察到躲在鞭麻丛中窥探的它。附近的羊倌牛倌们听到狗叫声，纷纷摘下斜挎在肩上的步枪，哗啦啦推弹上膛，有些惊惧地寻觅着狗嘶咬的地方。有几个年轻气盛的家伙居然拨转马头，冲了过来。

它轻蔑地看了一眼，顺着山沟风驰电掣地奔去。那些羊倌牛倌赶到它刚才藏身的地方，看见绝尘而去的它纷纷举枪射击，仿佛为它送行。

跑到一个安全的地方后，它站在山冈上，望着午后暖暖阳光下的草原，又开始谋划今后一段时间的生计。它决定避开人类的锋芒，去围猎那些进入冬天后不怎么肥美的野生动物。但在围猎野生动物之前，必须将昨晚猎杀在积雪中的那些绵羊给弄回来。

第四十六章

甄二爷和扎西阿扣趴在雪屋中，静静地聆听着群狼的嚎叫声。从它们东一声西一声呼应、测试性的嚎叫声中，就可判断出这是一群经验丰富、狡诈阴险的狼。如果不格外谨慎，给它们重创是很难的。

甄二爷清楚地知道，狼的嗅觉较之狗有过之而无不及，特别对于能够致它们于死地的毒药、枪弹之类的气味特别敏感，敏感到了匪夷所思的地步。常常，人们手无寸铁的时候，狼们大胆地游走在你的周围，一副肆无忌惮的样子，有时候甚至于伺机攻击你。一旦你拥有一支枪，哪怕是在皮袄中藏有一支短枪，狼们会在几十里外对你避而远之。就是那些狼们常常出没的地方，一时间也会安静空寂。它们销声匿迹无影无踪，不要说看见踪迹，就连一根狼毛也找不着。

这一切，就是得益于它们那非同寻常的嗅觉。但人们与狼千百年的争斗中，发现有一样东西可以使狼的嗅觉完全失灵，这神奇的东西家家户户都有，那就是调味品胡椒。

昨天下午，他派李廷瑞回去取帐篷等物件时，特地叮嘱他务必多带一些胡椒面来。夜幕降临后，他将那些胡椒面撒在了狼必经的路上。

小狼王们在互通信息、互报平安后，开始向白天猎杀的羊群旁迂回移动。此时移动必须是悄无声息的。它们在雪地上滑行，当滑行到离死羊群有十多步远的时候，小狼王们发现那些被它们撕咬死的羊原封不动地抛在那儿，但在空气中却弥漫着人类特有的牛粪烟味、还有人类的气息以及淡淡的火药味！小狼王暗叫不好，发声示警，并急速撤退。就在这时，危险降临了，雪地里突然间冒出了长长的火舌，它的部下立马在哀鸣声中，像一条条“科什加”皮袋似的抛在了雪地上。

看见狼群撤退，扎西阿扣率先从雪地中跃出，端着冲锋枪朝狼猛射。雪花翻飞，狼踪缥缈，一梭子弹打完后，他扣抱着枪痛哭起来。他在痛哭自己的疏忽，让牧业社失去了这么多的羊，遭受了这么大的损失。

太阳一竿子高的时候，尕藏终于请来了工作队侯队长。“革命不是请客吃饭！”穿着中山装的侯队长下马看了一圈横陈在雪地上的羊尸后，脸色铁青，看着痛哭流涕的扎西阿扣说，“革命更不相信眼泪，这破坏生产的罪你可是逃不了的。”这侯队长就是县上派来、被小狼王们猎杀了他的坐骑、吓得屁滚尿流的那个工作队队长。一朝遭蛇咬，十年怕井绳，他对狼恨之入骨也怕得要命，看见这些被猎杀在雪地中的狼尸，不由毛骨悚然，不敢正眼看一眼。他将遭受狼灾的懊恼对狼的愤怒一股脑儿迁移到了扎西阿扣的身上。

“侯队长……”甄二爷走上前，“你看这些死羊怎么处理？”按照习俗，藏族、蒙古族以及回族等少数民族是不食未经宰杀的牲畜的。他想弄回去供桦树湾食用。在这饥馑之年，桦树湾人连死驴死马的骨头都磨成炒面吃了，这些肥美的死羊对于他们来说，是天下最美最好的食物啊。

“你是谁？”侯队长斜睨着他问，“在这个地方干啥？谁允许你在这草原上乱蹿的？”他口气凌厉盛气逼人，让甄二爷他们很不舒服。

“他俩是黛彤川人，是他们生产队派他俩到这儿打猎的！”扎西阿卡赶紧过来解释。

“打猎的？”他拿眼光上下逡巡着他，一副极不信任的神态，“生产队派出来打猎怎么拿这么支破土枪？我得查查你是不是土匪余孽！”说这话时，他下意识地打开了驳壳枪的盒子，手指放在了扳机上。

“他们不是土匪……这么好的娃怎是土匪呢？侯队长……”阿扣用生硬的汉语在旁边解释。

“不能放松革命警惕！”侯队长握着手枪走过来，似乎怕突然间遭到袭击。甄二爷看侯队长握枪的样子心中不免暗笑，“我若真是土匪，你小子十个命也丢在我的土铳枪下了，哪还有机会在老子面前吹胡子瞪眼？”脸上却装着一副诚惶诚恐的样子，望着他黑洞洞的枪口，一一回答他那些近似无理而又无聊的话题。——他可不想在这儿有什么麻烦。

盘问了约一炷香的工夫，侯队长似乎从盘问中得到了结论：这两个小子确实是到这里来打猎的农民，而不是什么流窜的土匪余孽。验明身份后，他便不再理他们，只是挥手指使扎西阿卡他们将死羊死狼全部驮在驮牛的背上，运回定居点去。他说要用这些死羊去完成县上下达的调拨食肉的任务。而那几匹狼，这个季节的毛皮又柔软又厚实又温暖，他剥了要做几件“虎抱头”的狼皮褥子，待明年调动工作时用。

看着侯队长押着驮牛队渐渐远去，甄二爷他们发现太阳已经近中天了，肚子里早就咕咕叫，几乎前心贴着后背了。

“走吧，到尕藏的帐房里拌一碗糌粑再说！”阿扣牵着马说。

越过两道山梁后，甄二爷觉得眼前的地形格外熟悉，猛然间醒悟，这正是前几天他和李廷瑞邂逅少妇卓玛的地方。看到了洼里袅袅飘荡着淡蓝色炊烟和那顶黑牛毛帐房，他的心突然猛烈地跳动起来，并且有些痛楚！

“前边就是我大儿子尕藏家的放牧点！”阿卡指着帐房说。

说话间，帐篷旁边的两只大藏獒奔突着吼叫，将粗大的铁链左右前后拉扯得哗啦啦直响。听见狗叫，帐房门帘一掀，卓玛——那个娇艳无比、从乾隆沟复活的卓玛，身着长长的白板皮袄袍走了出来。俗话说，“若要俏，一身孝”，卓玛在那洁白皮袄的映衬下，愈发显得楚楚动人惹人怜爱。她手搭凉篷看了看来人，然后“呛呛”几声喝住了狗的狂吠。

“阿爸！”她几步迎上前来，很有礼貌地从阿扣他们手中接过马缰绳，利落地拴在了旁边的拴马桩上。“都是我不小心，才让羊群给狼扯了！”她用藏语说，一脸愧疚，眼睛里噙满了泪水。

“孩子，这不怪你，天灾人祸，是谁也阻挡不了的！”阿扣用藏语说，语气中充满了慈祥与疼爱，并回过身来向他俩介绍：“这，我大儿子尕藏的媳妇就是……”

大家进入帐篷中坐下后，卓玛捅了捅“搭布卡”，加上牛粪烧茶。而那个叫钦德的汉族汉子则一声不响地将所有马匹的鞍子卸下，绊上三脚绊后放上山坡，然后又开始收拾牛接连中的羊粪之类的东西。勤快倒是勤快，但甄二爷觉得，他的举止中不时透出一种刁横和霸气。在这里，他似乎在以半个主人自居。

更让甄二爷敏锐地感觉到的是，他投向卓玛的目光是那样的贪婪和痴迷。那眼光如老狼有倒刺的舌头，在卓玛娇嫩的脸上舔来舔去，似乎要舔下来吞进肚里。这让甄二爷猛然间有些心惊胆战，仿佛猛然间发现一只天真纯洁、懵懂无知的羊羔身边，蹲着一只垂涎欲滴的饿狼！

他不由地详细地打量这个叫钦德的汉子。

这是一个不修边幅的家伙。头发长得掩过了脖子，且脏乱如一块破抹布顶在头上，胡子蓬松如病刺猬的毛，横七竖八地布在脸上，让他的表情深深地隐藏在毛发里，让人摸不着真相。最让甄二爷难忘的是那一双眼睛，阴鸷而机警，在与他对视的刹那间，显露出了一丝莫名的惊恐，迅速地移向别处，如一只受到惊吓的黄鼠狼。

这眼光似曾相识，在哪儿见过？他一边用无名指很地道、很娴熟地在尕龙碗里拌着糌粑，一边搜肠刮肚苦思冥想。

在他三十多岁的生命历程中，见过无数的人也见过无数的眼光，慈爱的慈祥的真诚的纯真无邪的多情的恶毒的阴险的惊慌失措的，但这双阴鸷而机警的眼神使他莫名地联想到狼的眼神那些土匪的眼神。

“土匪！”他心中倏然一惊，抬眼又朝钦德望去。他正低头拌糌粑。他拌糌粑的技术娴熟纯正，显然在藏区生活了很长时间后才练就的。他那无名指插在碗中随碗转动，其余几个手指很自然地翘在外边。这举止动作，跟一下普通农民、牧民没有什么区别。

在离开卓玛家，与阿扣他们握手道别时。甄二爷有意识地握住钦德的手，将右手扳过来查看食指，食指上有一层厚厚的茧，显然是长期打枪留下的。

“我也是打猎出身……”钦德看出甄二爷的用意，先发制人地笑着说，“你的手跟我一样，这儿也有茧……那一天咱俩比一比枪法，说不定我的枪打得比你好哩……”

甄二爷见钦德识破了用意，便不好意思地讪笑了一下“好、好！有机会一定比试一下……”

走上一个山头时，甄二爷拨转马头张望，看见卓玛一直站在帐篷前目送他们离开。这让他蓦然间又想起十多年乾隆沟的卓玛姑娘，她也是常常这样多情地望着他赶着牛羊越过山梁的。两个卓玛在他心中站成了一道永不败落的风景，让他的心又有了莫名的痛楚。

他突然觉得心口剧痛起来。他勒住马捂住心口，脸色苍白冷汗淋漓，如果不是坚持着，就要栽下马来。自从那天见到卓玛突患此症，今日又是第二次发作。

“你咋啦?”李廷瑞首先发现了他的不对，打马到他跟前不安地问道。

“好端端地咋啦?”扎西阿扣和措毛也围了上来。

“先扶下马来!”阿扣用不容质疑的口气说。李廷瑞和措毛小心地将他扶下马来，放倒在草丛中。

阿扣俯下身来，详细查看了他的耳、眼、鼻口，又手搭在他的脉搏上揣摩良久，脸色变得凝重起来。过后，他从藏袍里掏出四个皮袋，从其中一个皮袋里倒出了一粒灰黑的颗粒，喂进了甄二爷的嘴中，说“没事了，扶上马回帐房吧!”

扎西阿扣是斡尔朵草原上著名的藏医。他熟读藏医著作《甘露中心八分秘诀典》等宝典，深谙藏医药理。祁连山麓和斡尔朵草原上的藏药不胜枚举，仅名贵药材就有动物类的麝香、鹿茸、阿味、熊胆等；植物类如雪莲、虫草等，一般的如青海大黄、羌活、柴胡、白术、党参、秦艽等。按照藏医药理，动物、植物、矿石等皆可入药。这些东西取之不尽用之不竭。阿扣常常攀山越岭匍匐草原，春采苗茎禽蛋，夏采花枝乳汁，秋采尖根果肉，冬采矿石鹿角，采集来，通过焖熏煎煮等多种手段处理好，研磨或煮熬成丸、散、汤、丹等多种成药，放在随身携带的小皮袋中悬壶济世。

甄二爷吃了扎西阿扣的丸药蛋蛋后，顿觉神清气爽，胸口的郁闷如水库决堤一泻而空。但是那隐隐的疼痛依然在内心深处潜伏着。“阿扣，你的好药！刮真切!”甄二爷羡慕地竖起了大拇指。

阿扣听到他由衷的赞扬和感谢后，只是微微地笑了笑。这样的赞扬和感谢阿扣几乎从每个居住在祁连山麓和斡尔朵草原的汉族、藏族、蒙古族、裕固族、回族人口中得到过。每当听到这样的话时，他感到的是无限的快乐与欣慰，因为他已然给病人解除了痛苦。唯独今天，他在欣慰甄二爷病情得到缓解的同时仍然忧心忡忡。这个汉族小伙子，这个与他家结交不到一月，却急人所急帮人所忙，善良正直，品行端正，却不知受了什么心灵的重创，心火上升郁结成病，如不尽快治疗，将会落下病根遗患终生。以后每当内心受到重创时，便会急火攻心胸闷气短，严重起来会突然昏厥甚至窒息而亡！

扎西阿扣知道，在人短暂而漫长的一生中，心灵受到的创伤与身体受到创伤相比，其严重程度简直是有过之而无不及。身体的创伤在肌肤上，敷以药物便可愈合，而心灵的创伤在灵魂上，恐怕魂归西天的那会儿才能愈合，更何况人的是那么的脆弱，那么地容易受到伤害啊！饱经沧桑的扎西阿扣是多么地熟知这一切。

但根治这种病，须得一枚麝香与其他药物配制。

麝因为肚脐里的这点宝贝疙瘩成为人们猎取的对象，于是麝也变得格外机警，在丛林中与人们斗智斗勇，使人们猎取它变得格外困难。但再困难也得弄回这味药治这孩子的病啊！长期的行医生涯使他把救死扶伤作为神圣的职责，成为他生命中不可分割的一部分。

回到帐房后，他叫措毛给甄二爷送来了一些散剂和药汤，叫他按时服用，并叮嘱他好好调养，暂时不要出门行猎。

打猎是甄二爷的老本行，可扎西阿卡怕他在打猎时突然发病，便暗暗嘱咐儿子尕藏带着钦德尽快去弄一只麝香蛋子和其他几样藏药。

第四十七章

约摸七八天后的一个下午，甄二爷在扎西阿扣的调治下病情大为缓解，心静气爽大有痊愈之感。他再也坐不住了，在帐篷外收拾那杆土铳枪，准备从明天开始去打猎。

“阿吾阿吾！”尼玛骑着一匹枣红马从山梁那儿飞驰而来。马和人大汗淋漓，仿佛是刚刚从水中捞出来一般，在冬日有些清冷的空气中散发着缕缕雾气。好刀、快马、美酒，一向是游牧民族所推崇和向往的，也是他们尤其是男人们生命中不可或缺的东西，是他们潇洒人生的基石。藏族有句俗言：“骑马图快、喝酒图醉”。那些马也熟知主人的秉性且训练有素，一旦认镫上马，不待主人扬鞭便奋蹄疾驰。许多好马（他们的座骑大都是千挑万选出来的好走马）一溜烟跑出七八里路气不喘汗不流，若主人不加勒阻，仍会甩开大步或小步匀速飞奔。

甄二爷听到喊声抬起头，津津有味地看着尼玛小骑手的英姿，欣赏着枣红马那稳健如飞，四蹄贴肚皮，肚皮几乎贴地，对侧步整齐划一的大走步伐，心中暗暗喝彩：“好走马！”

赞叹间，尼玛已然来到了他跟前，“吁”一声勒住了马，翻身滚下马鞍朝他跑来，脚步没有了往日的矫健，却变得踉踉跄跄。

甄二爷吃惊地站了起来。“阿吾……阿吾！”尼玛脸色蜡黄泪流满面，抓住甄二爷哽咽得说不出话来。

“咋啦，咋啦？有啥事你慢慢说！”他安抚着他。

“我阿吾……尕藏阿吾给瞎熊抓了……”尼玛声泪俱下，急切得说不出话来。

“啥，叫瞎熊抓了？严重吗？”他太清楚祁连山麓里那些壮硕如牛的大熊了，人若与它正面相遇有所接触，十有九死，几乎没有生还的希望。

“严重得很！钦德阿吾驮回帐房去了，叫我来报信！”

“嘿！”甄二爷气得在草地上狠狠地砸了一拳，“咋跟瞎熊遇上了呢？”

“你病了，阿爸叫尕藏阿吾和钦德去山里给你弄药，想不到……呜呜呜……”尼玛索性坐在草地上放声大哭起来。

“什么？”甄二爷吃惊地站了起来，手中的土铳枪无声地滑落在草地上。原想尕藏之死乃草原或丛林中人与凶猛动物之间发生矛盾的必然结果。千百年来，这类故事发生过许多，以后将会继续发生，尽管残忍但在情理之中，但想不到今日尕藏之死居然与自己有这么大的干系，他将如何面对扎西阿扣？

“阿爸知道吗？”

“还没告诉！我怕阿爸阿妈知道了受不了，就先……先来告诉你……”尼玛抹着泪说。

是啊，善良的阿扣和阿妈怎么能承受住这突如其来如遭雷击的打击呢？但不告诉他们二老也是不行的。这个艰巨的任务该由谁去完成呢？甄二爷看看尼玛又看看一直在旁边不知所措的李廷瑞。

“我去吧，反正瞒也是瞒不住的！”李廷瑞挺身而出，转身朝阿扣家的帐篷走去。这小子最近跟措毛挺合得来，他时不时跑到阿扣家的帐篷跟措毛姑娘套近乎。

李廷瑞在前边走，甄二爷和尼玛在后边跟随。三人步履艰难，似乎负着千百斤重担前行。

听见狗拉扯铁链的哗哗声，阿扣和阿妈早就料定是有熟客到了。他俩礼貌地钻出帐篷迎接。

“这两天病好些了吗？”阿扣首先关切地问甄二爷。看到他们仨人一脸悲凄，眼中噙满了泪花，立即停下手中摇晃的“玛尼”轮，吃惊地问：“发生了啥事？”

“尕藏………尕藏叫瞎熊抓了！”李廷瑞终于在阿扣的一再追问下嗫嚅

着说了出来。

“叫瞎熊抓了？”阿扣老俩口一生中与瞎熊打过无数次交道。好多时间，他们的帐篷边，圈窝里有瞎熊闯入后，他们从不招惹，只是煨上一炉浓浓的柏香，不停地诵经，祈求神把那些肥壮得浑身的毛闪着缎子一样光泽的瞎熊叫走。每当这时，那些瞎熊会慢腾腾地回望着香烟上山去。有时会在羊圈牛圈里捏死个把羯羊牦牛饱餐一顿后悠然离去，绝不会像狼那样贪婪而残忍地将所有牛羊都杀死。他们从来没有跟瞎熊正面交锋过，当然是不敢交锋而有意识地躲避。但他们却无数次见过与瞎熊正面相遇过的人，那结果似乎只有一个，以人的死亡而结束，很少有例外。偶有逃脱的，不是折胳膊瘸腿，就是整个人成了一个眼呆口歪，涎着哈拉子，吃饭不知道饭香，闻屁不知道屎臭的呆子傻子。

“人怎么样了？”阿扣抓住尼玛摇晃着问道。

“人已经死了，是钦德阿吾用马驮回帐房的……”

阿扣从尼玛手中夺过马缰绳，认镫上马，直朝尕藏家的帐篷跑去。阿扣不相信他儿子会死于熊口，因为此时正是隆冬时节，瞎熊们已然在石洞中冬眠了。难道生于斯长于斯的尕藏居然钻进瞎熊洞去送死不成？

熟知瞎熊习性的甄二爷心中也存着与阿扣一样的疑惑，从旁边的草场上抓了一匹马来不及备鞍就骑着追赶了过去。

赶到尕藏家的住处时，看见尕藏的死尸用一张牛皮苫着，放在帐房的阴凉处。卓玛趴在上面哭得死去活来，而钦德则蹲在一旁双手叉进凌乱如麻的长发中痛苦不堪。他俩跳下马，翻开苫着尕藏死尸的牛皮查看。尕藏的头上身上血肉模糊，大块大块的淤血凝结在头上身上衣服上，被祁连山的寒风冻成了一砣刚从血缸中捞出来的血冰疙瘩。

“到底是咋回事？”阿扣流着泪悲戚地问钦德。

钦德听到询问，抬起头来，一脸悲戚涕泪涟涟哽咽不能成语，“我……我俩……”

“好好说，别哭！”阿扣在旁边坐下来，拿出一只银镶的精致的鼻烟壶，倒出一撮鼻烟，放在颤抖的拇指的指甲上，深深地吸进鼻中，半晌后流着泪哽咽着说：“慢慢说……”

钦德抹干了眼泪断断续续地叙述。说他俩在祁连山的丛林峡谷中转悠寻觅了七八天后终于发现了一只麝的踪迹。前天早上，他俩早早埋伏在麝出没的路径旁等待。天放亮时麝出现了，迎着朝阳，他开了一枪。从子弹沉闷的回声，他俩分明感觉到麝被击中了。于是他俩跳起来直追过去，可那麝在他俩临近时一蹦子跳起来，带着伤在丛林中停停蹦蹦，直把他俩引进一个幽深的山谷。二人追猎心切，全然不知道危险临近，当那麝跳过一个大石崖下时，石崖下石洞中冬眠的瞎熊突然跳出来，扑在尕藏的身上，只几下就将他撕扯得血肉模糊。

“我端着枪，不知道该怎么办好！开枪怕伤了尕藏，不开枪又怕尕藏叫瞎熊捏死！直到瞎熊转身向我扑来时，我才慌乱开枪将瞎熊打死。”

“那——死熊在哪儿？”甄二爷接过话头问。

“死熊还在那个山谷里，我带你们去把它弄回来！”钦德背了枪，牵了马说。

阿扣和甄二爷互相望了望，翻身上马，跟在钦德的后面飞快地朝祁连山北麓一条幽暗的峡谷奔去。这是一个十分险峻的峡谷，两岸山峰耸立如削，石壁的缝隙间，巨大的松树和柏树盘根错节，裸露的根部紧紧抓住岩石傲然挺立，仿佛金翅大雕强劲的爪子抓住了羔羊或兔子。树冠浓密而阴郁，将好不容易投进峡谷的一点阳光凭空迎走，使谷底变得阴暗冰冷。谷底灌木丛生，枯叶铺地，散发着浓重阴郁的令人心悸的腥气。甄二爷他俩知道这峡谷肯定是熊豹虎狼出没的地方。三人的坐骑喷着响鼻，在原地立马桩尥蹶子不肯前行。

“在哪儿？”甄二爷问钦德。

“就在不远处……”钦德下马，将马顺手拴在一个树桩上，背了枪前行，似乎根本不在乎这里的危险。

“胆子够大的！”甄二爷暗暗佩服。要是一般的人，进入这样的山谷闻着这凶猛动物所散发的特有腥气，不是双腿打颤裹足不前，就是枕弋待旦全力警戒了，可他居然斜背着枪一点也不在乎，大步流星地在前边爬行，迂回在巉岩间，穿梭在乱石间。

甄二爷提着土铳枪紧跟在后边，阿扣气喘吁吁远随其后。行了大约半个时辰，终于来到一个壁立千仞的石峰下。石峰下果然有一个深不可测的天然石洞，洞口一只硕大的瞎熊被打死。血流淌了一地，在地下冻凝成血块，如随意倾倒在地上的红漆。

“就是这只瞎熊要了尕藏的命！”钦德不解恨地踢了一脚说。“当时尕藏离我十步远，当他走到这儿时，”他在洞前走动着比画着，“瞎熊突然从石洞中窜了出来，只几下就将尕藏抓死了！不得已，我才开枪。我一梭子弹全打尽了，它才慢慢倒下去！当时把我也吓死了！”他抹了抹额头，仿佛当时的冷汗犹存似的。

“也难为你了，钦德！”阿扣手中快速地转动着佛珠，念着佛经黯然说。

甄二爷提着土铳枪，详细地查看洞前的地形，又对熊的周身检查了一遍，惊讶地说：“呀，你真是好枪法，一梭子弹全打到瞎熊的‘镫眼’里去了！”

“哪有你好！”一直端着上了膛“五四”冲锋枪的钦德谦虚地笑着说。

“你怎么知道我枪打得好？”甄二爷转身向钦德。

钦德一楞，收起枪说：“谁不知道你是大名鼎鼎的神枪手啊？甭说我们这一行当的，就是在整个斡尔朵草原和祁连山麓，不知道你的人恐怕没有几个……”

“就这样了，回吧，天也不早了！”阿扣看了看熊凄然地说。

“这熊咋办？要运回去吗？”钦德问。

“运回去我看也没多大价值！我看这样吧，”甄二爷自作主张，且口气不容质疑，“山里的野物，见面分一半。这对熊掌我要了，熊皮就剥下来送给阿扣当褥子——阿扣老了，腰腿不好用得着这个。熊胆最值钱，就给你了……”

“这——不太合适吧？”钦德犹豫着说。

“这有啥不合适的，我看就这样！”说着抽出满尺的藏刀，三下五除二就剥下皮，掏出了熊胆，并将熊爪从关节处割下来揣进怀里。

第四十八章

本来阿扣打算给尕藏做七七四十九天隆重的法事后才天葬的，无奈政府已实行了宗教改革，显明寺、班固寺等许多著名寺院都拆的拆、封的封了，寺里的喇嘛们都被遣散，下放到生产队牧业社种地放牧，接受社会主义劳动教育改造去了。阿扣寻了几天，连一个像样的天葬师也没找到，只好从牛群里挑了一头壮硕的驮牛，将尕藏的尸体用三丈长的毛绳紧紧地绑好后，赶到几座大山的外边，任牛和尕藏自生自灭去了。

之后的日子复归平淡。甄二爷和李廷瑞每天起早贪黑奔波在大山草原的沟沟壑壑中，寻觅猎物的踪迹，收获也颇丰。他俩准备邻近春节时，从阿扣那儿借五六头驮牛，将他俩近几个月储藏在冰洞中的猎物驮回桦树湾去，让嗷嗷待哺的桦树湾人、让尕花儿他们过个好年。

这天早上，甄二爷到阿扣家去说借牛的事，一进帐篷发现尕藏的未亡人、那个漂亮的卓玛到阿扣家来了。她一脸的憔悴，整个人瘦了一圈。他进门时她趴在阿妈的怀里号啕大哭，阿扣则在一旁一脸铁青，手中的佛珠急促地转动，诵经声也有些异样。

“出了啥事？”甄二爷有些吃惊地问道。

“嗨！”阿扣摇着头不出声，而阿妈和卓玛则一脸羞愧，仿佛有难言之隐。

这是人家的家事，甄二爷也不便多问，就说了借牛的事。

“中，中，到时候我跟侯队长说一声，你就从我的牛群中牵几头吧！”

“好的，好的！”他退身而出，走出老远。卓玛压抑的悲凄的哭声从黑牛毛帐篷的缝隙中钻出来，执拗地钻进他的耳朵。

“到底发生了什么事?”他心中疑惑不解。肯定是发生了什么事！他的心中有一种不祥的预感。

纸里包不火，从阿妈忧虑的眼神，阿扣欲言又止的神情，尤其是尼玛遮遮掩掩、断断续续地叙说中，甄二爷他俩终于知道了事情的真相：自从尕藏死后，钦德那个家伙像畜生似的白天黑夜地骚扰卓玛，骚扰得她终日不得安生。前几天晚上，他居然强行闯入她的帐房，将她强暴了。

“为啥不去告他?”甄二爷跳了起来。

“阿爸说家丑不外扬!”

钦德，这驴日的钦德！甄二爷的脑海中那个邋遢迷叽的形象开始占据，尤其那双阴鸷且有些恶毒的眼睛时时萦绕在他的脑海中。“这双眼睛我在哪儿见过?”自从第一次见到他后，他便在脑海中搜索这双似曾相识的眼睛。尤其是尕藏死后那天回来后，他白天黑夜地想着这个神秘的钦德，常常想得胸闷气短头晕脑胀。

这天半夜时分，他突然从被窝里跳起来，“是他，是他，一定是他!”他大呼小叫，将熟睡中的李廷瑞揪起来，“是他，我想起来了，一定是他!”

李廷瑞迷迷糊糊地说：“谁呀？大呼小叫的，也不叫人睡觉!”说完便倒头睡去。

第二天早上，甄二爷起了大早，在“塔布卡”里烤上肉烧上茶后，他便很仔细地擦那只破土铳枪。先是用开水将枪管内滞留的硝垢冲洗干净，又用从大鹿骨头里的提炼出来的油反复擦拭，尔后装好了弹药，立在一旁，对李廷瑞说：“今天你一个人到东边的草甸上溜夹子，晚上等我回来!”

“你去哪儿，昨天不是说好去东边的草甸上打那只大鹿吗？跟踪了好几天的……”

“不，今天我有更重要的事要去办!”

吃过饭，他提了土铳枪，找扎西阿扣去了：“我俩今天到尕藏家的放牧点去一趟!”

“甄二爷！”阿扣念佛珠的手停了下来，“你莫不是听到啥风声了？”

“没……”他欲言又止。

“哎！”阿扣知道他已经知道了一切，于是重重地叹了口气：“家丑不可外扬！家里出了这样的事，真是不幸啊！你可千万别做啥傻事……”

“不会的，阿扣！”甄二爷替阿扣备好了马说，“我怎么会做傻事呢？”

“那我俩去那儿干啥？前天钦德拿了两包茯茶一条哈达向我家提亲来了，求我把卓玛嫁给他……”

“你答应了吗？”他停下手中的活计，吃惊地问。

“我们准备答应——所有的丑事一床锦被儿盖了，免得外人说闲话……”

“阿扣，你好糊涂！”甄二爷翻身上马，“走，我在路上跟你说！”

“有啥吗？”阿扣骑着马不安地问道。

背过了阿妈她们疑惑的目光，甄二爷与阿扣并排而行：“阿扣，你难道不认为你儿子尕藏死得蹊跷吗？”

“是有点怪，联想起最近发生的这一系列事情，我想我那孽障的尕藏死得有些不明不白，可——我们只是猜测，一点证据都没有啊？”

“哼！”甄二爷鼻子里哼出了冷气，“再狡猾的狐狸也是斗不过猎人的，他的尾巴迟早会露出来的，不信你等着瞧吧！”

中午时分，他俩到了尕藏的放牧点。钦德正坐在帐篷里搓牛毛缰绳，伸手可及的地方放着那支半自动步枪。感觉，甄二爷知道那枪里已然压满了子弹并且子弹上了膛。

“给我俩烧壶茶吧！”甄二爷以客人自居，“我俩又饿又渴……”

“好的！”钦德答应一声，起身去打水的时候顺手将枪抓起来背在了身上。

看到这个异常的举动，阿扣和甄二爷相对望了一眼，一切尽在不言中。

钦德提着灌满水的铜罗锅进来，手忙脚乱地在“塔布卡”上烧茶的时候，看见阿扣和甄二爷正谈笑风生，谈论来年的生产问题，并商量着什么时候牲畜转场的事。

“我看，开春后要转场到欠隆沟，那儿冬雪压着好多草！”

“今年冬天冬雪好，开春后草原发青早，我看没有必要去那么远！”

“主要是二月里的春荒难度！”

“今年牲口的膘情还好！”

“我主要还是放心不下卓玛家的这些牲口！”阿扣长长地叹了一口气说，“这尕藏一死，卓玛也没心思放牧，我怕她家的牛羊膘情不好。不去好草场放牧恐怕难度春荒……”

“喂！”甄二爷朝“塔布卡”上烧茶的钦德说，“你每天都在放牧，牛羊的膘情咋样？”

“还好！”

“阿扣放心不下，今天我俩特地来看看！等会儿你领我们看看去！”

“中！”钦德似乎放心了许多，不那么警惕了，但仍然枪不离身。

阿扣和甄二爷对视一眼，也不理会，只是拌酥油糌粑，又喝了一碗酸奶。吃饱喝足后，出门上马，让钦德在前边带路，直朝卓玛放牧的祁连山丛林角上那片向阳的山坡走去。那里的积雪逐渐融化，茂密的牧草逐渐露出，真是抢草抓膘的好地方。

三人骑马在草原上行走，似乎漫不经心，却都高度紧张。每当经过一些险要的地方时，钦德和甄二爷都紧紧握住了枪，手心里都出汗了。

翻过一道山坡后，不远处突然蹦起了一只獐子。甄二爷拿起枪“呯”放了一枪，随着枪声，那獐子扑地而抽搐。可钦德却在枪声爆响的刹那将半自动步枪的枪口黑洞洞地指向了甄二爷。

“妈的，你枪口往那儿指啊？”甄二爷一边往枪筒里装药填弹，一边骂骂咧咧地下马朝死獐子走去。

他在抽刀剥獐子皮的时候，心想这小子已然有所警觉，看来今日要制服他，只可智取而不可硬攻。不说这小子半自动步枪里有一梭子子弹，就是在马步芳的军队里，在长期的土匪生活中练就的枪法，也是断然不可小觑的。稍有疏忽，自己不但不能为民除害，为屈死的尕藏报仇，反而会命丧黄泉。刚才一枪，看似打猎，实在是他试了一下这小子的机警和敏锐性。这小子果然不愧是行伍出身，其身手之敏锐，反应之快捷，实为罕见！如果仅想一枪毙命倒也不难，只是打死后死无对证，不仅挖不出可能隐藏在背后的其他土匪，反而会使他空犯杀人之罪。

必须想一个两全其美的法子，让他束手就擒，然后交给政府，绳之以法。

剥了獐子皮后，他将獐子肉一分为二，分放在马褡裢里，然后三人继续前行。路过一块比较陡峭的山坡时，甄二爷一提马缰绳，双腿一磕马肚子，那匹铁青马心领神会，径直往上坡攀去。但钦德似乎察觉到了他会居高临下对他发动袭击，勒马朝另一边的山坡奔去，奔上山顶后，他站在那儿朝他冷笑。

他只好装作没看见，心中却捏了一把汗。

不一会儿，他们就到了卓玛放牧的山坡。在洁白的羊群边上，卓玛穿着一身灰黑色的藏袍，在背风处捻毛线。看见他们三人到来，她欣喜地跳起来，迎了过来，“阿爸，你们来了……”

“孩子，你还好吗？”阿扣无限疼惜地问道。

甄二爷看见钦德一看见卓玛后两眼就发直，呆呆地看着她有些发痴。他便不失时机地喝道：

“排长李宝儿！”

“到！”他十分响亮地回答。

等他回过神来时，甄二爷土铳枪黑洞洞的枪口已然近距离顶住了他的心窝！

他当然明白土铳枪的威力，那硕大的铅弹足以将他胸部掏出一个虎皮砂碗大的洞。

“狗日的排长李宝儿，你赶紧把那杆烧火棍给我扔了，不然老子一枪崩了你！”甄二爷铁青着脸，威严地喝道。

“什么排长、李宝儿的……甄二爷，你还是把你的这杆烧火棍给我扔了，别乱开玩笑！”钦德故作轻松，笑着用手去挡开甄二爷火铳枪的枪口，“你这火炮一旦走火，可不是玩的！你就……”

“别动！你再动老子就打死你！”然后转过脸对阿扣说：“把他的枪给下了！”

阿扣打马过去，从他身上将那支半自动步枪给卸了下来。

“嘿嘿……”甄二爷见他没了枪，轻松地笑了，揶揄道：“排长大人，没想到十多年后，我们又见面了！你怎么没跟张子龙张司令在一块儿啊？张司令他老人家可好？”

“你说的什么话啊，我怎么一句都听不懂？”

“等我将你绑好后交给人民政府，等我们无产阶级专政专政后你就会听懂了……”

“甄二爷，你把我真的弄错了，我不是什么排长，也不是什么李宝儿……”

“好吧，就算我弄错了。你先把如何杀害尕藏的事儿老实交代一下！”

“冤枉啊冤枉！”钦德连声叫屈，“尕藏是为你寻药治病时被瞎熊扯死的，这么说起来，你才是杀害尕藏的真正凶手哩！”

“哼！你骗得了别人，可骗不了我！老子打了一辈子猎，是粗毛野兽还是精巧家禽还能辨得出来！”

“妈的，你今天真的想整死我啊？”钦德放下手，有些恶狠狠地吼道：“瞎熊捏死了尕藏，我又打死了瞎熊，这些是你和阿扣那天亲眼看见的，你凭什么说我杀死了尕藏？再说，我杀害他做什么？”

“你杀害他做什么，你自己心里最清楚！”他用眼睛瞟了一下旁边的卓玛。

似乎所有的秘密一下子被戳穿了，钦德窘迫不堪，卓玛立马羞得恨不得寻个地缝钻下去。

“我就是不清楚，你驴日的甭想陷害我！”钦德迅速收回眼光，恢复了表情，对着他咬牙切齿地吼道。

“我想陷害你？是你自己做事太蠢害了自己……”甄二爷将枪平放在鞍口上，冷笑着不慌不忙地说：“我第一次看见你看卓玛时的眼神，就知道你小子心里想什么！我一直担心，但那时我初来乍到，不了解情况，不敢对尕藏和阿扣说出我的这种担心……”

“妈的，你担心什么？”

“一条恶狼卧在一个羔羊旁边，你说我担心什么？”他冷笑了一声接着说："那天尕藏出事后，我和阿扣第一个想到的是，瞎熊都冬眠了，怎么会跑出来扯死了尕藏？于是我俩赶紧过来，查看了尕藏的伤口，又到现场踏勘了一番，我更加确信尕藏是你杀害的……"

"放屁！你在祁连山里打了一辈子猎，难道不知道瞎熊就是冬眠了，有时候也会出来觅食？"

"这你倒没说错，这瞎熊冬眠后，有时候也会出来寻吃食的，但那是极个别的事儿，怎么就你俩偏偏遇上了呢？"

"这我怎么知道？这你得问那瞎熊去……"

"我不是仅凭这点判断你杀害了尕藏的，我当然还有别的证据……"

钦德脸色有些腊黄："少放狗屁，你是大侦探啊？你倒是说说我是怎么害死尕藏的！"

"哼哼，你仔细听好了，看我判断得对不对……"他娓娓道来，"尕藏的头部等要害部位的伤口显然是用钝器击打的，虽然血肉模糊，但还能很清楚地看得出来，没有一般被瞎熊撕扯后留下细而深的伤口……这是证据之一！"

"后来我们到了尕藏惨死的现场，我发现那里根本没有撕扯的痕迹。像尕藏那样壮实有力气的男人，甭说那只你打死的瞎熊，就是比它再大再壮的，也不可能一下就能将尕藏毙于爪下……我看了瞎熊洞前的现场，枯叶铺得那样均匀，连那些石子、沙子也没有异样，这说明你是编造了一个谎言，尕藏之死不是熊扯死的……这是证据之二！"

钦德额上渗出了细密的汗珠。

"后来我察看了死熊的爪子——你可能到现在才明白我那天什么也不要，只要了那对熊爪的原因了——发现它尖利的指甲缝里根本没有血迹和肉渣！瞎熊的爪子那么尖利，撕扯了人你说会不留下血和肉渣……这是证据之三！"

卓玛在一旁呜呜地哭了起来。

阿扣脸色铁青，手中的佛珠快速地转动。

钦德的脸上汗珠开始密集。

"然后我查看了死熊的枪口，发现一梭子弹几乎全部是从一个部位射进去的！你有那么大本事？能将一梭子子弹准确地打进腾挪扑咬的瞎熊的心脏部位？我明白你小子胆子太小，怕熊出来伤你，就朝睡觉的熊的‘磴眼’一梭子全贯进去了……这是证据之四！”

钦德脸上的汗珠开始滚落。

“后来你对卓玛……又向扎西阿扣提亲，这一下你驴日的狼子野心就像狐狸的尾巴露出来了！”

“嘿嘿，纯粹是一派胡言！你想怎么说就怎么说，这天下还不给你黑的说白、白的说黑的了？”

“到时候在法庭上我拿出熊掌，阿扣拿出熊皮，看到底哪个是黑的哪个是白的！”

钦德用羊皮袄袖子擦额头上的汗。

“就这事儿，就够枪毙的了……”甄二爷揶揄道，“你当土匪时无恶不做，犯下的罪行就是把你千刀万剐了也算是便宜你了……”

“你放屁！你说谁是土匪？”

“你真是贵人多忘事啊！难道你忘了，我们第一次见面时，你用西番柳条抽打了我一顿，还骂我生葫芦牛犊没扎鼻圈儿呢？”

“后来我们在张司令的队伍里一块儿摸爬滚打，有一年多哩！难道忘了吗？”

“你假装不认识我，可我认识你啊，李排长！”

“哈哈哈……”钦德仰天狂笑，“日奶奶尕娃好记性啊，十多年了还记得这么清楚！”他学着当年张子龙的口吻说。

“日奶奶尕娃你也不赖，隐藏得好深啊！”甄二爷也换上土匪的口吻狠狠地回敬。

“可惜你知道得太晚了……麻烦你到阎王爷那儿去作证去吧……哈哈！”笑罢突然从羊皮袄中掏出一把袖珍手枪，朝甄二爷扣动了扳机。

就在李宝儿掏出枪的刹那，甄二爷已然蹬里藏身，且迅速从马肚子下朝李宝儿开了一枪。

可在开枪的刹那，李宝儿也蹬里藏身，翻身到马一侧去了。本来甄二爷想一枪击碎这狗日的胯骨，像他无数次击碎那些土匪的胯骨一样，让他求生不能求死不得。李宝儿躲过了这一枪，但他所骑的马却未能躲过这一枪，硕大的铅弹不偏不倚地射进马的脊梁，将脊椎打断了，马和人一同倒地山坡上。李宝儿的脚套在马镫里抽不出来，被马压在底下，让负痛挣扎的马挤压得分不清东南西北了。

这当儿，甄二爷已装好了第二枪。阿扣也将半自动步枪扔给了他。

李宝儿慌乱中朝甄二爷射击，五枪响过后，甄二爷提着土铳枪走了过去，“日奶奶尕娃你有多少发子弹，再打呀!”他知道这种驳壳手枪一次只能压五发子弹。其时，李宝儿已然将脚从马身下的镫中抽了出来，看到甄二爷走了过来，便仍了枪，从腰里抽出了一柄满尺的藏刀，恶狠狠地又扑了过来，“老子今天跟你拼了!”

“妈的，有本事你就来，老子还怕你不成!”甄二爷闪身一躲，躲过了致命的一刀，然后顺势一枪管，将他打了个狗抢屎！此时的甄二爷取下了土铳枪的“火炮儿”，索性将枪当棍使了。

李宝儿不愧是军人出身，倒地后立马翻身，一个鲤鱼打挺跳了起来，那架势在防御中有攻击，在攻击中有防御，一招一式有板有眼，一看就是个练过把式，有两下子的人。

甄二爷不敢小觑，有些紧张起来，也拉开架势郑重迎敌。说时迟那时快，刹那间李宝儿闪着寒光的刀子又当胸刺了过来。

“呀!”卓玛吓得失声惊叫起来。

“小心!”阿扣出声示警。

在李宝儿的刀子离他心窝只有两三寸的时候，甄二爷突然一个后倒，用枪平托住，将借惯性扑倒在他身上的李宝儿双腿一蹬，使了一招兔子蹬鹰，生生地将李宝儿凭空蹬出一丈开外，重重地摔在地上。

这一招是他跟草原上的兔子学的。草原上的兔子是弱小的，但它们异常沉着机警，遇到敌人时，常常会撒腿奔跑，以速度制胜；但在草原上的金翅大雕面前，这招却往往失灵。但它会在快速奔跑中，就在大雕袭击它的刹那，仰面朝天躺在地上，朝居高临下凌空扑下来的大雕鼓足全身所有的力量，用后腿奋力蹬去。这往往会两败俱伤，但有时也会让凶猛的大雕死在它们的足下，至少在它致命一击之下，不敢贸然进攻，最终使它逃过劫难。

甄二爷这招兔子蹬鹰将李宝儿蹬了个半死，让他躺在地上老半天起不了身。而甄二爷则一个鹞子翻身站在了他面前："日奶奶尕娃，还想跟老子耍耍吗?"

李宝儿眼睛血红，从地下抓起刀，又站了起来，准备反扑。这可激怒了甄二爷，他骂了一句，然后用土铳枪的枪杆狠命地朝李宝儿打去，一下一下地将他打翻在地上。

"好，好，打死他!"卓玛解恨地在一旁跳跃、欢呼、鼓劲，"打死他……"

这李宝儿也真不愧是一条汉子，每次打倒后，他仍然挣扎着站起来，不甘屈服，以一个真正男人的样子站立在他们面前，直到被甄二爷打得血头血脸面目全非甚至胳膊打骨折后，才趴在地上呼哧呼哧地喘粗气。

"绑了!"甄二爷招呼扎西阿扣。二人解下早已备好的黑毛绳，一绳子就将李宝儿捆成了毛蛋蛋，然后二人将他系在马后，送交给了公社。

第四十九章

在甄二爷甄别出李宝儿是土匪，设计将他剪除了的时候，小狼王也在甄别谁才是杀害了它的部属，给了它家族毁灭性打击的罪魁祸首。那天晚上以后，它时常潜伏到扎西阿扣家的黑牦牛毛帐房附近，不停地观察、判断。它发现，那个藏族阿米（阿爷）虽然拥有一支威力无边的快枪，出去牧羊时也常常斜挎在肩上，但自从那晚以后，再也没见过他开过一枪。倒是那个穿着蓝士丹林中山装、一副黛彤川汉人模样的汉子，常常背着散发着浓郁火药味的土铳枪，领着一个瘦小的汉子，早出晚归，去肆意猎杀草原的野生动物，包括他们狼族。

是他，一定是他！它相信自己的判断。那天，它是那样明确地嗅出了一条雾带似的土铳枪火药味蜿蜒横亘在草原上，起点就是在这儿，就是藏族阿扣家帐房旁边的那个小白帐房，而终点就是它们狩猎的围场。只是它不明白，那雾带样的火药味不知什么原因，到达猎场的时候怎么就突然没有了呢？就连那快枪那淡淡的铁锈味也怎么都荡然无存了呢？否则那晚它绝不会贸然行动，遭致家族毁灭性重创的。

那晚以后，它常常苦思冥想这个问题。它知道，这个问题关系到它们家族的生死存亡，但直到现在，它还是没有弄明白人类用什么办法，使那浓重得犹如黑云般的气味顷刻间消失得无影无踪了。

但有一点是确定无疑的，那就是：这两个汉子是杀害了它亲人的罪魁祸首。明确了这一点后，它也就明确了复仇的目标。这几天，它在组织围猎，满足家族成员的生存需求外，一直在寻找机会，时时刻刻想将这两个狗日的脖颈咬断，给它死去的亲人报仇。不唯如此，不消灭这两个家伙，对它们家族的生存是一个致命的潜在危险。

但它非常忌惮那支土铳枪。它有几次远远地跟在他俩的后边，看见他俩就凭着这支破枪，每天都满载而归。它们捕获一只狍子、黄羊乃至兔子一样的小动物，都要费劲心机，都要耗尽体力，有时候还会空手而归。而他俩，只消悄没声息地摸到那些动物吃草或休息的地方，不知怎的，随着一声巨响，那根铁管里冒出一股浓烟后，远在百步之外的野生动物们便会应声而倒，已然成为他们的猎物。不要说是那些小动物，就是庞大、壮硕如梅花鹿、野牛，聪明、机警如它们狼族，概莫能外。

但令小狼王疑惑不解的是，这到底是人类与生俱来的本领，还是运用智慧创造的才干？但不论怎样，都让它自愧弗如，进而自惭自卑：人类真是个伟大而神秘的动物，它们狼族远远不是他们的对手。

小狼王是一位喜欢冒险和挑战的优秀首领。尽管复仇心切，但他不敢贸然行事，整个冬天，都在跟踪、观察甄二爷和李廷瑞，一直在寻找杀死他俩的机会。它发现，那汉子在运用土铳枪时，有一套烦琐的手续要办，要装药、填弹，扣火炮儿等，远远没有如它们狼族运用牙齿撕咬动物那样来得便当。这中间有一个十几秒的时间差，如果充分利用这个时间差，骤然发动袭击，使他们那威力巨大的武器失去作用，呵呵，这两个人恐怕连一只黄羊的反抗能力都没有，自已和手下这几匹勇敢善战的公狼顷刻将就可以将他俩撕得血肉纷飞的。

有几次，它和几匹年轻的公狼潜伏在这二人打猎必经的路旁的灌木丛中，计划着出其不意地发动袭击。但那俩家伙似乎能掐会算，偏偏不走它们精心侦察、设伏好的地方。有几次，他俩本来已经到了它们设伏的鞭麻丛中，但走在前面的那汉子突然停住，犹豫了一下后，拽着那瘦小的汉子毅然决然地朝另一个方向去了。他们走上一个山梁后，还对它们潜伏的地方指指点点，似乎对那汉子讲授它们的战略战术，讥笑它们的愚蠢、讽刺它们的无知……

尽管它对他俩非常忌惮，但它心中的仇恨却在一直发酵一直翻腾，复仇的计划一直在酝酿、一直在完善。功夫不负有心人，终于有一天，它觅得了一个复仇的机会。

那是一个寒风凛冽、阴霾密布的下午，它们终于将一群足有一百只的黄羊围在了一个名叫巴雨乔斯措的湖边。黄羊是一种生活在湖滨草原的动物。在祁连山草原，每种动物都有相对固定的生活区域，如岩羊和大角盘羊生活在陡峭、险峻的高山峻岭，麝、狍子生活在山脚下的丛林中，藏羚羊则生活在海拔较高、气候较为干旱的高山草甸等等。广袤的青海湖湖滨草原是黄羊的大本营，但祁连山草原上湖泊众多，湖泊周围的草场同样是它们的乐园。那如一面面明镜般星罗棋布地镶嵌在偌大草原上的湖泊，给它们提供了丰美的食物和充沛的水源，使它们的种群生生不息，繁衍壮大。

小狼王经过好多天的跟踪、侦察，终于摸透了这群黄羊的活动规律。这群羊在一只健壮、俊美的头羊的带领下，每天都要到巴雨乔斯措湖边来觅食喝水。尽管时令已经到了百草枯黄的冬季，其他地区的牧草早已被食草动物们采食、踩踏，被凌厉的寒风刮得所剩无几了，但这片低洼地带的牧草却格外厚实。它在经过多次的侦察后决定，待这群羊进入这片草原觅食后，一直等到羊们吃饱了肚子，行动不够敏捷，速度大打折扣的下午，它将率领潜伏在十里以外的鞭麻丛中狼群，以迅雷不及掩耳之势赶到这里，迅速占领湖泊周围的制高点，将它们团团围住，然后赶到冰封的湖面上，待它们滑得站立不稳时，它们发动袭击，轻而易举地打一个漂亮的歼灭战。届时，它将亲自率领几匹年轻的公狼，率先封住那平坦、宽敞的出口，特别要一马当先，放到那个头羊，让羊们群龙无首，乖乖地听从它们的摆布。

一切都在它完美的计划中。太阳西下时，它率领狼群风驰电掣地奔赴到了湖泊周围，按照事先的布局，狼们各自为政，迅速占领了周围山头的制高点。

那只俊美的头羊已然觉察到了危险临近，它站在高高的山岗上，鼻子急速地翕动着，搜寻着一切危险的信息，判断着敌情，脑子里急速地思考着迎敌之策。

小狼王率领三匹公狼，迂回到湖滨草场的出口，准备实施“斩首行动”。但就在这时，一股浓烈的火药味直呛它的肺腑。它暗叫不好，喝令狼群撤退时，它所熟悉的、沉闷而巨大的土铳枪枪声在它旁边的一个土坎下炸响。随着这声巨响，离它只有十步之遥的一只硕大的黄羊应声倒地，在地下痛苦地抽搐着，新鲜的血腥味在空气中浓烈地漫漶开来，令它莫名地亢奋、激动。

不待它命令，群狼听到枪声后，立马本能性地逃跑。它则就地趴在地下，急速地判断形势。作为祁连山草原的一代狼王，即便是遇到比这更严重的突发事件，它也是绝不会惊慌失措狼狈逃窜的。这不但关乎到狼王的尊严，更关乎着狼族的生死存亡。

耳边的土铳枪声又有节奏地炸响，真如它的判断，间隙在十几秒之间。在震耳欲聋的巨响中，湖滨草场上的惊慌逃窜的黄羊们一个个倒了下来。它知道，这次人类的目标不是它们，跟它们一样，是这些肥美的黄羊。

枪声响过五六下之后，那只头羊终于判断清了形势。它喷了一个响鼻，一马当先，率领羊群越过一个山梁，转瞬间消失在草原深处。

它知道到了走的时候了。如再不走，这两个家伙猎杀的下一个目标就是它了。它跳起来，朝来路风驰电掣地驰去。等跑过两个山头后，它发现它的部属们早已跑到这儿，正惊慌失措地等着它。

它看了看它们，轻轻地吼叫了两声，斥责它们的散乱无序、惊慌失措。尔后又悄没声息地迂回到湖边的一个山头后边，从草丛中探出头，观察它精心布局、主角应该是它们的战场。

湖滨草场上，有两个人走来走去，将那些放倒在草地上的黄羊们往一个地方拖。那个体型较为健壮的男人手持一把闪着寒光的刀子，宰杀那些兀自在地下挣扎的猎物。它提起羊头，拿刀抹羊的脖子，随着他手的挥动，殷红的鲜血强劲地喷洒在枯黄的草丛中。

小狼王它这才看清了这两个人的长相，也才确定这就是让它们的家族险些覆灭，让它念兹在兹、无时忘之的那两个家伙。刚才听到那熟悉的枪声后，它的脑海中立马浮现出了这两个人的形象。但这种土铳枪非他俩所独有。在这草原上、丛林中，除了近年来出现的声音更小、威力更大的快枪外，但绝大多数人持有的都是这种土铳枪。因为这些枪不是制式武器，因每个铁匠的手艺不同，其所发出了声音还是有显著的区别的。因为自己跟这两个人渊源颇深，他俩土铳枪的声音给它留下了深刻记忆。

确信是自己的仇人后，它自然地想到了那支让它们惊惧恐慌的土铳枪。它狼眼逡巡，惊喜地发现那支破枪竖在一土坎旁，离那两个家伙足有一百步之遥。而且，那个常常使枪的家伙这时正往一个离枪更远的地方走去，去追杀一只负有重伤，在草地上蹒跚逃窜的黄羊。

小狼王大喜过望。踏破铁鞋无觅处，得来全不费工夫，自己苦思冥想、费尽周折寻找的复仇机会居然在这样一个时机悄没声息地降临了。机不可失，时不再来，它毅然决然地快速返回，招呼几匹经验丰富的母狼和几匹年轻的公狼，快速地游动到的那两个人的周围。

那个瘦小的汉子正低头对黄羊开膛破肚。猎人打到猎物时，因为要背着回去，因此往往剖开猎物的肚腹，将里边的心、肝、肺，特别是食草动物那塞满了一肚子的胃扒出来扔了，以减轻负担。他刚将一只黄羊的肚腹剖开，突然感觉到了周围空气的异样。他惊惧地抬起头，发现有几匹狼居然肆无忌惮地蹲坐在离他不远的草甸上！

“狼、狼！甄哥……”

正在追杀那只负伤黄羊的汉子听到同伴惊恐失声的呼叫后，惊愕地转过身，发现狼群居然围住了他势单力薄的同伴，不禁大惊失色，一边高声怒骂：“狗日的狼娃子好大的胆子，敢跟老子较劲儿……李廷瑞，你甭怕，它们不敢下口扯你的……”一边如飞也似的奔了过来。

小狼王睥睨了一眼，心说：狗日的没有了枪，我看你俩还有多大的能耐！

刚才，那汉子提刀宰杀黄羊时，它不禁大为疑惑。根据它的经验和判断，此人枪法十分了得。不要说百步穿杨，但对黄羊这般大的猎物，百步之外一枪毙命那是毫无疑问的。那晚，它的同伴们几乎都是在这支土铳枪下枪枪毙命的，今日他离黄羊的距离那么近，大部分羊却怎么只是受伤了呢？

它当然不知道，这是对自己的枪法有绝对信心，而且经验丰富的老猎人的故意所为，为的是不致一枪毙命，留下来有宰杀放血的余地。因为宰杀、放过血后的猎物较之死血淤积在体内的猎物，肉味更加鲜嫩可口。

但小狼王认为这是猎人枪法一般甚至拙劣的表现。看来自己高估了这家伙，其实他并没有它认为的那样厉害，自己大可不必长他人志气，灭自己的威风。早知如此，它也不必如此谨小慎微，早该随便寻个机会将这俩家伙结果了，免得牵肠挂肚，将宝贵的时间和精力倾注到如何报仇雪恨这档子事儿上了。

为了抵御祁连山冬日的严寒，人们要贴身穿毛衣毛裤之外，外边必须穿上厚厚的棉裤，套上厚重的老羊皮皮袄。脚上也大都穿着用牛毛羊毛擀的毡靴。今日天气格外寒冷，这俩人的穿着更为厚实，因此也显得格外臃肿和笨拙。

厚重的衣服影响了他俩行动的敏捷性。为了让这小子见识见识狼群的厉害，也让他体味体味自己的同伴被杀死的痛苦与悲伤，它决定等那人临近后，当面杀死这个瘦小的家伙。它相信，他如果看到同伴被他们撕成碎片的模样，裤裆里尿就会下来，届时它不相信他还有精神和意志去支撑他的躯体来抵御它们的攻击。

只是这小子不一会也就要死了，而且死得必将非常惨烈、非常难看，但却没有一个观众。否则会让那些看到这俩人死去的人类精神和意志上受到致命性的重创，使他们今后一看见它们狼就两腿发软、浑身发颤，再加上一裤裆的骚尿，再也不敢为所欲为地屠杀它们，肆意侵占它们生活的领地！

在甄二爷将近时，小狼王表演性地朝李廷瑞扑去。它本来想在奔跑中高高地跳起来，然后一个泰山压顶，将这小子剪倒在地上，然后叫那些公狼母狼们扑上去将那小子撕成碎片。而它会不失时机地蹲坐在一边，陪着甄二爷欣赏这精彩的一幕。

可等它跳起来，准备扑剪的时候，却发现那小子双手抱着头趴在了地上。骤然失去了目标的它在惯性的作用下，直扑出十多步才刹住身子。等它回过身来时，发现狼群已然将那小子压在下面，狠劲地撕扯。

说时迟，那时快，群狼撕扯了没一会，甄二爷已然扑到了跟前。“廷瑞，你甭怕，我来了……”呼喊着，一转身，“噗”地一声，将满尺的藏刀刺进了一只母狼的胸腔。那母狼凄惨地叫了一声，像一只皮袋似的掉在了地上。看得出来，这打猎出生的小子果然不同凡响，他知道动物们的致命所在，那一刀，不偏不倚地刺中了母狼的心脏，让它连挣扎的机会都没得，就软绵绵地死在了草坡上。

其他的狼大吃一惊。特别是同伴那凄惨的叫声让它们万分惊惧。它们本能地放开了李廷瑞，纵逃到小狼王的身旁，请示性地望着它。

李廷瑞战战兢兢地爬了起来，躲到了甄二爷的身后。“你没事吧？”他问。

“没……没事……”李廷瑞带着哭腔说。因为恐惧，声音完全变了样儿。

甄二爷一边手持藏刀弯腰坠臀作出被动防御的姿势，一边用眼睛余光查看着李廷瑞的伤势。他看见他的脖子转动自如，就知道了他并无大碍。

这回轮到小狼王万分惊惧了。它简直有点不相信自己的眼睛，那小子在遭到群狼那么长时间的攻击后，居然安然无恙地站了起来！这要是牛啊羊啊之类的动物，别说一个，就是十个也早已一命呜呼了，而这小子居然安然无恙！

小狼王根本不知道，李廷瑞那厚厚老羊皮皮袄，那结实耐用的毡靴保护着他，狼群的撕扯根本没有伤及他的身体。不像其他动物，狼牙一旦撕开了他们的肌肤，就给了他们致命的重创。李廷瑞唯一露在外边的脸，也因他握着藏刀的双手本能地紧紧抱着，狼们有所顾忌，根本未能在那儿下口撕扯，所以他只是受到了惊吓。

小狼王看到安然无恙的李廷瑞，有点吃惊地挪动了一下身子。群狼以为它要逃跑，立马紧张地蹿动起来。它们唯它马首是瞻，如果它逃跑，它们则会毫不犹豫地落荒而逃。

它呲了一下牙，低声吼叫着警告部下不可泄了士气。但它本人初战失利信心大受影响。但它知道作为狼王、作为领导者，在此危难之际必须镇定自如，必须临危不乱，必须表现出坚定、刚毅等优秀的领导品格来，否则轻则会损害一代狼王的尊严，弱化领导者的权威，重则将会导致队伍的溃败、帝国的覆灭。在关乎到狼王地位得失、狼族兴衰的重大原则问题上，小狼王从来不敢马虎，今日更是不敢例外。

它的不凡表现果然起了巨大的作用，群狼立即同仇敌忾，蹬直了双腿齐刷刷站在小狼王身后，严阵以待，作势只要小狼王一声令下，就要发动更加猛烈的攻击。

甄二爷不敢掉以轻心。在他与狼无数次的争斗中，还从未遇见过哪个狼群如此胆大妄为，居然面对面地对他发动攻击。在他的记忆中，狼们对他只有觊觎、窥探，间或发动一些无关痛痒的偷袭，最多也就是在山垭豁、山沟里双双迎面相遇，发生遭遇战。这时往往是四目相视，最后往往是狼不敢对视他那不屑一顾、坚毅决绝的眼光而转身如飞也似的逃之夭夭。

当然，在这草原上丛林中，也有人遇到狼群后惨遭毒口的。记得是刚刚解放的那一年，欠隆沟有个牧人，骑着马背着一杆七六二步枪，去寻找走失的几头牦牛。他是黄昏时候走的，家里人预计半夜时分他一定会回来的，可惜他一走便杳无音讯。家人预感不妙，央求了庄员邻舍去四处寻找。两天后找着了，可惜他连同他的那匹马、三头大牦牛，全部在一个丛林中被狼群吃了个精光。丛林旁边有个石崖，石崖下有个石洞，牧人的骨头，连同十几枚弹壳散落在石洞门前的草丛中，情形一片狼藉。事后人们推断，那牧人找着了牦牛，并赶着牛回家时，被也许跟踪了好多天的狼群围住了。牧人退到了石洞中，本想借助石洞求个活命，可惜那些贪婪、残暴的狼杀死了它的牲畜后，还是没有放过他。有枪、有马、有石洞依托的人遇到狼群饶是如此，一般的人在空旷的草原上遇到狼群，那结果就可想而知了。

“背靠背！”甄二爷命令李廷瑞。他知道只有这样，才能形成一个较为坚固的防御阵地，才能有效防止腹背受敌。看到甄二爷赶到，李廷瑞立马感到自己有了主心骨有了坚强的后盾，胆子也壮了起来。也多亏这几年跟着甄二爷在草原、丛林中摸爬滚打，否则遇到今天这样的阵势，他尿早就泡透了裤子，双腿发颤两手酸软，站都站不起来刀子也拿捏不住了。

“好！”他故意响亮地答应了一声，将身子转了过去，刹那间二人背靠背贴在一起，不约而同地坠腰躬身，将满尺的藏刀横在前面，作出了一副被动防御的架势。

小狼王暗暗吃惊，但它故意装出一副满不在乎的样子，用不屑一顾的眼光睥睨了一眼，一改随时发动攻击的姿势，顺势在山坡上蹲坐下来。其他狼纷纷效尤也蹲坐下来，同小狼王一起看着甄二爷和李廷瑞那副剑拔弩张的样子，仿佛罗马帝国的贵族们在欣赏斗牛场上即将厮杀的角斗士。

“要小心！”甄二爷对李廷瑞发声示警。他知道，狼这种漫不经心的样子，恰恰是这些奸诈的家伙在想奸计实施攻击的时候。“往枪那儿移动，一旦有了枪，它们就会逃跑的……”

但小狼王很快识破了他俩的意图。但枪离他俩有几十步之遥，这段距离所提供的时间，它相信它们完全可以致他俩于死地的。不过话说回来，人类这家伙拥有让它们无法想象又难以企及的智慧，智慧这东西往往会化腐朽为神奇，常常会出其不意地改变事物发展的进程，自己万万不可麻痹大意，错过这千载难逢的复仇机会而遗恨千古。

它站起来，呲了牙呲牙，将脖颈处的那些厚实的毛竖了起来，喉咙里也发出了“呼噜噜”的声响。群狼立即心领神会，明确了小狼王的战略意图，分散开来，几个纵跳，对甄二爷他俩形成了包围之势。

一匹母狼一反常态，蹲坐在甄二爷旁边，没有做出剑拔弩张的架势，一副漫不经心的样子。甄二爷大惊失色，急忙发声示警：“小心狼尿！”紧接着将双眼紧紧闭上。说时迟、那时快，一股带着骚腥味的液体不偏不倚地洒在了脸上。

而就在这时，小狼王从山坡上以百米冲刺的速度朝壮实的甄二爷冲来。甄二爷早就料到了这一点，知道小狼王会率先对他发动攻击，而且会狠狠地撞他，以期将他撞翻在地，破了他俩组成的二人阵法，然后叫群狼将他俩撕扯成碎片。

甄二爷冷笑一声，先发制人，用尽全身的力气朝小狼王冲去。到底是小狼王没有甄二爷壮实，一撞之下，小狼王被撞飞了起来，重重地摔在两丈开外的草地上。一撞之后，甄二爷以迅雷不及掩耳之势及时复位，与李廷瑞又组成了坚不可破的二人阵法，将闪着寒光的藏刀横在胸前。

其他狼看到狼王战之又败，不由心生胆怯，畏怯地原地打圈，不敢贸然发动攻击。

小狼王从草地上翻起身，一副极其狼狈的样子。它看见群狼未能如它部署的那样，在它发动攻击、二人阵法开裂之际，骤然发动袭击，一举将他俩扑倒在地上，便知道今日之战胜算不大。它又一次感觉到狼群战斗力、协调配合水平的低下。

就在它感叹之余重整旗鼓，重新谋划歼敌之策时，它看见甄二爷他俩快速地朝土铳枪所在的位置移去。它大惊失色，它太知道土铳枪的厉害了，也太知道土铳枪主人的厉害了，他会在拥有枪的刹那间就能让那东西发出震天动地的响声，就能让它们在那震天动地的响声中命赴黄泉！它当机立断，忽地一下堵在了他俩前进的路上。

“哈哈哈……”甄二爷突然仰天长笑。“看来我俩今天遇到对手了……廷瑞，我俩得陪这些狼娃子好好玩玩了！”心想老子祖宗三代在这祁连山麓里打猎，自己也在这山坳里草原上摸爬滚打了半辈子，什么东西没见过？不要说你们小小的狼娃子，就是熊瞎子、雪豹、野牛等凶残的野生动物，都不是我的对手，照样捉了杀了，吃它们的肉喝它们的血穿它们的皮，你们能奈我何？

狼群看到甄二爷仰天长笑，都不由自主地往后缩了缩。甄二爷看到了狼们的胆怯，愈发坚定了必胜的信心。两军对垒，士气至关重要，古人就有“一鼓作气，再而衰，三而竭”的说法，甄二爷不识字，当然不知道古人对士气有着如此精辟的总结，但这个道理他懂。小狼王现在正处在“再而衰”的阶段，再战，它将必败无疑。

小狼王似乎更加懂得这个道理。但作为一代狼王，不能如此狼狈地溃退，这关乎到狼王的尊严，何况这个机会是这样的来之不易，无论从哪个角度想，自己应该做最后一搏，以期反败为胜。

但它知道，越是在危机时刻，自己应该越为镇定。想到这里，它又蹲坐下来，偏着头重新打量起他俩来。

它知道，它们狼族都知道，人类的致命所在就是那脖颈。刚才那瘦小的汉子在它部属的撕扯下安然无恙，又一次证明撕扯他们的其他地方是徒劳无益的。那层包裹在他们身上的东西像铠甲，不说很不容易撕扯开，就是撕扯开了，也不会伤及到他们的性命。在千百年与人类的争斗中，先辈们总结出了许多有益的经验，这些经验通过他们狼族特殊的语言得以传承，有些已然熔铸在它们的骨子里，渗透在它们的灵魂中，已经演化、升华为它们的一种本能了。这些方法中，最大胆，也最叫人拍案叫绝的，就是设法从后边将狼的双爪搭在人的双肩上，人这时候往往会回头张望，会将细腻、柔软的脖子赤裸裸地露在它们的大口下，让它们不费吹灰之力就能将他们一口毙命。但人类的智慧是无穷的。据说，它们的一个前辈，在一个伸手不见五指的夜晚，又一次如愿以偿地从后边将双爪搭在了一个它跟踪、觊觎了很久的汉子的肩上。想不到那汉子没有预想中那样转过头来查看，而是双手牢牢地抓住了它先辈的双爪，仰着头抵住了它的脑袋，一直把它带到了人类的老窝，将它活剥了皮！据说，那有一万个不甘心的先辈在被剥光了皮之后，拖着鲜红的酮体跑了几百步后才倒地而亡的。

今日这俩小子的脖颈被厚实的老羊皮皮袄裹住了不说，两把闪着寒光的藏刀也在紧紧地护卫着，常规性地咬断脖颈的计划是不可能实现的。

还是撤退吧！胜败乃兵家常事，留得青山在不愁没柴烧。小狼王阿Q似的自我安慰。但撤退也得体面地撤退，不能仓皇逃跑贻笑大方，不能狼狈逃窜有失狼王尊严。

它轻吼了一声，朝他俩呲了呲牙，然后慢条斯理地转过身，不紧不慢地朝旁边的一个山坡走去。其他狼心领神会，也不紧不慢地朝另外的山坡走去。等越过山坡，他俩看不见时，小狼王便放开四蹄，如飞也似的逃去，转瞬间消失在了黄昏时节的茫茫草原中不知所终。

刚才小狼王慢条斯理地转身走开时，甄二爷紧张得手心里差不多出汗了。要知道，狼的奸诈是世界上任何动物无法比拟的，他想这狼肯定又在耍什么阴谋诡计了。李廷瑞的父亲曾经讲过一个有关狼的故事。说古时候有两匹狼跟踪一个卖肉的屠户，屠户只好将担中的肉一块、一块地扔给狼，期望狼吃饱了肚子而放过他。待担中的肉扔尽后，狼仍然不放过他，将他堵在了一个打碾场上。屠户手持杀牲畜的刀子，一如今天的他俩，与狼僵持起来。对峙、僵持了很长一段时间后，狼开始耍阴谋诡计，其中一匹狼蹲坐在屠户的面前假装睡觉，就像刚才的小狼王，另一匹狼转身走了，似乎放弃了对屠户的围攻。实际上，那匹狼在屠户后面的草垛中打洞，想前后夹击消灭屠户。后来，聪明、勇敢的屠户识破了狼的诡计，各个击破，将两匹狼尽数收拾了。

“狼亦黠矣，而顷刻两毙，禽兽之变诈几何哉？止增笑耳。”记得故事讲完后，老爷子摇头晃脑感慨系之。

等小狼王爬上山坡后，甄二爷以百米冲刺的速度奔向土铳枪。枪抓到手后，他赶紧装药填弹，做出了随时击发的准备。这时，他才发现自己冷汗涔涔，汗水几乎泡透了整个皮袄。再看李廷瑞，早已趴在他的旁边，成了一堆泥！

“快走，说不定那些家伙还会回来的！”甄二爷说着，拉起李廷瑞，朝扎西阿扣家方向如飞也似的逃去。

果然不出甄二爷所料，小狼王风驰电掣般地越过几个山坳后，站在一高高的山冈上，放开喉咙嚎叫，叫声凄厉而悠长，似乎在悼念死在甄二爷藏刀下的亲人，也似乎在召唤同伴。其他狼在听到小狼王的嚎叫后，不一会儿便聚拢在他的周围。小狼王在黑夜中检视了一下部下，然后又一马当先，率领着群狼回到了刚才打围的地方。果然不出它所料，那俩人也是落荒而逃，打下的那些猎物原封不动地搁在那儿。小狼王命令群狼敞开肚皮，大肆饕餮。狼们风卷残云，一个个吃得大腹便便。然后，慢悠悠地回到了驻地，吐出多余的肉，也让孩子们吃得满口生津。

第五十章

甄二爷是腊月二十七日夜晚回到桦树湾的。

他是赶着五头驮牛驮着五驮野生动物的肉回到桦树湾的。他之所以选择这么个漆黑的深夜回来，为的是不能让公社、大队的干部们知道他打了这么多的野生动物。

谢队长半夜里看见山也似的野生动物肉，兴奋得双眼放光，在黑夜中灼灼如狼眼。他穿了老羊皮袄，挨家挨户地悄悄去叫："赶紧到饲养院大院里分肉！"男人们一听见说肉，将信将疑，但一个个像兔子似的从被窝里蹿了出来，提着铁桶背着褡裢拿了芨芨草编制的背斗，飞一般聚集到饲养院大院。

谢队长用马灯照了照黑鸦鸦的人群，乐得骂道："日你们先人，平时叫你们开会学毛选学文件，你们狗日的猫在家里我嗓子喊哑了也不出来，今晚一说分肉，咋半夜三更跑得一个比一个快？怎么就舍得了热炕舍得了婆娘的绵尻蛋子？"

"老婆的绵尻蛋每晚有得抱，可肉多少年没吃了啊！"有人笑着说。

"甭说肉，就是干粮也吃不饱啊！一家老小肠子干得裂开口子了……"

"快分吧！谢队长，婆娘娃娃都生着了炉子等着呢！"

"那你妈妈的咋还不动手？"大家心情特好，心情好得不说一些粗鲁的话难以表达。

"给我剁成四十五份，剁好了抓阄！"谢队长命令道。

人们纷纷动手，找来斧子抡开了剁冻得铁砣似的肉。谢队长提着马灯一边巡视肉分得是不是均等，一边用严厉的口气告诫众人，“回去后用大块的肉将嘴塞得严严的，谁说出去老子会要了他的命！”

“这个我们知道，我们知道肉香屎臭！”

“干脆一不做，二不休，今晚大家再偷分点粮食，好好过个年！”谢队长拍着胸脯说。

“我们这是娘娘吃饺团——全托了佛爷的福了！我看给甄二爷多分点粮食和肉……”有人提议。

“对！对！该多分点！”立即有人随声附合，“甄二爷！……甄二爷人呢？”有人喊。

“别喊了，早抱尕花儿的尻蛋去了……”

“哈哈……”人们不怀好意地放声大笑。

桦树湾的汉子们好长时间没有这么愉快、爽朗地笑过了。

这年秋天后，毛主席他老人家终于认识到跑步进入共产主义会栽跟头，于是下令解散了集体食堂。桦树湾家家户户烟囱里又冒起了散发着馨香的木柴烟火了。这一家一户烟囱里冒出的青烟让桦树湾人浮肿得如水桶的身子在一个月内奇迹般地消了下去，显现出一个个如干木柴棍似的骨骼，青菜色的脸也随着肚皮的日渐滚圆逐渐变得红润起来，多时不见的笑容也如北国初夏小溪边的水晶晶花，星星点点地开始绽放。

桦树湾人同全国人民一样，终于渡过了这个二十世纪六十年代发生在神州大地上漫长的饥馑之年。劫后余生又蠕动在祁连山麓沟沟壑壑的黑土地和平旷无际的草原上繁衍生息了。

第二天是腊月二十九。节日的气氛已经浓重地弥漫在甄二爷家小小的土屋里了。心灵手巧的尕花儿剪了一幅大红的窗花贴在了牛肋巴窗户上。那是一幅企盼丰收的剪纸。剪纸上两个憨态可掬的胖小子共同捧着冒尖的一木斗青稞，青稞粒外溢点点滴滴凌空而下，让整幅画充满了动感。甄二爷躺在被窝里看着小屋里忙前忙后准备年饭的尕花儿幸福地笑了，他想不到妻子居然有这么一手剪纸的绝活。画上那俩胖小子的丰收后幸福而满足的笑容活灵活现，似乎只要叫一声他俩就会从画中走下来，在土炕上活蹦乱跳。

土屋外，桦树湾的孩子们已经急不可耐地燃放起了鞭炮，“噼噼啪啪”地零星炸响在巷道里。甄二爷知道这是孩子们在腊月杀猪的时候拔下猪鬃，从叫卖在巷道里的那些从河州来的货郎手中换的。桦树湾人穷，孩子们没有钱买大串大串的鞭炮，只能用猪鬃换几十颗鞭炮省着放。这星星点点的鞭炮声更加渲染了桦树湾节日的气氛。

甄二爷翻了个身，又迷迷糊糊地睡了过去，享受这难得的幸福。只有受过苦的人才能享受。在经历了风霜刀剑的苦难后，这温暖的土屋这滚烫的土炕以及尕花儿温软的躯体，使他体验到了前所未有的幸福。

日头偏西时，他被一种难耐的痒痒搔醒。他睁开眼后，发现尕花儿趴在炕头上，用一根鸡毛搔他的脸。“我把你这个尕嫚蛋儿！”甄二爷嘴里叫着，一把揽过来，狠命地吻了起来。尕花儿的嘴唇充盈而丰满，舌头柔软而润滑，在他嘴里如一只逆水而上的黛彤河裸鲤，极力想游进他的嗓子眼……他含在嘴里恨不得吸进胃里去。

“好了好了！”好长一段时间后，尕花儿极力扳开他的头说，“快点起来吧，懒汉！”

“不！”他紧紧抱住她，将头塞进她的怀中，任尕花儿瀑布似的一头秀发漫漶和缠绕在他的脖子、脸上。尕花儿有一股奇异的体香，这体香使他无限留恋、万分陶醉。在斡尔朵草原的日日夜夜，他多少次回味着这种体香，陶醉在与妻子的浓情蜜意的臆想中啊！

“甭耍了，甭耍了！”尕花儿将他从被窝里拉出来，帮他穿上了老羊皮袄，将一根红带子勒在了腰间，“出去赶紧到李家阿爷那儿写副对联吧，隔壁邻舍都已经贴上对联了！”说着将他推出了土屋。

出得屋后才发现，初春的阳光是这样的和煦而温暖。向阳地方的积雪已开始融化，浸润了周围大片的土地，有些地方甚至淅淅沥沥地淌出一股小溪来，仿佛在告诉人们祁连山麓漫长的冬季已然过去了，春姑娘犹抱琵琶半遮面，从湛蓝的天幕之外开始垂青这片丰饶而美丽的土地了。

他径直朝河西的大队经销部走去。他想买两张红纸写几副对联。桦树湾东西走向的巷道里人来人往格外热闹，许多人赶了马车骡车驴车拉水。跟往常不一样的是，人们要将过年三天的水全部预备好，不仅如此，女人们还用大背斗背了晒干的牛粪马粪狠命地煨进土炕的炕洞里，为的是能在过年的这三天什么活也不干，舒舒服服、清清闲闲地过个年！

一年三百六十天，庄户人只有这三天才能清闲，而这清闲是靠预支劳动来实现的。

红、黄、绿等各种颜色的对联已然贴在了各家各户的门框门楣上了。这些色彩给桦树湾的灰暗和单调抹上了一道鲜亮的色彩，注入了鲜活的生机。甄二爷一路走过去，心中却感到了伤感。他发现，依山而居的偌大的村庄里，贴红对联的没有几家，绝大多数人家门上贴的不是绿对联就是黄对联，还有不少人家贴的是白对联。按照黛彤川的乡俗，头一年家里死了人，要贴白对联，第二年要贴绿对联，第三年贴黄对联，到第四年，才能贴红对联。贴了这么多白绿黄对联，标志着这三年饥馑之年，桦树湾几乎家家都饿死了人！

甄二爷记起他家应该贴副绿对联了，因为他的疯丈人是去年八月去世的。"来副绿纸吧！"他对大队经销店经销员说。"唉……"经销员是一个叫雷振海的四十多岁的男人，平时粗嗓大声性格十分豪爽。他见又来了一个买绿对联纸的，不由得又长长地叹了一口气，"你看，你看……"他拍着货架上的红黄白绿纸说，"按理说过年了写春联用红纸多吧，可白纸绿纸黄纸都快卖完了，这红纸还有那么多……"

"就是，就是，唉！"在小小经销店里拥挤着买年货的男人女人们附和着、叹息着，叹息声在人群中漫延，并被无限地放大，使整个桦树湾的春节喜庆的气氛中掺进了悲戚和哀伤。

甄二爷从人群中挤出来，朝村东头的李忠孝家走去。李忠孝作为桦树湾识文断字的人之一，写得一手好毛笔字，一年一度春节挥毫泼墨为整个桦树湾家家户户写春联是他的专利。

李忠孝家很热闹，很多人围在李忠孝家等着写对联。在甄二爷的记忆中，桦树湾人在这个时候完全显示对知识的敬重。他们不敢大声喧哗，更不敢随意取闹，而是毕恭毕敬恭立一旁，看老爷子撩起长袍的衣襟，左手托着右手手腕，在红纸上挥毫泼墨，仿佛在行注目礼。轮到写谁家的，谁就双膝跪在小桌旁双手压平了纸，当一个镇纸。这时候，老爷子常常看看跪着的对联的主人，沉吟片刻，饱蘸浓墨，提笔写道：

向阳村舍春光媚

和睦人家幸福多

横批是：三缄其口

原来这家人人口多，妯娌间时常磕磕绊绊，闹得一家不安宁，老爷子便写了这副对联，意在规劝。那人收了对联，深鞠一躬，诚惶诚恐而去。

下一个是一个壮汉，衣服邋里邋遢，胡子长得老长。老爷子看了看他，提笔写道：

四天不破活亮子

两窝鱼儿溜趟子

横批是：踢了踢了

“李家阿爷，你念念是啥字，好叫我们听听！”那壮汉说。

“回去贴在院门上吧，过路人自然会念给你听的！”老爷子在砚台上舔着毛笔，泰然地说。

“念念吧，李家阿爷！”乡邻们知道老爷子的对联有的放矢，都来听听今年他给这个赌博郎写了什么，纷纷央求道。

“好吧！”老爷子捻着胡须，抑扬顿挫地念了出来。这两句合起来是一副桦树湾人玩牌九的牌局，指定赢钱的牌局，是赌博郎们常挂在嘴边企求摸到的好牌。

“哈哈哈……”老小爷们儿这下全听懂了，直笑得前仰后合。大家知道这是老爷子在讽刺那壮汉成天赌博不务正业，也将他的劣性暴露在过路人面前，意在规劝。

但老爷子写得更多的吉祥、喜庆，企盼国泰民安，人民幸福的春联。如：“翠柏苍松祝福寿，金樽檀板庆新春”。

又：“国泰民安寰宇庆，家和人寿满园春”

……

但今年老爷子不比往年了，他颤颤巍巍手拿不起笔来了，写了两副对联后，就写不下去了。“老了，老了！”老爷子丢下笔颓废地说。

“缓一会，缓一会儿再写吧！”庄员们体谅地说。不是老爷子真的老了，老得笔都拿不起，而是他每写一副白对联绿对联黄对联，都不由地想起那些一同在桦树湾跟土坷垃打了一辈子交道，如今却都不在了的乡亲们，不免兔死狐悲，不禁悲从中来。为表怀念，又不得不绞尽脑汁想新词，致使他身心疲劳心力交瘁。

看见甄二爷走进院子，老爷子颤巍巍地从椅子站了起来："娃娃，我知道你回来了，我知道你迟早会来看我的……"

"是啊，我这不是来看你来了吗?"他抓住了他瘦骨嶙峋的双手，感受到了老爷子的羸弱与衰败。

"呵呵……"老爷子似乎在笑，实际是在咳，"我那不孝儿子咋没回来啊?"

"我这不是给您老说这事儿来了吗!"他扶老爷子坐在椅子上。

"娃娃!"老爷子捋着花白胡须，扶了扶老花镜，长长地叹了一口气，"我那娃不成器，做下的那些对不起你的事，你就大人不见小人怪……"

"嘿，过去的事，阿爷你老提他干啥呀？我要是计较这些，我俩还能在一个锅里吃饭、一个被窝里睡觉那么长时间吗？你们说是不是啊？"他转身问旁边等着写春联的庄员们。

"是啊，是啊!"庄员们想起了李廷瑞想钻尕花儿被窝的事，暧昧地笑了。但他们昨晚刚吃了甄二爷和李廷瑞打回来的肉，心中委实存着感激，因而在随声附和。再说，这小子也确实行，人品没说的，豁达大度、不计前嫌……

"我那娃咋没回来呀？这大过年的!"老爷子有些每逢佳节倍思亲的伤感。

"是啊，他怎么没回来呢?"庄员们这才想起李廷瑞没回来，便开玩笑地说"莫不是在藏族人家做了'木华'吧!"。在这个各民族交叉混居的地方，汉族小伙子到藏族人家做"木华"是司空见惯的事。

"嘿，这下总让你说对了!"甄二爷拍着大腿说，"他果真在斡尔朵草原当'木华'了!"

"真的吗？你不会……不会骗我吧?"一直为儿子婚事的日思夜想死不瞑目的老爷子一听说儿子的婚事有了着落，顿时两眼放光。

“是真的！”甄二爷就一五一十将李廷瑞在扎西阿扣与措毛姑娘两情相悦的事儿添枝加叶地吹嘘了一番，“扎西阿扣愿意招廷瑞作‘木华’哩，我是专程来对你说这事儿的……”

“哈哈哈，老夫死可瞑目矣！”李忠孝放声大笑，笑得浑身乱颤，笑过之后便像一滩泥似的滑落在了地上。

“快快，阿爷不中了！”庄员中有几个年老有经验的，抛了手中的绿纸红纸跑过来围住李忠孝。只见李忠孝只有进的气，没有出的气，脸上挂着满意而幸福的笑容，早已魂归阴府，含笑九泉了。

“快去叫谢队长！”有人喊道。这婚丧嫁娶在桦树湾算得上是头等大事，桦树湾人听惯了谢队长发号施令，这等大事自然得由谢队长来做主了。

第五十一章

早有一小子如飞也似的跑将去。不一会儿谢队长穿着一身笔挺的中山装，口袋里插着一支英雄笔赶来了。其时，几个老汉已将老爷子平放在背阴的地上，脸上盖了几张黄表纸。据说死人千万不能放在阳光下，否则会裹了阳气，阴气大盛，那鬼魂厉害得跟妖魔一样，腾云驾雾半天里行走。老头老太太寿终正寝的倒也罢了，如是年轻人屈死枉死了的，尤其是尕媳妇难产走了"月间"的，死时如见了太阳，血气跟阳气一裹，会将一庄子闹得鸡犬不宁的。

"这样吧!"谢队长翻开黄表纸看了看老爷子后，当仁不让地当起了"大东"。黛彤川乡俗，逢婚丧嫁娶必请一庄子里德高望重、有组织协调能力的人做"大东"，将一切事宜交于"大东"操持，主人家则不闻不问。尤其是这等"白事"，主人家便成了孝子。孝子的孝帽用麻纸糊就，帽冠突起，如古代士大夫的官帽，帽檐很长，遮住了双眼，暗示"孝子"在大丧期间什么也看不见；帽子双侧垂下两个棉花圆球，如皇冠上的琉璃，暗示"孝子"的耳朵已然被堵塞，什么也听不见的。

"这样吧，"谢队长如临阵指挥的将军，用英雄笔指点着众人，"你们几个小伙子，将中堂里的柜柜箱箱抬出来，垫点黄土，先将老爷子放在那儿，设个灵堂!"

"你们几个，"他对几个老汉说，"给老爷子净净身，换上老衣吧!唉，有没有老衣啊?"

"没有……"李廷德被众人推到了前边。虽然分房另居，但他是这个家的长子，理应担当家里的大事儿。

“嘿……你看你这儿子当的！”谢队长气得转圈了。在桦树湾人的观念里，老子给儿子娶媳妇，那是老子的责任和义务；儿子给老子置办一身百年之后入土的老衣和一副棺材，是儿子应尽的责任和义务。“你大大给你没娶媳妇吗？你看你这儿子当的！”

“这也不能怪娃娃们，”有个老汉出来打圆场，“这几年肚子都吃不饱，那有钱给老爷子置老衣做棺材啊？”

“是啊是啊！”众人随声附和。

“那棺材也自然没有了？”谢队长翘起下巴斜睨着李廷德明知故问。在黛彤川谁家老汉做了寿材，亲戚朋友、庄员邻舍都要随礼都要贺寿的，其隆重绝不亚于婚丧嫁娶。李忠孝做没做寿材，谢队长自然是最清楚不过了。这样问，无疑是斥责李廷德没有尽到为人子的责任和义务。

李廷德汗颜不已。

“这样吧！”谢队长转身喊，“谢木匠！谢木匠来了没？”

“来了！”谢木匠从人群中闪出听令。

“你领几个小伙子到山后砍几棵柏树松树啥的，拣好的砍，给老爷子做一副八仙板的松柏柳棺材！”

“好……”

“保管，保管来了没？”

“来了，来了！”队里的保管员站了出来。

“你到仓库里灌上十斤青油，再拿半副石羊肉和一些白面来……”

“韩会计、刘出纳……”谢队长扯开嗓子喊。

“来了，来了……”

“到生产队账上拿二十块钱，到大队小卖部买上两条‘经济’牌烟，再灌上五斤‘黛彤醇’青稞酒……账嘛，记在李廷德和李廷瑞二人的‘往来’账上……哦，对了！得把孝布扯了……”

谢队长站在那儿发号施令，淋漓尽致地体验和享受了作为重要人物的感觉，“你们得快快把我分派的事儿办利索了，今天是腊月二十八，大后天就是明年了，老爷子三十日早上如果不能入土为安，那尸身子就放两年了，这中吗?”

“不中不中，当然不中!”大家点头称是。黛彤川乡俗，寿终正寝的老人必须放七天至少放五天的，为的是让亲戚朋友庄员吊唁祭奠，行完祭祀的所有礼数才能入土。可遇到这等特殊情况，是必须尽快入土的，绝对不允许尸身子放上“两年”的。

照这样说来，老爷子后天早上太阳没出山前必须入土的，这甚也没准备，时间紧啊!

摊派完这些事儿，谢队长转身对李廷德说:“走，跟我报丧去!”

“唉!”李廷德答应着，穿了一件到脚面的白板老羊皮长皮袄，从村东头开始，挨家挨户地报丧。谢队长每到一家，叫李廷德跪在那儿，然后叫这家人出来，说:“李家阿爷后晌殁了，孝子来报丧了!”

“哦、哦!”这家人看着跪在自己面前的“孝子”，一连声答应着。等他俩走后，立马从草跺上抱一捆草，放在庄廓门口点燃了，大概意在压阴驱鬼——据说鬼是最怕火的。随着他俩的渐次西移，桦树湾由东向西，浓烟滚滚，似边关狼烟!

浓烟尚未散尽，李廷瑞家的院子里已然灯火通明了。几把松明子噼噼啪啪地燃烧，空气中弥漫着油松燃烧后散发的清香。这是一个不眠之夜，在谢队长的指挥下，李家阿爷的丧事在有条不紊、紧锣密鼓地进行。

院子里，一棵树上绑上了谢木匠从山里砍来的圆柏，七八个小伙子轮换着用五尺的大锯子解板。土炕上，这一边，几个老婆子粗针大麻线地缝制着老爷子的寿衣。那衣服长袍短褂的，完全是满清时代的样式。另一边，由一个“丧官”——专门请来治丧的，一般由村里德高望重颇知礼数的老者担任——在缝制孝帽孝衣。孝帽分白蓝两种，并在前檐上缝上红、黑等不同颜色的小布块，区别开来，分别给五服内不同辈份和亲戚们戴。这孝帽充分体现封建宗法的礼数，让人一看，便知孝子们的尊卑长幼、远近亲疏。

厨房里，早有桦树湾最出色的厨子在预备“十大碗”，寓其人生已然十全十美之意。这是丧葬之席，红事上还有“八大碗”和“十二碗两上”的席，其档次在桦树湾是皇宫里的满汉全席。这席中的每碗都有一个故事，其渊源于封神演义中的故事。比如其中有一道菜，是用去了芯的白菜做的，上边缀以肉丸，寓丞相比干被妲妃挖了心，后遇卖无心菜农妇而亡的故事。

不论这“十碗”还是“十二碗”，上菜的次序都有不成文的严格规定，断断乎不能乱的，否则称之为“乱席”，是对客人的极大不恭。所有的红白大事中，因为上错了碗而闹纠纷甚至大打出手酿成人命的不胜枚举。当然有些是有意的，比如来吃宴席的客人来了不该来的人，东家便会故意颠倒着摆席，若责问起来，则回答：“你们来的是乱人，我们上的是乱席！”让客方汗颜不已，有时会恼羞成怒，大打出手；有些是无意的，主要是厨师弄混了，或者各村各社的风俗不同使然，这一般由厨师亲自到席间，如是这般地说道一番，客人认为合于礼数，便也不会计较，一场剑拔弩张在敬酒、玩笑中悄然冰释，主客皆大欢喜。也有的因别的事上不如意，不好发作便在宴席上横挑鼻子竖挑眼，借此发挥闹事的，这些自然会留下笑柄，让颇知礼数的庄员们津津乐道，不断纠正和完善这些礼数。于是这些礼数便逐渐变得繁杂和烦琐，甚至连一些颇知礼数的阿爷阿奶们都无所适从。

鸡儿叫头遍的时候，谢队长叫丧官去烧“还魂纸”。在大门外燃了一堆火，拿了一叠象征性地印制了一下的黄表纸冥币，端了一罐米汤，喝令亡人的儿男子孙跪下来，祷告说：“李家阿爷，你于公元1963年腊月二十八日后晌归天的……你看，现在政策好了，大家肚子也能吃饱了，你的儿男子孙来送你哩，你就放心的去吧！”

据说亡人死后，如不烧“送魂纸”，亡人的灵魂一直不知道自己已经死了，也说亡人的灵魂一直在望乡台上徘徊踟蹰，舍不得离开儿女子孙。烧了送魂纸，他才如梦初醒或者不得不离去。

“李家阿爷！”丧官继续说，“往前看你步步有喜，往后看你步步有难，你就去吧！去了后要保佑桦树湾五谷丰登，牛羊满圈，保佑儿女子孙、庄员邻舍、亲戚路眷平平安安，少得病、多发财！”说完，将冥币烧了，将米汤祭奠了。

谢队长说到这里，亡人的儿男子孙们便放开嗓子号哭起来，就像蓦地打开了录音机一样，哭得声嘶力竭，悲恸欲绝死去活来。越是哭，亡人死后愈加荣光。庄员们便在心里感叹：“你看人家儿孙满堂，儿女们那个孝心！啧啧……”也暗暗祈愿自己百年之后有此殊荣。

每当此时，庄员们便会袖手旁观任其淋漓尽致地哭，等哭得差不多了，便一个个拉扯着劝了回去——如果庄员们不劝哭，他们是不好意思停哭的，否则人们会笑话的。

孝子们回去后，便在灵前献了由十个馒头垒成的“献子”，点燃了用清亮清亮的黛彤油菜籽油作燃料的长明灯。随后设了灵堂，便在灵堂前“陈孝”，就是将事先缝制好的孝帽孝衣按长幼辈序戴在头上穿在身上。自此，长达几天的祭奠算是正式开始了。自此以后，丧子们便不闻不问，长跪在灵前事前铺好的青稞草、菜籽草上哭灵。凡有人来，男人女人们便得大放悲声，用哭声迎来送往。于是，黛彤川的哭灵简直哭成了一种文化。会哭的女人那哭声抑扬顿挫、声情并茂，将死者生前的功德善行，将自己的悲痛与思念唱歌似的哭出来，常常让一庄子的人们统统忘却了死者生前的种种不是，冰释了与死者生前的恩恩怨怨，有时直哭得一庄子男男女女欷歔不已！有时候女主人哭得入景了，当别人问什么什么东西放在哪儿了时，她便拉长了声调哭唱着说：“青盐在——夹——夹板上呢！铁锅——隔壁——王家大婶——借——走了……”

有些女人原本是一个“少年”把式，平时在田间地头“少年花儿”唱得一溜一溜的，今日哭将起来，冷不防将花儿的调子糅进来，惹得大家窃窃私笑。

有些远房的孙子孙媳妇，原本对亡人没有悲痛之情，但孝帽一戴，出于礼节，便不得不混在人群中假装哭泣。据说有一位女人眼硬，实在哭不出来，看见门背后放着一罐水，便蘸来抹在眼睛上。却不知道那罐里装的是木匠做棺材熬好的驴皮胶，一下子就将眼睛给粘住了睁不开。她听到别人说：“阿爷啊，从今以后我把你不见了……”睁不开眼的她急了，拉着长长的调子哭：“你——还——行啊，我——我——连你都不见了啊！”这个故事在黛彤川引为笑谈。在丧事上看见没痛心的尕媳妇大姑娘哭叫时，便津津乐道。而在此时，年轻人也会开些无伤大雅的玩笑，他们会从厨房里拿了大块的肉或馍馍，逡巡在女人中间，看见那些无泪却张大嘴号叫的尕媳妇大姑娘时，便冷不防将肉或馍馍塞进去，惹得尕媳妇大姑娘蓦然一惊后，追打小伙子去了。

仅供祭奠李家阿爷的一天日子就这样忙忙碌碌、哭哭啼啼、嬉笑怒骂中很快结束了。到傍晚时，挑选的八个精壮的汉子也将坟坑宽宽展展地打好了。谢木匠也将松柏柳的棺材做好了。若提前做好了棺材，这棺材一定得用漆漆上三遍二遍的。棺材的底座、旁边一般要画上童男童女、莲花祥云一类的吉祥图案。当然有些又要画上龙凤之类，那是家有"功名"的才能画，比如本人或儿子在公社或县上当干部，否则便被视为僭越，被人耻笑的。

李家阿爷虽然读过书，但没有中过秀才。他的两个儿子都是土生土长的庄稼人，自然没有功名。所以他的棺材只好用红纸糊了，权当油漆。棺材顶盖上用碟子拓了五个圈，圈内写上了桦树湾人人都认识，却谁也搞不懂意思的五个字："乾、元、亨、利、贞"，棺材头上竖写了歪歪斜斜的一行字："先考（抬头）李讳忠孝之灵柩"，那"孝"字是不能写完整的，得留下最后一划。那一划在第二天早晨入土时，先生要用孝子的血写上去的。最后用天干地支纪年法写了老爷子仙逝的年月时辰。

这一切办妥后，棺材被抬到中间的堂屋，给老爷子入灵，也就是将死尸放入棺材。丧官早就给老爷子穿了几套丧衣，此时又给老爷子的双腿上拴好了红布并捆绑紧，防止诈尸；又在他的手腕上拴上了两串叫"打狗饼"的小饼子。

据说，人死后到阴曹地府，要过奈河桥。奈河桥上有两只大藏獒守着。亡魂过奈河桥的时候，一边扔给藏獒"打狗饼"，一边过河，这样才能过得了河，否则便成了野鬼孤魂，永世不能转世超生。

这一切办妥之后，丧官叫孝男孝孙们轮流着来看老爷子的遗容，这谓之"望骨"。"望骨"时绝对禁止哭泣的，据说眼泪掉进棺材，这灵魂便留恋子孙迟迟不肯赴阴曹地府。甄二爷跟着孝子们也看了一眼李老爷子。他看见老爷子脸色蜡黄，颧骨消瘦如刀。嘴里已被丧官在里边塞了红糖——有钱人家会塞上一点金子或银子的，外面用面糊了，就像用泥巴糊了墙洞。

他心中充满迷惘与空虚。

之后，谢队长虎着眼，将丧官、题了材头和写祭文的先生、挖了坟坑的负责人、李家阿爷外公外婆家的什么人以及庄子里德高望重的几位老人都让到土炕上，重抹桌子重上菜，上“十大碗”隆重招待。上了四碗，中间一盘子手抓羊肉上来时，谢队长便发话了：“当着这盘骨头，李家阿爷娘外家的人要做骨头的主儿了，大家说说！”接着便回过头喊：“孝子们给我跪下！”

孝子们言听计从，心惊胆战地跪在了炕头的地上，面朝一炕的人，宛如朝臣跪拜君王一样。

这“说”的规程自然是不成文的法规，大家都心知肚明的。于是打了坟坑的便汇报说李家阿爷的“华居”有多长多宽多深，真正达到“深埋”的标准了。

于是孝子们磕头，感谢庄员们为自己的亲人挖了坟坑、造了“华居”。接下来是丧官通报老爷子走时穿了几套衣服，铺了几条褥子盖了几条被子，这总数加起来必须是单数。穿的越多铺的盖的越多说明这家人越富有，儿女们也更有孝心。

于是孝子们又磕头。

接下来气氛陡然紧张起来，紧张得围在院子里的近百号桦树湾男女老少大气也不敢出。孝子们更是跪在那儿不敢抬头看坐在炕上的“娘外家人”。而坐在炕上的人们此时一脸严肃，虎着脸，如审堂的法官。这确实是一个法庭，是维护孝道的道德法庭。

房子里院子里只听见老旱烟发出的“吱吱”的声音。

“你说，你说……”大家互相推脱着，“还是谢队长说吧！”

“既然大家这么看重我，我也就不怕得罪人，不然我们桦树湾就没个礼数了！”谢队长将长长的旱烟杆在炕头的木板上磕了磕，“刚才先生已经在祭文里写了，李家阿爷这一辈子不容易，吃过的苦、受下的难，我就不多说了，我单说一下，这老汉们拉扯儿女容易吗？”他环顾一下四周，得到众人的颔首肯定后自问自答：“不容易！且不说十月怀胎是多不容易，就是生下了，也是一个三斤的肉坨坨，拉扯到百十斤的汉子，挪湿就干，接屎接尿，容易吗？拉扯大了指望啥呀，不就是指望儿女们孝敬，老了有个依靠，靠你们养老送终吗？”

“就是！就是！”众人点头称是。

“可李廷德，你尽到孝心了吗？”谢队长口气严厉起来，“你大大解放前那个兵荒马乱的年代逃荒逃到我们桦树湾的时候，一个货郎担一边挑着些针头线脑，一边挑着的就是你俩弟兄啊！”

“就是！就是，说得没错！”知道底细的老汉们证实，证实给桦树湾的后辈们听。

“你妈死得早，你大又当爹又当娘，屎一把尿一把地把你们弟兄两个拉扯大，拉扯大了，给你们娶了媳妇儿了，你们就翅膀硬了，不管老子了，是不是？”

“我……我……”李廷德两口子跪在下面，局促不安面红耳赤。按照黛彤川的乡俗，孝子有天大的冤屈、牛毛多的理由，在此时此刻是不容申诉不容分辩的。

“都照你们这样，盼儿女还盼个啥！”坐在炕上的一个老汉发话了，也将旱烟杆在炕头上磕得啪啪直响，“你们说说，你们平时对你们的老汉怎么对待的？平时说一句顶三句，老没老、小没小不说，吃的喝的啥时候想过老人？”

“就是，就是！”又一个老汉发话了，“老汉们盼得是啥，不就是有一口热乎茶喝、有一个烫炕睡，平时多来看看、问问吗？你们分房另住，就婆娘娃娃热炕头，对老人不闻不问，你们不老吗？将心比心，你们老了儿女们对你们这样，你们怎么想？”

俗语说的没错，真正是“父母的心在儿女上，儿女的心在石头上”，屋里屋外的年轻人听着，大家都清楚，今天不仅仅是拷问李家后代们的良心孝心，更重要的是借此机会，整饬桦树湾的道德礼数，“上粮纳草不怕官，孝敬了父母不怕天，对待老人粗糙了是要遭报应的！”接着又引申开来，“不仅对自己的父母，对庄员邻居，要老是老，小是小，要和善、宽容，要有个规程礼数，要做一个仁义的人，不然外人会笑话咱们桦树湾人不仁不义……”

“那是、那是……”屋里屋外的人们随声附和。

“你说说，你们是怎么对待老汉的？”谢队长口气严厉起来，“咱不说别的事，就说说大家都知道的事！前两年生活紧张，老爷子饿得前心贴着后背的时候，你给老爷子一点粮食吗？年时甄二爷和廷瑞把生产队的喜鹊花犿牛宰了，那是廷瑞藏好了要孝敬老爷子的，你和你媳妇知道了，听说还天天厚着脸来讨着吃，你说，你们还是人吗？”

“俗话说，长兄为父、长嫂为母，你娶了媳妇就忘了爹娘。明知道你弟弟廷瑞都三十了还没娶上媳妇，明知道你父亲每天为这事儿犯愁，可你俩做哥嫂的，帮他找过没？帮过你父亲一分钱没？”

李廷德两口子头上的汗快流下来了，可谢队长依然不依不饶，“廷瑞进山打猎、外出搞副业不在家的时间里，老爷子一个人病倒在炕上，一连几天连口水都没得喝，睡的炕冰凉得像石板，你们婆娘娃娃热炕头，来看过他吗？来给他烧过一壶茶吗？来给他煨过炕吗？请医生给他瞧过病吗？”

谢队长的话，直说得那些平时对父母没有尽到孝道的汉子婆娘们一脸愧色。谢队长看到这点后，打算用更严厉的手段教育教育这些不孝子孙：“对李廷德这样的不孝子孙，阿爷们说说该怎么处置吧！”

“依我看，该在院子里支个三杈杆杆吊起来，抽一顿皮鞭才对！”有些过激的人喊。

在黛彤川，在丧事上人们无数次地将那些不孝之子吊在亡灵前的三杈杆子上抽打，来惩诫后人整饬孝道。今日有人提议，立马就有人响应。几个年轻人早将杆子竖起来了，那用牛皮编成的结实的皮绳在冬日的余晖下悠悠荡荡。而且早有人将手搭在了李廷德的肩上，只要谢队长一声令下，就要绑起来吊上去。

谢队长看见李廷德两口子脸色蜡黄，早已吓得不轻了。若是吊起来鞭打一顿，不仅仅是受到皮肉之苦，而是以后没脸见人，更重要的是以后在桦树湾里便会受人歧视。

谢队长看见杀鸡儆猴的目的已经达到了，就说：“我看，李廷德两口子对老汉粗糙是粗糙，但比起今天在院子里的有些年轻人好得多了！你们有些年轻人啊……”他回头从揭起的窗子对院子里的众人说：“回去好好想想自己平时的所作所为，是不是更该吊起来？”

“我看，在李廷德他们膝下垫些炉渣就可以了！”

下面立即有人听令将炉渣垫到了李廷德两口子的膝下，痛得他俩呲牙咧嘴却不敢声张。

垫好后，老人们开始你一句我一句，又挖根刨底地责问李廷德他们对老爷子的种种不孝和不屑行为来，同时还附带提出庄子里别的人家的不孝行为，还拿出有些人家儿子们孝敬父母、敬重庄员邻舍的事大加褒扬。

这个会足足用了一个时辰才结束。会议做出了一个决议，决定李廷德要在老父亲死后继续尽孝，在坟上煨一百天的火。这是个大难题，按照黛彤川的乡俗，这期间这火必须得精心呵护不得熄灭，而且每天得续一次，得烧一百次纸到坟上祭奠的。同时决定他们要在一百天里要烧掉三十刀黄表纸。“李家阿爷在阳世上受了一辈子穷，在阴间里要让他大把大把地花花钱！”丧官说。

第二天天麻麻亮时，桦树湾下面的山湾里出现了一支浩浩荡荡的送葬队伍。队伍的最前边一个半大小子抱着一只鸡在小跑。为了使鸡连续不断地发出喊声，将死者的灵魂唤到坟茔唤到阴曹地府，那小子狠命地揍它。可那只鸡已声嘶力竭了，尤其在过河沟和桥梁的时候，眼看着点燃的黄裱纸随逆风而去，鸡却叫不出声音来时，那小子便狠拔鸡毛，使得鸡毛与纸灰一同飞扬。

后边是李廷德，反穿着当孝衣的皮袄，雍肿而笨拙，像一只肥胖的北极熊。他背负着用白布结成的有五六丈长的孝布前行，孝布的一头拴在棺材上。棺材头上一只硕大的青油灯熊熊燃烧，如一支松明子火把。八个壮小伙子高高地抬着那个棺材，如古代的轿夫。只是这棺材用饱含水分的活木打造，因此非常沉重，压得那些小伙子叽哩哇啦乱喊。棺材抬得很高，这便是“高抬深埋”中的“高抬”了。

再后边，便是以谢队长和丧官、先生打头的送葬队伍。他们肩上扛着铁锹和镢头，紧随其后。

队伍来到早已挖好的坟坑旁后，在丧官的指挥下，逆时针绕坑三圈，然后才坐南朝北将棺材停在坟口上。这时丧官指使李廷德跳下去，将坑内的最后一锨土铲出来，象征着这坟坑是死者的亲儿子挖出来的。尔后，又叫他跪在棺前，丧官将那一锨土放在他的头上。这是一个很重要的环节，在黛彤川人的观念里，人们盼着生个儿子，除了防老送终外，主要的还是在死后下葬时有后人为他“顶土”。如果没有顶土，就意味着这家没后了，断了香火了，不仅在人前抬不起头，就是死后也是进不了祖坟的。

看见他顶了土，先生便刺破了李廷德的中指，用一支崭新的毛笔蘸了血，将棺材头上那未写完的“孝”字的最后一横给补上了，然后又在李氏宗谱的“神主”上写上了李忠孝的牌位。这谓之“点神主”，好让后辈们翻开家谱时明白血脉渊源。

点完“神主”，谢队长指挥众人将棺材徐徐放入坟坑，然后不断地调整方向，使棺材的方向跟坟坑的方向一致，既脚蹬前边的一座青山，背靠后边的一座山坳。而这山坳的后面绝不能再看见山，如看见则谓之“贼山”，这家人后辈贼娃则会层出不穷，殆害人间。

调整好了位置，丧官将李廷德顶的那一锨土丢进坟坑后，便发一声喊，人们呼啦啦围上去填土，太阳刚出山时，一个土堆便耸立在桦树湾的沟里了。

之后，所有人都齐刷刷地跪在坟前，丧官便在坟堆正后方煨了桑，先生便念起祭文祭后土。祭文曰：

维年月日主祭宾暨李门后裔谨以清酒香帛供品祭物敬献于土茔后土福德兴隆之神陔下，跪而祝曰：

易云：至哉坤元，万物滋长，乃顺承天。坤原载物，德泽无疆。我中华自黄帝划野，始分都邑；夏禹治水，福奠山川。天地造化，履津有序，土生万物，地利民生。物依地气而出发，借地利而生存，随自然规律，其神应与；虽人亡活动，而不离坤土。

土地博大，原野不可无吏；社神虽小，一地不可无主。今之社神，即福德土地。有我社神，广济福荫，司命农桑，佑我民生。荣东方甲乙之木，旺南方丙丁之火，得西方庚辛之金，兴北方壬癸之水，生中央戊己之土。后土之功，大莫能及；后土之德，永施万方，今斯葬父，慎终怀恩，首祭千神，承之佑灵，阖村伏跪，祈施庇荫，使我葬者安之，生者望之。敬樊香帛，以表敬诚。跪奠祭物，以报功德。就此简仪，答谢神恩。

伏叩，纳灵

读毕，将祭后土文烧了。全村人一脸肃敬，跟着丧官三叩首。

祭完了后土，丧官又来到坟前，燃着了一大堆火，一边御寒，一边将那些黄裱纸燃烧了，又跪下来，念了一遍昨晚念了的、大家替李廷德和李廷瑞写的祭文：

维公元壹仟玖百陆拾贰年腊月三十日主祭官暨李氏后嗣人等，谨以清酒香帛盒供纸币等诸物敬献于先考李讳忠孝茔前，并著文以祭之曰：

先考于战乱频仍之民国三十七年，自外籍迁入本土，狩猎于祁连山麓，放牧于金银滩上，为佃户、为塔娃，披星戴月，栉风沐雨，为人父、为人母，仅谋果腹之食，独赚御寒之衣，扶儿携女，洗锅做饭，其中艰辛，实难备述！

解放之后，定居斯湾。借祁连山之钟秀，凭黛彤河之灵气，且耕且牧，励精图治，虽无不侵之家业，然有果腹之粗食。念汝一生以忠孝立身，唯勤俭持家，以敦厚朴实为本，仁慈考悌为先，居则亲睦于家，出则和谐于外，治家有道，育嗣有方，君臣有义，父子有规；国有不许，己所不欲，长幼有序，恪守纲常，禀性光明，淳朴敦厚，诚大腹之能容，亦合欢而有庆。有事而不违心，随遇而安者也。先考遗德，荫之乡邻，桦树湾之民风，为黛彤川所仰望也。虽雅颂不歌之，但乡邑有名，乡梓称颂，众口皆碑。其德之馨，岂有媲哉？

华年似水，悠然廿载。风霜无情，岁月催人，汝伟岸之躯，渐超式微。然汝一袭青衣，两冉飘须，荷锄扶犁，吆牛喝马，终日躬耕南亩，昼夜伺弄田畴，其勤劳俭朴为乡人所称道，为领导所表扬也。子孙不忍，常为规劝，汝却诲之曰：八十老儿门前站，一日不死作贡献，遂躬蹈之，诲人效之。归天之际，犹笔耕不缀，为乡邻撰写春联也！冥目书案，寂然狼毫，为吾辈肃然敬之也！呜呼！哀哉！汝未丧命于战乱之年，亦未饿毙于饥馑之秋，如今粮满仓，油满缸，干粮油花（一种小吃）端上炕，长面搓鱼满碟上，汝却跨鹤西去，撒手人寰，痛哉吾父！哀哉吾父！一抔黄土，永世隔绝！望旷野孤冢，思冰凉之躯体，念天地之苍茫，独怆然而泪下！

箪浆壶食，跪地哀泣，生而形影相随，死而魂梦相系；哭汝不闻汝言，奠汝不见汝食；纸灰飞扬，朔风劲吹，独立寒天，撕心裂肺！呜呼！哀哉！天乎何辜，夺我慈父！今吾回家，情何以堪？轻抚卧榻，被褥余温尚在；再思容颜，一颦一笑犹在，家中诸物，何堪卒读？汝南之泣血，斑斑而洒西风冷月；梓泽余衷，默默以凭紫脉秋霜！己已……

先生念到这里的时候，甄二爷回头问旁边的人：“‘己已’是啥意思？”

“不知道！”那人摊开两手。

“‘己已’就是完了、结束了的意思！”先生回过头狠狠地瞪了他一眼。

先生继续诵曰：

呜呼！言有穷而情不尽，子欲诉而父不应。以此拙文祭于冢前。吾父生为灵人，死为灵神，保我子孙阖家平安，佑吾村舍百业兴旺。伏维，尚飨！

那先生念的时候还解释，大家总算从这之乎者也中听懂了一些什么。加上他抑扬顿挫声情并茂鼻涕眼泪地诵读，引得众人欷歔不已。

诵读完毕，大家又磕头，然后一哄回家！李忠孝的丧事总算办完了。

度过了三年饥馑之年的桦树湾，借李忠孝的葬礼，道德礼仪得到了恢复和整饬。真应了那句古话：“仓廪实而礼仪兴。”

第五十二章

在整个桦树湾人轰轰烈烈地给李忠孝办丧事的当儿，小狼王率领着他的部属，静静地蹲伏在桦树湾后高高的山梁上，饶有兴趣地观看着人类的葬礼。

小狼王是跟随着甄二爷来到黛彤川的。

巴雨乔斯措湖边的那次复仇行动失败后，小狼王经过了好长时间的自我修复才从那次失败的阴影中走了出来。那次战斗后，它尽管还常常跟踪、侦察甄二爷他们的行踪，但像往常一样寻找机会杀死他的意念已然荡然无存。它清楚地知道，它们狼族远远不是拥有高智慧的人类的对手，如果一意孤行进行复仇，那无疑是自取灭亡。战之不成，则和为上上之策，人类在自身的争战中往往这样做，但那是双方势均力敌的时候才会采取的措施。像它们这样的弱势群体是没有资格与人类议和的，等待它们的命运只是被杀戮、被灭亡。近几年人类大规模地清剿狼的行动便雄辩地证明了这一点，近期甄二爷的那杆土铳枪频频炸响，射杀它们狼族的行为更是说明了这一点。

但是它却寻找到了能够复仇的另一条途径，那就是去猎杀人类豢养的牲畜。以往的猎杀，仅仅是为了生存，间或因为它们贪婪的本性，会杀几只、几头，但更多的是节制——至少它的狼群是这样做的。但一旦有复仇的心理做支配，那么它们的猎杀简直可以用残暴两个字来形容了。巴雨乔斯措湖边那次战役后，小狼王放纵自己的部属，允许它们在进入羊群牛群时，尽情地杀戮，以宣泄它们的仇恨，释放它们的本能。

小狼王知道，其他狼群也在这样做。起初它还有点不理解，但现在它知道了这些狼群残暴的原因了。它们同它一样，在与人类的争斗中，感到了无奈，滋生了仇恨。复仇作为一种狼族的文化因素，也熔铸在它们的骨子里，渗透在它们的血液中，已经演化、升华为它们的一种本能了。

发现了这条复仇的途径后，它便将主要的时间和精力倾注到斡尔朵草原上的牛群、羊群上面了，更具体地说，倾注到跟甄二爷有关的牛群羊群上了。每一次围猎后，人类抚摸着被它们杀死的牲畜痛哭流涕的样子一次次地告诉它，这些被他们豢养的牲畜是他们的命根子，他们的悲喜、甚至他们的命运都是与这些牛羊紧紧联系在一起的。杀死这些牲畜，对这些人类而言，是一次致命的重创。

这次，它跟随甄二爷来到桦树湾，更具体的原因，就是为了杀死并吃掉他赶着的那五头肥美的大驮牛。

自从白露霜降后，祁连山麓乃至斡尔朵草原、金银滩草原和整个藏东草原上，那些肥嫩的旱獭们掘地而入，似乎在一夜之间就全部冬眠了。其他野生动物们虽然繁多，但它们的肉缺乏脂肪，远没有这些牛羊肉有营养和鲜美。今年的雨水充沛，牧草长势旺盛，草原上的牛羊格外的肥嫩，但守卫这些羊群的那些藏獒让它们望而却步，让它们不敢轻举妄动。五天前，它像往常一样，趴在扎西阿扣家旁边的鞭麻丛中观察着仇人甄二爷的一举一动，觊觎着阿扣家的那些牛羊时，却发现这小子没有跟往常一样带着那瘦小的汉子、背着土铳枪去打猎，而是从牛群中逮来了五头大牦牛，将那些打了一秋一冬的猎物一股脑儿驮在牛背上，往黛彤川进发了。

小狼王大喜过望。它率领狼群，紧紧地一路尾随而来。

……

此时，小狼王蹲在山梁上，看见那些精壮汉子们将李忠孝埋入地下后离开了，地上平添了一个高高的土堆，土堆旁有烟雾在缭绕。小狼王眯着眼睛看着那烟雾心中颇不以为然。它们狼族是非常惧怕烟雾火光的，但小狼王在无数次验证后发现，那火光烟雾也许只是人类虚张声势的烟幕弹，就像它们原来害怕牧民们晚上在帐篷旁燃放鞭炮，但后来发现凡是燃放鞭炮的地方恰恰是他们缺乏枪而在虚张声势。所以在很长一段时间，小狼王专攻那些一听见狗叫声便燃放鞭炮的圈窝。如果没有僧格和昂多那样的藏獒，它们几乎可以长驱直入大获全胜、满载而归的。

今天人们在那儿燃放烟雾，说不定那儿就有它可捕获的猎物。小狼王想到这里，在送葬人群融入村庄后不久，便甩开四爪朝那儿跑去。果不其然，那儿有一只鸡，一只被缚住了双爪、翅膀受伤奄奄一息的鸡在扑腾。

小狼王大喜过望，一扑一剪就叼了起来，一股鲜嫩的肉香顿时使它满口生津。它叼起来飞快地跑到一个山坳处享受起来，将鸡毛肠肚一股脑儿吞下肚去。

吃完后它舔舔嘴，开始放眼观察这片黝黑黝黑的黑土地。它蓦然闻到了一种熟悉的气息，一种它们狼族自己才能读懂的语言，这里是另一个狼群的领地，这种气息警告它们不容侵犯！

这里曾经是它们这个狼群的领地。它的父亲，那个被夹脑夹断了腿的瘸狼率领它的部署，无数次地在这儿战斗过。自从父亲被桦树湾人搭出陷阱放生后，多年了，它们一直活动在斡尔朵草原和其他山麓，再也没有侵犯过这块有恩于它们的地方！想不到在它们离开的这些年里，居然有人将这里开辟为它们的领地！

真正岂有此理！

它抬头发出声声嚎叫，并边走边撒尿，向占领这儿的狼群发出通牒，这儿已经属于它，它胡汉山又回来了！

狼群听懂了小狼王的意思，也纷纷发出悠长的嚎叫。这叫声在北国冬末春初的早晨显得那样凄厉而恐怖。桦树湾的狗们纷纷狂吠，人们纷纷跑出家门，搭眼望村后高高的山梁。

谢队长将长长的旱烟袋在鞋底上一磕，鼻子里不由地“哼”了一声。

第五十三章

在群狗狂吠的时候，尕花儿家的那条藏獒拖着哗啦啦作响的铁链，耸动着耳朵，低声嘶鸣。

这是一条纯种的藏獒，是谢队长弄来送给尕花儿的。

在食堂还没解散，大家饿得一塌糊涂的那年夏天，王区长骑着一匹叫“四蹄腾云”的骏马来到了桦树湾，说是检查村里工作。这马浑身乌红，四蹄却是白的，跑起来远远看去犹如腾去驾雾一般，故名之。它跟甄二爷所乘的那匹枣红马是同父异母的兄弟，是纯正的“青海骢”血统，是王区长凭着权势在整个黛彤川千挑万选后选就的良骑。

王区长在谢队长家门前还未下马，谢队长就忙不迭地迎了出来，从王区长手中接过马缰绳递给路过的一个社员，“去，把王区长的马拉到饲养院，告诉饲养员用精料喂好！”

“进屋，进屋，王区长！”谢队长让道。

“老谢，你就甭客气，你还是前边挡狗引路吧！”王区长大度地说。

“你先走，你先走……”谢队长想不到王区长会突然驾临桦树湾，要知道像他这样的大官是几年也不到这穷乡僻壤来一次的。今日不知哪股风将这等贵客给吹来了，所以他紧张得有些出汗了，“我放了一辈子牲口，在牲口后边走惯了的……”

“狗嘴里吐不出象牙！”王区长突然大怒，恶狠狠地骂道。

谢队长好大一会儿才明白自己说错了话。但到此时，他只好将计就计，继续装傻。“进屋进屋，王区长……”

王区长走进院子时，谢队长家的那条狗狂吠起来。谢队长走过去一脚踢了过来，“妈妈的，真是狗眼不识金镶玉，这是王区长你不认得？王区长你也敢扯？”那狗踢痛了，吱吱叫着钻进了狗窝。

王区长也不把自个当外人，径直走进谢队长家，将那双在桦树湾人看来希奇贵重的军用黄翻毛皮鞋脱下来，立在炕边，径直上了炕，并端端地升在了炕的中轴线上。

谢队长的老伴赶紧跑到集体食堂，烙了几张“扫鸡毛”油饼。这是黛彤川的名吃，一般在来了尊贵的客人后才做的。做法比较简单，就是将青稞面擀成薄如蝉翼的薄饼，放在平底锅中，用温火烙，上面用鸡毛蘸上菜籽油均匀地抹一遍就成了。还有一种叫“狗浇尿”的饼子，只不过比较厚，上面的油不是用鸡毛抹，而是将油像狗撒尿似的浇上去，故名之。又烧了一壶糊墩墩的牦牛奶茶，端上炕来。

王区长吃着油饼，喝着奶茶，漫不经心地问着桦树湾庄稼的收成，公粮的收缴情况等。谢队长老俩口望着油饼和奶茶，肚子打雷一般响个不停，哈拉子几乎要流出来了。王区长也不谦让，自顾细嚼慢咽，吃饱了喝足了，打个饱嗝问：“那个叫尕花儿的媳妇是你们大队哪个生产队的？”

“哪个尕花儿呀？我咋不知道？”谢队长一听之下便恍然大悟，心中暗暗叫苦。敢情这小子奔这尕媳妇来的？他知道这王区长别无爱好，唯独爱好被这祁连山雪水滋养的面如桃花肌如冬雪的大姑娘尕媳妇。

“谢队长，你装啥糊涂啊？你知道我指的是那个尕花儿……”王区长明显地不高兴。

谢队长心里一下子凉了下去。他知道被王区长瞅下的尕媳妇大姑娘是孙猴子逃不出如来佛的手心的。据说他前年的时候瞅下了一个尕媳妇，三番五次的骚扰，却遭到了那尕媳妇的严厉拒绝。有一天晚上，他骑着“四蹄蹬云”到那尕媳妇家，直接对那媳妇的公婆说：“我今晚要你们的尕媳妇儿！”那公婆无地自容但又无可奈何说：“如果尕媳妇愿意，你就去吧！”

那晚，老两口蹲在炕上暗自垂泪，眼看着王区长在砸儿媳妇的门。好在儿媳妇住的土坯房结实，那门被顶了个牢实，王区长折腾了一夜也没弄开门。天麻麻亮时，他骑着马恨恨地离开了。但到中午时分，生产队队长召集全队社员召开紧急会议，说是召开批斗大会。那尕媳妇赶到会场时，看见自己的男人——那个早被王区长派遣到外边伐木的丈夫被几个荷枪实弹的民兵五花大绑地捆成了一个毛蛋蛋，男人冷汗涔涔浑身哆嗦，显然胳膊已经捆折了。

而王区长则坐在一张椅子上，等待着大会开始。媳妇扑上台子，抱着男人痛不欲生。她痛痛快快抱着男人哭了一场后，擦干了泪，将那条大红的头巾包在头上，径直走到王区长的跟前说："王区长，我答应你，只求你放了我男人……"

看着尕媳妇在红头巾的映衬下娇妍欲滴的面宠，看着她梨花带雨楚楚动人的模样，王区长的腿都软了，脸上露出了得意的狞笑。他当下宣布，会先不开了，待调查核实后再开。

那天下午，他甚至在众目睽睽之下，大模大样地走进了尕媳妇的土屋。当众宣布尕媳妇男人无罪的那天下午，尕媳妇便纵身跳进了波涛滚滚的黛彤河。

据说那尕媳妇跳进黛彤河的刹那间，天空突然阴云密布，雷鸣电闪，那暴雨下了一天一夜，黛彤河泛着黑红的波涛，咆哮澎湃，让所有的黛彤川人心惊胆战，几夜都没有睡一个安生的好觉。

难道让尕花儿重蹈那尕媳妇的覆辙吗？不，绝不！谢队长在心里对自己说。他紧蹙眉头，搜肠刮肚寻求应对之策。

"就是那个很好看的尕媳妇呀！"王区长提醒。

"哦，是她呀？"他似乎恍然大悟，"你说的是枪手甄二爷的媳妇啊？她就是我们队的！"

"哪个枪手甄二爷？"王区长有些吃惊。他当然知道甄二爷，他只是想证实一下。

"就是那个被县上评为剿匪英雄的甄二爷呀！枪打得很准的，打眉毛不着眼睛的，那年……"

"好了好了，知道他！"王区长不耐烦地摆摆手，"他这阵子干啥，一直在家啊？"

"是啊，现在正是农忙的时候，他领着民兵突击队在拔草施肥侍弄庄稼哩，他能闲得了？”

“为啥不派他出去搞副业呢？”王区长斥责，“这几天就将他派出去清山！区里要组成一个伐木队，到哇里玛山后去伐木，这次你就派他去！”王区长以不容质疑的口气说。

“好的好的！”谢队长忙不迭地说。

王区长走后，谢队长蹲在炕沿上，“吧嗒吧嗒”地抽旱烟，直到旁边土炉上堆满了烟灰后，才匆匆收拾了点东西出门而去。他跑到饲养院，将那匹生产队最好的黑儿马牵出来，备上鞍荐飞驰而去。

他涉过黛彤河，翻过达坂山，朝青海湖北岸那片广袤的金银滩草原驰去。那儿原先有一座环湖很著名的帐房寺院，寺院的苍央活佛是他童年时候的伙伴更藏。那时候，他们一块在桦树湾里掏鸟窝割牛草糜牛犊，似乎也没看出他就是那座寺院活佛十三世的转世灵童。只是有一点似乎与常人有所不同，那就是在他家堂屋里、放牧的帐房里，平时放置佛龛的地方被小小的他收拾非常干净，一天干完活或者同伙们玩耍后，他必然会净身焚香，毕恭毕敬地磕拜佛像。但这在藏族人家的孩子而言，也是很正常的，似乎没有什么特别灵异之处。只到有一天，也就是他十二岁的那年吧？桦树湾里突然来一群红衣喇嘛，将他认定为活佛，接他到青海湖北岸的寺院里当活佛去了。

据说，寺院在寻找活佛转世灵童时颇费了一番周折的。他们在藏东草原环湖地区乃至祁连山麓寻访了足有五年。五年来，寺院的主持喇嘛求签问卦，跋山涉水，几乎踏遍了这些地方的每一个村庄每一条山沟，但转世灵童依然杳如黄鹤。无奈之下，寺院派人到西藏的一个什么大寺去问卦，那寺院佛爷佛位很高，自然法力也很大，卜了一卦后说：“你们带上佛爷生前用过东西，一直朝西北方向走，涉过一条河到一个金黄色花盛开、林木繁茂的地方，佛爷的灵童自然会叫你们：‘你们在哪儿寻找呀，我在这儿呢！’这自然就是苍央佛爷的十三世转世灵童了！”

寺院的主持喇嘛们按照佛爷的旨意，一直往西北方向寻找。他们翻过白雪皑皑的达坂山，果然看见了在七月的阳光下波光粼粼、汹涌澎湃的黛彤河，然后是一望无际肆意蔓延的金黄色的油菜花。在油菜花的边缘便是繁茂的祁连山丛林。他们在这些座落在花海与丛林的村庄里挨个儿寻访。那一天，他们浩浩荡荡地寻访到桦树湾时，突然听到有声音喊："你们在哪儿寻找啊，我在这儿呢！"主持喇嘛们抬头一看，看到有个孩子站在高高的庄廓院墙上喊。主持喇嘛们立马激动得热泪盈眶浑身战栗，齐刷刷地跪下来，双手合十，高声念佛。说来也怪，之后更藏一下子就认出了他们带来的佛珠、饭盂等苍央十二世活佛用过的东西。

就在更藏被寻访为转世灵童，不久坐床成为活佛后的日子里，人们仍在津津乐道其神秘和怪异。但他和他们那些一块儿玩的同伙们都清楚，更藏那天是喊他们的而不是喊寻访的那些喇嘛们的。那天，他们一帮子小伙伴们在捉迷藏，说定了更藏藏好后大家寻找他。小伙伴们捂住了眼睛一会儿开始寻找更藏，寻找遍了所有的角角落落，包括粮食屯子酸菜缸，牛圈羊圈，就连那些装炒面的"科什加"都找遍了，就是找不见。就在大家急得团团转的时候，忽然听到更藏在头顶喊："你们在哪儿寻找啊，我在这儿呢！"原来这家伙格外聪明，知道这些小伙伴肯定会翻遍地下的每一个角落的，于是一反常规，干脆爬上高高的院墙。他看着小伙伴们在地下抓瞎时，忍不住喊了出来。

童年的友谊是最令人难忘的，也是最纯真最牢固的。更藏成为苍央活佛后的几十年时间里，与谢队长他们儿时的伙伴们一直保持着亲密的关系。甄二爷们常常去拜访他同时也布施他同他的寺院。一旦有个病头灾难的，也常常去他那里求签问卦禳灾消难。

谢队长是在初秋八月的一个夕阳西下的日子里到达寺院的。初秋八月是金银滩草原最美的季节。谢队长翻过南达坂的雪峰后，就看见如茵的绿草如一条硕大无比的厚实的绿地毯，铺向波光粼粼的青海湖，铺向天边那广袤的天峻草原、藏东草原，那绿让人心悸让人心疼。在谢队长的心目中，祁连山脚下的斡尔朵草原是最美的，想不到这个同样被祁连山的冰川润泽和青海湖的湖水庇护的金银滩草原比它还美。在这条绿毯子中间有好多条清澈见底的小河蜿蜒逶迤潺潺流淌，宛如穿梭于绿地毯上的银线，让草原平添了几分妩媚几分灵动。在小溪旁边在草原深处，藏族蒙古族的一顶顶黑牛毛帐房星星点点缀在其间。夕阳下，从帐房顶上揭开的"卡茶"

里，飘出了淡蓝色的炊烟，袅袅婷婷，飘摇漫漶，如雾似纱。同时，飘出的还有手抓羊肉和酥油奶茶的浓香！帐房旁边，大都有三至五只被粗重的铁链拴在柏木桩上的牛犊大的藏獒。那些藏獒看见谢队长后狠命地扑咬，尽管离得很远，谢队长似乎感到了地皮的颤动，让他心惊胆战双腿发颤！而在离帐房不远的草原上，成群的牛羊湮没在没膝的牧草中，时隐时现，如漂浮在天上的白云。夹杂在牛群羊群中的，还有野生的成群的黄羊（普氏原羚）和藏羚羊，甚至有壮硕无比的野牦牛混进牧民的牛群中寻花问柳。

一个小伙子在山坡上用牛毛编制的“炮儿”（投石器）追赶一头体重足有两千斤的野公牦牛。这家伙不但裹挟了他家的一群母牦牛，使他家不能正常按时节拔牛毛，挤牛奶了。更让他一家气恼的是，这家伙使他家的牛群变成了桀骜不逊的野牛，使他家居然失去了牛群的控制。

至于那些兔子啊獾猪啊野鸡啊之类的小东西，不时地从它的脚下跳起来，躲避性地逃到一边去了。而那些栖息于山坡上的旱獭，冷不丁地看见谢队长，便“哗流光光”地叫一声，拖着肥壮的身躯迅速地钻进附近的“耍洞”中。

这一切让谢队长感到了人与自然和谐相处其乐融融的幸福。

谢队长会心地笑了。他想起了在祁连山麓他近距离相遇的那只母旱獭。那只让他的尕队长如秋后的蛇头一般火辣辣竖起来的旱獭了。夕阳下流光溢彩、丰富灵动如梦幻一般的金银滩草原让他的内心一片澄明和宁静。他放开缰绳，信马由缰。

翻过两座小山丘后，苍央寺院便一览无余地呈现在他面前了。

这是一座很大的帐房寺院，那个厚实的黑牛毛帐房足足占了一亩大的草场。帐房壁上绣满了各色吉祥图案，顶上经幡飘扬。整个寺院在傍晚的静谧中显得格外肃穆和神圣。

看见大寺，谢队长心中一阵欣喜。他知道他马上就要见到他儿时的伙伴如今的苍央活佛了。就在他打马想快速赶上前去时，突然出现的一幕让他魂飞魄散！

一群藏獒，一群足有三十匹的藏獒，突然从帐房旁边跃去，发出惊雷般的吼叫声，如钱塘江的潮水，汹涌澎湃地朝他涌来！夕阳下，那些藏獒披着缎子光泽的长毛，如虎如狮，在草丛中跳跃如飞，白森森的牙齿如剑阵刀丛，让谢队长的脊梁里注入了一罐冰水，透心地凉了下来！

谢队长的坐骑是一匹在桦树湾一等一的黑儿马。它生在草原长在草原，对于藏獒它是司空见惯的，可今天的阵势让它也大吃一惊！它惊恐地后退了一步，在原地尥了一个蹶子，险些将背上的谢队长给掀下来！

但它马上意识到了失态。作为一匹在祁连山麓虎狼豺豹窝里成长起来的“青海骢”良马，而且底下未割掉的儿马子，面对狼群瞎熊，它们都能竖起如针的鬃毛挺身护卫，都可保一群马安然无恙。而今，面对一群根本不会伤害自己但会伤害主人的藏獒，它的失态实在有失名马尊严！黑儿马想到这里，掉转屁股，将两条后腿对准了这群汹涌而来的藏獒。

马、牛以及羊等这类家养的动物和藏獒历来是被保护与保护的关系，他们一直和睦相处互不侵犯，甚至在面对强大敌人的时候能够精诚团结，共同御敌。但今天，这些藏獒奔拥而来是要伤害自己的主人。此时此刻，保护主人是它义不容辞的责任，它只好竖鬃扬脖，将两只铁蹄对准了相濡以沫的朋友。

谢队长看见黑儿马严阵以待，立马镇定下来，顺势将两只铁镫提在手里。这是游牧民族千百年来总结出来的经验，既便是遇到狼、豹子之类的凶猛野兽，危机之中腾出镫来居高临下御敌实在是上上之策。

实际上，在谢队长的大半生中，不止一次地受到各种狗的攻击，也在不断的人狗大战中总结出了许多实战经验。比如要首先制服头狗，要打击狗的两只前爪，要巧妙地躲避狗的首次攻击等。这些办法对付一般的狗，就是那些狼狗也一样百试不爽，但对于藏獒，情形则大不相同了。

记得有一年冬天的一个晚上，谢队长去一个亲戚家串门。农村冬日的夜晚是漫长而寂寞的，他俩三国杨家地聊天——在桦树湾乃至整个黛彤川，农闲时农人们聚在一起往往就聊封神、侃三国里的故事，谁知道的多谁就最荣耀。照桦树湾人的话说，他能喧大传哩——聊着聊着，二人喝了两瓶自家酿的青稞酩馏儿酒他就回家了。

他有些微醉，但这醉正是他胆子正大、肌体力道最能释放的醉。但醉使他没有忘记带一件防身的家伙。他知道，他所经过的几个生产队都养着藏獒，而且这阵子狼们随着羊已然来到这里，所以一到晚上牧人们几乎将所有的藏獒都放开了。

“甭走了吧，谢姨夫……”那亲戚也知道路途的艰险，苦苦相劝，“今天就住在我家，家里又不是住不下……”

“不，不，有要紧事儿办哩！”谢队长执意要走。实际他也没有大事，只是喝了酒后尕队长逼他走。那时节，乡村里没有电视，甚至连收音机也没有，人们唯一的娱乐活动就是男人女人一次又一次地上演那永恒而新鲜的游戏，度过那漫长的冬夜。

“一定要走的话，就把这捆榔头把带上吧，——过几天打灰要用的！”那时节没有化肥，种庄稼全靠烧野灰做肥料。这是一个很繁重的活，其中一道工序是要将烧过的土坎坷用木榔头敲碎碾细。因为要十分用力才能将土块打碎碾细，因此榔头把都是用祁连山里最柔韧的皂角木来充当的。每年这个时候，农人们便会到山里精心挑选一些粗细如孩子胳膊，长约八尺的皂角木放在温火中烫得柔韧了备用。

谢队长想过段时间要用，就夹了那捆皂角棍上路了。一路上还好，因为他远远地绕开那些村庄行走，所以没有受到那些村庄藏獒的攻击。到桦树湾时，他的胆子大了起来，不但放松了警惕，而且还小声自娱自乐地哼起了“花儿”：

“唐三藏西天取了个经，

莲花山出下的圣人；

阳世的骨头阴间的筋，

指甲儿连肉的我们……”

他最后的“我们”那高音还没拉上去，就听得村西头如狮吼般的“汪汪”声一路而来。谢队长一听那洪亮古刹钟声、清脆如瀑布入涧的声音，立马就判断出这是桦树湾那条有金黄色嘴巴的“火焰焰”的大藏獒了！

“妈呀，妈呀……”谢队长太知道他自己生产队的这只藏獒了。正当壮年对什么都不服的谢队长立马出了一身冷汗，转身朝附近一户人家跑去，用尽全身的力气去推那家的大门，但那门却纹丝不动。院门从里边用门杠顶得硬硬的。本来以他壮如犾牛的身躯和力道，一般门遇到便如摧枯拉朽。但桦树湾历来颇受土匪骚扰，其院墙为十八板的高墙，门乃用祁连山松柏打造，再包以铁边，厚实、牢固无比。谢队长在推门的同时，大喊“开门啊！”但此时主人已然入睡，睡得屁眼里连脉都没有了，谁还赶来开门？

谢队长只好返身寻找新的躲避地。蓦然间看见有一辆大卡车停在那儿，他赶紧爬到了车底下想躲藏起来。但一想“火焰焰”的夜间的视觉和嗅觉是何等敏锐，藏在车底下，它扑进来，连躲避和阻挡的办法都没有，生生会被它撕成碎片的。于是他赶紧又爬了出来。

说时迟，那时快，火焰焰已然如一股旋风，在星光下带着一股冷风扑到了他面前！这家伙果然狠毒，从三米开外纵身跳起，一张大嘴直朝足有一米八个头的谢队长的脖子咬来。谢队长一偏头，它的嘴“嚓”地咬住了他的肩膀，并一撞一甩头，“哗”一声，谢队长老羊皮袄的一片凭空给撕了去，并将他凌空提起来，直摔出两丈开外！

此时的谢队长也怒火中烧，也沉着下来了。他知道今晚不跟这狗日的拼命，说不定不到吃一顿饭的工夫就成了一堆肉渣了。他在摔倒滚动之际，急中生智，顺势将身上穿的老羊皮袄脱了下来。

火焰焰将他摔倒后，它硕大的身躯转动不灵，几乎是往前扑了十多米后才刹住折转身。折转身后立马扑了上来，并一蹦老高，从半空中剪下来，想直接将谢队长压在它硕大的身躯下撕个粉碎。

就在他压向谢队长时，谢队长“唰”地将皮袄向狗头罩去，自己则就势一滚，躲过了它致命的一剪。火焰焰误将皮袄当成了谢队长，扑过去撕咬起来，月光下只见羊皮羊毛横飞，只几下就被它撕了个粉碎。

其时，谢队长已从车底下抽出了顶车扛，——那是一根足有孩子小腿粗的棍，车停下来时用来顶支住车辕让辕马休息的木棍——顺势朝火焰焰狠狠砸去，木棍准确无误地砸在了火焰焰的屁股上。由于用力过猛，那木棍顿时一折三节，而火焰焰似乎毫不在乎，转向又朝他扑来。

谢队长急得抓了瞎了。情急之下毫无目的地朝地下抓去，期望能抓到一块石头什么的，聊胜于无，抵挡一下，但他却意外地抓到了散失在地下的那捆柔韧无比的皂角榔头把。他大喜过望，棒壮人胆，拉开架势如一个武林大侠突然间想起了拳脚套数似的，离远了抡圆了直朝火焰焰的那双前腿扫去。

这一下够火焰焰受的，一下就将它打得跪在那儿。但它又迅速地跳了起来，不气馁、不退缩，一如既往地朝谢队长扑过来。他不敢有丝毫的松懈和怠慢，只好拚了命继续抽打……

谢队长不知道这种激烈的打斗进行了多久，直到将手上最后一根榔头把被打成碎渣渣后，火焰焰一个纵跳和撞击，将他扑在了它的身躯下，血盆大口一下子就咬住了他的大腿！

一阵钻心的疼痛沁入了他的骨髓，随之一股血腥味也侵入了它的鼻腔。

“我完了！”谢队长心中一阵悲凉。想不到自己一百多斤居然交待给了这个畜生。但他本能地用手紧紧攥住了火焰焰的脖子，使它不至于几下就将自己撕碎。

“呛呛……”他听见有人大声斥责狗，并用很粗壮的木棍狠狠地揍狗。火焰焰骤然遭到外人袭击，便丢下了谢队长朝来人扑去。那人一棒打过来，火焰焰突然往旁边一蹿，居然躲过了那人致命一击。尔后它又狂叫一声，朝来人撞去，来人立马被撞了个四仰八叉！没等来人翻转身子，火焰焰狠命地扑了过去，一嘴将他的胳膊连衣服带肉撕下了一片。

“啊……”那人发出了撕心裂肺的惨叫。

“火焰焰、火焰焰……”谢队长又听见吴国良喊道。吴国良是生产队的牧羊人，与这狗朝夕相处。在桦树湾，火焰焰谁都不认，只认这个吴国良。听见吴国良的叫声，谢队长总算放下了心，看来今晚有救了。

但火焰焰刚才在谢队长那捆榔头把下遭受重创，被激发得怒气填膺，且此时刚转败为胜士气正旺，正想乘胜攻击歼灭敌人，因此完全不理会主人的吆喝，继续扑杀。吴国良看见这小子居然不理自己，骂了一句“畜生……”顺手从地下拣起一块石头，狠命地砸去。那馒头大的石头砸在它身上就像砸在了汽车轮胎上，一下子弹了出去。

火焰焰看见主人居然出手打它，也毫不犹豫予以还击，跳起来只一嘴，就将本来瘦弱的吴国良凌空摔了出来。但它对他只一嘴之后就不管了，扑向躺在地上欲挣扎起身的谢队长。“畜生！是我呀！呛呛……”吴国良知道今晚这家伙急红了眼了，如果自己不全力扑救，这俩人的命今晚就算是在这儿玩完了。

他跳起来，扑到兀自将谢队长压在身下撕扯的火焰焰身上，索性使出浑身的劲，将它的头和嘴紧紧地抱在怀里不放手，一边“呛呛”地喊狗，这叫声不仅是斥责它，更重要的是告诉火焰焰他是谁，一边喊：“你俩还不赶紧跑，趴在那儿等死啊？”

火焰焰被主人抱住头，急得吱哩哇啦地吼。此时它已然清楚地知道抱住自己的是主人。对主人心怀愧疚，它便不再下口，而是挺脖扬头想极力摆脱他。而他则死死抱住它不放，二人于是在桦树湾的巷道里打滚儿。

但火焰焰力道何等大啊，吴国良根本不是对手，只几个滚儿就将吴国良甩开了。甩开了吴国良后火焰焰抬头寻找敌人，敌人杳如黄鹤，但凭它灵敏的嗅觉已然发觉敌人钻进了旁边那两扇厚实大门的里边了。

火焰焰一个箭步，直朝那紧闭的大门撞去。尽管里边被粗大的横木顶硬了，但这一撞也使那谢队长情急之下猛撞都纹丝不动的大门摇摇欲坠！

看到这阵势，早被外边的吵闹惊醒了的一家人怕门被火焰焰撞破，一家人一拥而上，用身体夯住了大门。火焰焰看见敌人仅隔一张木板，就狠命地用嘴咬起来，木板立刻木屑横飞。

这时，吴国良已然将铁链套在了它脖子上，硬生生将没了敌人、怒气也渐渐消退的火焰焰拉走了。

第二天，人们围着人狗大战的地方惊叹不已。他们看见两根顶车杠齐茬茬断了，一捆柔韧的皂角木榔头把也散乱如麻，地上淤着一滩滩的黑血。而那家人的门上，居然被火焰焰啃了一个大洞。

谢队长和那个来救他的小伙子躺了三个月才起身。三个月里，他俩绑着绷带，宛如战场上下来的败兵。

一条藏獒，那晚让他们那么多人全力以赴都大败而归，今日面对这么一群比火焰焰还壮硕还凶猛的草原藏獒，看来只有死路一条了！谢队长在提起两只马镫的时候心如死灰。他知道不消一顿饭的工夫，他就是供那些翱翔于蓝天之上金翅大雕的一顿美餐，一顿被狗们撕成碎片可直接食用的美餐！

在藏獒群离他十几步远的时候，他听见活佛喊道："加吉、加吉……"

他用藏语喝叫的那条叫加吉的头狗，也就是獒王。但加吉显然对这个在衣着装束上与它们所熟悉的藏族牧民或寺院的和尚喇嘛迥然不同的汉人怀有深深的敌意，不顾苍央活佛的吆喝，仍全力扑奔。

活佛看见这狗们今天居然不听他的话，大惊失色之余，朝远处骑在马上惊恐不安的他喊道："赶紧下马，趴在地上别动……"活佛是用汉语喊的，且声如宏钟。谢队长听明白了，他不再犹豫，赶紧滚下马来，手抱着头，像那些在寺院周围磕长头的佛教信徒似的趴在了地上。

加吉出于守家护院的职责和对主人的无限忠诚，使它本能地对来临寺院的除了牛羊以外的一切动物怀有深深的敌意。即便是来自于别的地方的同类，它也会毫不犹豫地扑上去，给以致命的攻击，直到它们夹着尾巴落荒而逃，甚至以后见了它俯首帖耳、俯首称臣甘愿为它驱使。何况是一个人，一个有着陌生面孔和陌生气味的人！这人说不定会给它们栖息的寺院和喇嘛们带来危险。

它本想将他团团围住后，叫那些新兵蛋子们攻击这个陌生人，借此练练这些部下的胆量和技法，让新一代藏獒们尽快成长起来。同小狼王一样，这也是作为一代獒王的加吉无法旁贷的神圣职责。

但刚到跟前，那人却滚下马鞍，趴在地上不动了。加吉一个急刹车停下来疑惑不解。本来两军对垒战鼓已擂，军号已吹，冲锋已发起，可对方突然偃旗息鼓俯首称降了。如果他拼命抵抗，獒王会很绅士地跟他决斗一番，如果他丢盔弃甲落荒而逃，它同样会宜将余勇追穷寇，指挥属下追他个屁滚尿流的。而今天敌人却突然毫不设防也毫不逃跑，突然趴在地上不动了，这让它有点不知所措。

藏獒是从来不攻击放弃抵抗的人的，特别不会攻击没有攻击能力的妇女和儿童。有经验的牧人遇见藏獒遭到藏獒攻击时，会常常蹲下来或趴下来，免遭劫难。

加吉不攻击且不发命令攻击，所有的藏獒在追到谢队长面前后先是打着圈儿吱吱呜叫，然后齐刷刷地站住，蹲坐在那儿，好奇地看着这个趴在地上瑟瑟如秋风中的勾头草一样的人，嘴里有一搭没一搭地汪汪叫着，仿佛交流看法。

但它们分明闻见了人类那特有的尿骚味从这个人身上弥漫开来。

这时，苍央活佛和喇嘛们已然赶了过来。獒王加吉已然领会了主人的意思，叫它不要伤害他。活佛赶来时，加吉干脆趴在地上，双耳抿着，吱吱唔唔地叫着似乎有些撒娇的意思。

苍央活佛将谢队长从草丛中拉起来时，谢队长脸色蜡黄没有一点血色，双手冰凉浑身发抖尿洒了一裤子。

小和尚们用袈裟捂住嘴窃窃私笑！

"谢阿吾，巧代冒！"活佛单手竖起胸前，向他问好。

"代冒代冒！"谢队长一面答礼一面心里想："代冒个屁，险些被你的这些狗吃了，还代冒呢！"嘴上兀自答谢："刮真切、刮真切，实话刮真切……"

老友相见分外亲热，喝过了酥油茶拌过了糌粑吃过了手抓羊肉，谢队长说明了来意。谢队长知道苍央活佛在西藏、甘肃等地许多著名寺院学习深造过，并通过辩经还取得过很高的佛学学位，佛学造诣很高。在他的眼中，世间万物已然无色无相色既是空空既是色，色色空空空空色色。他对世间万物万事从来不说"不"字，认为存在的就是合理的既是错误的也肯定有错误的道理……

今日见佛爷沉吟，出于对他的敬重和信任，谢队长便一骨脑儿将寻找好狗的原因给佛爷和盘托出。"佛爷，你看这实在没办法，只好来求你了，你看中不中？"

佛爷低声念了一声佛，用藏语连声说："罪过、罪过……中、中！你看要那条狗吧，你自已挑！"佛爷指着他家趴在草滩上狗群说。

"我那敢挑啊，你给我一条好了！"

"这样吧，你就要那条叫'巴顿'的吧！它是獒王加吉的嫡亲后代，可以说是一条纯正血统的藏獒了……不过我俩可说好了，你可不能慢待它啊！"

“那是，那是……”

第二天，谢队长用一根木棒并着铁链将巴顿带了回来。带回来后径直牵到了尕花儿家的土院里：“这是生产队的牧羊狗，你给我养好了。每天给你三分工分的报酬，狗料从生产队的仓库里挂！”谢队长虎着脸，丢下一句话后转身离去了。

第五十四章

巴顿在这冬日的凌晨又一次听到狼的嚎叫声，它为此而兴奋不已，就像一个驰骋疆场的将军又听到了边关鼓角。

它的血液里流淌的原本是自由和战斗的血液。失去自由的日子是痛苦的。在那广袤的金银滩草原上，它的童年是自由而快乐、幸福而愉快的。它当然不知道，即便是水草丰美的金银滩草原，在那饥馑之年，就是身为佛爷在当地颇受尊重的苍央活佛（虽然那时活佛已成为牧民，但在当地民众的心目中，他仍然是宽厚仁慈、知识渊博、德高望重的活佛）日子同样不好过。在它纳阿尼玛卿雪山灵气、集金银滩草原之精华，在母腹中孕育成一匹天地间灵异的神犬时，活佛曾精心照料它的母亲，从牙缝里挤出一些肉来增加它的营养，同时也为它们出生后的生计而忧心忡忡。终于有一天，它同它的兄弟姐妹九个一股脑儿来到了世间。活佛当时看见在草丛中吱吱哇哇的九只小狗时，既欣喜又怜惜，在高兴中夹杂着忧戚和痛苦。自古有“九犬有一獒”的说法，今天这匹壮硕的母獒生的刚好是九只，这里边肯定有一只是非同寻常的狗，有一匹日后能驰骋草原、雄霸草原的藏獒！但这里边到底是那一只呢？如果假以时日，待这些小狗们长成两岁大时，在这些家伙扑杀猎物，同虎豹豺狼搏斗中自然会甄别出来。可惜现在是饥馑之年，养活这九只藏獒是根本不可能的。

三天后，活佛来到狗窝前，看着九个已然睁开眼睛却在嗷嗷待哺吱哇乱叫的小狗，无限怜惜地用手抚摸它们柔软而光滑的躯体。良久后，他逐一掰开小狗们的眼睛和嘴巴细细查看，并攥住它们脑后的一绺毛逐一检验。其他兄弟姐妹们在提起来的时候都痛得吱吱地叫了起来，唯有一只睁开眼看了看不出声。

“就是它了！”活佛心中说，然后将其他八只小狗一股脑儿送给了附近的一户较为富裕的牧民，求他们用牛奶好生喂养，养活几只算几只。

从此以后，巴顿就独享母亲充沛的奶水，茁壮成长起来。在它两个月大的时候，它已然本能地对陌生人发动攻击，已然能够跟着父辈们在漆黑的夜里同那些狼群战斗了。草原是广袤而博大的，世代生活在草原上的汉子们是宽容而剽悍的，并没有因为它富有攻击性而将它用铁链子拴起来。他们才不怕它这细口嫩牙的小狗呢！

一直到两岁，到那个残阳如血、秋风萧瑟的傍晚，那个骑一匹“青海骢”的汉子来到它家的日子里，它是自由而快乐、幸福而愉快的。白天，它同它的小伙伴们如驰骋在江湖的武士，在草原深处扑杀野兔、獾猪甚至设计擒拿土拨鼠，在草原上摆开盛宴，大肆饕餮满足身体快速成长的需求。那个夏天，在夜深人静的时候，它似乎每晚都能听见自己身体里细胞噼啪作响的声音，犹如庄稼拔节。夜晚，它跟着那些大狗巡逻在活佛家圈窝的周围，在方圆几里的山头上站岗放哨，同那些胆敢来犯的狼群进行殊死的战斗，来锻炼它的肌体和胆量，来积累它的战斗经验。

而那个夜晚，主人的帐房里来了一个装束和气味不同的陌生人。它有几次想扑进帐房，将这可能危及主人安全的家伙撕碎，均被主人狠狠地呵斥了出来。不唯如此，那晚，主人将一条粗大的铁链子套在它的头上，拴在了一根木桩上。那晚它叫喊啊跳啊，挣扎了一夜，到第二天早晨时，它几乎有些精疲力竭了。

更为可怕的是，就是那天，它被那个陌生人拴在马鞍上，并用一根长木棍顶住脖子，拖着拉着一直朝它陌生的西北方向走去。它挣扎着呜咽着悲鸣着，趔趔趄趄地来到了高山耸立、林木葳蕤的桦树湾，来到了这个有位漂亮女主人的农家小院。

它习惯不了被拴在木桩上方圆不足一丈的天地，更适应不了这青稞面烫成的饭食。跟它在金银滩草原上自由驰骋，每天大块吃肉的生活相比，简直从天堂一下子掉到了地狱。起初，它看见陌生人，包括女主人，都狠命地扑咬，恨不得将它这些委屈全部发泄在这些家伙的身上。但过了十多天，它已然瘦得皮包骨了，也没有力气发威了。在这十多天里，女主人每日三餐，将细青稞面煮熟了，端到它铁链够着的半径之外，用木棍远远地送过来，看见它不吃，又用木棍勾回去，热好了又送过来，眼睛里充满怜惜与慈爱。有天它饿得两眼发花两腿发颤实在受不了时，它从她推过来的饭食中闻到了一丝肉香。这久违了的肉香让辘辘饥肠剧烈翻动起来，甚至有了一种疼痛的感觉。它站起身，趋身上前试探着闻了闻后用舌头舔了舔，发现这饭食倒也有一股甜丝丝的馨香。于是它放松了警戒，敞开肚皮顷刻间将一木盆饭食风卷残云吃了个精光。

那天，女主人站在远远的，静静地看着它，看见它将饭食吃下去后，竟然高兴得手舞足蹈，“它吃了，它开始吃饭了……”她高兴地对刚进门来的男主人喊道，并抱着他跳起来，犹如一个调皮的孩子。

在它认为这就是它的新家，意识到今后，也许一生将要生活在这个地方时，它就随遇而安了。它在熟悉、适应这里的环境，开始享用主人那还不太合口味的饭食。吃饱了喝足了，就躺在温热的土地上睡觉。它秉承了祖先藏獒们的秉性，性格沉稳刚毅，从来不会像其他种类的狗有个风吹草动便狂躁吠叫。只有在家里来了生人后，他才会毫不犹豫地跳起来，发出声势浩大的扑咬。常常将铁链拽扯得嘣嘣作响，木桩摇摇欲折，连坚实的地皮都在抖动。一个月后，它已经熟悉了男女主人，每当看见他们进来，心情好的时候会慢条斯理地站起来，摇摇尾巴表示欢迎；心情不好时候只是抬起头爱理不理地看一看，继续睡它的大觉。慢慢地，女主人敢近前来，小心翼翼地试探着抚摸它厚实的皮毛，慢慢地，它能听懂主人的命令，后来甚至能够心领神会主人的每一个暗示和眼神。

有一天，那个曾把它牵到这儿来的人——谢队长突然来到这个土院。巴顿一看见他气就不打一处来，跳起来扑过去，但铁链拽住它，使它像人似的一下又一下地立起来。“啊哟哟！”谢队长吓得藏到了男主人甄二爷的身后，“这狗日的长这么大了啊？”随即炫耀似的说：“你瞧这狗日的这身段，这毛皮，金黄油亮，这要是人啊，是个攒劲得叫姑娘们丢了魂儿的尕小伙儿！我敢打赌！”

“呵呵……”甄二爷站在一旁傻笑。

“这家伙认你们了吗?”谢队长问。如果这样一匹桀骜不驯的藏獒不认主人，一旦失控，那将无人驾驭得了，无异于一枚漂荡在浅海中的水雷，谁碰上准倒霉。

“认了认了，都认我俩了……”甄二爷说：“它跟我媳妇关系更好呢!”说着转身对尕花儿说“你过去给谢队长看看……”他的意思是借此机会向谢队长汇报汇报，他一家是如何精心照料生产队的牧羊狗的，既没辜负那三分工分，又没挪了巴顿的口粮喂自家的鸡啊羊啊的。

尕花儿走过去，用手拍打扑咬谢队长的巴顿，见它不理会，索性抱住它的头，生生地压在地上！巴顿不甘屈服，从尕花儿腋下伸出嘴巴，兀自对谢队长呲牙咧嘴，虎虎吼叫，似乎在警告。那声音雄浑深厚，如同来自地底下的惊雷，令谢队长毛骨悚然。

“好！好……”谢队长躲在甄二爷身后快步向屋内走，边走边对尕花儿说：“看来那每天的三分工分没白给你！年终评劳动模范时，我得考虑考虑你……”

在屋里喝了两碗茯茶后，谢队长咚咚作响的心方才平息下来。平息下来的谢队长这才拿出旱杆烟边抽边说：“有这么个事儿我给你说一下，区里成立了一个伐木队，本来王区长点名要你到伐木队去伐木的，考虑到社里粮食不够，我决定派你去打猎……你看中不中?”

谢队长知道王区长对尕花儿不怀好意，怕他到了由王区长控制的伐木队，会有什么闪失。这小子点名叫甄二爷去，肯定没安什么好心，凭他的德性，什么事做不出来？如果有一天来个通知，说甄二爷伐木时被砸死了因公殉职，到底谁是罪魁祸首？但胳膊扭不过大腿，叫这么一个壮小伙子抱着媳妇的尻蛋子不出门，无论如何也是说不过去的。因此他苦思冥想后，想出了这么个几全其美的法儿来，一是让甄二爷躲过王区长的黑手，二来对王区长也有个交代，三是给生产队提供一些肉食。

“我不去!”甄二爷梗着脖子说。

“你驴日的说啥？你不去?”谢队长的权威遭到了挑战，气得跳了起来。“你到底去还是不去?”谢队长将旱烟杆磕的啪啪直响。

“不去，你看……”

“哼，你有给我去的时候！狗咬吕洞宾，不识好人心……”谢队长气哼哼地骂着，“不去了明天你也不用干活了，就在家给我待着！老子从今而后不给你派活，明年你驴日的喝西北风去！”

“我去我去！”甄二爷知道胳膊扭不过大腿。这年头队长权力比毛主席大，刚才只不过跟谢队长开玩笑。

他一天也不敢耽搁，第二天就收拾行李进山打猎去了。

第五十五章

甄二爷进山后不久，王区长又骑着“四蹄腾云”来到了桦树湾，来到了谢队长家。这次他连马都没下，骑在马上居高临下气势汹汹地朝谢队长吼：“那个叫啥甄二爷的为啥没到区伐木队报到？都一个多月了故意违抗命令是不是？没有一点儿政治观念和大局意识……你这个队长还想当不当了？”

“王区长，你听我说……”谢队长上前拉住了抬蹄甩尾巴同主人一样桀骜不驯焦躁不安的“四蹄腾云”的马嚼子，“是这么回事……那小子从没握过斧头把没拿过锯子杆，他伐球的木头哩，恐怕连他大大的球都伐不下来！倒是这小子打得一手好枪，我就派他到山里打猎去了，赶明儿我挑一个桦树湾里一等一的山把式给你！这样岂不是两全其美？”

“两全其美个屁！”王区长勃然大怒，“你有没有组织原则？还是干部呢！我叫别人当你这个队长行不行？你马上通知他到伐木队报到！”口气不容质疑。

“不中啊，王区长！”谢队长一脸苦相，“他们进山已经好长时间了，那么大的山，谁能寻得见？”

“我不管这些！”王区长口气愈发严厉。

“妈妈的，这个畜生！”谢队长心里骂道，又暗自庆幸，幸亏把甄二爷逼到山里去了，不然到这家伙的手里就完了。嘴里却说：“王区长，这甄二爷进山打猎说实在的也不是我的意思，他另有任务……”谢队长灵机一动，想顶王区长一下。

“谁的主意？在这地方，除了我的主意谁还能有主意，谁的主意比我的主意大？”王区长气势汹汹咄咄逼人。

“这我可不敢说，这是军事秘密，我得有党性原则和组织原则！”谢队长给了他个软硬不济的冻萝卜吃，“我大小也是个领导干部……”

“放你娘的狗屁，我就是组织，我就是党，有什么密还敢给我保？”

“好吧……”谢队长似乎很犹豫，掏出旱烟袋，一边装烟一边很为难的样子，直到点燃后狠狠地抽了一口，才下定决心似的凑到王区长耳朵边悄悄说“一个月前，甄二爷被姚县长叫去了，交给他一个秘密任务，叫他借打猎的幌子，到祁连山麓侦查那股残余马匪的活动情况……甄二爷说这是姚县长和军分区司令交给他的秘密任务，属绝密军情，千万泄露不得的！今天我给你说了，你就当我放了个屁，随风吹走了，千万别给人说啊！不然我可吃罪不起……”

王区长愣在了那儿。

看到王区长愣在那儿像冰冻的面娃娃，他慢条斯理地在鞋底上磕掉了烟灰，心里美滋滋地想：“驴日的，你也有怕的人啊？”乐得屁颠屁颠地架车送粪去了。

但他知道王区长不会善罢甘休，肯定还会对尕花儿图谋不轨的。于是第二天在生产队大会上讲道，现在到了秋后了，生产队的羊群已经从夏季草场转到冬窝子里来了，这狼啊什么的也自然跟到这儿，“这狼娃子都是没良心的东西！尕花儿，从今晚开始，你就将巴顿放开，早上再拴好！我给大家在这儿提个醒，这巴顿是我从苍央活佛那儿求来的藏獒，厉害不厉害大家都清楚，从今晚开始大家都给我关好门上好栓，乖乖趴在家里热炕上烫脊背……”本来他想说：尤其是你们这些半夜爬墙头嫖风打浪的小伙子们给我小心点，叫巴顿将腿绊里两个脬蛋子扯了去，你们的尕媳妇尕联手（情人）就像孟姜女哭倒长城哭天喊地把天哭出个窟窿老子也不管。但碍于有老有小，将这句挺富幽默感的荤话生生地压回了肚里。

巴顿获得了自由。来到桦树湾近半年后它第一次获得了自由。那冰冷生硬的铁链从脖子上解除了时，它围着女主人跳了起来，硕大的身躯几乎将柔弱的女主人扑倒在地上。

短暂的喜悦之后，它本能地开始意识和履行自己的职责。它跑出门，边跑边嗅，绕着尕花儿家的庄廓转了一圈，便认定这是它的领地，并在四个墙角抬腿撒了狗尿，划分了它的势力范围，告诫同类切勿靠近。自此认定这四方形庄廓及庄廓内的一切东西是自己必须守护和保卫的。

做完这一切后，它开始在周围游走，闻着嗅着打探着。它从别的狗留下的特有气息中知道了这里是另一匹狗的领地。在它没有与它正式照会之前，它遵守狗类的规矩，不去越雷池一步。于是它爬上了庄廓旁边的那条小山梁，趴下来静静地观察着周围动静，观察一切对于它而言新奇而陌生的东西，提防着一切可能来到的危险。

半夜时分，它看见有一团灰色的东西顺着一条水沟走走停停地移了上来。它紧张地趴在那儿，两眼紧紧地盯着哪不知是什么危险的东西，紧张得嗓子眼里发出“呼呼”的声音。等到靠近些时一看，它释然欣然了。那是一只兔子，是一只在夜间出来觅食的兔子。巴顿大喜过望，在金银滩草原，它是追捕兔子的高手，常常以它的耐力为伙伴们觅得丰盛的猎物。当下巴顿毫不犹豫，从山梁上跃下，直朝兔子扑去。

那是一只成年的兔子。白天它不敢出来觅食，这桦树湾的所有男人们都学甄二爷，人人都造了一根土铳枪，将它的兄弟姐妹们屠杀得所剩无几，剩下的根本不敢出门觅食。聪明的它白天躲在洞中不出门，夜晚才敢悄悄地摸到外边，顺着沟沟槽槽寻觅一些果腹的东西。今天刚出门不久，不料祸从天降，突然一个庞然大物朝它扑来。作为弱势群体一分子的它，只有撒开腿跑的份儿。

兔子的暴发力是很强的，但它是一个短跑健将而不是长跑明星。巴顿是深知这点的。因此它随在兔子的后边，风驰电掣般地追击，追击了近一千米的时候，它顺利地将它捕获了。它咬住脖子，窒息了兔子后就地享用起来。半年多了，它又一次地享到了这样鲜嫩多汁的肉食了。

吃完后，它舔舔嘴唇，才想起了自己的岗位和职责，急急地返了回来。当它来到主人家庄廓的时候，它发现情况有些异常，在五十米开外就闻到庄廓院子里有一股酒味飘出来，并且它听到女主人的哭叫声。

巴顿心中一惊，低声吼叫了一声，悄没声息风驰电掣地朝庄廓奔去。

奔到跟前，它看见门口的马槽上拴着一匹“四蹄踏云”鞍鞯鲜亮的骏马。那马看见巴顿，咴咴地鸣叫了一声，居然横过身子朝它踢来！巴顿疑惑了一下闪身躲过，径直扑进门去。

巴顿一眼看见主人土屋的门板外，有一个汉子，正死命地推门。门从里边顶死了，他像发了疯似的用身子夯、用脚踢，嘴里喷着酒气高声叫骂。

巴顿毫不犹豫，跳上去一嘴咬住了他的肩膀。咬住后顺势狠命一甩，就将他生生地甩出两丈开外！

从巴顿咬住他的那一刹那，王区长已然从那声如惊雷的吼叫声中知道将他甩出去的是一条藏獒。一条由古喜马拉雅古犬演化而来，在广袤的环湖草原极为常见威猛异常的藏獒！他当下吓得屁滚尿流，本能地连滚带爬朝门外爬去。巴顿在甩出他后，随即转身扑去，将他压在身下狠命地撕扯。刹那间王区长血肉横飞，发出了杀猪一样的惨叫声！

但求生的本能迫使他朝门外爬去，好在刚才被巴顿甩到了门口。他爬了几步就爬出了门。刚爬出门，他的那只坐骑“四蹄踏云”嘶鸣了一声，本能地护主，双蹄并起朝巴顿踢来。巴顿的屁股被踢中了，将它踢得滚到了一边。紧接着，那马头一扬，从槽上挣脱缰绳，低着头竖着鬃护在了王区长的旁边。

也就在这时，尕花儿开了门，扑出来抱住了巴顿的头，带着哭声喊：“巴顿、巴顿，停下停下!”巴顿拼命要去撕扯王区长，一人一犬在门外滚成了一团。

这当儿，吓坏了的王区长在坐骑的护卫下艰难地爬上了鞍子，“四蹄踏云”立即驮着他落荒而逃。

尕花儿将巴顿牵进土屋，在昏黄的油灯下看见它的屁股被马蹄铁的铁钉划开了两道深深的口子，鲜血汩汩而流。尕花儿抱着巴顿的脖子哭得软瘫在了地上。巴顿则蹲在地上，似乎什么事儿也没发生，只是偶尔偏过头舔血疗伤。

自此以后，巴顿每晚被放开，早上被套上铁链。它也习惯了这种生活。白天它躺在太阳底下，完全一副无所事事的样子，慵懒地享受温暖的

皮。狼们之所以还要在夜晚来攻击牧人的羊群，一则是它们贪婪的本性使然，更重要的是它们觊觎金银滩草原上这些由大自然长期演化遴选遗留至今的藏系绵羊——祁连羊那鲜嫩多汁、少腥寡膻羊肉的美味。

跟那些在青黄不接的时候几天捕获一只猎物，饿得忘乎所以的狼群比较，它们还没有达到穷凶极恶的地步。再说，即使它们无所顾忌发动进攻，也绝不是它们的对手，它们一对二也绝对不会败给对方。

因此，加吉跟无数次与狼搏斗一样，以轻松中有点期待和兴奋的娱乐心情，对待这场战斗的。它首先叫了一声，命令巴顿先上。这娃儿别看长得高高大大肥肥壮壮的，资质禀赋都不错，就是成天沉迷于声色中，领着一群尕母狗在花前月下卿卿我我不务正业，该是让它好好锻炼锻炼的时候了。

其时，巴顿正在一边躁动不安。它是初生牛犊不怕虎，一种天生的征服欲望在它浑身的每一个细胞里蹿动。当它一听到父亲的命令，立马一个纵步，学着父亲屡试不爽的“斩首行动”，越过其他狼，径直向那匹壮硕的头狼扑去。

头狼吃了一惊，但马上镇定下来，闪身躲过了巴顿的撞击，然后一转身在擦身而过的巴顿的屁股上狠命地咬了一口。巴顿是一只纯种的青海藏獒，浑身的毛发不是太厚，尤其屁股胯下的毛更为稀薄。头狼是一匹战斗经验十分丰富的狼，它躲避、转身、下口撕咬，动作一气呵成，稳、准、狠，生生在巴顿的屁股上拉开了一条大口子。

巴顿悲号了一声，更加愤怒，返身又朝头狼扑去。这次它径直向头狼的脖颈咬去，但头狼似乎怕了，转身就逃。群狼见头狼逃跑，便大面积溃败。巴顿信心大增紧追其后，完全不顾父亲在身后的喝叫。

翻过两道山梁，越过一条沟时，头狼忽然躺在了小沟里，张开血盆大口对准了巴顿跳跃小沟时会完全暴露在它嘴上方的肚皮。它准备一口就将它的肝花五脏给倒了，将这个不知天高地厚的小子给灭了！这是头狼在无数次的战斗中练成的绝招，百试不爽，屡战屡胜。

但巴顿身躯高大，弹跳极好。看见小沟时，它早已蓄足了全身的力道，准备连越带扑将头狼给扑住。忽然看见头狼躺了下去，来不及刹车，高高地从头狼头顶飞跃了过去。那狼一躺一咬竟然只咬着一丝空气，自己的两只虎牙反而被磕得生疼！

头狼见使计不成，便恼羞成怒。看已然远离了狗的领地，也无所顾忌了，翻越身低吼一声直朝巴顿攻去。狼胆敢主动攻击藏獒，这在巴顿的记忆里可是头一次。它惊恐之余仓皇应战，但群狼听从头狼的招呼，一蜂窝地向它扑来。

顷刻间声震寰宇，狗毛飞扬、血肉横飞。

若不是加吉它们随后赶来，狼们放弃了攻击仓皇逃跑，说不定巴顿会成为有史以来在金银滩草原被狼撕碎的唯一一匹藏獒。

第二天天刚放亮时，活佛还在睡觉，忽然见加吉在门口吱吱叫唤，并不停地撕扯帐房角子。他知道出了事，赶紧穿了衣服，跟随它来到那条山沟，发现巴顿像一条皮袋似的躺在那儿，血肉模糊奄奄一息。

活佛趋上前，探了探鼻息，发现这家伙还活着，赶紧放在马鞍上驮了回来。

而后，在活佛的精心调养下，过了两个月它才恢复了元气。

吃一堑长一智，自从有了那个难忘的第一次，巴顿在之后的每一场战斗中，都虚心学习，既不畏怯退缩，又不盲目出击，努力做到有勇有谋，百战不殆。就是这样的学习和战斗，一年多后，它在那片草原上奠定了獒王的显赫地位。

当然了，这只是人们承认的，若想取得真正獒王的地位，必须使那些藏獒们承认，这个承认是它在同狼群无数次的战斗中付出了血的代价后取得的。

就在它好不容易夺得獒王地位正想大展鸿图之际，一条铁链将它带到了桦树湾，如同拿破仑被发配到了圣赫勒拿岛，沙俄的革命者被沙皇流放到了西伯利亚。

即来之，则安之，在愤怒挣扎、绝食抵抗等都无效之后它随遇而安，认为自己一辈子将在铁链半径的方圆天地里度过余生。想不到有一天傍晚女主人竟然脱去了它头上的铁卡，使它重新获得了自由。获得了自由的它曾经想回到它念兹在兹无时忘之的金银滩草原。说真的，回乡的路对它而言只是一夜的工夫，即使是那条汹涌澎湃的黛彤河也阻挡不了。要知道，游水涉河如履平地是它们藏獒与生俱来的本领。

但本能的忠诚和责任意识使它留在了桦树湾，并肩负起了守护一方水土、造福一方人们的责任。因为它很快发现，这里并非世外桃园，这里同样是某些狼群的领地，至少是它们势力范围。就像法度森严秩序井然的人类社会，总有黑社会组织在划分势力范围一样，它从狼们撒在各个山头的狼尿气息中知道了这一点。

它枕戈待旦地率领着村庄的几十条狗——前几年剿匪时所有的狗都被枪杀了，但随着和平的到来，桦树湾人出于习惯都家家户户养起了狗——在村庄周围游弋。

在牲畜转场到冬季草场，从桦树湾里早出晚归放牧的时候，狼们几乎是咬着羊的尾巴来到了桦树湾。这是一群来自金银滩草原的狼，它们在小狼王的父亲们远离桦树湾的这几年，将这片地区据为己有，开辟成了它们冬季猎狩场。因为只有冬季，它们才能越过冰封的黛彤河来到这里，其他的时间它们不可能，也不必要到这儿来。

巴顿对这群狼似曾相识。巴顿在那个夜晚见到这群狼的时候就有这个感觉。但它们根本不跟巴顿正面交锋，它们只是想采取它们惯用的伎俩，要设法引开它们，然后乘虚而入进行偷袭，袭击桦树湾人家圈养的牛羊猪鸡什么的。

那天，这群狼的头狼指挥其他狼分别去攻击村东和村西，分散狗们的兵力。它自个儿直奔村中央的吴国良家旁边生产队的羊圈。自从火焰焰死后，谢队长又叫吴国良找了一只小藏獒。那小子尚未长成，成天跟在巴顿的后边屁颠屁颠地图热闹，那羊圈的防守几乎处于真空状态。

多日的骚扰与攻击，早已使巴顿明白了：狼的企图在于生产队的羊圈。今晚，当村东村西狗叫狼嚎的时候，巴顿离开狗群，本能地来到了生产队羊圈旁边，不期然中，它与头狼邂逅了。

巴顿一眼就认出了这条让它蒙羞城下的头狼。有道是仇人相见分外眼红。巴顿恨不得一下子扑过去就将这狗日的撕成碎片。但它没有这样做，只是低吼了一声，如雄狮般守卫在狼打算跳进的一个土豁门前，半眯着眼睛看着它。

那狼本来计划得异常周密，采用声东击西战术，使自己能够从早已侦察好的这个土豁口跳进去饱餐一顿。不料半路杀出个程咬金来，蓦然间杀出这么个家伙来！它的心顿时凉了半截，它知道它的计划又落空了。

它当然已经认不出，这是它远在百里之外的金银滩草原上曾想杀死的那只不知天高的小藏獒！它只是看见它壮硕如牙玛（藏语，二岁左右的牦牛犊），一身金黄色毛发在惨淡的月光下泛着清冷的光，目光傲慢但犀利如剑，让它毛骨悚然。

“三十六计，走为上策！”头狼看清了形势，但它得维护狼尤其一匹头狼的尊严。它得体面地退走，绝不能显出惊慌失措、狼狈逃窜的样子。

但巴顿已然看清了它要逃窜的企图。它不能让它的企图得逞，它要报当年的一箭之仇，雪群狼围攻险些丧命之耻。它低声吼叫了一声，四只狗爪尖利的趾尖紧紧扣住封冻的地面，蓄足了全身的气力准备扑剪出去，想将这狗日的一举灭了永绝后患。就在它扑出去的当儿，“呯”的一声惊天动地响声在它俩不远处响起。一颗尖利刺耳的呼啸声从巴顿耳边擦过，在头狼的身后荡起了一团烟尘。

原来放牧员吴国良留下那个土豁口，就是为了诱狼入瓮。他埋伏在他家土屋头顶的青草捆子中间，支好了土铳枪在等待时机，准备打一只狼用狼皮做一床虎抱头的狼皮褥子。

头狼大惊失色，撒腿就逃。狼是以速度谋生和求生的，它既是短跑冠军又是长跑明星。巴顿知道追也无益，但本能驱使它拔腿直追，直将它追出它的领地范围才悻悻地回来。

但狼是一种狡猾奸诈的动物，它们常常不与巴顿正面交锋，却在每个晚上骚扰它、偷袭它，让它疲于应付，这迫使巴顿像一位守卫古堡的将军，不得不调兵遣将分兵布防。

日子就在这样的打打杀杀中度过了一个冬天又一个冬天，直到小狼王的到来，才打破了这种平淡，使巴顿的日子更加丰富多彩起来。

这天早上，小狼王趴在桦树湾后边的山梁上，肚子饿得几乎后背贴着前心了。跟它童年记忆中的桦树湾相比，大有物是人非的感觉。桦树湾前山后坡那些有着浓密牧草的草场不见了，被人们开垦为耕地。冬日的耕地裸露在阳光下，如得了银屑病的皮肤，陆离斑驳。大风一起，刮起的尘土如一条巨龙，在祁连山麓里狂奔乱舞。山上的树木像剃头似的整片整片地被砍伐，甚至连生命力格外旺盛、长势葳蕤的灌木丛也在人类肆意砍伐下日渐稀疏，有些地方裸露出了白森森的石砾和砂土。野生动物们随着人类镢子斧头的蚕食，逐渐退却，退到了高高的寒冷的高山草甸上去。由于环境恶劣、食物匮乏，它们的种群日渐减少几近绝种。

就是那生活在高山巉岩之上奔走如飞，常常让小狼王望羊兴叹、如云般的岩羊种群也如春天的雪人一样日渐消融。昔日那只率领一千多只岩羊，雄踞祁连山麓的白额羊王，也在小狼王几次漂亮的围猎后，如今只带着百十个瘦弱不堪的姊妹弟兄，在更加陡峭更加崚嶒的雪山峻岭中艰难生存了。

而那些獭子、黄羊乃至兔子之类的也在三年饥馑期间被人们用铁夹、火枪、弓箭之类的东西消灭得所剩无几。因此，那些迅速壮大、如白云般漂移的牛群羊群，几乎成了黛彤川里小狼王们唯一的食物源。

人的饥馑之年就要度过了，狼的饥馑之年来到了。处在饥饿和对饥饿心有余悸的人们大面积地开荒垦地，搜取大自然中一切可以养命的物资。正处在饥饿和饥饿还在继续且日益严重的狼们自然变得更加凶残，几乎达到了穷凶极恶的地步。

这怪谁？小狼王站在山岗上长长地嚎叫，似乎在诘问苍天。嚎过之后，它趴下来，开始精心谋划，谋划着如何将桦树湾里这些牛羊攫为己有。

根据以住的经验，凡是燃放鞭炮的圈窝，都是没有枪或者是守护的狗不济事的地方。从昨天开始，桦树湾里的鞭炮声噼里啪啦地响个不停，很显然人们发现了它们莅临此地后在吓唬它们。小狼王决定反其道而行之，今晚就去偷袭桦树湾的羊群。

但今晚桦树湾人似乎在通宵狂欢。家家牛肋巴窗户上灯光闪烁，那青稞酒的醇香混合着闻名遐迩的菜籽油的馨香在清冷的空气中格外浓烈。尤其那豪放、粗旷的吆五喝六的划拳声使小狼王惊奇而疑惑，使它心生惊惧不敢轻举妄动。

到后半夜时，村庄渐渐安静下来，窗户的灯光也依次熄灭。但巷道里仍然有喝醉酒的小伙子们勾肩搭背钻东家串西家。小狼王见时机成熟便挥师而下。它们谨小慎微，渐次推进，达到村庄时，便直捣黄龙，一窝蜂涌进生产队的羊圈里开始屠杀。

羊们看见狼跳了进来，便惊慌失措如潮水般“哗”地朝一边涌去，声音之大如海底惊雷。这可惊醒了睡眠中的吴国良。本来他今天是喝了酒的。大过年的，桦树湾的男人们几乎没有不喝酒的，但他喝了酒后更加清楚地记得今天早晨山梁上小狼王的嚎叫声。今晚因巷道里有许多喝醉酒窜来窜去的人，所有的狗都被人们不约而同地拴住了，包括巴顿，也被牢牢地拴在柏木桩上了。

吴国良就睡在羊圈的土屋里。他一听见这声音便大惊失色，跳起来在黑暗中摸了土铳枪朝外冲去。在惨淡的星光下，他看见狼们居然肆无忌惮地扑杀羊群，而且已然尸体满地。吴国良吼了一声：“驴日的畜生，你们来吧！”吼叫着朝天开了一枪。

震耳欲聋的轰鸣声和长长的火舌很让小狼王吃了一惊。本来它想在这个园子里将这群羊全部杀掉。它的贪婪的本性使它绝不可能放过身边这些唾手可得的猎物。但看到危险临近，求生的本能使它想到了逃遁。它一口咬住了一只“杂麻藏”（藏语，半大的羊），甩在背上从土豁口里纵身而去。其他狼纷纷效仿，起身逃窜。当然了，有些体质瘦弱的狼自然无法带走猎物，仅仅能逃命罢了。

看见满地的死羊，吴国良的酒早吓醒了。在自己日夜守护的羊圈里，在自己的眼皮底下，生产队的羊遭到狼害，这是放牧员的严重失职。他趴在死羊身上放声大哭，哭完了他跳起来赶紧给谢队长汇报去了。

谢队长听见羊圈里钻进了狼，一下子头发都竖起来了，“妈妈的，这还了得啊！”连忙套了裤子赶到羊圈。发现羊群死伤大半，谢队长的酒也吓醒了。“狗！狗！”他冲出去，站在桦树湾那个高高的粪堆上喊，“各家各户把狗都给我放出来！”

社员们听见谢队长扯破了嗓子喊，不知发生了啥事，纷纷从被窝里爬起来将狗放了。那些早就知道强敌临近的狗一松开铁链，吼叫着冲出来，在巴顿的带领下，觅着狼踪追击而去。

但小狼王早已翻过了几道山沟，远离了巴顿的领地，到一个僻静的地方享用它们的战利品去了。

而巴顿像一个不敢远离紫禁城的大内高手，在亢奋中巡弋搜寻，却找不着可以决一死战的对手。

第五十七章

自那夜突袭成功后，小狼王知道那里肯定警惕百倍防守严密，短时间内再想大规模袭击肯定是自取灭亡。因此，它决定避其锋芒，另找战机。

第二天，它率领狼群，一夜间翻过了五重达坂山，来到了扎西阿扣家附近。因为这家与仇人甄二爷有着特殊的关系，也因为那个瘦小的汉子李廷瑞一直在这儿生活，袭击阿扣家的牛羊，也是它复仇的组成部分。何况，谁叫阿扣家的牛和羊是斡尔朵草原最肥、最大的呢！

但扎西阿扣家同所有的藏族、蒙古族、裕固族等牧人家一样，都养有体形硕大、勇猛异常的藏獒，使它们不敢轻易冒犯。

在翻越五重达坂山的长途奔袭中，小狼王们在冰天雪原中几乎没打到一点猎物，大家饿得有点前心贴着后背了。太阳落山时，它们终于悄没声息地潜伏到了扎西阿扣家的冬窝子旁边的灌木丛中，想从阿扣家的羊群里捞一两只充充饥。由于扎西一家放牧有方，更重要的是阿扣是一个草原上闻名遐迩的藏医高手，不仅包治人类百病，就是对牲畜各种疾病也是治疗有方。他每年将采集到的藏药熬成汤汁，在春初冬末定期灌服，为牲畜驱虫清肠。因此阿扣家的牛羊在整个斡尔朵草原是体魄最为健壮、毛色最为鲜亮、肉味最为鲜美的。小狼王几乎可以从如云般遍布草原的牛群羊群中一眼就能辨认出哪些是扎西阿扣家的，哪些又不是。别人的牛羊到冬末春初青黄不接的时候，一个个羸弱不堪，唯独阿扣家的牛羊，尤其那些冬天出生的冬羔冬犊儿，吸足了母亲充沛的乳汁后，在山坡上撒欢儿，蹦蹦跳跳如秋后的岩羊，常常让它们馋涎欲滴！

小狼王趴在一丛高高的金露梅后边观察着扎西阿扣家的冬窝子。那是一个用石头砌起来的羊圈，不太高更不光滑，说真的，不用借力，它就可以轻而易举地跳进去。但让它顾忌的是，那圈窝旁边栓着的两只壮硕无比的藏獒。其中一只叫僧格的藏獒浑身披着足有五寸长的金黄色的厚毛，头颅硕大，前额宽阔，嘴巴短小，眼睛和四蹄金黄铿亮，犹如包了一层金子，脖子上围着一圈浓厚的鬃毛，犹如一头狮子。它被一条粗重的铁链拴在离帐篷不远的柏木桩上。另外一只叫昂多的更为威猛，它站起来足有一头二岁野牦牛犊大，长短足有五尺。它没有像僧格那样长而厚的毛发，但毛色油光闪亮，散发着黑缎子一样的光泽，它的嘴巴、眼圈和四蹄却是金黄色的，这给它平添了一种尊贵的王者气质。它的叫声洪亮尖利，带有一种利剑快簇般的穿透力。小狼王们不止一次地领略过它的厉害。主人扎西阿扣也知道它的威猛，为了避免它伤及其他牧人，他特地打制了两条粗重的铁链，又深埋了两根很粗的柏木桩，两边将它分开铐起来，防止它绕着圈子扑咬时，运用惯力将柏木桩拉断。一旦拉断，那可是不得了的大事啊，顷刻之间就会让受攻击者非死既伤！

就这样拴起来的昂多和僧格，当生人来临发威吼叫着扑咬时，那哗啦啦的铁链声和震动的地皮，足以让来者胆战心惊、魂飞魄散！

扎西阿扣缓缓地收羊入圈。几百只的羊群“咩咩”声此起彼伏，那是母羊叫唤孩子、羊羔寻找妈妈的声音。阿扣站在圈门口目不转睛地看着羊群入圈，看是不是少了，被狼啊、狐狸啊、金翅大雕等给叼走了。他不是在清点，他只要捻着佛珠，用眼睛看着羊群入圈后就知道羊是不是少了。弯角儿、黑眼窝儿、白顶达儿、白破脸儿，所有的羊在他的脑海中活蹦乱跳，如果哪一只不见了，凭感觉他就能知道是哪只没有了。这是他一辈子放牧练成的特异功能。

他还练就了一个特异功能，就是凭感觉就能知道危险是否临近，是狼或是豹子，还是瞎熊将要偷袭他的羊群。就像今天晚上，他已然知道在东边的灌木丛中，有狼群在觊觎他的牛群羊群。但这样的觊觎在他的一生中有过多少次啊！简直就是家常便饭，习以为常了。何况他有忠诚勇猛的僧格和昂多，它俩会保护羊群牛群安然无恙的。他抬眼看了看黑黝黝的灌木从，鄙夷地笑了笑，依旧忙自己的活儿去了。

牛羊入圈后，他赶过去帮助妻子挤奶。这挤奶是牧民最繁重的活之一。李廷瑞和尼玛将咂得母牛下奶的牛犊儿一个个抓过来，拴在接链里，阿妈和卓玛便提了木桶，凑到母牛胯下，两膝间夹住木桶双手捋挤牛奶，乳白色的奶汁便会源源不断、不偏不倚地射进奶桶，三头牦牛就能挤满一桶。

阿扣在抓牛犊的同时，注意观察僧格和昂多。僧格是一只只有一岁半的母藏獒，而昂多是足有二岁半的公獒。很显然凭着它俩天生异常敏锐的嗅觉，已然知道了潜伏在灌木丛中的狼群了。经验不足的僧格按捺不住兴奋，将铁链抖得哗啦啦直响，绕着圈儿扑咬，将那根柏木桩拽得摇摇欲折。而昂多则威严地蹲在那儿，微闭着眼睛，傲慢地望着那片丛林，显示出漫不经心的样子，只是偶尔发出一两声似乎发自于地层深处的吼叫声。

牛奶挤完后，尼玛像往常一样，将僧格和昂多脖子上的铁圈解开了。僧格一解开铁卡，便咆哮着冲向灌木丛。同样被解放了的昂多则低吼了一声，叫僧格不要轻举妄动。僧格听到吼叫声，便夹着尾巴抿着耳朵乖乖地回到圈窝旁。昂多是斡尔朵草原的獒王，僧格必须听从獒王的号令。

小狼王看见天黑了下来，便命令它的部下，开始向羊圈那儿迂回运动。它们足有二十多匹，而藏獒却只有两只，它不相信无懈可击。如果使个调虎离山之计，将那两个蠢头笨脑的家伙引开，它们便可长驱直入，大获全胜的。

它们声东击西，迂回前进，最终对圈窝形成了包围之势。但它很快发现了藏獒的防守策略，居然让它们不敢轻举妄动。先是，僧格逡巡在羊圈的周围，而昂多则巡逻在僧格的外围。僧格在内围奔跑迅速，扑咬声音犀利；而昂多在外围步履沉稳，不急不躁，只是每隔一段时间便洪亮地叫几声，一则让主人知道它正防护四周，二则告诫狼群不可轻举妄动，三则与僧格保持联系，使二人的防护错落配合，无懈可击。

这是藏獒守护圈窝的传统之法，也没有什么稀奇之处。小狼王按照它早就谋划好的战法，指挥它的部署，避开昂多的锋芒，专攻僧格防守的薄弱之处。一匹公狼突然跃起，直向僧格撞去，僧格看见这家伙如此大胆，大吼一声，迎面而上，而那狼却在贴近僧格的刹那，扭身一转，想从僧格胯下溜走。僧格似乎早已料着了它这一手，刹那间扭转身躯，不偏不倚咬住了狼的脖颈，只听“咔嚓”一声，那匹精壮的公狼的脖颈立刻给咬断了，无声无息地瘫软在了地上。

说时迟那时快，另一条公狼一声低吼，从潜伏的地方跃起，一嘴就咬住了僧格的脖颈。长期以来的生存战斗，它们都明白脖颈是一切动物的致命所在。在攻击敌人或攻击猎物时，先发制人咬住脖颈几乎是它们本能的选择。那条公狼在咬住僧格脖颈的刹那知道自己咬错了地方。僧格脖子上那不亚于雄狮的长而厚密的颈毛使它的牙齿根本未能达到它的肌肤。不单如此，那毛已然锈成一团厚实的毛毡，它的牙齿在咬进去的同时就被套住了。

僧格显然被激怒了，它想转过身来咬那匹狼，但那匹狼吊在它的脖子上，让它干着急够不着！转了几圈后僧格被惹得暴怒，大吼一声，用力一甩，强劲的力道将那匹狼甩出足有一丈远。甩出去的狼低声哀鸣着，声音悲惨让人毛骨悚然，因为它的牙齿全给拔掉了。没有了牙齿的狼在草原上只待饿死，它能不悲鸣？

听到属下的悲鸣，小狼王不禁大吃一惊。吃惊之余它毫不犹豫地跃向僧多。僧多在杀死一只重伤一只后正得意忘形，高声吼叫着宣扬它的胜利，冷不防有狼从后边攻来！它急忙转身迎敌，但小狼王何等机敏勇敢，未等僧格反击，便一反常规，低头猛攻僧格的下三路，狠狠地在僧格的大腿内侧咬了一口。小狼王一咬后旋即甩头离开。僧格立刻狗毛横飞血肉模糊，一阵钻心的疼痛立即使它不由得发出了惨叫。

僧格与狼群酣战的当儿，獒王昂多则蹲在旁边静静地观战。它知道僧格尚未成长起来，它缺少的就是这样的血与火的洗礼。作为獒王，尽快让属下成熟成长起来，使它们尽快成为独当一面的好干部甚至好獒王，是它义不容辞的责任，这不仅是对扎西阿扣负责，更是对它本人的负责。

而僧格的惨叫声早已引起了扎西阿扣的注意。阿扣提了半自动步枪朝天放了一枪，并且大声地吆喝。人类的狡诈和厉害是小狼王所惊惧的。自从父亲被桦树湾人设计陷入陷阱，直到后来它同甄二爷的无数次交锋中，它都领略过人类的厉害。识时务者呼为俊杰，小狼王跳起来，一纵身便往如漆的旷野中遁去。

僧格看见狼们逃遁，便又跳起来直追。阿扣喊道："僧格、僧格！"僧格从主人喊声的语调中明白了主人不要叫它贸然追击。而且，昂多也低吼一声制止它追击。

僧格不知道昂多为什么能够这样准确无误地领会主人的意思，心领神会配合默契，甚至能够心有灵犀。而它只能听懂和领会扎西阿扣简单的命令。当然，对小主人尼玛的命令和暗示，它则懂得更多一些，领会的也更准确一些。

看着远去的狼群，僧格扯开嗓子吼叫了几声后，便不做声了。因为它分明看见了獒王昂多有点睥睨的眼神，这眼神里写着"小子，还嫩着呢！"它只好蹲在一旁舐血疗伤去了。

小狼王在退到二里开外后便停下了。初次交锋便遭到失败大大挫伤了它们的锐气。"兵者，气也！""一鼓作气，再而衰，三而竭！"人类在长期战争中总结出来的宝贵经验，小狼王也是深谙其道的。它深知今晚不宜再战，但辘辘作响的饥肠让它们有些穷凶极恶，使它们不得不再次对阿扣家发动攻击。

小狼王随即召开了一个简短的军事会议。它部署狼群采取"敌驻我扰"的战术，麻痹敌人。它决定先是分兵进击，让藏獒疲于应付，然后重点突破，将那两只桀骜不训的狂妄家伙彻底击垮，最后将羊群赶出石圈，杀它个鸡犬不留，毕其功于一役，让阿扣家的牛群羊群永远地从斡尔朵草原消失！

它们在进行了短暂的休整后，便开始行动。不一会儿，狼们便部署在了阿扣家冬窝子的周围。部署完备后，小狼王发出了凄厉而悠长的吼叫，其他狼也心领神会，纷纷嚎叫。嚎叫声此起彼伏，一种大军压境、黑云压城城欲摧的恐怖氛围立时笼罩在草原上。

扎西阿扣从黑牦牛帐篷里抬起头，侧耳听了听狼的嚎叫声，嘿嘿地冷笑了两声，倒头又睡。他知道，有僧格和昂多，他是真正可以高枕无忧的。

僧格听到狼群的嚎叫后，大吃一惊！想不到这些败军之将还有胆量前来冒犯，难道末将刚才的攻击不够凶猛？它立马义愤填膺暴跳如雷，朝着狼吼叫的方向不停地奔跑狂吠。

而昂多则耸耳听了听，依然迈着沉稳的脚步，安步当车，在羊圈周围游走，不时发出几声洪亮的叫声，似乎告诉主人可以安心入睡，一切有它。大有黄羊界上炮声隆，我自岿然不动的气概。

小狼王们在吼叫声中，渐渐地缩小包围圈。待缩到一定程度后，它们不再吼叫，而是悄没声息地靠近，伺机发动进攻。而此时小狼王发现，僧格和昂多已然改变了双重保卫的格局，做了明确的分工，铁路警察各管一段。僧格负责圈窝后的180度的扇面，那儿一半有阿扣家的帐篷，它知道帐篷里有火力极强的快枪，狼们是不敢轻易靠近的。实际上，僧格只要负责好圈南面90度的扇面就可以了。而昂多则负责圈窝前面180度的扇面，这一面是狼需要攻破且进入圈的地方，不唯如此，石圈前边的开阔地上，有拴着的母牦牛群。虽则此时牦牛们已各自为阵，布好了严密的防御阵地，但在群狼狡诈的攻击下，难免不受损伤。尤其那些不谙世事的牛犊儿，会憨墩墩儿地冷不防跑出来，被狼叼了去的。昂多知道自己担负的责任十分重大，因此它倍加警惕，严加守护，不敢有丝毫的懈怠。

小狼王看见这个阵势，分明感到刚才虚张声势对昂多没起什么作用。于是它及时调整战术，引颈长嚎，喝令群狼聚集到它身边。它知道它必须采用重点突破的办法，将这只獒王昂多拿下。只要将它拿下来，其他一切就会迎刃而解，否则只好铩羽而归。

看到群狼瞪着一双双绿莹莹的眼睛，集结在它面前，昂多停止了巡逻，蹲在群狼面前，微闭着双眼，睥睨着似乎不屑一顾，但嘴里却时发出深海惊雷般的吼声，警告狼群不要轻举妄动。看到昂多镇静自若的样子，小狼王有些不悦。在它无数次与藏獒的战斗中，常常是那些藏獒在看到这么多精壮的狼时，一般会惊慌失措。也有些会吼叫，虽然表面镇定，但色厉内荏，眼中难免不会流露出惊慌。而今天这家伙，似乎根本没把它们放在眼中！

小狼王的计谋上来了。它命令一匹体格健壮的狼突然跃起，直朝昂多撞去。它想撞翻它、激怒它，让它追赶它然后将它调开。那匹狼表面漫不经心地朝后退去，退到一定距离后，以风驰电掣的速度从侧面撞向昂多。

但昂多的体格过于健壮体形过于硕大，那狼撞上后竟然只是侧斜了一下，并没有像小狼王想象中那样将它撞个四仰八叉。那匹狼也格外机警，被昂多富有弹性的身体弹出后，立马翻身躲避，逃到一边去了。

而昂多调整了一下身子，依然如雄狮般蹲在它们面前，微闭着双眼看着它们。

小狼王又命令一匹更为健壮的狼撞向昂多。这次昂多斜视了一下，眼看那狼撞向自己，便机敏地闪了一下身，躲过了狼的撞击。那狼骤然失去目标，由于惯性一下摔到在金露梅灌丛中，由于灌丛的阻碍，没能及时起身，将软瘪的肚皮完全地露在了离昂多利嘴不远的地方。

机不可失、时不再来，不给这些狂妄不羁的家伙给点颜色瞧瞧，还不知道马王爷长着三只眼。昂多蓦然跳起，一跳一剪一甩头，就将那狼的肚子划开了一道大口子。里边的杂碎被昂多撕扯出后抛在了一边！那狼惨叫了一声后浑身战栗，眼看着魂归九泉了。惨叫声吓着了群狼，群狼胆怯地退了半步，有些甚至呜呜叫着，抿着耳朵在原地打圈，尾巴在屁股底下夹得更紧了。

而昂多马上复归原位，以原有的姿态望着它们，眼光似乎更为平和，根本没有被激怒的样子。这让小狼王格外恼火，它知道自己出面的时候到了。但是，昂多也已然看出它是狼王，也谋划着实施斩首行动。就在它准备出击的时候，昂多一声低吼，越过其他狼，径直朝它扑来。

小狼王也不甘示弱，纵身一跳，直朝昂多扑去。而其他狼看见狼王出去，一蜂窝扑向僧格。倾刻间，狼毛狗毛横飞、血肉飞溅，金露梅灌木丛中杀声震天！

小狼王在攻向昂多接触到昂多时已然知道自己低估了这个斡尔朵草原的獒王的实力。昂多力道之大是它所始料不及的。但此时已然由不得自己了，它腾挪闪跃尽量躲开昂多那宽嘴利牙的锋芒，攻它由于笨重而不够灵活、常常暴露在它嘴下的尾部。

惊天动地的狗狼大战惊动了熟睡中的扎西阿扣和李廷瑞。他俩提了半自动步枪钻出帐篷来到战场，看见它们打得难分难解，端着枪投鼠忌器不知所措。但他看到有这么多的狼围攻昂多，唯恐昂多失利，便朝天开了一枪。

小狼王听到枪声，便率先脱身，朝黑暗中奔去。其他狼见小狼王撤退，也抛下僧格和昂多纷纷逃窜。

昂多和僧格看见众狼败退，便宜将余勇追穷寇，奋不顾身地追来，直将它们撵出两里远后才回去。

这场战斗是小狼王战争史上的败笔，长久长久使它的队伍士气不振、信心丧失。

第五十八章

那晚失败后，它忌惮阿扣家的那两匹藏獒，再也不敢轻易去袭击他们家的冬窝子了。为了生存，它一边捕猎一些兔子、黄羊等一些小动物聊以充饥，一边在苦思冥想打一次让它们家族能够度过这个冬天的围猎。

在斡尔朵草原打猎十多天，稍微补充了一下体能后，它决定去围猎甄二爷从扎西阿扣家赶走的那五头大牦牛。它之所以这么长时间没采取行动，实在是那些大牦牛太厉害了，凭自己的力量几乎不可能围猎成功。

但这次因为生活所迫，也因复仇之心太切，小狼王决定冒险一试。一旦做出决定，它便立即率领狼群，连夜翻越了五重达坂山，重新回到了黛彤川，回到了桦树湾后边的丛林中。

第二天，它终于在桦树湾山后的雪峰下边，成功地将那五头大牦牛围住了。这些近乎于野牦牛的家伙体格庞大、生性傲慢，从来不将它们放在眼中。不要说牛群，就是一头两头，面对狼群的围攻胆不破心不虚，常常只是鄙视地看看它们，若无其事地悠然地吃草安然地反刍。

实际上，小狼王就跟这群牛较量过一次。甄二爷从扎西阿扣的牛群里挑选了这几头牛，驮了肉往黛彤川赶时，小狼王们已然尾随在后了。甄二爷的驮队翻过岗什卡达坂后，天已经黑了。甄二爷看着落下山的太阳，便挑了一块水草丰美的地方，准备过夜。为了防止驮牛们走散，他将驮牛们的前蹄捆在一起，驮子也不卸，任由牛们蹦跳着吃草。他自个儿则生着了一堆火，在火上烤肉吃。

小狼王们近距离地围住了他们。甄二爷借着火光，看了看周围绿莹莹的狼眼，不屑一顾地哼哼两声，悠闲地唱着“花儿”在土铳枪里装子弹。吃饱喝足后，伸了一个懒腰，裹着老羊皮袄，就地在火堆旁睡了。不一会儿，居然发出了如雷般的鼾声。

看见狼的围攻，牛们似乎意识到了危险。清楚自己的前腿被捆住，背上还驮着近千斤的驮子，对付这群来者不善的狼群自然不比平时，得小心一些了。于是它们很快组成了牛阵，组成了一个屁股朝里、犄角在外的同心圆。

那一夜，小狼王采取了佯攻突袭、硬攻恐吓等多种计谋和手段，未能将这牛阵冲破。天亮时，它们看见甄二爷起身生火烤肉，又摆弄起那支神奇的土铳枪时才悻悻地离去。

今晚，没有了束缚和重担的这些牦牛更加傲慢，它们居然对狼们的到来不屑一顾，根本未组成牛阵更不用说是仓皇逃窜了，卧在那儿悠然自得地反刍，连身都不起！小狼王围着它们不停地观察判断、骚扰，终于选定了一个目标，一个没有犄角、身体稍弱，看来也不雄壮和凶猛的白牦牛。

选定目标后，狼们静静地趴在牛群的周围等待着。第二天太阳升起来的时候，牛们终于起身了，开始进食了。小狼王跳起来，率领群狼在牛群中来回穿梭，奔腾跳跃，以一副穷凶极恶、孤注一掷的样子发动一次次的佯攻。

牛们终于被激怒了，低着头翘起大尾巴，发着吼声追击它们。小狼王大喜，继续挑逗、佯攻，终于找了一个机会，将那头秃头白牦牛从牛群中隔离出来，赶到了达坂山下。

那是一个乱石嶙峋寸草不生的地方。狼们将白牦牛赶到那儿后便团团围住，不叫它越雷池一步。小狼王知道，这嶙峋的乱石中白牦牛行动不便，寸草不生使它吃不到草，可耗尽它的体力，围困几天，他娘的就不是老子的盘中餐了吗？

到第四天早上太阳一娃娃高的时候，白牦牛显然已精疲力竭了。对于狼的攻击反应迟钝，防御能力显然下降。这时小狼王决定发动攻击。它低嚎一声，白牦牛左边的一匹狼突然跳起来向牛扑去，牛扭转头朝那边防御。就在此时，小狼王不失时机，纵向而起，一张血盆大口准确无误地咬住了牛的脖颈，白牦牛刹那间呼吸急促起来。同时，一匹年轻的公狼顺从狼王的旨意，从后边跳起来，一嘴就将白牦牛的软肋撕开，将里边的肠肚“哗”地倒了出来。

白牦牛浑身颤抖着，坚持了许久后如泰山崩塌般轰然倒地。群狼一拥而上，开始了它们多日来最丰盛的大餐。但吃得还剩一些时，小狼王便吼了一声，将群狼赶开。

它将那些残羹剩饭留给了在不远的灌木丛中嗷嗷待哺的豺们。这豺比狼体型微小，但格外机敏。它们同狼一样是群居动物，但活动范围狭小，不似狼群一夜间便可奔袭千里。它们也没有狼那样狡黠聪明，好多时候，它们寻觅狼踪，靠狼的残羹剩饭维持生计。但这并不是说，豺的打猎能力不济；恰恰相反，豺在群攻群打中身手非凡，它们常常与狼联手狩猎，且配合默契，有时简直达到了天衣无缝的地步。

今天，小狼王留给了豺们一些残羹剩饭，将那些栖居在桦树湾背后灌木丛中的豺的胃口吊得像打碾场上的秋千。入冬以来，这些豺只是捕一些獭子、鼠兔之类的小东西，打打牙祭，更多的时候，它们只是靠一些草根之类的东西充饥，何曾吃过如今日如此丰盛的美餐啊？

狼真是咱的好兄弟，简直就是衣食父母啊！豺们这样想着，吱吱地叫着，远远地跟在狼群的后边。这天，狼们终于又将一头凶猛的牦牛隔离了出来。

这是一头足有一千多斤的犿牛，体格魁梧桀骜不驯，长着一对长枪似的大犄角。它的父亲本来就是祁连山麓的一头野牦牛，那家伙将扎西阿扣家的一群母牦牛纳为嫔妃，赶到深山里独享艳福，不但阿扣家的那些家牦公行不了周公之礼，更别说是报夺妻之仇了，就是阿扣一家在三年内没拔到一绺毛、没挤到一滴奶，它的那些孽种更是野性十足根本不听人的管束。

阿扣知道长此以往，家牦牛不成其为家牦牛了。它们会被它改造和同化成一群真正的野牦牛的！阿扣为此终日忧愁苦闷，苦想应对之策。但有什么办法呢？阿扣常常望着高山上肆无忌惮的牦牛群而兴叹。

好在天无绝人之路，那年深秋，解放军们进斡尔朵草原剿匪。阿扣向那个连长说出了自己的忧虑。连长一听大喜过望："这有什么为难的，明天我开一辆汽车，拉一个班的战士去灭了它——我们正愁没肉改善生活呢！"

第二天，连长果真开了一辆绿色的解放车，拉了一车荷枪实弹的战士，靠近了在山下吃草的牛群。"你看，就是它！"阿扣坐在副驾驶座上，指着高出牛群一大截、简直鹤立鸡群的野公牦牛说。

"呵呵！"连长笑着，径直将车开到野牛旁边，想近距离地看看它，然后找个合适的部位一枪毙命，免得浪费子弹。

野牦牛看见这么个庞然大物近到身前，十分惊奇且摇头甩尾发出威胁，试图把它给吓跑。在它的记忆中，祁连山麓斡尔朵草原和金银滩草原，没有什么东西，包括那些熊啊豹子啊，不在它的手下屁滚尿流落荒而逃的。

记得有一年夏天，它正在祁连山山巅一个牧草茂盛的地方悠哉游哉地吃草，突然从山垭豁那边爬上一只瞎熊来。此时正是秋高气爽的季节，那瞎熊长有圆滚滚的一身肥膘，浑身的毛油光闪亮。它看见它后似乎大喜过望，立马像人似的站了起来，两只前爪间的指甲张开来，如竖在毛丛中的把把小刀。它流着哈拉子，低声吼叫着，看样子想对它发动攻击。

它倏然一惊！虽然对凶残的狼它可以不屑一顾，但对这匹硕大健壮的瞎熊它可不能不认真对待。须知这家伙力大无穷，尤其他两只前爪一旦搭上你，你就是生铁铸的也会扒下一层来。那嘴要是挨上你，也会立马叫你非死即伤！

它四蹄蹬直，将一对粗大尖利的犄角对准了它，鼻子里喷着呼哨，警告它不可轻举妄动，否则它会给它颜色瞧瞧。

瞎熊望着牦牛，呼呼有声伺机进攻。要是平时，它连眼都不眨一下就会发动攻击，凭它强劲有力的手臂和无坚不摧的牙齿，在这祁连山麓里没有它打不败的敌人和狩不到的猎物。但今日不可小觑，须知这家伙也不是个好惹的角色！

两个重量级种子选手在山坡上对峙着。

但瞎熊是攻击型选手，它可不愿在对峙和周旋中耗精费神。它率先发动了攻击。它一下子跳过去，两只前爪像人的双手似的扭住了牛的两只犄角，想一下子将牛扳倒。这是一个四两拨千斤的招数。牧人们，就是那些藏族、蒙古族、裕固族妇女都能用这个办法将一匹壮硕的牦牛放翻的。何况这只足有三百多斤的熊两臂间的力道何止千斤啊！

但这次瞎熊失算了。它想不到这牛双角上的力道如此之大，使它有了蜻蜓撼石柱之感！它想脱开身，寻找机会重新发动攻击或者是放弃攻击逃之夭夭。但来不及了，它没扳倒牦牛，牦牛的角反而像两只铁叉似的将它紧紧顶在了陡峭的山坡上。不唯如此，它居然尾巴一翘，摇着头狠命抵，并在摇头进攻中将一只尖利的角狠狠地插进了它的肚子，插进去大约有半尺深！

一股钻心的疼痛让瞎熊悲鸣起来。听见熊的悲鸣，它将头一甩，像农人用铁叉甩青稞捆子似的，将它甩出了两丈开外。

瞎熊从地上爬起来，看见自己的肠子流了出来。它知道这是非常危险的，它坐在山坡上，从地上拔了几把绿草，塞进了伤口。而后，不甘失败地爬上山坡，两只前爪“啪”一把抓住了野牦牛的后蹄，想把它的后腿给卸下来。野牦牛看见这小子重伤之下余勇可贾，竟然不知死活来攻击自己，不由勃然大怒，“啪”地一下用力往后蹬去。须知一般的狼啊什么的这一弹一蹬足以让它脑浆迸裂、五脏俱毁。但这瞎熊两爪像铁卡似的，一弹竟然没有弹开它！野牦牛大惊之后，一甩头，蓄足了全身力气，狠狠地往后踢去，一下子将瞎熊踢下了山坡。

但它后腿上的皮像蛇蜕皮似的，被瞎熊生生蜕了去，远远望去似乎穿了一只红靴子。

瞎熊借驴下坡，捂住肚子跌跌撞撞地钻进树林逃跑了。

今日这个草绿色的庞然大物不知是何方怪物，居然敢公然来招惹自己！野牦牛像发情似的在地上刨起来，草皮及地下的黑土被它如铁锹似的尖利的蹄子挖起来，抛向天空抛向身后几丈远的地方。它一边刨，一边抵头摇尾，告诫对方赶紧离开，否则它就要发动进攻。

但这连长和解放军战士都是一些十七八岁的年轻人，平时调皮得把自己的鸡鸡儿挽疙瘩玩来着。况且他们都来自江南水乡，没有见过这么广袤的草原这么茂密的丛林，更没见过这么雄壮的野牦牛。平时行军打仗整得他们够紧张够烦恼的，今日有了这么个放松的机会，怎会一枪毙命而不玩玩呢？

“它在干啥？”连长见野牦牛刨土、嚎叫，不解地问道。

“它发怒了，快开枪吧！”扎西阿扣紧张地说。

“呵呵！我们开这么大的汽车，它能把我们怎么样啊？”连长笑着，猛地一打方向盘，直朝野牦牛冲去。车上的战士们也快活地大叫起来，并朝天开枪。

野牦牛被彻底地激怒了，竖起尾巴冲了过来，“啪”地一声，偌大的汽车被又一辆汽车撞上似的颤抖了一下，紧接着，它将两只犄角塞在车轮之下，一用劲，竟被抬起来三尺多高。“啊！”大家惊呼起来，要知道旁边是深不可测的山沟，如果被它掀下去，必将车毁人亡无一生还啊！

“快跑，快跑啊……”阿扣大惊失色，惊恐地喊道。

连长一踩油门，汽车哄地一下朝前冲去。由于道路崎岖不平，汽车颠簸跳跃不能快速前进。野牦牛跟在后边，边追边挑，只几下就将汽车后板厢给掀飞了，又两下汽车的底板箱也“咔嚓、咔嚓”两声竟生生地被揭去了！

连长在驾驶室里明显地感觉到了这些，他将头塞出窗户，大喊命令：“开枪、开枪啊！”

被野牦牛们吓得忘了开枪的解放军们此时才如梦初醒，纷纷掉转枪口，朝野牦牛扫射。不到一刻钟，就将它打得浑身流血。但它兀自跌跌撞撞，坚持了很久才倒下。

汽车停下后，连长提着二十响驳壳枪，看着被它掀去了半截车厢的汽车，目瞪口呆惊魂未定：“妈的，这家伙咋这么厉害啊？”

由于太大，解放军们只好将它肢解了搬上车拉走。

剪灭了这个山大王后，扎西阿扣将那群牛收了回去，但这山大王的儿子们却都野性十足不受管束。春暖花开的一天，阿扣邀了十几个小伙子，用长长的牛毛撒绳将那些小公牛们一股脑儿套了，将胯下怂恿它们不安分的玩艺儿尽数割去，然后又全部扎了柏木鼻圈儿，直把它们调教成了驮千儿八百斤东西翻山越岭如履平地的“高原之舟”。

饶是如此，它们的桀骜不驯仍然让一般人不敢近身。狼啊什么的更是奈何不了它们。扎西阿扣从来不会像对待其他母牛犊似的傍晚收回来拴在接连里精心守护，而是放任自流，让它们自由自在地生活。如果不是搬圈转场等驮运东西，它们可真是祁连山麓的自由臣民。

正因为如此，甄二爷在驮回野物后的第二天早晨，就解开缰绳将它们放上山去，让它们自由地觅食，根本没为它们的安全考虑。

殊不知，它们今日却遇上了在祁连山麓、斡尔朵和金银滩草原上最厉害的狼群。

闲话休提，言归正传。小狼王使尽计谋，将那头长有一对长枪似尖利犄角的大驮牛隔离出来，本想故技重演，将它赶到乱石嶙峋寸草不生的达坂山下困死它。可这家伙似乎对它们的围困根本不以为然，它像无数富有战斗经验的大牦牛一样，寻了一个有坎的地方卧下，安然地反刍，对狼的佯攻偷袭硬打猛击只是摆动两个大犄角悠然应付。

但这次大驮牛失算了。只见小狼王撤退了，似乎放弃了这场战斗。但狼群撤退后，那些一直尾随狼群的豺们此时从灌木丛或土坎下纷纷探出头来，“吱吱”地彼此呼应，不一会儿将它围了个水泄不通。

这下大驮牛可惊慌失措了。对这些小巧机敏、手段凶残、群起群攻的豺非牛阵难以御之，就是牛阵也非常危险。它们的攻击方法一般是一蜂窝似的涌上来，直接跳到你身上对你发动攻击，叫你防不胜防。最绝的是，它们会从肛门里钻进去，直接去吃你的肠子肚子！奔跑的牛马看上去什么事儿也没有，实际早有豺像孙悟空对付铁扇公主似的钻进了肚子，在那里翻江倒海。

大驮牛看豺们围了上来，就站了起来准备迎敌。但豺们早已“嗖嗖”跳上了驮牛宽大的脊背，有一只经验老道的家伙果然从牛肛门里“刷”地钻了进去。

大驮牛发出声声长嚎，最后訇然倒地，命绝气断！

一个月内，小狼王和豺真正狼狈如奸，将甄二爷从阿扣借的五头驮牛杀了个精光。等甄二爷过完春节准备给人家还牛去时，只在那达坂山根的乱石中发现了五头牛的柏木鼻圈儿！他简直目瞪口呆，目瞪口呆后勃然大怒，骑了枣红马，提了土铳枪，领着民兵们整天在山里转悠，想将这些狗日的狼杀个精光。

第五十九章

但这时候的小狼王早已养得膘肥体壮了，机动性和战斗力大大增强。它们奔袭迂回、征战杀伐快捷如风，几天下来，让甄二爷他们连狼的踪都没踏着。

不唯如此，小狼王准备在兵强马壮的时候打一个漂亮的偷袭战。

可惜此时桦树湾的羊开始大面积死亡。跟黛彤川斡尔朵草原环湖乃至整个藏东地区的所有羊群一样，桦树湾的羊群也在遭受着人类一手制造的规律性劫难。大概是三年的饥馑饿怕了人，人类开始了种植业追求广种畜牧业追求头数的发展模式。气候适宜的草原全部开垦成了耕地，草原减少和无节制地发展牲畜头数，剩余的草场严重超载过牧，草场黑土化、沙化、荒漠化，牲口食物源减少，造成了“秋肥冬乏春死亡”的小循环和以牲畜生命周期为坐标的死亡大循环。牲畜的发展呈抛物线形态，就是数量猛增，到一定临界线后大面积死亡，回归到草场能承受的头数，然后又是大发展大死亡。此时桦树湾的牲畜正处在抛物线顶部且往下作急速垂体运动的阶段。

谢队长一脸忧戚，成天在羊圈里磨刀霍霍向牛羊，领着一群小伙子剥死牛死羊的皮子。

“咳！秋天羊肥得像滚珠的时候宰杀一只要层层审批，如今老天爷一下子要这么多，那王区长咋就批不了呢？”社员们剥着瘦得红棍似的死羊发着牢骚。

小狼王那晚从羊圈里叼走了一只“杂麻藏”后，就揣摸透了这群羊的肥瘦。说真的，对这群生产队的羊它不感兴趣了。它所感兴趣的，倒是桦树湾一家一户养的那些自留牛自留羊自留猪。有道是“集体的牲口啃光板，私人的尕驴溜楞坎”。在那个全国人民都跑步进入共产主义的关键时期，人们思想和经营行为发生了严重的错位，导致那个年代乃至以后的相当一段时期里，所有的农区都呈现出这样一种怪异的现象：集体的牲口常常瘦骨伶仃，而私人的所谓自留牲口却膘肥体壮。

小狼王这回瞅下了谢队长大伯的黑尕驴儿。

这头驴可真是溜下楞坎的。田间地头的楞坎是生产队的牲畜吃不了的，那里的草沾了耕地里的肥料长得格外茂盛，郁郁葱葱跟庄稼一般高。整个夏天秋天，谢队长的大伯就牵着这头黑尕驴吃那些楞坎上的草，间或也偷空儿吃吃生产队的青稞苗子。桦树湾人因为这是谢队长大伯的尕驴儿，就隐忍着不敢说什么，所以它屁股滚圆甚至脊梁骨陷了下去，照桦树湾人形容牲畜最肥的话就是“扯了槽了！”

小狼王故技重演，它先部署两拨人马分别去袭击村西头和村中部生产队的羊圈，而它带领两只年轻的公狼则匍匐着潜入谢队长大伯家，将拴驴的缰绳咬断，咬在嘴里扛在肩上，如澜沧江上的纤夫，牵了驴往北走。那儿有一道湾，翻过这道湾就是茂密的丛林了。

但黑尕驴显然被吓坏了，本能地蹬了四蹄往后坐，死活不肯前进。小狼王在前边死命拉，另外两只公狼用粗大的尾巴在后边狠命地抽打驴屁股，合力将驴一点一点地朝丛林方向移去。

在它们好不容易翻过那道湾，来到离丛林只有几十步远的时候，小狼王赫然发现，一条巨大的藏獒竖着前腿坐在那儿，双眼半眯着，静静地挡住了它们的去路。

小狼王的心一下子凉透了，下意识地松开了咬在嘴里的缰绳。黑尕驴儿发觉缰绳松开了，转过身连滚带爬，飞也似的往回逃。但那匹年轻的公狼却不愿让煮熟的鸭子就这么飞了，看见驴逃，那薄弱的软肋完全暴露出来，本能地跳起来一嘴，就将它的肚子撕烂了，肠子倒出来，缠在了驴腿上，被尕驴儿自个儿全扯了出来。尕驴儿跑了十几步后便倒在地上不动了。

巴顿在看见尕驴儿逃跑，公狼撕扯的刹那去救它，但这一切似乎都发生在电光火石之间，它想救也来不及了。

在撕咬了尕驴儿之后，两匹公狼马上领会了小狼王的意图，分别向两边一蹿，以三足鼎立之势对巴顿形成了包围。

小狼王对巴顿简直恨之入骨。近一年多来，它派到桦树湾去骚扰去偷袭的狼均丧命于它的尖牙利齿之下。不唯如此，正是这个家伙，使它攻击桦树湾的计划和行动屡屡受挫。今天，它好不容易谋划和组织的这次偷袭行动，在即将成功可以享受美味大餐的时候，它又半路杀出，使它功亏一篑、功败垂成！

今日要乘此机会灭了它！小狼王骤然间下定了决心。

经过了那五头大犍牛肉的滋养，小狼王们感觉到它们的每一条筋里都蓄满了可以致敌于死地的劲道，这劲道给了它们信心和勇气。它早就厉兵秣马跃跃欲试，准备与巴顿决一死战，将这獒王给剪除了，扫清它们生存发展的致命障碍。

巴顿显然明白了小狼王的意图。但它仍然镇定自若地蹲踞在那儿，傲慢地看着小狼王，耳朵却前后微微翕动，眼睛的余光扫着一左一右两匹精壮膘悍的公狼。

过了不久，左边的那只公狼突然跳起来又原地落下。巴顿知道这是佯攻，如果它将注意力集中到左边狼这儿，右边的那只狼会骤然攻击，其血盆大口会直咬它暴露的脖颈。

巴顿只是将耳朵耸动了一下，紧接着发出了一声如地底惊雷般的吼声，警告它们少玩阴谋少耍诡计。但小狼王并不理会这些，就在左边狼佯攻、巴顿警告的同时，它骤然向巴顿扑来。当巴顿鼓足力道准备迎敌时，它突然一转弯与巴顿擦身而过。此时，右边那只狼却发动了实质性的攻击，突然从地下弹起，狠狠地向巴顿撞来，一下子就将它撞了个四仰八叉。

这一系列动作配合默契连贯自如，简直一气呵成，让巴顿防不胜防！

巴顿尚未起身，左肩上一阵钻心的疼痛几乎让它叫出声来。原来是小狼王及时出击，狠狠地朝它的脖颈咬来，但因巴顿在翻滚中，它找错了位置，咬住了肩膀。而就在这时，它的左腿也被一只狼“咔嚓”地咬住了。

巴顿被彻底地激怒了！它低声吼叫了一声，用力一甩，将小狼王生生地甩了出去，但小狼王带走了它肩膀上巴掌大的一块皮。紧接着，它转身低头、一嘴咬住了他左边那匹狼的脖颈，一甩头，就“咔嚓”地将它的脖子咬断了，那匹狼松开口将半截悲鸣咽回肚里，如泄了气的皮袋似的瘫了下去。

而另一只蓄谋已久伺机下口的公狼这时从斜刺里冲了过来，在巴顿的背上“哗”地咬了一口，未等巴顿反击旋即后跳。巴顿的背上立即拉出了两条长口子，鲜血汩汩地流了出来。

这一切如高手过招，似乎点到为止但已两败俱伤。

双方又回到对峙状态，而此时敌我双方为二比一，力量虽不甚悬殊但情势更为危急，因为巴顿已然三处受伤而这两匹狼元气未损！

但巴顿遭受重创之后仍不失大将风度，既不舐血疗伤更未仓皇逃窜，仍然蹲踞在那儿，仍然半闭的双眼傲慢地看着一左一右呈夹击之势的小狼王和那匹公狼。

对峙良久后，小狼王似乎慑服于巴顿的威猛，但又想保持狼王的尊严体面退却，暂时采取休战一样，在那儿趴下来，微闭着眼睛睡起觉来。而那只公狼如溃退的士兵，悻悻地朝丛林隐去。

巴顿刹那间意识到这是一个阴谋，是一个狼们自以为是屡试不爽但极其低级的诡计。但它仍然蹲踞在那儿，似乎放松了警惕，开始若无其事地舐着左腿的伤口。但两只大大的耳朵扇面转向后方，侦听每一个危险的信息。

约过了一个时辰，也就是三星偏西的时候，一直假寐的小狼王突然蹿起来，用粗壮的身躯和犀利的牙齿直朝巴顿正面攻来。巴顿早已厉兵秣马枕戈待旦，张开粗壮而凌厉的嘴巴，针锋相对地朝小狼王迎去，一撞一咬之间，小狼王被撞出一丈有余！巴顿乘胜追击，想对撞倒在地完全丧失了还击能力的小狼王痛下杀手，准备几口就将它送归西天。而就在此时，原先溃退的那只公狼冷不丁地从旁边蹿出，一口咬住了巴顿的腰部，死死不肯松口！

巴顿在攻向小狼王的刹那间骤然回过头，“咔嚓”一下就噙住了攻击它的那匹小狼王的命脉——脖颈。它用足全身的力道将小钢刀似的牙齿刺进了公狼的动脉，用强劲有力的嘴巴闭住了它的呼吸。

若不是那匹公狼及时进攻救了小狼王，小狼王早已在巴顿硕大的身躯下毙命了。小狼王侥幸逃命早已魂飞魄散，但它不能不顾部下的死活，翻起身没命也似的朝巴顿攻来。巴顿大吃一惊，松开口应对它时，却见它虚晃一招，转身飞也似的朝丛林逃去。那匹狼也乘机翻起身，跟着小狼王没命地逃遁而去，刹那间消失在夜幕中。

第六十章

桦树湾人第二天早上发现了狼狗大战的惨烈战场，人们围在那儿啧啧称奇，称赞巴顿的英勇善战惊叹狼的阴险狡诈。谢队长的大伯父拄着拐杖颤巍巍地爬上山坡，趴在黑尕驴儿身上号啕大哭。那是他的坐骑是他家的拉车驮水的唯一一头牲口，是全家的唯一指靠，全家几乎是将锅支在它背上过活的啊！老爷子哭着哭着，不解恨地扑到那匹死狼跟前狠狠踢它，公狼富有弹性的尸体险些将他弹翻。

“好了好了，谢家阿爷！”人们扶住了他，“它已经死了，一旦活过来你敢踢它吗？”

谢队长又蹲在山坡山吧嗒吧嗒地抽那旱杆了。这旱杆是他随身的宝物，高兴时抽，悲伤时抽，闲了抽，忙了更要忙里偷闲抽，晚上不抽几杆入不了睡，早上不抽几杆起不了床。有人劝他戒了，他唱了个“少年”，回答说：

“青丝的黄烟抽惯了，

不抽是由不得我了；

尕妹的怀里来惯了，

不来也由不得我了！”

当下他在鞋底磕了烟灰，转身对甄二爷说：“你叫民兵们到饲养院开会……”

“同志们！”他又开始抽烟了，“这狗日的狼也太欺负我们桦树湾无人了，白天黑夜找我们的麻烦！不灭了这帮狗日的，我们的春耕牲口咋出圈？大家说说，想个啥办法拾掇了它？”

“狼扯秀才哩！”有个民兵说，“你看看这狼，比人还奸，来无踪去无影的，扯了我们这么多的牛羊，可我们连它们的面都照不上！”

“是啊，是啊！”另一个接着说，“我们夹脑也下了，扣子也放了，就是逮不着这狗日的！要不是巴顿护住村子，说不定……”

“对了，巴顿怎么样啦？”谢队长转身问甄二爷。

“伤得不轻，我家里人今天早晨抱住它心疼得直哭哩！我们已经用草药敷了它的伤口，估计没什么大问题。……它一个人咬死了两只那么大的狼，真不容易啊！”

“回头叫保管员每天给巴顿加半斤粮食，得好好对待这个功臣！”谢队长说。又回头问甄二爷，“你是打猎出身的，最了解这些家伙了，你看用啥办法好？”

“我还有啥办法啊？它们扯了扎西阿扣的五头大犏牛，我背了枪一直在后山寻找，寻找了这么多天可连一根狼毛都没见着。我以为它们跑到别的啥地方去了呢，想不到它却跑到我们的眼皮底下整我们！你说我能有啥办法？”

“妈妈的！”谢队长喜欢在没有长辈、没有小辈、没有女人的时候说些粗话，“难道说我们桦树湾这么一大帮老爷儿们居然对这些畜生还没办法了？我就不相信！我看还是抽一些原来参加过打狼队的民兵，重新成立一个打狼队，从明天开始挑生产队的战备马，由你，”他用烟杆指了指甄二爷，“带了，给我到后山里仔细地搜寻，我估计它们的老窝就在那儿！你们给我把它们的老窝给掏了！”

“好啊！”那帮年轻的民兵们欢呼雀跃。每天骑着马背着枪游山玩水，间或打些野生打打牙祭，很轻松地挣一天十分工分，这样的美差哪儿寻去？纷纷找甄二爷报名，打狼队不到一个时辰就成立起来了。

从第二天开始，民兵们就骑着桦树湾最好的战备马在祁连山麓的沟沟壑壑里寻找狼群。寻找了十多天，竟然连狼的踪都没踏上。甄二爷不禁纳闷，难道这些家伙采用游击战术打一枪换一个地方，早已转移到别的什么地方去了？

正当他们准备放弃搜寻撤兵回营时，奇迹发生了。

那是一个下午，春日的阳光格外和煦，晒在身上暖烘烘的。大地开始复苏，氤氲之气缥缥缈缈团团簇簇升腾喧闹，浸洇得人惬意慵懒。甄二爷骑在枣红马上任马自由散慢地行走，而他在马上昏昏欲睡。突然，枣红马打了一个激灵陡然立定，两只小耳朵急速地转动，鼻孔张得老大并不停地耸动，努力嗅着不知来自什么地方的危险的气息，一副十分警觉的样子。

他打了一个激灵，他知道枣红马察觉到了什么危险的信息。在这茫茫的祁连山麓，动物们之间长期以来你死我活的斗争，练就了比人类灵敏几十倍甚至几百倍的察觉危险的本领，这种本领已渗入它们的骨子里，溶化在它们的血液中，成为繁衍生存的一种本能。

甄二爷悄悄从马鞍下摘下了半自动步枪，举目四顾。

但四周是一望无际的灌木丛以及与灌木丛相间的高山草甸，一切显得那样的平和安宁，与平时毫无二致。但他分明感觉到有四只狼眼正从一个什么地方偷偷地观察它。

“这狗日的在侦察我!”甄二爷心中一阵狂喜。他太知道狼的狡黠的习性了。狼在遇到带枪的人时，常常会实施反侦察，然后根据侦察，作出进攻或逃匿的正确决策。

但不一会儿枣红马安静下来，恢复了以往的懒散。甄二爷知道狼们发现他摘下了枪，已然悄没声息地藏匿或逃遁了。他双腿一夹，在马屁股上抽了一鞭子，枣红马心领神会，嘶鸣了一声，快速向一个山垭豁奔去。在山垭豁里，甄二爷分明看见一个足有二十匹的狼群急速向西北岗什卡雪峰奔去。但就在他发现它们时，它们突然放慢脚步，走走停停似乎在闲庭漫步，一副悠然自得的样子。

甄二爷“嘿嘿”地冷笑了一两声，抬头看了看天，拨转马头回到打狼队的帐篷，叫队员们收拾帐篷撤兵回营。队员们不知就里，纷纷嚷道：“连一根狼毛都没打到，回去怎么向谢队长交代啊?”

“怎么交代?现在正是春耕备耕、牛下犊儿羊下羔儿的大忙季节，队里忙得一个当俩使唤，我们这么多壮劳力在这儿瞎转，找了这么十天半月连狼的踪迹都踏不上，这中吗?还是回去算了，谢队长那儿我去交代!”

队员们便也不再说什么，毕竟离家有十多天了，都是年轻人都想媳妇想连手了。一说回便归心似箭，将帐篷被褥搭在马背上开拔了。

甄二爷回过头看那山垭豁，他发现一双绿莹莹的狼眼正躲在金露梅丛中窥探着他们。

果然不出所料，这狗日的狼在搞反侦察！

第二天早晨，凌厉的东风开始使劲吹，接着天像蒙了一层肚幔似的变得灰蒙蒙一片。晚上，祁连山麓那漫无天际翻江倒海的鹅毛大雪便纷纷扬扬下了起来。这场似乎要埋藏世界的大雪整整下了一天一夜。第三天早晨，甄二爷走出门，走上那道山岗，看见一轮红彤彤的太阳慢慢升起，将万道五彩的霞光漫无边际地铺向银妆素裹的世界，让世界一片澄明和宁静。

“狗日的，这次我看你往那儿逃！”甄二爷径直赶到饲养院，叫饲养员给民兵们的坐骑喂上上好的精料。而后将民兵们召集在一块儿开了个简短的会，嘱咐了他们带上在雪地里打狼和御寒的必备用品，就荷枪实弹，打马直朝岗什卡雪峰东边的一个大山沟里驰去。

这场下了一天一夜的春雪足有一尺多厚，马匹行走非常吃力。但更吃力甚至可怜的是那些可怜的兔子、黄羊们，它们耐不住饥饿出来觅食，却深陷在积雪中举步维艰。民兵们看见几乎在马腿间蹦跳的动物们，心痒痒手也痒痒，恨不得举枪就打，但被甄二爷严厉地制止了：“谁开枪我饶不了谁，到时候有你们打的，不信你们等着瞧！”

果然不出所料，越往山里走，在高山草甸和灌木丛中觅食的野生动物愈多。野生动物们看见荷枪实弹的大队人马，惊恐地逃窜。民兵们全然不顾，斜刺里径直向岗什尕雪峰下插去。在靠近雪山的雪地上，他们果然发现了狼们留在雪地上的梅花形爪印。

甄二爷通过切割的方式顺利地发现了狼的爪印后欣喜异常。他跳下马，仔细地察看狼踪，然后毅然决然地领着民兵们，顺着狼爪印朝岗什卡雪峰方向追去。太阳西下时，他们悄没声息地埋伏在了小狼王们打猎的那个山口。

在偷袭桦树湾的羊群，尤其杀了那匹屁股溜圆的黑尕驴后的第二天，小狼王发现大队人马荷枪实弹进了山。它当时就明白这些家伙来者不善，由此它决定避其锋芒不与他们正面交锋。它们白天钻进岗什卡雪峰东边一条山沟深处极为隐蔽的狼洞中不露面。夜幕降临时，它们才小心翼翼地外出觅食。好在夜晚有兔子一类的动物活动，虽然收入不丰但也满可果腹。直到那个阳光和煦的下午，小狼王看出不久的两天后会有一场很大的春雪降临。这可是一年里难得的一个围猎的绝好机会，因为春雪全面严实地覆盖了高山草甸，那些栖居于石山上的岩羊便会耐不住饥饿，下到雪峰下面的高山草甸上来觅食。且有些山峰背阴的地方，被大风吹积的雪厚达两米。如果顺利地堵住岩羊的退路，将它们逼到这些积雪中，让它们陷入其中，就能轻而易举地一举歼灭它们了。别说是岩羊黄羊一类的中小动物，就是马鹿野牛一类的大家伙，如果能够赶到积雪中，一样能轻松地成为它们的盘中餐。

小狼王可不愿因为民兵们的存在而错过这个一年中难得的围猎机会。因此那天它故意领着它家族的全部成员，有意识地出现在甄二爷的眼皮下，且装出一副在黛彤川改邪归正金盆洗手，准备翻过岗什卡雪峰去斡尔朵草原或者迂回到金银滩草原去狩猎的样子，闲庭漫步似的顺着它们经常迁徙的狼路直朝岗什卡雪峰方向走去。

民兵们果然中计。那天，甄二爷拨转马头朝打狼队的驻地走去时，小狼王即刻返身匍匐着潜行到刚刚他立马观察的山垭豁，藏在一丛金露梅后边偷窥。它看见那些民兵们果然打倒了帐房，怅然回家去了。

看着民兵们远去的背影，小狼王高兴得在那金露梅丛中打了两个滚儿，将四只爪子翘到天上去了！

警报解除后，小狼王立刻筹划和准备这次围猎。它首先派两匹年轻的公狼测定了白额羊王们活动的地方，然后又亲自踏勘了地形，然后将狼群带回狼洞蜇伏下来，严令不准私自外出打猎。小狼王知道，饥饿会提高它们队伍的战斗力和增强它们队伍的攻击性。

直到大雪停后的中午时分，小狼王才钻出了洞。因为它明白，只有此时春天暖暖的太阳才可以将高山草甸上的雪融化，岩羊、大鹿或野生们才会到那儿觅食，才有可能进入它们包围圈。钻出洞后，它率领群狼快速向前两天踏勘好的地方奔去。

真可谓螳螂捕蝉黄雀在后。在小狼王们布下天罗地网狩猎岩羊们时，甄二爷们随后赶到，也布下了一个口袋让它们钻。他们在发现狼踪后不久，就将马匹用三角绊三个一堆、五个一伙地绊在一个隐秘的山沟，不让它们走散。然后徒步迂回前行，到一个积雪两米厚的阴坡后，挖了雪洞纷纷钻进去，将自己掩埋起来，静静地等待着狼们的到来。

太阳偏西时，高山草甸上的积雪开始融化，氤氲袅袅婷婷升腾，雪水潺潺流淌，滋润着复苏的草甸。草甸蒸腾和漫漶着沁人心脾的青草馨香。栖居于绝壁巉岩上的岩羊们耐不住饥饿，更禁不住新生嫩草的诱惑，探头探脑、小心翼翼、三三两两地下到草甸上来。白额羊王依然警惕百倍，同其他几只年轻的公羊分散在视野宽阔的山岗上站岗放哨。

大约过了一个时辰，大约有一百只的羊群陆陆续续地下到了草甸上。除了那只放哨的白额羊王和其他几只公羊，羊群几乎全部进入了小狼王的包围圈。这时小狼王从山垭豁一丛灌木后边跳起来，向附近的一只岩羊扑去。看见小狼王突然跳起，白额羊王发出了一声尖利的呼哨。但此时，群狼从四面八方跳起来，迅速截断了岩羊的去路。而有几匹狼早已冲进羊群大开杀戒！

羊群顿时乱成一团，在草甸上东突西奔不知所措。

白额羊王见情势危急，跳下山岩，竖起两只尖利的犄角，朝堵住来路的狼群奔去。狼们看见那两支如刀如剑的犄角，“哗”地闪开，将白额羊王放进了包围圈。羊王一冲进包围圈，就打了一个呼哨，招呼它的家族成员冲出包围圈。

但狼们此时发动了攻击。那些饿急了的狼们张开血盆大口，大开杀戒，杀得痛快淋漓，不一会儿，草甸上尸体满地鲜血淋漓哀鸿遍野。羊群完全被吓懵了，完全不听白额羊王的招呼，在狼群的裹胁下朝西南方向如飞奔去，奔过一道山梁后，纷纷插进厚厚的积雪中动弹不得，如子弹打进了淤泥中。

最后只剩下白额羊王在狼群中左突右奔。狼们似乎不急于杀死它，犹如猫捉到老鼠后将老鼠戏耍够了以后再吃似的，它们也在戏耍这只身体俊美风度儒雅的羊王，想把它拖垮拖累后再享用。

白额羊王看见逃不出狼群的包围圈，望了望陷在积雪中动弹不得的羊群，发出了一声悠长凄惨的叫声。之后它鼓足全身的力气，如一道褐黄色的闪电，向一块巨大的岩石撞去！只听见“咔嚓”一声，羊王的双角折断脑浆迸裂，犹如不肯降金撞碑而死的李陵将军。

甄二爷在雪洞中惊心动魄地看着这一切。“我的羊王啊！”他的心在泣血，“我给你报仇了！打！”随后从雪洞中跳出，朝狼群疯狂地扫射。

民兵们听见命令，纷纷开枪射击。顷刻间枪声大作如铁锅中爆炒豆子，硝烟弥漫如春节燃放鞭炮。沉浸在胜利的喜悦中的狼群还未回过神儿，已然死伤一大片。

小狼王在听见枪声的刹那本能地撒开四爪没命地逃跑。跑出一箭之地的时候，它发现跟随它而来的仅有一公一母两匹年轻的狼，其他狼全部丧命在民兵的枪口下！它回过头，望着刚刚逃出的地方，悲凄地嚎叫。

嚎叫声没结束，它发现甄二爷骑着枣红马如飞般追来。小狼王刹那间因惊惧而战栗。它们由于饥饿而浑身疲软，加上没膝的大雪使它们举步维艰，而那匹健壮的“青海骢”宝马此时奔驰如飞，不一会儿便会追上它。况且，坐骑上的甄二爷枪法奇准，会让它们在他的枪下一个个毙命的。

它知道今日它们在劫难逃了。

但它不愧是一代狼王。它嚎叫着，叫那两匹年轻的狼先行逃走，而它静静地蹲在雪地里，等待着甄二爷的到来。

在两匹狼渐渐远去，甄二爷渐渐临近的时候，它转身朝另一个方向——岗什卡雪峰的方向狂奔而去。

越过一条狭窄的山沟后，甄二爷发现小狼王已然来到壁立千仞的雪峰下。它突然停下脚步，返身等待着他，一副与他决一死战的模样。甄二爷勒住马，举起枪，三点成一线瞄准了狼的心脏。但小狼王一反常态，不逃跑不躲避，似乎早已将生死置之度外。

他瞄准良久后，缓缓地放下了枪。他知道这一枪下去，小狼王自会倒地毙命的。“去吧，逃命去吧！”他心中说，颇有些惺惺相惜的意味。

小狼王看见他放下了枪准备返身离去，突然长嚎了一声。刹那间，天地震动，冷风飕飕，岗什卡雪峰的积雪铺天盖地倾泻而下！

“雪崩!”甄二爷大惊失色、心胆俱裂，拨转马头往来路狂奔而去。枣红马展开四蹄飞驰电掣，甄二爷两耳呼呼生风。等一切平静下来时，他转过身，发现小狼王和他刚才所在的山沟已然被不知几千几万吨的积雪填平了。

“这畜生!”他此时才知道，小狼王引他到这儿想让他开枪，然后引发雪崩，与他同归于尽!

甄二爷突然毛骨悚然突然怅然若失，突然对小狼王肃然起敬，也突然对天地万物心生敬畏。敬畏之余突然想起什么似的拨转马头朝来路狂奔。

果然不出他所料，那些民兵们狂喊着，高兴得手舞足蹈，兴奋地挥舞着满尺的藏刀，正在恣意妄为地宰杀那些陷在积雪中的岩羊。他们这会儿已然杀了绝大多数，剩下的岩羊望着殷红的流血和同伙成堆的尸体瑟瑟发抖，眼睛因恐惧而发红。

“停下、停下!”甄二爷大老远地喊道，“别再宰杀了!”

但民兵们根本不听他的呼喊，依然一刀一个在雪地里挑羊脖子上的动脉。

“停下!妈的，谁不听命令老子毙了谁!”说着他朝天开了一枪。

民兵们惊恐地停下，拿着滴血的刀子面面相觑。过了好一会儿才小心翼翼地问：“喂，我的甄队长，你脑子是不是叫驴踢了?不宰杀怎么弄回去啊!”

“还宰啊?你们宰的还少吗?把那些活羊全部拖出来给我放了!”

“什么，放了?你脑子是不是真出毛病了啊!”民兵们齐声嚷道，“平时跟了你几天几夜也打不着一只岩羊，今天这些羊成了砧板上的肉怎么要放了啊!你不知道全村人多长时间没有美美地吃肉了啊?这些驮回去正好分给大家吃啊……”

“哼!”他哼了一声，脸色黑煞得像传说中的丧门神，跳下马，钻进积雪中，一只只地拖出来放了。大家摇头叹息大惑不解，但再也不敢宰杀了。看他那样子，就跟宰他爹似的，你再宰，这驴日的说不定白刀子进红刀子出，把你先给宰了。民兵们只好走过来，将那些活着的羊拖出来尽数放了。

放了岩羊后，甄二爷来到白额羊王的尸体前，凝望着久久不肯离去。

第六十一章

剪灭了小狼王后，桦树湾一时间天下太平祥和安宁。没有了狼的袭击，人们将时间和精力集中到了农事上了。在公社驻队干部的催逼下，谢队长组织桦树湾的男男女女开始了春播前的各项准备工作。

因为狼害和天灾，生产队的羊死了半数，吴国良再也不适合继续放牧生产队的牲畜了。除了那几千亩十种九不收的庄稼地外，这些牛羊便是桦树湾几百号人一年吃喝用度的主要依靠，因此必须找几个可靠的人来放牧。放牧那些耕牛耕马及牦牛的人好找，唯独放牧这些孱弱绵羊的人不好找。思量来思量去，这甄二爷是唯一人选。

当谢队长在生产队大会上宣布了这一决定时，甄二爷一蹦子跳得有三尺高，“我不去！这些瘦乏羊老鹰都能叼着飞过九架山去，它们能度过春荒？说不定哪天一场春雪，它们就全死了。你谢队长叫我干别的啥都行，就这羊打死我我也不去放！”

“呵呵……”谢队长冷笑着说，“怪球得不行，你不去，我不去，那谁去？如果你是队长，你咋分派？”

“我不管，反正这些羊我放不了，”甄二爷急了，“你不是也没见着，这些羊……”

“好了好了，”谢队长截住了甄二爷的话头，“我不是瞎子，更不是傻子，生产队的这些羊成了什么样子，不仅我清楚，在座的社员同志们都清楚，也知道放牧这些羊的后果是什么。正因为这样，我们认真研究后，才决定今年由你去放牧，”谢队长不愧当了半辈子的干部，知道怎么做人的思想工作。他先给甄二爷戴了一个高帽，让他有了大人物受命于危难之中的感觉，然后一二三地以理服人，“叫你去放羊，一是我们考虑到你在山里打猎的时间长，跟山那边斡尔朵草原的牧人们关系好，我们的羊可以到他们最好的牧场上去吃草……你知道，这羊没有好的草场，是万万不行的。……二是这狼娃子这么厉害，预防狼害，没有一条好藏獒是不行的。而我们生产队，最好的藏獒就是你家养的巴顿了……这狗认生，除了你，它还听谁的？还有谁有胆子、有本事带它去放牧？再说，有你那打眼睛不着眉毛的好枪法，狼娃子咋说也怕你三分，不敢来扯我们生产队的羊……这第三嘛！我就不明说了，你是最清楚的……”

“第三是啥？”甄二爷气不打一处来，没好气地问。分派他去放牧生产队的这些羊，无疑给了他一个铁馒头啃。他真不知道怎样侍弄这些奄奄一息的瘦羊，才能保证到秋季不仅能保本，还要完成总增率、成活率、出栏率、商品率以及羔羊繁活率等县上下达给公社、公社又下达给大队、大队又下达给生产队，且层层加码的硬任务、硬指标。

“呵呵，”谢队长笑着，他知道这任务算是交代下去了，甄二爷肯定会答应的。“你年纪轻轻的，忘性咋比我大？姚县长，不不，姚书记就没交代过你啥事，分派过你啥任务？我是党员领导干部，不能在大会上泄露军事机密啊……”

甄二爷哑然了。的确，就在他和扎西阿扣将土匪排长李宝儿交给公社后不久，姚书记召见了他，要求他借打猎、放牧的机会，秘密侦察那些逃窜的土匪的行踪，特别要侦察、寻访那个土匪头子张子龙。

“不将这个土匪头子缉拿归案，我的心不踏实啊，小甄！”那次，姚书记吸了一口烟，忧心忡忡地说，“今年你抓的那个土匪，就是那个已经枪毙了土匪排长李宝儿，临死前交代出张子龙还活着，他正躲藏在什么地方……我怕这个土匪头子会在草原上兴风作浪，会残害我们的阶级兄弟，会做出一些损害各民族团结、草原稳定和谐的事来！”

“依我看，他们也成不了啥大气候了！最多也就像李宝儿一样，躲藏在牧民家里混口饭吃……”甄二爷小心翼翼地说。

“千万不能放松警惕哟，我的同志哥！”姚书记用中指背敲着桌面说，

“毛主席教导我们说：亦将余勇追穷寇，不可沽名学霸王。对这些穷凶极恶的土匪，我们一定要彻底、干净地消灭之！……决不能对他们心存仁慈！要知道对敌人的仁慈就是对自己的犯罪……”姚书记滔滔不绝地给甄二爷讲了一大堆革命道路，末了说：“小甄，这次叫你来，就是要布置给你一个十分光荣而又艰巨的任务，就是要继续侦察、寻访那些土匪残余势力的行踪，然后及时报告，让我们尽早彻底、干净地消灭掉他们……你知道，对付这些小股土匪，我们组织力量大规模进山围剿，无异于大海捞针，很显然是不现实的。鉴于你对祁连山特别熟悉，对土匪有着深仇大恨……最重要的，你认识土匪头子张子龙，因此，县委、县政府决定派你去山里，暗暗侦察这些家伙的行踪……”

“……”

“如果发现土匪的行踪，你不要擅自行动，要千方百计地向我们报告，我们会派部队围剿！……你这次行动属于机密，不能告诉任何人，包括你的妻子！”

“是！请姚书记放心，我坚决完成任务！”甄二爷经过那个时代民兵们严格的准军事化训练，回答得响亮而坚决，其敬礼的姿势气派绝不亚于一个真正的军人。

但随后他又犹豫起来，“我怎么向谢队长说啊？他要不派我到放牧或者打猎，我还真拿他没办法……”

“这点事能难住你？如果这点小事都能难住你，我还敢派你去啊？”

“书记，县官不如现管，我们谢队长派活在我们桦树湾可是绝对权威，谁都不敢违抗啊……”

“说得也是，这事我找机会安排……”姚书记起身送客，“我们等你的好消息……”

哑然了的甄二爷只好服从谢队长的分派，接管了生产队的那一百多只孱弱不堪的羊。但令他百思不得其解的是：谢队长怎么知道了姚书记派给他的秘密任务呢？是不是为了他顺利完成任务，姚书记秘密召见谢队长，特地的叮嘱了这事儿了呢？

牧谚云：羊盼清明马盼夏，老犍牛盼的是四月八。清明过后，桦树湾后边山坡上已经长出了鲜嫩的青草，羊儿们已然禁不住青草那诱人的芳香，不顾人们的阻拦，迫不及待地奔向山坡，去啃食那些青草了。也难怪，一个冬天、一个春天，它们只吃人类提供的青稞秸秆等干草充饥，它们的胃早已差不多裂开口子了。

按照公社的统一安排，清明过后不久，所有生产队的羊都要转场，转到达坂山那边的斡尔朵草原去。这祁连山南麓的草原，作为秋季草场，要派专门的护草员保护起来，待秋天斡尔朵草原等祁连山北麓高山草甸的草吃得差不多时，才在公社的统一安排下，转场到这里放牧。

甄二爷到村东头的李二爷家，查了查老黄历，选定了一个易于往北出行的黄道吉日，牛背上驮了帐篷罗锅、炒面干菜等一切吃喝用度的物件，骑着枣红马，背着土铳枪，领着藏獒巴顿，赶着那一百多只羊，慢腾腾地朝祁连山麓里进发了。

他的这群劫后余生的羊委实太瘦弱了。好多羊大白天走着走着就突然倒地而死，而且几乎每个晚上，都有羊尤其是那些被视为宝贝的生产母畜死在羊群中。特别是一个风雪交加的夜晚，就一下子死了十多只！

这些羊可是他们生产队百十号人半年的活命粮。如何精心饲养和呵护它们度过这个青黄不接的季节，让它们尽快茁壮成长起来，成了他日思夜想的头等大事。

因此他走走停停，走一天，停两天，差不多半个月之后才到达斡尔朵草原。等到那儿一看，属于黛彤县的牧场上，早已布满了帐房。那些有经验的牧人们先前赶来，早已将水草丰美的草场给抢占了，留给甄二爷他们的，只是一些海拔较高、布满金露梅银露梅且狼害猖獗的次等草场了。

原来，这片草原上突然从青海湖北岸举家迁来了许多牧民，他们带来了大批的牛羊。已然退化得不成样子的草场，突然增加了这么多的牛羊，更加不堪重负。在北国初夏料峭的寒风中艰难生长的牧草们刚一冒头，就有齐刷刷的牙齿和尖利的蹄子在等待着它们。直到端午节，往年这个时候一片嫩绿的草场今年像舔了似的干净。牛羊们也还没有像往年那样度过艰难期，在早晨傍晚阳光下蹦跳着撒欢儿，依然半死不活地死捱着。

黛彤川乃至斡尔朵草原的人自然不喜欢这些不速之客。但上边的领导说了，在他们世居的那片水草丰美、被人们称之为金银滩的草原上，国家建设了一个代号为“二二一”的保密厂。为了国家的利益，他们响应国家的号召，毅然决然地举家离开了千百年来生活的地方，分散迁徙到各个地方。来到这里的，仅仅是他们当中的一部分。我们要真诚地欢迎他们到来，并以兄弟般的情谊对待他们。

这些没说的。黛彤川人斡尔朵人素来深明大义。但人欢迎草原不欢迎。这些尚未恢复元气的草原不堪重负，根本无法养活这么多的牲畜，看今年这个时候牲畜的膘情，不要说完成公社下达的“三高一低”的目标，就是保持住现在这些牲畜也是不可能的。

为了在这个难得的夏季秋季给牲畜们抓好膘，储备好度过严寒的冬季和青黄不接的春季，人们不得不开辟新的牧场。牧人们为了让牲口吃饱肚子，有时甚至赶着牛羊偷偷地到角什科人的草原上去觅食。但角什科人的命运也跟他们差不多，那边的农民们正在进行着大规模的垦荒运动，耕地几乎扩展到了雪线以下，别说是你去吃人家的草，人家早在觊觎这水草丰美的斡尔朵草原了！

第六十二章

甄二爷来到这里，要办的第一件事，就是要去拜访扎西阿扣，去看看李廷瑞那小子过得怎么样。大约是三天后，他赶着牛羊，游牧到了阿扣家的冬窝子附近。

好长时间没有见到扎西阿扣一家了，真有些想念他们。远远望见阿扣家帐房中飘出的淡蓝色的炊烟和帐房后飘荡的“打千”，心中便充满了温馨。拴在柏木桩上的昂多和僧格拖着粗重的铁链转着圈奔突、撕扯，它俩警告巴顿和他不准靠近领地的吼叫声，在他听来格外亲切，不亚于老朋友的热情招呼。

阿妈听见狗叫声，躬身钻出帐房，手搭凉篷张望，如第一次看见他和李廷瑞撑着木席划雪而来时一样。她认出是甄二爷后，“呛、呛”地呵斥被拽得木桩摇摇欲折两只藏獒，一边朝甄二爷快速走来。

“乔代冒、乔代冒！”甄二爷一边双后合十向阿妈问好，一边双眼紧张地望着昂多和僧格。它俩因巴顿侵入它们的领地，比陌生人侵入它们的领地更为气愤，吼叫如雷鸣，愤怒得浑身的毛发都竖了起来。

巴顿显然不想与它们争锋，大概为自己无意中闯入别人的领地而愧疚，低着头夹着尾巴紧贴着甄二爷慢慢行走，眼睛不往狂躁叫嚣的昂多和僧格望，唯恐对视使它俩更为愤怒。

但昂多竟然在转圈奔腾中“哗”地一声，生生地将铁链蹦断了。蓦然蹦断铁链的昂多失去约束竟然在草地上翻了个跟头，而后如飞般奔袭而来！

巴顿低眉顺眼依偎着主人行走，突然觉得不远处的两只藏獒的吼叫声沉寂下来。巴顿暗叫不好，抬头一看，果然看见昂多拖着半截铁链，从草丛中纵跳而来。

“呀！”阿妈惊叫了一声，想去拦它。但它一个纵跳，径直越过阿妈，朝身后的巴顿扑去。巴顿在看见昂多扑来时，已然拉开架势，做好了准备。但它觉得昂多会伤及横亘于它们之间的主人时，主动发动进攻，纵身也朝昂多扑去。

说时迟，那时快。只见“嘭”的一声，两只在斡尔朵草原和金银滩草原一等一的藏獒在空中相撞，巨大的力道使双方被弹开两丈开外。紧接着两只藏獒又纠缠在一起，顷刻间狗毛横飞、吼声如雷。但只过了一会儿，如人类高手过招，几个回合之后胜负已分，只见昂多直挺挺地躺在地上，似乎已魂归九泉，而巴顿则蹲在一旁，舐着浑身血淋淋的伤口，安然地疗伤。

阿妈扑在昂多的身上，“昂多、昂多”地喊叫着，声音里充满了悲戚。而甄二爷看见被巴顿重伤了的昂多，气愤至极，顺手拔起帐房杆子，狠命地朝巴顿打去。巴顿被昂多撕扯得体无完肤，浑身没有一处不在流血，骤然又遭到主人的重揍，痛得嗷嗷乱叫。但它没有攻击也没有逃跑和躲避，只是不解地望了望气喘吁吁暴怒得变了脸形的主人，然后悻悻地朝远处走去，翻过一道山梁后不见了。

甄二爷丢了帐房杆子，俯下身子查看昂多的伤势。诚心诚意地来拜访朋友，却不经意间重伤了主人钟爱的藏獒，甄二爷不知该用什么方法来表达满腹愧疚。一边一个劲地对阿妈说：“对不起、对不起”，一边去翻看昂多的眼睛。就在这时，他发现昂多颤抖了一下，耳朵在耸动浑身的肌肉因恐惧而僵硬。

“它没死！”他安慰阿妈，“它的神志还清楚，赶紧抬到帐房里叫阿扣治疗吧！”

“他不在！”阿妈一边查看昂多的伤口，一边说，“这狗硬朗着呢，敷一些药，过几天就会好的”。说着从一些皮袋中找出了几味藏药抹在了伤口上，又用水化了一些，灌进了昂多的口中。末了，赶紧生着了“塔不卡”上的牛粪火，烧了一壶酥油奶茶，双手端给甄二爷。

“阿扣他们去哪儿了呢？”甄二爷接过刚才的话头问。

“他们呀？”阿妈坐在“塔不卡”旁边，“他跟阿俄‘木华’采药去了……”

第六十三章

原来甄二爷赶着五头大驮牛回了桦树湾后，扎西阿扣和阿妈看李廷瑞和措毛恩爱有加，便决定招李廷瑞做他们家的“木华”。在这之前，甄二爷曾代表李廷瑞的家长，郑重其事地向阿扣和阿妈提婚，他俩虽没答应，但也默许了。这从第二天他家黑牦牛帐房旁边搭起的那顶小白帐房的举动中完全可以看出来。

那顶小白帐房搭起后，阿妈便安排已经成年的措毛独自一人睡在其中，说是看护那些牛接连中的牛犊儿，而实际上是为这一对年轻人谈情说爱提供便利。

小白帐房搭起的那天下午，甄二爷看着李廷瑞暧昧地笑个不停，笑得懵懂无知的李廷瑞浑身不自在：“甄哥，你今天这是怎么啦？一直看着我笑，我哪儿不对头吗？”他检视着自己浑身上下说。

“笨蛋，好事来了，自己还不知道？”

“好事？我能有啥好事？甄哥，你就甭耍笑我了……”

“呵呵，把你那驴耳朵给我凑过来……”他附在他耳旁，如此这般地说了一通，说得李廷瑞像一滩泥似的坐在草地上，双眼瞪着小白帐房，似乎不相信自己的耳朵。

那晚，李廷瑞在甄二爷的一再鼓励下，像做贼似的摸进了小白帐房。之后，这里便成了他们的乐园，有时候太阳老高了都晒着屁股了，李廷瑞还不起身。一个月过后，李廷瑞梦里不知身是客，到甄二爷赶着牦牛回家时，他已经跌在温柔乡里，死活都不肯回去了！

“不去看看老父亲？”那天早上，甄二爷搭好牦牛驮子后再一次问他，“我可是带着你出来的，回去后你父亲向我要人，我咋回答啊？”言下之意是：桦树湾人会认为我公报私仇，寻了一个什么由头将情敌给灭了呢！

“不去了，他有我大哥大嫂照顾呢！”他看着措毛姑娘，闪烁其词，全然是一副依依不舍的样子。

“哼哼，”甄二爷鼻子里喷着冷笑骂，“真是一只白眼狼，娶了媳妇忘了娘！”但心里却对李廷瑞充满了理解。他如果跟他一块儿回去，说不定一场大雪封了山，不等到明年开春乃至初夏季节，他是回不来的。也难怪，守着个这么如花似玉的姑娘，谁肯离开？

“看来，这小子阿扣家的‘木华’是做定了！”他赶着牦牛离开斡尔朵草原时，这样想。

正因为这样，春节回到桦树湾后，他才板上钉钉地说李廷瑞做了阿扣家的“木华”。垂垂老矣的李忠孝因儿子的终身大事有了着落，高兴得哈哈大笑，最后真正含笑九泉了。他当时抚着李忠孝渐渐冰凉的躯体心中喃喃自语：“李廷瑞，这也许就是你最大的孝了……”

他回去后，扎西阿扣完全把李廷瑞当做自家人了。但做他家的“木华”，仅凭吃苦耐劳、勤劳能干以及品行端正等等还不行，还得有一身绝活。阿扣年轻时候曾在青海湖边一个著名的寺院出家为僧。在出家为僧的十年里，他不仅学习佛学经典，险些取得“噶玛巴”学位，同时还学习了唐卡制作、酥油花雕塑等只有为数不多的高僧才掌握的藏学绝活，特别是学习了诸多藏医学经典著作，并在大量的临床实践中不断总结、提高，使自己拥有了一手高超的医术。他想将这些绝活，特别是藏医医术倾囊传授给这个未来的“木华”。但学习深奥的藏医药理知识，必须读懂藏医书籍才行，特别要熟读并深刻理解《甘露中心八分秘诀典》等藏医经典著作。为此，他制订了一个严密的学习计划，打算先让这个未来的“木华”学习藏语，然后再由自己言传身教，教授这些知识。

几个月下来，他对这个未来的“木华”信心大增。尽管他以前不懂藏语，但他学习藏语的悟性很高，现在已经能够流利地、无障碍地跟他们交流了，看得出来这小子对学习语言有着特殊的天赋。阿扣一直固执地认为，人学习知识除了必须有一个好的环境和条件、自己必须勤奋努力外，天赋是决定性的因素。而有些特殊技艺的掌握、特殊能力的拥有，须神灵的授予才行。如草原上的那些《格萨尔王》的传唱艺人，他们先前大多数是没有受过什么教育，也没有走出过草原的普通牧人，有些人甚至性格内向，言语木讷，而经过神灵的授予后，刹那间便能口若悬河，滔滔不绝，将格萨尔王的英雄故事几天几夜地说唱下去。

除了学习藏语，他还利用牧羊的闲暇，教李廷瑞识别和采集各种藏药。在藏医药理及阿扣的行医实践中，祁连山麓及高山草甸上的一切东西皆可入药。他带着他一边采集这些珍贵或一般的药物，一边给他讲授药物知识，一段时间下来，李廷瑞的眼中，这草原上，除了牛羊，剩下的全是各种各样的药物了。

傍晚时分，阿扣和李廷瑞回来了。李廷瑞看见从阿扣家黑牦牛帐房中钻出的甄二爷，兴奋得两眼放光，将身上的药皮袋往草滩上一扔，跑过来抱住他，在草地上翻滚起来。阿扣一家站在旁边，看着这两个来自黛彤川的汉族小伙子那股亲热劲儿，呵呵笑着。末了，李廷瑞迫不及待地问："我大大他还好吗？"

甄二爷一下子黯然了，嗫嚅着不知说什么好："他……他……"

"他老人家到底怎么样了?！你快说啊？"他揪住甄二爷的胸口声嘶力哑地吼叫。

"他老人家……已……已经归天了！"

李廷瑞像一堆泥似的瘫在了地上，好久，他才哭出了第一声。之后大放悲声，那声音悲恸欲绝，惊天地、泣鬼神，任谁也劝不住，直哭得一佛出世、二佛升天。

"就让他哭吧！"甄二爷对阿扣说。他知道他跟许许多多的同龄人一样，苦于生活所迫，对父亲母亲没有尽到人子的孝道，在平时的言行中未免粗暴，不免顶撞，既无孝也无顺。特别是大跃进那三年，饥饿使人们几乎丧失了人性，将世间弥足珍贵的亲情、友谊泯灭在令人不耻不齿的兽性中。每每想来，惭愧得无地自容！本想现在日子好过了，打算今年夏天春暖花开的时候，领着妻子措毛，带上酥油、羊肉，以及自己特地准备的黑羊羔羔皮大衣，衣着光鲜、风风光光地回去，好好尽尽孝道，弥补弥补过去自己的不是，未曾想“子欲孝而亲不在”，父亲已经永远永远地离开了这个人世，离开了自己！今日突然听到父亲去世的噩耗，怎不令他悲痛至极？此时此刻，非如此酣畅淋漓地痛哭一场，无法化解他心中的愧疚。

哭毕了，他按照黛彤川人的习俗，用人民币象征性地印了几沓冥币，朝黛彤川桦树湾方向烧了，又用一些奶茶当做奠茶，做了祭奠，这才回到帐房中来，在众人的一再劝解中兀自欷歔不已。

在李廷瑞为父亲的去世而悲恸欲绝号哭的时候，甄二爷神色黯然地站在一旁，表面平静，内心却在翻江倒海。他李廷瑞可以为父亲的去世而痛哭嚎叫，一抒胸臆，自己却连父亲死活的消息都不知道！尽管他对父亲未尽到孝道，但他父亲却能含笑九泉，按照桦树湾的最高礼仪得到了高抬深埋，而自己的父亲也许早在某个战场上成了炮灰，尸体被野狗吃了，尸骨还抛在某个臭水沟或黄土岗上。或许还活在世上，在某个地方孤苦伶仃地生活。

父亲自从一九四九年那个风雨如磐的夏天深夜被衙役们一绳子捆走以后，再也没有了消息。之后的几十年中，他利用一切机会打听父亲的下落，却始终杳无音讯。人们都说，他父亲早已不在人世了。那个兵荒马乱的年月，黛彤川抓走了多少年轻的小伙子啊，可又有几个活着回来了呢？残酷的战争如一口巨大的黑洞，吞噬了数以万计的鲜活生命。工作队队长不是说，解放军消灭了蒋介石的八百万军队吗？全歼了蒋马匪帮吗？父亲作为战败方的一名普通士兵，自然早已死在战场上了。

但他始终觉得父亲仍然活着。他被张子龙裹挟进土匪队伍后，他向那些来自马步芳队伍的土匪们打听父亲的下落。“甄次仁？不知道！”那些土匪们摇着头纷纷说。父亲以及爷爷都在祁连山麓里以打猎为生，与当地的藏族、蒙古族建立了深厚的感情，于是乎就起了这么个藏汉结合的名字。

“娃娃！你没见过打仗的那个阵势，吓死人啊！……枪响得就像炒豆子，大炮把人的耳朵都震聋了，到处都在冒烟，到处都是死人……你大大八成是死了！”土匪们心有余悸地说。

“他枪法很好，四十八岁，长得高高大大的……”

“呵呵……”土匪们笑着说，“我们队伍里枪法好的多了去了，长得高高大大的更是数不胜数，难道那些人都是你的父亲？”

“可他是一个神枪手，如果在你们队伍里，肯定会很出名的……说不定，还得了一官半职了呢……”

“憨娃娃，你以为马步芳的队伍里有本事的人就能当官啊？”一个年老点的土匪拍着他的肩膀说。

“……”

“好了好了！”一个土匪不耐烦地说，“甭再打问了，你大大肯定死了，那么多人死了，他能活下来？……我看你赶紧寻两沓纸，给你大大烧了，让他老人家在阴曹地府有俩银子花，也还知道后人还在，祖坟上还有香火冒烟！说不定那天解放军剿匪大队一到，连你的小命都报销了，他老人家……”

“呸呸呸……”土匪们连声吐口水，禳解那土匪的不祥之言，“你能不能说点吉祥的？真是那狗嘴里吐不出象牙来。”

那时节，正是他们洗劫了黛彤川的陈有才家，被解放军们追剿得四处乱窜的时候。

但他没有去烧纸。不仅仅是因为他们亡命天涯，没处找那种黄表纸去，更重要的是，他始终坚信父亲还活在这个世界上。这些土匪不是还好好地活着吗？既然他们活着，父亲怎么就不能活着呢？

后来，他也向姚县长咨询过这事。“小甄啊，我估计你父亲真的不在了……”姚县长用中指背敲着桌面思考着说，“如果他还活着，肯定会回到家乡来的……我知道你们青海人很恋家的，有一句青海话怎么说来着？……你看我这记性，记不起来了……但他没有回来，说明他不在了嘛！再说，那马步芳根本没留下什么档案之类的东西，即便是有，像你父亲这样的一般的兵，是他战事吃紧是时候抓的，不可能备有档案，所有我们也没处查啊……”

“不过你放心，你这事我会放在心上的……我一定通过老关系帮你打听打听……”他神色黯然地出来时，姚县长似乎安慰性地对他说。

但姚县长没有食言。大约是半年后的一天吧，姚县长秘密召见他，安排他借放牧打猎的机会，进祁连山麓秘密侦察土匪的行踪时，顺便说：“小甄，你父亲的事我向几个正在服刑的马步芳的军官打听过，他们都不知道你父亲……看来你父亲是真的不在人世了……这也是将马匪帮残酷统治劳动人民的结果，你一定要认识到将马匪帮的反动性、残暴性，化悲痛为力量，尽快侦察到这股土匪的行踪，帮助我们将他们彻底、干净地消灭掉，替你父亲报仇……”

但他仍然觉得父亲还在人世。在以后的放牧、打猎以及剿匪生涯中，他不断地向人们打听，自己也在人群中仔细寻找，希望能够找到他。他多么希望有一天，他与父亲突然在欠隆沟、哇里玛那些他们一块儿生活过山沟里、草原上突然相遇，让他们抱头痛哭，从那以后永生永世再也不分离！

可惜几十年下来，父亲一直音讯皆无。他想，父亲即使健在，他们相见，也许已经不认识了。几十年的风霜刀剑，父亲早已不是那个正当壮年，穿着老羊皮皮袄、戴着蓝缎子狐皮帽、高大英俊、身形矫健的父亲了，也许早已像生活在这里的那些老农民、老牧民一样，变得身形消瘦、脸色黝黑、皱纹密布、言辞木讷的老者了。再说，自己也已经从瘦小孱弱的一个青年，变成了一位高大健壮的汉子了，即使父亲见了，也未必认识。

多少年下来，他寻找父亲的愿望几乎泯灭了，有好多时候，他已经忘记了寻找父亲。但是今天，李廷瑞那悲恸欲绝的哭叫声重新唤醒了他寻找父亲的愿望。他突然觉得作为人子，不能寻找到父亲，是一种大逆不道的行为。父亲即便是死了，也应该将他的尸骨收拾回来，安葬进自家的祖坟才是。

这个晚上，他毅然决然地决定，自己毕生之年一定要找到父亲，活要见人，死要见尸！

第六十四章

但眼下的任务是必须将这些羊侍弄好，让它们度过这个青黄不接的季节。在阿扣家住了一夜后，从第二天开始，他逐水草而居，不停地转场、迁徙，心无旁骛地精心侍弄他的羊群。但是，他们黛彤川汉人的牧场大多贫瘠，虽然经他精心照料，羊群的体质有了明显的改善，但比起其他的羊群，仍然瘦弱不堪。

一个多月后，他又回转到了斡尔朵草原，找到了扎西阿扣家的夏窝子，他知道，此时的斡尔朵草原，水草已然丰美。尽管这里没有他们公社的夏季草场，但凭着他与扎西阿扣的关系，阿扣一定会允许他在他们的草场上放牧的。

他是在夕阳西下时分到达阿扣家的帐房的。到那儿后，他吃惊地发现，阿扣家的帐房旁边，围了七八十个牧人，他们群情激愤，一个个摩拳擦掌，嚷嚷着要去找角什科人报仇。

原来，果然不出阿扣所料，进入夏季，所有的牲畜都转场到斡尔朵草原和角什科草原后，双方便开始有了摩擦。

由于去年牲畜数量达到了顶峰，草原严重超载，草场退化到了令人触目惊心的地步。时值气候温热的夏季了，那些被牲口啃食光了的草场牧草依然稀稀拉拉的，像大旱之年盐碱地里的庄稼。尤其是那些下过帐房、圈过牛羊的地方，一个个都成了寸草不生的黑土滩。那些黑土滩像人头上的癞子，十分刺眼地密布在草原上，让那些视草原为生命的牧民们痛心疾首。

但大自然的自我修复能力真叫人叹为观止，今年开春时节那一场几十年不遇的白毛大雪，使草原上的牲畜遭到了灭顶之灾。虽然政府曾经派来了飞机空投饲草料，但那是杯水车薪，根本无济于事的。有些人家得到了空投的物资，羊群保住了，有些住得比较偏远山洼里的人家，飞机根本就没发现他们，更不要说接受到物资了。那场大雪过后，政府的救灾队好不容易寻找到他们时，他们牛羊全部饿死了。牲畜大面积死亡数量锐减，加上那场大雪雪水的滋润，开春时荒凉的景象已然荡然无存，夏季温热的气候，充沛的雨水，牧草开始疯长。似乎一场透雨过后，第二天人们惊奇地发现，整个祁连山草原遍地嫩绿。又不经意地过了几天，草原上已然百花盛开，牧草也已经长得能淹没两岁大的“杂麻藏”羊了，又呈现出了“天苍苍、野茫茫，风吹草低见牛羊”的胜景。

祁连山不愧是甲天下的金牧场。每年的七、八月间，与草原相接的祁连山依旧银装素裹，而草原上却碧波万顷，一群群马牛羊点缀其中，微风吹来，会使人产生回归自然，返朴归真，如入梦境的感觉。

祁连山的富庶也是绝无仅有的。匈奴歌曰：“失我祁连山，使我六畜不繁衍。”丰美的草原滋养得这里的牛羊异常肥壮，也使这里变得格外富庶。据说，民国末年，有一个人从河西走廊一路乞讨来到了这里，看到这里的水草丰美、牛羊遍山，便留了下来。留下来后他夏天采药、狩猎，冬天给寺院做“塔娃”，日子过得比任何地方都舒适。人们对这个来自山外的乞丐不叫名字，只以本地对乞丐的蔑称“要馍馍”称呼他。因为偌大的祁连山麓，“要馍馍”出身的就他一个。这“要馍馍”后来入赘到一个牧户家做了“木华”，后来拥有了属于自己的一头母牛。也许这人活该发达，那头母牛当年就产下了一头母牛犊。有道是“母牛下母牛，三年五头牛”，几十年过后，这里漫山遍野都是这“要馍馍”的牛。人们提起他时已经不叫“要馍馍”，而叫“馍馍家”了。据说，后来连“馍馍家”自己都不知道自己家有多少头牛，这些牛长年累月地散放在这山麓、这旷野中，与那些野牛杂交、群居，已经变成了真正的野牛了。外地的客商到这里来买牛，找到“馍馍家”后，付了银子，却怎么也赶不走那些野性十足的大牦牛。有时候赶走了，却无法制服它们，它们又逃了回来，重新成为

“馍馍家”的财富了。

但这种胜景从大跃进那年开始遭到了空前的破坏。农区放“卫星”，一亩地产一万斤粮食的时候，牧区也在放“卫星”，一年之内牲口数量要增加百分之二百甚至三百、四百。在桦树湾里李廷瑞的父亲李忠孝柱着拐杖骂街的时候，斡尔朵草原上的老人们也在摇头叹息：“这一百只羊，到年底要变成三百只！这可能吗？这羊不下羔牛不产犊，我们跑到牛肚子羊肚子里去挖啊？”

但牢骚归牢骚，在全国人民跑步进入共产主义的特殊时代，牲畜数量翻倍增长乃是政治任务。于是乎，统计报表上牲畜数量在成倍增长，牧人们饭碗里却连一点肉星都见不到了。同那个时代全国人民一样，祁连山草原上的牧民们也以挖野草、摘野果为生，也在捡拾牲畜的尸骨、研磨“乱麻”做代食品果腹。有些信佛不杀生的藏族、蒙古族们汉子们在乞求了佛爷的宽恕后，大开杀戒，猎取祁连山麓的野生动物充饥。

不论人们怎样评价大跃进运动，可有一项功绩有目共睹，那就是祁连山草原上的牲畜数量确实实现了大幅度的增长。这不难从那些密密麻麻地下在草原的帐房上看出来。但牲畜的数量增加了，质量却下降了，过去随便在羊群里逮一只羯羊，酮体就有七八十斤。如果可以挑一只，最重的居然能达到一百二十多斤。现在你在羊群里千挑万选，能挑出杀五十斤肉的羊，算你能耐！

有经验的老人们说，这不光是牲口多了草场退化了牲口膘情不好的原因，更重要的是打狼队将狼消灭光了，牲口没有了狼的骚扰，吃草都无精打采，一副懒洋洋的样子，自然体格下降膘也不长了。

人们还陶醉在牛满圈、羊满山的发展成果中没有缓过神儿来，劫难便发生了。来年春季，牲畜开始大面积的死亡，死得触目惊心死得叫人心惊胆战。也从那一刻起，人们似乎更加清楚地认识到草原的重要性了。保护好属于自己草场，已经成为人们的共识。这种行为从当初生产队牧民们的自发行动，成为各地区本位主义思想主导下有组织的政府行为了，各个乡镇、各个苏木、各个大队、嘎查都组建所谓的“帮牧队”，由民兵们荷枪实弹地跟随牧人放牧。

由于双方千百年来有约定俗成相对明确的草原分界，一般都不允许对方的牲畜到自己的草场来放牧的。但这里的人们虽然时有争端，总体上仍世代睦邻友好。这方的牲畜跑到那方的草场了，那方的牧人们赶过来就是了。即便是牲口混群了，双方也会按照印记隔离开来，从不为你家的羊吃了我家的草，我家的牛钻了你家的地而发生矛盾。有道是“有脚的牲口无脚的地”，谁能保证自己的牲畜永远不会跑到别人家的草场上去呢？但今年的情况明显不同于往年，形势似乎有些紧张。

一天早晨，措毛像往常一样，太阳还没出山，就将羊放上山坡，让藏獒僧格跟随放牧，而她帮助阿妈挤奶。她们家有四十多头奶牛，阿妈一个人是完不成挤奶任务的。何况，挤奶仅仅是一个环节，奶挤下来后，还要打酥油，还要做酸奶，还要将坏了的奶子做成“曲拉”（干奶酪）。牧区的妇女们是十分辛苦的，工作量较之男人大一倍都不止。

羊放上山后，那些羊在头羊的带领下，追逐着向阳的好草，边吃边走，不知不觉就进入到角什科草原上去了。这也是很平常的事，本没有什么大惊小怪的，可今天那边的人如临大敌，只见两三个牧人骑着马吆喝着赶来。他们对羊没有了平时的怜惜和痛爱，手执木棒狠命地追赶，似乎有什么深仇大恨似的，只赶过这边很远后才回去。

“以后看好了，尽量不要叫我们的牲口到他们的草场上去！”晚上，阿扣听措毛的诉说后忧心忡忡地说。昨天，公社李书记召开会议，通报了近期角什科草原人故意寻衅滋事的几次事件，研判了最近斗争形势，认为这草场纠纷属于人民内部矛盾，一再要求各大队、各生产队以大局为重，以团结稳定为第一要务，务必克制忍让，不要与他们发生矛盾纠纷。

但角什科人似乎将他们的大度、克制和忍让视为了胆怯、懦弱。这天早晨，措毛像往常一样，将羊群放上山坡不久，就发现羊群突然改变了方向，直朝另一个山头涌去。措毛放下奶桶，惊异地望着，不知发生了什么事。以往，羊群会顺坡而上，绕过角什科人草场旁边的山头，回转回来，一天的日子也就过去了，羊们一般也就能够吃得大腹便便了。今日怎么突然改变了方向了？莫不是狼在前面突然伏击了羊群？

但她很快否决了自己的判断。如果有狼在伏击，藏獒僧格绝不会无动于衷，昂多也不会安然入睡。昂多被巴顿重伤后，在阿扣的精心调治下，已经恢复得差不多了，但行动仍然不太便利，康复如初尚待时日，但它的责任心、敏锐性依然如初。如果有狼袭击羊群，即便是离得比较远，它一定会有所察觉的。而此时，它则躺在山坡上，沐浴着早晨温暖的阳光，睡得安逸而舒适。

措毛翻身上马，风驰电掣地朝羊群跑去。翻过那个山头，看见一个壮硕的汉子正骑着马追赶她们家的羊群，僧格挡在前面，正与他对峙着。

“喂，你是谁啊？赶我家的羊做啥？”

“这些原来是你家的羊啊？”那人一边提着铁镫，提防僧格发动攻击，一边说，“你家的羊越过界了，吃了我们草原上的草了！”

“你说什么？”天真的措毛姑娘简直不相信自己的耳朵。明明是他的羊群此时正扑在她家的草场上低头猛吃，他却颠倒黑白说她家的羊吃了他家的草。

“我说你们的羊过界了，吃了我们草原上的草！”那人一字一顿地说，“你耳朵聋了还是咋的？还需要我重新说一遍吗？”

“你咋能这样啊？”措毛眼里含着委屈的泪水，“这明明是我们的草场，你红口白牙睁着眼睛说瞎话，说成是你们的，也不害羞！”

听到这里那人“扑哧”地笑了。这尕阿切看起来美容姣好身材窈窕举止成熟，一听这口气却是个还没长大的尕羊羔儿。“我不跟你说，回去告诉你家大人，这片草原是我们的，你们以后不准再来放牧……”

“啥时候这草场变成你们的了啊？”措毛气愤地质问。从她记事起，这片草场就是她们家的夏季草场，年复一年，每当春暖花开的季节，她们家就从遥远的冬季牧场转到这儿来放牧。这片草原的每一根草、每一朵花记录了她童年的欢乐、青年的浪漫，寄托了她人生的憧憬、希望与幸福……从什么时候起，它又属于角什科人了呢？

“嘿嘿，”那人冷笑着，“你没生下来的时候，这片草原就是我们的！只不过你们白白吃了我们几十年……现如今我们要收回去了！”说毕打马飞驰而去，留下措毛僵在那儿，像一截栓狗的木桩。

“唉！”晚上，阿扣听了措毛的哭诉后又长长地叹了一口气，“让让吧！从明天开始，我们再也不要到那儿去放羊了，也看好那些犏牛、奶牛，千万不要让它们跑到人家的草场上去……”

“我们不能这么忍让，我们越忍让，人家就认为我们越软弱，就越会蹬鼻子上脸地欺负我们……”李廷瑞摩拳擦掌地说，“赶明儿，我跟帮牧队的民兵们一起，要狠狠地教训教训他们……”

“你胡说什么啊？”阿妈不高兴地说，“你阿爸走过的桥比你走过的路多，听你阿爸的准没错！”

措毛狠狠地踩了李廷瑞一脚，痛得李廷瑞龇牙咧嘴地躲到一边去了。

“你们就听我的话！”阿扣不放心地一再叮咛，“现在是共产党的天下，县上、公社会马上派工作队来的，相信事儿总会得到妥善解决的……”

第六十五章

可事儿没来得及双方县上和公社工作队来调解，角什科人却变得肆无忌惮变本加厉了。他们在荷枪实弹民兵的护卫下，居然将牛羊直接赶到阿扣他们让出的草原上。不仅如此，还用驮牛驮来了墙板，准备在阿扣家夏季草场上夯筑土墙，建设永久性住房！看样子，他们要永久占据这些草原了。

牧民们奔走相告，不仅是阿扣家的草原，整个斡尔朵草原上，这边的牧人们节节败退，那边的牧人们逐步蚕食，十几天下来，已经有好多生产队的草场被角什科人占为己有了。

那些草场被侵占了牧民们一边飞报公社，一边表面上按照干部们的要求克制、忍让，但暗地里气不过，便偷偷地宰杀角什科人的牲畜。

一个浓雾蔽日的午后，李廷瑞伙同两个羊倌，埋伏在角什科人羊群经过的地方，神不知鬼不觉地将两只大肥羯羊按倒一条水冲刷出来的沟壑中。羊群经过后，背到羊倌的帐房中宰了，邀请那些来自黛彤川的放牧人和帮牧队的民兵们吃了个满嘴流油。那些清苦了一冬一春的农人们吃了肥美的羊肉后，突然间觉得宰杀角什科人的牛羊是件一举多得的美妙事儿，一则可以吃到免费的牛羊肉，二则可以一泄好多天来胸中的憋屈，三则他们可以享受到牧人们英雄般的礼遇。于是，那些健壮的牛倌、羊倌们纷纷效尤，利用一切可以利用的机会，去偷角什科人的牛羊。

角什科人当然不会吃这个哑巴亏。他们也用同样的办法偷着宰杀斡尔朵人的牛羊。当双方都心照不宣的时候，偷偷摸摸的宰杀变成明目张胆的抢劫了。

一个薄雾朦胧的早晨，角什科草原一个叫俄日更的汉子骑着一匹白蹄儿骟马，优哉游哉地从那边踱了过来，这边的羊倌、牛倌们立马将眼睛瞪成了花狗的卵子，死死盯着他，唯恐一不留神，这小子将他们的羯羊或者牛犊偷走。但他似乎在寻找走失的绵羊，一个群一个群地仔细查看。草原上每个生产队的牛羊都有不同的记号，比如将牲畜的耳朵铰成燕尾型、三角型、方口型等，有些在羊角上做文章，用烙铁烫，用锯子锯，最常见的，就是用不同颜色的油漆打上不同的记号。正是有了这些明显的印记，即便是几家的羊混群了，也能在短时间内隔离开来。羊群里来了走失的羊，一看记号，就知道这是那个生产队的羊了，第二天通知那个生产队的羊倌来赶，准没错。

“我们的羊群里没有他们的羊啊?”这些羊倌们想。“没有你们的羊，你寻个球啊?”羊倌们的警惕性放松了，开始裹着皮袄躺在山坡上享受温暖的太阳。

那人漫不经心地转悠着，转到措毛放牧的羊群时，眼睛突然放光。在整个斡尔朵草原的上百个羊群中，这尕阿切放的这群羊最肥、最壮。不要看别的，只要看看在山坡上跳着三尺高的蹦子玩耍的羯羊羔儿，你就知道这群羊的有多肥了！羊羔们能跳这么高的蹦子玩耍，说明它们的母亲奶水充沛，奶水多就意味着体格壮、膘情好。在这个刚刚度过了青黄不接春荒的季节，母羊们尚且如此，那些羯羊们膘情如何就自不待言了。

措毛可不像那些来自黛彤川的羊倌们那样大意。他们这些农区的羊经过一冬一春青稞秸秆的喂养，经过了几重达坂山的长途迁徙，一个个瘦得跟老公鸡似的，角什科人是绝对看不上眼的。她骑在马上，紧紧跟着俄日更，真正是在防贼了。

“尕阿切，你的羊群里怎么大多数羊肥，少数的又这么瘦啊?”俄日更笑着问。

若不是今年为这么点草场闹得这么紧张，双方的关系是一直很好的。措毛认识这个叫俄日更的大叔，俄日更也自然认得这个扎西曼巴的女儿措毛尕阿切了。平日里，当他们双方都转场到这个夏季草场后，俄日更大叔他们还跟自己的父亲杀牛宰羊，喝酒唱歌，好好庆贺一下他们的重逢，畅叙几十年来结下的深厚友谊呢！更多的时候，角什科人扶老携幼聚到她家的黑牦牛帐房中来，求父亲为他们治病，也邀请父亲到他们的帐房里瞧病。

看到俄日更大叔没有恶意，从不会撒谎的措毛老实地回答："这些瘦羊是黛彤川桦树湾人的！他们农区的羊哪能跟我们的羊比啊！"

"今年他们的放牧员是谁啊？怎么自己不来放，却混在你们的羊群里叫你放啊？"俄日更依然笑着问。

"是甄二爷！"

"那个甄二爷啊？是不是年前住在你家冬窝子旁边打猎的那个神枪手甄二爷啊？"俄日更似乎有点吃惊地问。

"就是他，他跟我阿爸是好朋友哩！"措毛有些自豪地说。心想他还跟我家"木华"李廷瑞是一个村子里的，但因为害羞没说。

"那他干啥去了，为啥自己不来放羊？"

"听阿爸说，他去寻找土匪和他的父亲去了！"

"嗯……"俄日更若有所思地说，"那些土匪该寻出来一个个抓了毙了，他们确实是草原上的狼！"心想你哥就是被土匪害死的，但恐引起这尕阿切的伤心，没说。

"你在寻找什么吗？"措毛好奇地问。

"我啊？没……没寻……我的一只羊走失了，我看是不是跑到你的羊群里来了……"俄日更突然一脸窘迫，拨转马头惶惶地走了。

"跑到我的羊群里，我会给你看好的，你放心！"措毛冲着他的背影大声说。

俄日更走上一个山坡，经过黛彤川人的一个羊群时，突然从马上一个海底捞月，就像在那达慕大会上捡拾哈达一样，将一只最肥、最大的羯羊搂在怀里了，然后双脚一磕马肚，朝来路飞驰而去。

"角什科人抢走我们的羊了！"那些羊倌牛、倌们大呼小叫，等他们抓来远处吃草的坐骑，会聚了五六个人准备追赶时，俄日更已经翻过几个山头不见了。

他们完全被俄日更的抢夺行为惊呆了，一时间不知所措，聚在那儿议论纷纷。以往仅仅是偷，现在公然抢了，很显然，他们是有备而来的，这是一个公然的挑衅行为。自己如果贸然追赶，并与他们发生争斗，必然会使事态进一步升级，说不定会成为两家发生械斗的导火索。要是县上、公社追究下来，这责任谁都负不起。但就这样看着人家在眼皮底下将自己的牛羊抢走，而自己则忍气吞声连大屁也不放一个，实在不是他们黛彤川男人的性格。

“妈妈的，我们也是男子汉啊，妈妈生下我们时腿绊里揣一把，也是带把儿的！老子咽不下这口气，今日非把羊抢回来不可！”有个汉子翻身上了马，回头招呼其他人，“是个男人的跟我走！不敢去的，明天就给老子回家给老婆抱孩子去！”

其他男人们一听这话，男子汉的气概被完全激发出来了，纷纷上马，跟着那个男人去追赶俄日更去了。措毛则打马朝另一个方向疾驰而去，给住在山根避风处的帮牧队民兵们报信去了。

那些羊倌们赶过了几座山头后发现，角什科人的定居点上，他们的那只肥羯羊已经被宰杀了，俄日更正提着一把满尺的藏刀在分解肋骨。旁边的一口大锅底下架着熊熊烈火，锅上面热气腾腾，显然已经煮着他们羯羊的肉了。看见他们追来并站在山头上时，俄日更夸张地将半扇羊肋骨高高举起，远远地丢进大锅中，砸得水花四溅。

“怎么办？”有人迟疑地问。

“什么怎么办？下去将这些狗日的打个稀巴烂，抢回我们的羊肉啊！”刚才招呼他们的那个汉子喊。

“先甭急，你们看！”正当他们准备打马奔袭时，有个心细的羊倌喊。

大家仔细一看，发现情形有些不妙。定居点旁边的山沟中，隐隐约约似乎有很多人在偷窥。“他们在那儿肯定有埋伏，我们不能下去！”

大家正在犹豫不决时，帮牧队的民兵们在队长的带领下风驰电掣地赶来。“公社李书记一再命令，大家千万要克制、忍让！你们快点跟我回去，不然出了事儿你们谁能负得起这个责任？”

“难道就这样算了？这也太窝囊了吧？”有人气愤地问。

“跟我回去吧！”队长说，“我马上到公社给李书记汇报去。这事儿公社会跟斡尔朵人交涉的。我们要相信党、相信政府，相信会给我们公平处理的！”

看着那些人不愿回去，他又说：“现在是共产党的天下，斡尔朵人也是受共产党领导的，请大家相信我说的话，这事儿一定会得到妥善处理的！”看队长这样说，大家只好悻悻地回去了。看见斡尔朵草原的牧人和民兵们老虎样跳起来，又像猫一样卧了小去，俄日更他们大呼小叫，激怒他们下来攻击。后来看到这些人没有胆量，狼狈地不战而退，俄日更躺在山坡上简直有点得意忘形。

这可大大伤害了那些牧人和民兵们的自尊心。吃过晚饭后，他们三三两两地聚在一起，商议怎么好好惩治一下那些狗日的角什科人，好出出心中这口恶气。

但去偷袭俄日更他们的放牧点肯定不合时宜。他们今晚肯定有所防备，说不定他们正将所有的民兵们集中到那儿，埋伏在沟壑中，等待他们自投罗网。自小熟听父亲李忠孝讲《三国演义》、《水浒传》故事的李廷瑞想起了那些夜袭敌营，却遭全军覆灭的古代故事。

看着牧人们无所适从的样子，李廷瑞当仁不让地扮演起了指挥官的角色。他决定明修栈道、暗度陈仓，采用声东击西的战术，给那帮角什科人一点颜色看看。

“你……你，”他挑选了两个身体瘦弱、行动不够敏捷的两个羊倌，“你俩骑了马，到我们今天到达的地方，放上一堆火，就在那儿一边烤火，一个人照着手电筒来回奔跑，不到半夜不准回来！”

“好！”那两人答应一声，得令而去。

然后他挑了七八个骑术好的马倌，骑了马群里最好的马，摘了马铃，趁着漆黑的夜色，顺着一条山沟，直朝角什科草原的深处驰去。期间，他们经过角什科人的帐房时都远远地避着走，直到一个偏僻的所在，看见一个黑牛毛帐房孤零零地坐落在一条山沟中时，才停了下来。

“就是这个了！”李廷瑞说。

他们的到来，游走在帐房旁边的两匹藏獒早已察觉了。它俩的吼叫声显得急促而紧张。藏獒异常的叫声，惊醒了早已熟睡的主人，只见“噗”地一下，帐房里亮起了微弱的酥油灯灯光。

“咋办?”有人在黑暗中问。

“不急！先看看这家人有没有枪!”李廷瑞说。

只见帐房的门帘掀开了，有个人走了出来。那人似乎站在帐房旁边，查看藏獒撕咬的方向。看了好大一会儿，便重新钻进帐房，接着灯也灭了，一切复归平常。看来这家的主人不是民兵之类的人物，他们家是没有枪的，不然听到藏獒异常的吼叫声，一定会认为是狼群、熊之类的来袭击羊群、牛群，一定会像平常那样开枪吓唬吓唬那些猛兽的。

“开始吧?”有人在黑暗中征询李廷瑞的意见。

“先别急，”李廷瑞低声说，“我们得商量个好办法，将那两只藏獒给收拾了。你们听听那吼叫声，这两个家伙可不是一般的藏獒。”

“嗨，”有人不屑一顾地说，“我们放了半辈子牲口，狼啊熊的都没少见，还怕这么两只狗啊？等会儿老子上去，一刀一个，先结果了这两个畜生再说!”

“不行，”李廷瑞同所有的牧人一样，对藏獒有着特殊的感情，“这是我们人之间的恩怨，与这些狗没有关系……尽量不要伤害这两只狗!”

“那怎么办啊？你们听听这叫声，如果你不把它给灭了，说不定它就将你撕碎了！……这可是你死我活的事儿，它俩才不领情你疼惜它们呢……”

“这样吧，”李廷瑞略作思索后对两个马倌说，“你俩的马好，你俩就负责将这两只狗引开……尽量地激怒他它，引得越远越好，引出去后，就不要管我们，直接回去!”

“好的!”那俩人也得令而去。

那俩人翻身上马，直朝游走在帐房旁边的两只藏獒冲去。藏獒看见有陌生人闯进自己的领地，不由勃然大怒，吼叫着扑了过来。而他俩则拨转马头，直朝来路奔去。两只藏獒追出一里地后，觉得危险解除了，便不再追击，听下来不紧不慢地叫了几声准备回去。可那俩人却返了回来，用手电筒来回照它俩，用“抛儿”装了石头攻击它俩。这回它俩被彻底地激怒了，完全忘记了自己的职责，怒吼着又扑了过去。

剩下的李廷瑞他们五个人趴在草丛中，听见藏獒的叫声渐渐远去，便翻身上马，以迅雷不及掩耳之势冲进黑牛毛帐房旁边的羊圈，每人挑了一只最肥、最大的羯羊，然后像一阵风似的冲上山坡，融进漆黑的夜色中不见了。等那家主人回过神儿来，穿了衣服追出来时，圈窝里已然一片死寂！

第六十六章

李廷瑞他们回来后，在酥油灯下查看这些掳来的羯羊，发现只是在屁股上用红漆作了一个三角型的记号。李廷瑞得意地笑着说："去整点汽油，把这些记号全洗干净了，不留一点蛛丝马迹！"等洗净了，他又问："你们谁放的羊耳朵是燕尾型记号的？"

"我的是！"黛彤川宏伟公社二大队的放牧员说。

"去找把剪刀，将这些羊的耳朵全部铰成你们大队羊群的记号，放到你的羊群里，好生养着。等秋天膘肥了的时候，我们再慢慢宰着吃不迟……对了，我得给大家说一声，今晚的事儿就我们几个知道，狗日的谁嘴夹不紧说了出去惹了麻烦，哼！"剿过匪打过猎的李廷瑞已然今非昔比，说话办事干练利索，言辞之间透着一股霸气，"现在都回去睡觉，明天都要沉住气，哪怕天塌下来，也得跟没事儿一样……"说毕径直回家了。

第二天是个风和日丽的好天气。天空像水洗过一样澄明干净，湛蓝得令人心悸。早晨明媚的阳光斜斜地铺过来时，草原便有了层次，小丘背影处是一抹墨绿，向阳处则是片片翠绿，且随着太阳的升高，不停地变换着色彩。等太阳完全升起来时，那些小丘的线条变得异常柔美，就像只用绿色渲染，不用墨线勾勒的中国画那样，到处翠色欲流，轻轻流入云际。羊群一会儿上了小丘，一会儿又下来，走在哪里都像给无边的绿毯绣上了白色的碎花。随着羊儿们的移动，草原便变得灵动和丰富起来，就像一幅巨大的随风抖动的巨幅刺绣。而早已吃饱的骏马、牦牛们则静立在清新的空气中，好像回味着草原的无限乐趣。

李廷瑞一早就起床了，将羊放上山坡后，就骑着马紧紧跟在羊群后边。在这个非常时期，再也不能像以往那样任由羊儿自由自在地自己觅食，而他可以在帐房里呼呼大睡弥补那一刻就能值千金的春宵带来的疲乏。他必须紧紧地跟着羊群，防止角什科人将羊偷走或者像昨天一样明目张胆地抢走。

羊群铺在一个平缓的山坡后，他走上了一个小丘的顶部。站在这里，居高临下地俯瞰方圆百里的草原时，他被这草原之美深深地震撼了。

啊，祁连山之夏！望着这美轮美奂的夏季祁连山，他一时间文思泉涌。他生活在祁连山，成长在祁连山，深知祁连山之夏既是一首清新的诗，更是一首优美的散文。

祁连山的夏天不比江南春天的万种风情，更不比京都之秋的静美恬淡，她如同这高原草甸上的少女，豪放中显妩媚，冷峻中蕴美丽……

……

李廷瑞读过初中，又受饱读诗书的父亲的熏陶和影响，骨子里有着作家的才情。看到这草原，他便思绪翩跹，文思泉涌。可惜生不逢时，否则世界文坛上会多一个中国的莎士比亚或者托尔斯泰了。但他也不愿做个作家。他深知作家感情丰富，神经脆弱，花落草枯、鸟死虫亡常常会成为他们的痛苦之源；作家往往是个多情种，多情总为无情苦，一个“苦”字便是作家一生的真实写照，自己不是作家，仅仅有了一点作家的情怀，便被与尕花儿的感情纠葛折磨得死去活来，至今无法释怀……

想起尕花儿，他的心便像被一个很尖锐的东西刺了一下！他赶紧慧剑斩情丝，用拳头狠狠地砸了一下草丛，努力地从刚才的思绪中拔了出来。

他强迫自己回到现实中来。他发现这里视野开阔，一切一览无余，便放松警惕，下马在草原上随意行走，似在闲庭踱步。

在这天鹅绒地毯般的草原上，除了各种各样的牧草，在他的眼里，剩下的全是藏药了。开着嫩黄小花的是柴胡，其性味苦，微寒，药理功能为和解表里，疏肝，升阳，用于感冒发热，寒热往来，胸肋胀痛，月经不调，子宫脱垂，脱肛等症；那像老鼠尾巴似夹在草丛中的墨绿尖叶，是冬虫夏草，其性甘、温平、无毒，是著名的滋补强壮药，常用肉类炖食，有补虚健体之效，适用于治疗肺气虚和肺肾两虚、肺结核等所致的咯血或痰中带血、咳嗽，对肾虚阳痿、腰膝酸疼等亦有良好的疗效，也是老年体弱者的滋补佳品；那种像分蘖期青稞叶子的是秦艽，那……

作为藏医阿扣曼巴的衣钵传人，在阿扣的熏陶和影响下，他对这草原上的各种藏药情有独钟。他从马褡裢里掏出药铲，俯下身子，贪婪地挖了起来。这片草场上的药多得令人眼花缭乱，他挖得投入而忘情，等他感觉到有什么不对劲的时候，才发现一切已经无法挽回了！

他发现自己孤零零地站在草原上，而他的羊却不见了。大惊之下，他翻身上马，本能地朝角什科草原的方向奔去。翻过两个山头后，果然不出他所料，角什科的俄日更正将他的羊混进自己的羊群，一并裹挟着朝角什科草原狠命地赶去。

“喂，那是我的羊，你往哪儿赶啊？快停下……”他一边高声喊叫，一边打马飞奔。临近羊群时，突然感觉到天旋地转。等他回过神儿来，才发现自己连人带马被角什科人预设的绊子给绊翻了。枣红马嘶鸣着翻起身，狼狈地朝来路逃去，而他被几个角什科人围在了中间。

“你们想干啥？”他站起来，一边故作镇静地抖着粘在身上的新鲜青草，一边语气轻松地问。

“我们不想干啥，倒是我们应该问问你，你想干啥啊？”他们骑在马上，居高临下地说。

“嘿嘿，”他自知寡不敌众，笑着想缓和一下紧张的气氛，“我想赶回自己的羊啊！……刚才我光顾着挖药，这些狗日的羊就跑到你们的羊群里来了……呵呵，你看，又混到你们的羊群里了，这分隔起来，又得麻烦你们……”

“哪些是你们的羊？”俄日更走过来问，转过身又问他的同伴，“你们看见他的羊了吗？……我一直在这儿放羊，怎么就没看见你的羊跑过来呢？”

“老哥，你就别开玩笑了，你羊群里那些右耳朵铰了个缺口的不是我们的羊，又是谁家的呢？……我知道，你的羊角上全部烫了三角形的……”

“你这不是放屁吗？有角的角上烫三角，没角的秃蛋羊，在它球上去烫三角啊？”

“哈哈哈……”那几个人被俄日更的幽默逗笑了，但笑声夸张、做作。

李廷瑞这时真正明白了，今天他们是来者不善，善者不来，要硬抢他的这群羊了。意识到这点后，他反而冷静下来了，冷冷地看着俄日更：“你就直说吧，你们想干啥？”

“你说我们想干啥？……我们只想要回我们的羊！说，昨晚是不是你这狗日地领着人抢了我们的羊？”

“我……我没有……”素来不会撒谎的李廷瑞嗫嗫嚅嚅地说，语气早将秘密泄露无疑。

“果然是你啊？”俄日更说，“我说……”

“跟他啰唆什么？弄死他算了！”有个汉子打断他的话，从马上跳下来，居高临下地直朝李廷瑞扑来。他体格庞大，三下五除二就将身单力薄的李廷瑞打翻在地起不了身。

“吉合茂，你干吗下手那么重啊？你看他那身体，万一打坏了咋办？”俄日更埋怨地说。

“就是要往死里打！”吉合茂恨恨地说，仿佛与李廷瑞有着深仇大恨似的，在其他人的劝阻下，兀自对李廷瑞扑打不已。

“走吧走吧，赶紧走吧，等会斡尔朵人赶过来，吃亏的可就是我们了……”说完，招呼其他人，一股风似的赶着羊群走了。

李廷瑞擦了擦头上的鲜血，看着渐行渐远的羊群，不禁悲从中来，两行清泪无声地滑落在脸颊上。

太阳西下时，他才缓过劲儿来。他的马跑了，他只好蹒跚地步行着回到了帐房。措毛看到血头血脸的李廷瑞，心痛得直掉眼泪，连忙找出阿扣的藏药，用清水洗了伤口敷贴。

扎西阿扣看着空空如也的羊圈，长叹一声，骑马连夜到公社报告去了。

第六十七章

那些羊倌马倌们听说了李廷瑞被打伤的消息，纷纷前来探望。当他们看到遍体鳞伤奄奄一息的李廷瑞，一个个气愤填膺，摩拳擦掌地商议怎么样去报仇。

“忍忍吧，孩子们!”阿妈苦口婆心地劝说，叫他们不要再惹事端。而他们那里听得进去？那些平时与李廷瑞关系要好的马倌们骑了快马，连夜到各个放牧点去叫人，半夜时分，他们已经纠集起了七八十人。

甄二爷一听阿扣家的羊全部被角什科人抢走了，真想领着这帮跃跃欲试的牧人们连夜赶到那儿，将抢了羊的那些人打个半死，但理智告诉他决不能这样做。这样做，只能导致事态的进一步扩大和恶化，最后便将导致不可收拾。他说：“我们还是要听阿妈的话，不要冲动。今晚你们回去吧，明天我带领大家到他们那儿，跟他们讲道理，要回我们的羊。我相信，他们也是人也会讲道理的……”

第二天，他们来到俄日更他们的放牧点，讨要他们的羊。

“你们的羊？谁见了，你们见了吗？”俄日更用一根芨芨草剔着牙，阴声怪气地说对蜂拥而来的甄二爷他们说。

“这位大哥你听我说，”甄二爷用平和的语气说，我们两家都是世世代代在这里放牧的、生活的农民、牧民，好多人都是儿女亲家，都是砸断骨头连着筋的亲戚。现在草场紧张了，我们两家你争我夺成了冤家对头，实在痛心啊……”

“妈妈的，你们也知道痛心啊？你们偷我们的羊，不，公然抢我们的羊，我们就不痛心？再说，你们占着这么好的草场，牛羊都肥成了油蛋蛋。你看我们的牛羊，三根肋骨绷着一张皮，三根骨头挑着一根筋，你们咋不心痛心痛我们哪？”

“以前的事我们就不说了。我们今天来，就是求你们把昨天混进你们羊群的羊还给我们吧，”甄二爷下马又是作揖、又是敬礼，“那些都是生产队的羊，我们都是放牧人，将羊弄丢了回去没办法交代啊……”

“你们的羊在哪儿啊？你问我们要，我们那儿给你寻去？你到别的地方找找吧，说不定混到别人家的羊群里，给他们赶走了呢……”

“你的羊群里就有我们的羊，”甄二爷指着不远处山坡上的羊群说，“我们的羊都铰了燕尾型记号的，再说，我们自己羊我们认识，每天都跟它们一块儿呢……”

“可我们的羊也铰了燕尾型做记号啊！”他环顾着自己的同伙挤眉弄眼地说，“这燕尾型记号你们铰得我们就铰不得啊？你们说是不是？”

“是啊是啊，我们生产队的羊就铰了燕尾型，”他的那些同伙随声附和，“我们的羊还铰了三角的呢，难道你们羊群里铰三角形记号的都是我们的羊？”

“你们讲不讲理啊？”甄二爷显然有些生气。

“妈的！谁不讲理啊？我们怎么不讲理了？”

“你嘴巴放干净点好不好？这可是共产党的朗朗天下，你们可不能想抢就抢想占就占！赶紧把我们的羊还给我，大家以后仍然是好亲戚好邻居，不然……”

“不然你要干什么？”俄日更从坐着的草滩上坐起来，望着他讥讽地说，“大家把裤袋勒紧腿绊夹紧，不然这狗日的把你那东西咬掉哩……”

“我还没娶过媳妇呢，要是他咬掉了，怎么得了？听说这东西遇见他妹妹，那爷们儿就成了神仙了，比云里雾里美……”一个年轻人嬉笑着说。

甄二爷哪里受过这种侮辱啊？他胸中血气翻涌，脑袋发胀，恨不得跳过去将他打个人仰马翻。但理智又一再告诉自己不能莽撞，尤其不能首先出手打人，以免贻人口实挑起事端。历史上，这草原上的部落与部落之间为争夺草场发生的械斗，造成了多少流血事件，演绎了多少人间悲剧！今天，他甄二爷决不能作新的流血事件的始作俑者。

“那好吧，没有就没有，我们以后小心看护就是了。说不定我们的羊被狼吃了……”说完拨转马头，想再想别的办法，或者去找他们公社的书记，要回这些羊。

“喂喂，你他妈刚才骂我们什么来着？”有个一直在旁边阴着脸一言不发的粗壮汉子这时候跳了起来，拽住了甄二爷的马辔头，“你骂我们是狼？日妈妈我们是狼，那你们又是什么东西？”

“我说这位同志，你是不是诚心找茬儿呀？”甄二爷来气了，狠狠地抖了抖马缰绳，枣红马心领神会，嘶鸣了一声，直立了起来，将那汉子摔倒在地上。

“嘻嘻嘻……”这边的牧人们早就憋了一肚子气，看到那汉子被摔倒在地，开心地笑了起来。

“妈的，敢欺负老子，也不问问老子是谁！”说着从地上爬起来，顺手捞过一根红柳棍，劈头盖脸地朝枣红马打来。枣红马负痛悲鸣，在原地尥蹶子，险些将甄二爷掀下马来。

甄二爷“刷”地将长长的马缰绳甩过去，缠住了那汉子的木棍，黑着脸问：“敢问你老子谁啊，怎么称呼？

“老子坐不改姓行不更名，吉合茂就是……”一口典型的黛彤川口音。

“吉合茂，老子求你一声，打狗还得看主人，吃驴肉还看个驴脸哩，你能不能不打我的马？马是什么也不懂的畜生，可你不是畜生啊……”

“妈的，还敢变着法儿骂人！”说着，他狠狠地拽马缰绳，但没拽开，心中不由暗暗惊叹：“好大的力气！”遂生了惧怕之意，但脚下却不消停，纵身一个饿狼扑食，朝骑在马上的甄二爷剪来。

“呵呵，”甄二爷轻松地笑了一声，“倏”地带转马头。枣红马心领神会，未等吉合茂近身来，双踢并起，朝他踢去。幸亏那小子机灵，来了一个紧急后倒，否则那只破脑袋恐怕就成了浆糊了。

“你退后，我来会会这小子！”俄日更对吉合茂说。

“怎么个会法？”甄二爷睥睨着他问。

他抱着膀子上下打量了一番甄二爷，然后拉开摔跤的架势：“敢不敢跟我比赛摔跤？……以摔跤决胜负，你赢了，就把这些羊全部赶走，”他指指羊群，“输了，乖乖地给老子滚回斡尔朵草原去……”

“好啊，这可是你说的！”甄二爷跳下马来，躬身弯腰严阵以待。他暗暗下定决心，一定要将这个不可一世的家伙摔个狗吃屎。

两边的人立马兴奋起来，不约而同地以他俩为中心围成一个圈，嘴里发出“哦哦”的叫声，还用木棍狠劲地跺地，以壮声威。

可他那里想到，这俄日更是草原上的摔跤高手，是连续多年那达慕大会上的摔跤冠军。刚一交手，就被他翻身一个大背，狠狠地摔在地上，直摔得他眼冒金花头昏脑胀辨不清东南西北。幸亏这祁连山草原厚实的牧草，以及牧草下草根盘结的垡子犹如棕纱垫一样富有弹性，否则他可能就已经半死不活了。

“起来啊，是儿子娃娃就赶紧起来啊！”人群怂恿着喊。

他摇摇晃晃地站了起来。真所谓吃一堑长一智，这次他可不能再让这小子给摔倒了。想到这里，他不敢轻敌，腰身下低，双手与肩平齐，以降低重心又防他瞧出破绽，二次来个大背将他摔晕。

初战告捷让俄日更很自负。他在摔倒对手的刹那，又一次品尝到了无数次在那达慕大会上摔倒对手后胜利的滋味，也对甄二爷的实力有了一个准确的评估。看来这小子只是有一身蛮力气罢了，实在不是自己的对手。毕竟摔跤是一门技艺，它凭借的不仅仅是力量，更多的则是技术。自己平时的训练和无数次的实战，早已将力量和技巧天衣无缝地契合在一起。正是这种契合使他多年来战无不胜所向披靡。

轻敌使他很快扑向甄二爷。这回甄二爷则就势紧紧攥住了他的胳膊，以下蹲之势缠住他。那家伙摔了几次，感觉到甄二爷底盘如千斤巨石固不可撼，而上身也如生铁铸就，胸大肌肱骨肌坚硬如磐石，使他那鹰爪般尖利有力的大手抓上去几乎找不着一个着力点。

就在两人较劲的时候，甄二爷违反摔跤常规，突然一个后倒，使了个兔子蹬鹰。俄日更果然如一只金翅大雕展开四肢从他头顶飞过去，直栽到两丈开外的山沟里去了。

“妈的，有你这么摔跤的吗？”俄日更从山沟里一边往上爬，一边怒不可遏地骂道。

“我没耍赖，我们很公平！”甄二爷冷笑，“请你把嘴巴放干净点！我可见不得嘴像牲口屁眼似的老往外喷粪的人。”

“好吧，我俩一输一赢，还没决出胜负，再来一跤定输赢……”

就在他俩较量在一起不分胜负的时候，吉合茂却突然喊了一声“打！”并率先发动了攻击。两支队伍立马混战在一起，刹那间马嘶人叫棍棒乱飞。但战斗很快就结束了，因为甄二爷这边只有十几人，而吉合茂他们有五六十人，且有着充分的准备。他们每人手中拿着一根五尺长、柔韧的红柳棍，骑在马上长矛似的，竖可以刺，横可以扫，不消一顿饭的功夫，就将甄二爷的那帮人尽数打下马来，躺在地上哭爹叫娘起不了身。

“弟兄们，将这些狗日的捆了！”吉合茂喊。角什科人答应一声，纷纷从马鞍上解下牛毛绳牛皮绳，将他们捆成了毛蛋蛋，丢在草坡上，如剪毛时节待售的羊毛捆子。

吉合茂用一根柳条抽打着马靴，很有些匪气地在他们面前走来走去。这动作、这神气这么熟悉，在哪儿见过？他努力地回忆。“还跟我们斗？还敢宰杀我们的羊？真他妈是瞎了眼又吃了豹子胆了！老子们今天也杀杀你们的羊，看看你们心痛不心痛、难受不难受……”

说完，他们将羊群赶过来，看见耳朵铰有燕尾型记号的羊，捆也不捆，一刀就将大动脉挑断了，任羊在草场上喷着血蹦跳着痛苦地死去。

他们的这些羊由喜马拉雅野羊驯化而来，长期在高寒、高海拔地区繁衍生息而形成的一个优良品种，其毛白的如雪黑的如漆，长五寸有余粗细适中柔软润滑，是上等的纺织原料。其皮柔韧肥厚，做皮袄做褥子异常温暖，其肉少腥无膻鲜嫩多汁肥而不腻十分鲜美。它们较之其他羊，善于攀登善于奔跑，所以当别的品种的羊依然瘦骨嶙峋时，这些藏系绵羊已然有一身好膘了。而阿扣家的这些羊，更是被俄日更精心挑选的，其肥美居斡尔朵草原几十万羊之首。

他们在他们面前一路杀将去，直杀得血流成河，末了，在他们面前架起大锅，将整片整片的肋骨丢进锅里，煮着吃手抓。这羊肉在刚开锅时吃鲜嫩可口，谓之“开锅肉”。吉合茂手里攥着两根“开锅肉”，踱到甄二爷面前，一边吃得满嘴流油，一边说：“吃吗，小子？你们怎么放的这些羊？这些羊比起我们的羊，可是肥得多了，……嗯，味道真不错……”

甄二爷突然想起了欠隆沟，想起了那个土匪排长李宝儿。

藏獒巴顿是在傍晚顺坡而上的风中嗅到了不祥的。那风中飘荡着人类那特有的血腥味。巴顿知道，如此浓烈的人类血腥味除了人类自己，世界上没有任何其他动物能够让人类受伤流血。主人今天在草场一脸黑煞，领着十几个汉子绝尘而去，对他摇尾顺耳的亲昵动作置之不理的举动里，已然预感到要有什么重大事件发生。

傍晚主人该回来了却没有回来，更证实了它的判断。夜幕降临后，扎西阿扣将他脖子上的铁卡子解开后，它抖落了粗重的铁链，全然不顾守护领地守护羊群的职责，嗅着主人早晨留下的气息，一路觅踪而去。半夜时分，当它爬上一道山梁后，蓦地发现，前边一片背风的草场上，人们在载歌载舞，熊熊燃烧的篝火上架着全羊，优美的舞步在激荡，美妙的歌声在飞扬，羊肉的醇香在弥漫，但巴顿仍然闻到了人类，确切地说主人甄二爷的熟悉气味，以及人类的血腥味。

它顿时明白就是这些载歌载舞的人伤害了自己的主人。人类其实与狼等动物本质上没有什么区别，丰衣足食的时候温良谦让，礼仪有加，一旦食物匮乏或面临绝境时便会兽性大发，相互抢夺残杀，其残忍较之其他动物有过之而无不及，甚至直致对方于死地而后快。不惟如此，有些贪得无厌的家伙锦衣玉食，还会无止境地掠夺别人的财物，供自己挥霍奢侈浪费，“朱门酒肉臭、路有冻死骨”是人类社会比较常见的现象。今日主人们与这些人发生冲突，肯定是近一段时间将那些牛羊赶来赶去的结果。

巴顿理清这点后，立马意识到主人处在危险中。本能告诉他必须尽快将主人解救出来。于是它匍匐在鞭麻丛和茂密的牧草中，悄无声息地向人群靠近。它灵敏的嗅觉如导航的雷达，准确无误地将它引领到了主人的身旁。

主人是用皮绳捆绑得死死的。这种用高原牦牛皮熟制后，割成条绞拧而成的绳子格外结实，是牧人们通常用来转场捆绑行李、以及其他驮子的主要工具。用它捆绑东西既不会断裂更不会松弛。主人被这种皮绳捆绑后几乎不能动了，看见它的到来连表示感激的动作都做不了。

巴顿伏在他身旁，用嘴和鼻子搜寻了一番，找到了一个不易伤害主人的地方，擒住绳子咀嚼起来。咀嚼这种肉质的东西几乎是它们狗类天生的本领，不消一刻功夫，它就将主人松绑了。松了绑的主人轻轻地拍了拍它的脑袋表示感谢，然后顺势躺在山坡上揉搓着麻木了的手脚。

巴顿静静地趴在旁边等待。它知道主人缓过劲儿来，只要偷偷地溜出人群，打一个呼哨，不远处吃草的枣红马便会飞驰而来，即便是这些人全部追来，有自己的坚强护卫和枣红马的神速，他们是能够安然无恙地逃离这个充满危险的地方的。

但见主人手脚恢复正常后，却匍匐着滑向旁边的人，一一解开了捆绑他们的绳索。那帮狂欢的家伙完全没有意识到这些人解开了绳子。等他们发现那些捆绑在地上的人突然站了起来，打着呼哨呼唤马匹逃走时，才大吃一惊。吃惊之余俄日更喊：“操家伙”，这些人才从吃惊中回过神儿来，纷纷在他的带领下提着棍子追了过来。

除了枣红马，其他的那些马根本就是些平时缺乏训练、生性愚钝的劣马，它们根本领会不了主人的意图，散落在那儿低头吃草，根本不理主人们的呼唤。

看见角什科人操着家伙追了过来，他们顿时乱作一团。眼看着就要前功尽弃重落敌手，他们发出了绝望的哀鸣。他们知道，这次要是被抓住，将会被打得更惨、捆绑得更加结实。

而就在这时，一匹藏獒不知从什么地方窜了出来，横亘在两只队伍中间，发出了声如惊雷的吼叫声。借着篝火的微光，人们这才发现这是一匹足有两岁牛犊大的、有着一身漂亮的金黄色毛发的藏獒。

追过来的人们脚步戛然而止。有些人则望着火光下的巴顿惊恐地往后退缩。

“都给我站住!”俄日更厉声吼道，“亏你们还是牧人，一条狗就把你们吓成这样了，你们没见过藏獒吗?”

人们的胆量重新被壮了起来，刹那间余勇可贾稳住了阵脚将木棍横在面前步步进逼过来。

巴顿很快明白了这人就是这伙人的头儿，也很快决定实施斩首行动。在无数次与狼群、狗群的战斗中，它总结出实施斩首行动时以少胜多速战速决的最佳办法。它看见这粗壮的家伙大呼小叫，指挥着这伙人围攻它的主人，本能和经验驱使它将四蹄收在腹下，尖利的爪子紧紧扣住草皮，等那人临近时，一个纵跳，身体如一支离弦的箭，直朝那人射去！

俄日更正想用红柳棍三下五除二将这条挫伤了他军威的狗给拿下，一来显示显示自己的勇猛威武，二来剪除掉这个不识好歹半路杀出的程咬金，好让他的手下们毫无忌惮地将那些准备逃走的斡尔朵人、黛彤川人捉过来打个半死，使他们今后一看见他们就望风而逃，不敢再与他们争夺草场。

但他还未拉开架势做好准备，就见那只藏獒爪子像安了弹簧似的弹射而来。说时迟那时快，他侧身一躲，想顺势抱住它制服它。他相信凭自己的千钧之力能够轻而易举地将它活活掐死。

他相信自己能够做到的。他曾经将一匹壮硕的瞎熊用同样的方法活活掐死了。也正因为他这一惊乎天人的壮举，使他在整个祁连山草原一举成名，成了人人景仰的英雄。

他清楚地记得，那是一个秋后的下午，他在一个向阳的山坡上放牧着一群绵羊。那年风调雨顺，牧草长得格外茂盛，草原上的一切动物膘肥体壮。他的羊儿也不例外，肥壮得简直走不了路了，在山坡上挑挑拣拣地啃食嫩绿的草尖儿。

这时，透过棉纱般缠绕在半山腰的轻雾，他看见一只硕大的熊瞎从丛林中爬出来，摇摇晃晃慢慢腾腾地到山坡上觅食。熊是杂食动物，平时也挖吃一些人参果等根茎类的植物，但在猎物丰盛的时候，它从来不吃素。今日它左顾右盼很显然在寻找一只肥美的大羯羊或者旱獭之类的肉食想美餐一顿。

他太熟悉这家伙了。它的家就是对面石崖下的一个石洞。冬天它们一家在那儿睡觉，一到冬暖花开的季节，它们便会出来，在这里无忧无虑地生活。它们一般对人类敬而远之，若非迫不得已，不愿袭击和捕猎人类圈养的动物。即便是袭击，也绝无狼的贪婪和残暴，吃不了带不走却要全部杀死，它们只是抓一只羊就地吃了，然后悠哉悠哉跑到凉爽的地方睡觉去了。

但就在前几天一个月黑风高的夜晚，这家伙突然闯进了他家的圈窝。他是在他家两只狗的哀鸣嘶叫中知道是熊或者豹子一类的猛兽来袭击他家的羊群的。因为如果是狼之类的动物，他家狗的叫声会洪亮而激越，底气十足且会毫不犹豫地出击。但今天的狗叫声惊恐而战栗。

他翻起身，从帐房门里塞出头查看。不看不知道，一看吓一跳，只见一团黑糊糊的庞然大物如半截铁塔似的站立在圈门口，两只大狗在它旁边左突右蹿，似乎在竭力阻止它进入圈内。只见它左爪子一划拉，就将一只狗拍到一边去了。那只狗凄惨地哀嚎一声，躺在地下抽搐着发不出声，显然已经只剩下一口气了。而另一只狗则"吱吱"地哀鸣着，径直跑来钻到他居住的帐房里来了，趴在"塔不卡"旁边瑟瑟发抖。

他赶紧将满尺的藏刀执在手中，准备做殊死搏斗。他怕它追着他的狗径直追进他的帐房，那样他们会不期而遇短兵相接，他如果不做殊死一搏，恐怕今晚就是它的一顿美餐了。他知道它那粗壮的胳膊、巨大的熊掌、尖利的指甲，挨上便伤，如果拍上，人立马会变成一个肉饼。

但它没有兴致追穷寇。看见狗跑了，没有了阻碍它进入羊圈的敌人，它便"叭"地放下前爪，径直走向羊圈，步履沉稳目标明确。他的羊圈是用厚实的牛毛垡子砌成的，有一米多宽、两米多高，俨然一座小型的城堡。但看来在它眼中就是孩子们堆砌的积木，只见它径直将爪子塞进墙的缝隙，只一下就将半边给掀掉了，两下，就撕开了个大豁口。

羊们看见保护它们的狗们销声匿迹了，围墙又开了一个大豁口，早已吓得瑟瑟发抖了。吓坏了的羊们本能地朝一边涌去。那熊瞎子身手极其敏捷地一纵一剪，就将一只肥大的羯羊扑在了身下。

其他的羊则争先恐后地从豁口处向外逃去，不消一刻功夫，便消失在无边无际的黑夜中。那一夜，熊瞎子只吃了他家的一只羊，但他家的羊群却遭到了灭顶之灾。原来那些毫无保护的羊群逃出羊圈逃进草原后，立马遭到了狼群的围攻。可怜的羊儿，被那些饿狼赶到五里开外的一条山沟中，几乎杀了个鸡犬不留。

为这事，他在一年内大会小会上挨尽了公社干部大队书记生产队长的批评，受尽了社员们的讥讽和白眼。

今天，这家伙又出现在这山坡上，是不是又在觊觎他的羊群？他惊恐地站起来，看着它，开始大声地吼叫，唱“拉伊”，慢悠长的“花儿”：

“铁匠的铺子里打铁哩，

干锅里炒辣子哩，

吃羊的瞎熊屙血哩，

八辈子养瞎子哩！”

那熊瞎子听见了他唱的“花儿”，转过身站起来看了看，低声嚎叫了一声，似乎怕了，转到另一条山沟去了。他将毡袄立在山坡上做了个假人，然后悄悄地尾随而去，看看这家伙去干什么。说不定这家伙去挖旱獭去呢，那样的话，他可以捡到几只肥嫩的大旱獭了！

那家伙果然在寻找旱獭。深秋季节的旱獭正肥得流油，而在这里的每条山沟、每个山坡上，都住着成群的旱獭家族。它爬上一道山梁后，就看见几只大旱獭“哔溜灌灌”地叫了一声，通知家族其他成员赶紧躲藏后，就势钻进陡峭山坡上的一个洞中。那瞎熊大喜过望，径直朝那洞口扑去。如果在平缓的山坡或者平地，它只消将胳膊塞进洞去，如挖掘机一样，将一尺甚至两尺的草垡子生生揭去，直朝旱獭的老窝掘去，直到将旱獭一家老小掘出来为止。但今日这个掘在陡坡上的旱獭洞，它掀了几下就掀不动了。于是它以爪为铲，顺着洞往里掏。

他趴在山梁后边的一丛灌木后边，看着瞎熊一坯一坯地将土扬出来，硕大的身躯渐渐没入洞中，一个大胆的想法在他心中蓦然而生：悄悄摸过去，将这狗日子捂在洞中活活憋死它！

他很相信自己的实力。平时那些二三百斤的驮子他“嗨”地一声就能轻而易举地搭到牦牛背上去。而近千斤的大牦牛，只要他扳住犄角，发一声喊，就能在众人的啧啧声中放倒在山坡上。区区一只熊，量它的力气怎么着也大不过那些大牦牛。他相信自己的力气完全大过它，将它堵在洞中活活憋死是不成问题的。

想到这里，他便悄没声息地摸了上去。摸上去后伸长脖子一看，那瞎熊正将头塞在里边狠劲地掏洞，屁股露在外边，全然没有发现危险已经临近。他发一声喊，用自己粗壮有力的身躯朝瞎熊的屁股夯去，将熊紧紧挤在了洞里。

那瞎熊骤然遭此变故，惊吓得连连吼叫。因为叫声来自于地底下，震得花草乱颤浮土簌簌。吼过之后，它四爪并用往外硬退。他手脚并用，撑住洞壁紧紧顶住，不让它出来。但那瞎熊的力道是何等的大啊，仍然一点一点地由下而上将他顶出，他的手脚所撑的洞壁连同洞周围厚实垡皮一点一点地被撑开了！“哗”的一声，他同大块的垡子一起滚下了山坡。那瞎熊退出洞，抖了抖身上的浮土，蓦然发现欲置它于死地的居然是一个不知天高地厚的人！它不由勃然大怒，吼叫了一声，径直朝他扑来。

他大惊失色转身欲逃，可他发现这沟居然是一条断沟。奔腾而来的瞎熊将他逼到了一个绝境！

逼上绝境的他反而镇定了，转过身先发制人，朝刚刚站立起来的它扑了过去。扑过去后滴溜一转，竟鬼使神差地骑在了熊的背上。一骑在熊背上他便找到了驯服烈马的感觉，双脚紧紧夹住熊腹，而双手则紧紧攥住了它头上的短而浓密的毛发，绷直了胳膊，紧紧顶着它不让它转过头撕咬他。

瞎熊试了几下，掀不掉骑在身上的他，便“呼”地一下站立起来，又转着圈儿想将身上的人摔下来。可它哪里知道背上的人是角什科草原有名的驯马手，多少桀骜不驯的儿马子经过他的一番驯服和调教，成了拉车驮东西供人驱使的乖马了啊？他骑在那些奔腾跳跃尥蹶子立挺子的烈马身上，就像粘在它们身上一样，从来没有摔下来过。何况这熊远远没有烈马的暴烈和灵巧呢？

瞎熊最厉害的嘴和爪子没有了用武之地，急得它左突右蹿，本身的肥壮加上驮着足有二百斤的俄日更，不消一炷香的功夫，它便口吐白沫趴在地上只有呼哧呼哧喘气的份儿了。

而背上的他此时却信心大增，双腿用劲夹住了它的腹部，两只大手渐次下移，摸到它的喉管后，突然用尽全身的力气紧紧地掐住了。这一下就掐住了它的命脉，只见它不甘屈服地挣扎翻滚，但始终未能摆脱这双铁夹似的双手，直至窒息而死。

那天他不知道他用了多大的力气，使了多大的劲，反正此后的一个多月里，他浑身酸软，双手连端碗的力气都没有。

他在祁连山草原掐死了瞎熊，无异于武松在景阳冈上打死了老虎，一时间名声大噪。众人的吹捧和恭维使他忘乎所以，使他长时间感觉到自己就是祁连山草原上前无古人后无来者的英雄，感到自己力大无穷所向披靡。

今日这金黄色的藏獒向他扑来时，他简直有点不放在眼里。他在心中轻蔑地笑了一声，已经想好避开它那直奔咽喉的血盆大口，然后顺势抱住它，用铁夹似的双手活活掐死它，让这些来自斡尔朵草原、黛彤川盆地的牧人们慑服于他的神威，在今后的草场争夺战中闻风而逃。

可这藏獒似乎怕了，只见它虽然张着小簸箕一样的大口，露出白森森的利齿，看样子要痛下杀手一下子置他于死地，但临近时却虚晃一招，身体如一发巨大的炮弹直朝他射来。俄日更在侧身躲避时底盘已然不稳，竟一下子被它撞得翻了几个跟头。

作为一名闻名遐迩的打熊英雄，在众目睽睽之下被一只藏獒放倒在地，实在使他颜面扫地。他恼羞成怒，从地上爬起来，顺势从一个牧人手中夺了一根红柳棍，径直朝已然复归原位，横亘在两队人马中间的巴顿扑来。

巴顿低声吼叫了一声警告他，警告他最好识相点，不可轻举妄动。它想凭人类的聪明，这家伙肯定知道自己刚才只是点到为止，网开一面放了他一条生路的。如果自己运用尖牙利齿痛下杀手，此时你已然命丧黄泉了，岂有能力张牙舞爪？

但俄日更却缺乏自知之明，仗着自己有几分蛮力，将手中的红柳棍抡圆了，劈头盖脸地朝巴顿打来。巴顿在躲避闪挪之间已然挨了几棍。由于那棍子招招狠毒直攻它的嘴巴和脑壳等要害之处，直打得它嘴角渗血脑袋生痛。它不由得怒从心头起，恶向胆边生，呼地一身蹿过去，一嘴咬住了俄日更的脚胫骨，头一甩，就将他像扔一件布娃娃似的扔出了两丈开外。紧接着，它一个纵跳，居高临下，直朝他肥胖的脖颈咬去。

它知道，这人类的脖颈与狼、藏獒以及其他动物的脖颈不可相提并论，自己一口下去，定会使他身首异处。

就在它噙住脖颈牙颌咬合之际，突然听到主人严厉的呵斥声。它一个急刹车，两颗虎牙的牙尖已然轻浅地插进了俄日更的脖子里。一种嗜血的本能和杀戮的快意在它周身传动，使它有了不管三七二十一咬下去一泻快意的欲望，但理智硬生生地撑开了它的嘴巴。它极不情愿地松开口，悻悻地回到了主人的身旁。

俄日更爬起来，擦着脖子上巴顿的哈拉子，抚摸着微微渗血的伤口，已然面如土色浑身战栗，全然没有了刚才那不可一世飞扬跋扈的样子了。其他人也早已被巴顿的神勇所震慑，紧握着手中的红柳棍缩成一团，随着它响若洪钟的吼叫，脚步渐次后移。

而此时这边的牧人们早已从容地将马找了回来，且骑在了马上。有了准备且取得初胜的人们心有不甘地朝巴顿喊“韶、韶、韶!”这是牧人命令狗去攻击别人的通用语言，巴顿自然听得懂。它本能地往前一蹿，准备进攻，又转过头看主人，等待主人命令。如果此时甄二爷也发出“韶”的命令，或者是不动声色地默许，它就会毫不犹豫地发动攻击，将这帮捆绑了它主人的龟孙子们撕咬得屁滚尿流魂飞魄散。

但主人面色凝重一脸忧戚，用眼神制止它不得进攻。它只好低着头回到了主人的身旁，蹲坐在枣红马的脚下，睥睨着火光下那一张张因惊恐而扭曲变形的面孔。

“我还是那句老话，”甄二爷十分诚恳地说，“我们大家世世代代生活在这里，都是好亲戚、好邻居，好多人都是砸断骨头连着筋的儿女亲家、郎舅妹夫……今天的事到此为止，大家都回去，听候公社、大队干部的处理，再也不要互相打斗了，我算是求你们了……”说完，作了个揖，拨转马头领着那十几个马倌、羊倌离开了。

但第二天，他们还沉浸在胜利的喜悦中沾沾自喜时，角什科人突然杀到。这次他们是痛下杀手招招见血，直打得他们鬼哭狼嚎。他们点燃了帐房，赶走了牛羊，临走时将几个反抗比较激烈的马倌抓到河滩上，按在大石头上，将脚腕骨砸得粉碎，把他们弄成了终身残废！

第六十八章

甄二爷本来是肩负着重要的使命进入斡尔朵草原的，任务没完成，却莫名其妙身不由己地卷入了一场难以摆脱的草原纠纷中。这是他既不愿意也是极不忍心看到的，他是多么地希望大家能够在这草原上和睦相处啊！可这场草原纠纷却大有愈演愈烈之势。更让他感到痛心的是，那天在与俄日更、吉合茂他们的接触中，由于他跟藏獒巴顿的出色表现，他们将他和巴顿视为他们占据这片草原的最大障碍。据那边的亲戚透过话来，说他们要想方设法将甄二爷和他的那条藏獒巴顿杀了，以绝后患。

这让他非常气愤，也让他不屑一顾，但他觉得因为自己和自己的一条狗的存在而使这片草原再起纠纷，实非自己所愿。他决定回避，他想，也许自己回避了，公社的干部们解决时也许会更顺利一些。何况，现在他放牧的羊已经膘肥体壮了，再也不会大批地死亡了。同时，离秋后转场的时间所剩无几了，他必须利用这段时间去侦察张子龙的行踪，更要利用这个机会去打探打探父亲的消息。

过了两天，他对扎西阿扣说：“阿扣，我的两头牦牛走失了，我得去寻找。我的羊能不能暂时全部混在你家的羊群里，叫措毛替我放几天啊?”

“没问题、没问题！你看你的那些羊，跟我们羊比，一个个瘦得跟公鸡似的。不混在我放牧的羊群里，在我们的草场上放牧几个月啊，到明年春天恐怕……嘿嘿，你不要见怪，我实话实说，恐怕活不了几个！”阿扣爽朗地笑着答应。

“那是那是，”甄二爷也笑着说，“我们生产队的那个谢队长狡猾得像狐狸，他知道我跟阿扣你的这层关系，今年就叫我做放牧员，目的就是让我们生产队的羊借你的光，吃上点好草！”

第二天，他辞别了阿扣一家，骑着枣红马领着巴顿走进祁连山麓和斡尔朵草原，到那些牧户的帐房中打探和询问。“你们看见一头弯角白牦牛了吗？那是我牛群里吉祥的牛啊，可它丢了！”他每到一处，重复说着作为牧人正常不过的话，而他的那双眼睛，却在观察着每一个人。在与那些牧人的聊天中，有意无意地打探那些形迹可疑的人，打探跟父亲相貌相似的人。

他知道，这些土匪狡猾如狐狸恶毒如豺狼，潜入到一个家族就会毁了一个家庭，如李宝儿蹿入尕藏家让他家破人亡了一样。他寻找他们，不唯是完成姚书记交给他的任务，更重要的是要报仇！公仇和私仇合二为一，给他提供了不竭动力，在短短的几个月里，他像梳子篦子似的将祁连山麓和斡尔朵草原的所有牧户梳理了一遍，但土匪似乎从人间蒸发了一样，杳无音讯。

莫不是李宝儿的供词是谎言？

绝不可能！他断然否定了自己疑惑。既然李宝儿能在斡尔朵草原在扎西阿扣家生活了那么多年，那么那些土匪们一定化整为零，融入到这些热情好客豪放大方的藏族、蒙古族，甚至再往北的裕固族中，化身为牧民或农民，潜伏着等待着有朝一日东山再起，过他们大块吃肉大碗喝酒的日子。

是不是李宝儿的落网枪决，惊得他们作了鸟兽散，已然逃匿到甘肃、宁夏或者更远的地方去了？

但活要见人死要见尸，否则他无法向姚书记复命。他决定装扮成猎人，一边打猎采药，一边在祁连山麓的原始丛林中寻觅一番。那里山高林密，又是那些家伙熟悉的地方，他们藏匿在那儿也未可知。

他准备了足够的铅弹和火药，背了土铳枪，身穿一件皮袄，头戴一顶破毡帽，整天在丛林里转悠。丛林中布满大黄秦艽黄芪等数不清的中草药，他在寻觅之际，不由自主地采挖。尽管这几年野生动物被人们猎杀了许多，但有道是有穷家没穷山，这富庶的祁连山麓里仍然有数不清的野生动物。作为一个长期行猎在祁连山麓的猎人，十天半月打一只既能采到鹿茸、麝香又能填饱肚皮的大鹿、麝之类的动物并非难事，所以他俩的收入颇丰。他跟巴顿过着天天大块吃肉的滋润日子。

但更多的猎物是巴顿打来的。甄二爷发现，巴顿是一个极其聪明的藏獒。它学会了运用自己发达的嗅觉寻找着猎物的踪迹，并引导着甄二爷到猎物栖身的地方，然后悄没声息地潜伏过去，将猎物惊起，堵截到甄二爷设伏的地方，配合着将猎物拿下。后来，它开始一个人独自去行猎了。它觅着猎物后，跟踪、潜行，直到将它捕获。捕获大的猎物后，它常常跑回他俩栖身的石洞，撕扯着甄二爷衣角引领他将猎物取回来。而体形比自己小的猎物，则直接拖回来抛在主人的脚下，摇摇尾巴静静地伏在旁边，等待着主人将猎物的内脏掏出来给自己吃。巴顿非常喜欢吃猎物的心、肺、肝等，这些东西鲜嫩可口肥美香甜，比人类的山珍海味有过之无不及！

有一天，甄二爷躺在山坡上，想尕花儿想桦树湾的父老乡亲。出门一段时间后他就不由地想家。想家的滋味如喝了一杯青稞酒，苦涩中蕴涵香甜，陶醉后溢满空虚，但这一切过后又忍不住一次次地品尝。而这天，他正进入陶醉的境界时，一直静静地躺在他身边晒太阳的巴顿突然一骨碌翻起来，耸动了几下耳朵和鼻子，然后翻起身，径直朝背面的西山坡上迂回过去。

出于好奇和警觉，他翻身爬上山坡，趴在一丛灌木后边向对面的山坡望去。对面山坡上两只公旱獭正在吃草。俗谚云：鞭麻花儿黄，旱獭赛过羊。此时鞭麻花（金露梅）已然在向阳的山坡上开成了一片嫩黄，按理说旱獭们已然很肥壮。这里是雪峰下的灌丛，气候较为寒冷，牧草不似山脚下茂盛，且大多数被牲畜抢食，那些处于哺乳期的母旱獭，要时刻警惕保护年幼无知憨墩墩的旱獭娃娃们，不敢远离老洞门，因而瘦骨嶙峋，依然披着去年的老毛。只有公旱獭们才能够和敢于离开老洞到比较远的山下去觅食。

此时，在温热的阳光下，两只肥壮的公旱獭正在那儿警惕又安逸地吃草。巴顿似乎深知这一点，它直接迂回到了山顶，然后四蹄着地在草丛中匍匐前进。等接近那两只旱獭时，一个箭步扑过去，“叭”地一下两只前爪准确无误地踏在了一只旱獭的脊梁上，用它近二百斤的身体重量及其惯性就将旱獭的腰齐齐踩断了，叫它趴在地上吱吱乱叫寸步难移。它踩断那只旱獭的脊梁后灵巧地一转身一跳，就咬住了另一只反应过来转身欲逃的旱獭，一咬一合就将它的脖子咬断了。它踩断先前一只旱獭的动作潇洒自如得如同为捕第二只旱獭在脚下寻了一个用于扑剪的着力点。整个过程快捷准确、一气呵成，叫甄二爷眼花缭乱，叹为观止！

其他的旱獭发现危险临近，便发出了一声尖利的警告声，纷纷钻进洞中。甄二爷以为巴顿在不消一刻功夫便捕获了两只旱獭，可谓是大获全胜了，剩下的便是满载而归了。可巴顿却抬头望了望，然后径直爬到一个洞口比较大的耍洞背后，趴下来静静地等待着。

旱獭们是狡猾的。如果它们发现是人类来攻击它或靠近自己的领地，钻进洞后一天甚至好几天都不会出来，因为它们知道人类会在洞口下扣子、夹脑或者其他什么足以让它们致命的器械等待它们出来。而一般的狗啊熊啊之类的东西，一捕不获便会离去，绝不可能躲在后边设伏的。

今天，它们跟往常一样，钻进洞后不大一会儿便钻出来察看敌人是否远去。

可这次它们没想到，巴顿会趴在洞口伏击它们。那只大旱獭钻进洞后，伏在洞壁静听，发现上面毫无动静，不大一会儿便跑了出来。出来后习惯地站起来转过身朝洞后望去。说时迟，那时快，它刚发现有危险时，一张血盆大口已然噙住了自己的喉咙，紧接着听见自己颈骨被咬断的“喀嚓”声。

巴顿在不到一柱香的功夫就捕获了三只大旱獭，使甄二爷在叹为观止之余不胜欣喜。他将旱獭的内脏扒出来放在那块平坦的石板上，鼓励地拍着巴顿的头。一向冷峻的巴顿破天荒地摇了摇尾巴，然后趴下来享受丰盛大餐。

也许是主人拍它脑袋的动作激励了它的斗志，从此以后它常常会独自一个人跑到很远的地方打猎。真不明白它是用什么办法，它甚至将那些生活在大雪山中的雪鸡、攀越在巉岩上的岩羊以及腾挪于丛林中的猞狸等捕获，叼来丢在甄二爷的脚下。

好长一段时间，他俩每天打猎剥皮，采挖藏药，简直乐不思蜀忘了自己的使命。直到有一天的一次意外发现，才使他俩蓦然惊觉，重新集中精力搜寻土匪的行踪了。

那天天刚蒙蒙亮，他俩在石洞里睡得分外香甜，可呦呦的鹿鸣声将他俩吵醒了。祁连山麓白唇鹿、梅花鹿不胜枚举，先前的时候曾成群结队地在丛林中觅食。每到发情时候，河洲地带的凄凄芳草被公鹿角斗的四蹄踢踏得支离破碎一片狼藉。尽管近几年人们肆无忌惮地猎杀，使它们的种群数量大为减少，但鹿“舍山不舍命”的习性，使它们有很多成员仍然能够在长途迁徙、奔跑躲避中劫后余生活了下来。

被鹿的鸣叫吵醒的甄二爷只好起身烧茶吃饭。而在此时，两只壮硕的十八叉大鹿争风吃醋大打出手，斗急了全然不顾危险，居然一前一后打斗到了甄二爷和巴顿居住的石洞门前的草滩上。

巴顿忽地跳起来，兴奋地在两只较劲的公鹿边跳跃，似乎想伺机一举将两头鹿都放倒。可它忌惮那三十六根犬牙交错的鹿角不敢下口。甄二爷则坐在灶边，兴致勃勃地观看着它俩的打斗。此时已至夏末秋初季节，鹿茸红润玲珑柔软如胶。两只公鹿扑来斗去看似打得凶猛狠毒，但都小心翼翼点到即退，都在保护自己的茸角不受损伤。

巴顿的突然出现使为情物我两忘的两只公鹿大吃一惊，继而发现一个人坐在那儿虎视眈眈地望着它们，大惊之余立即撒开四蹄仓皇逃窜。巴顿可不愿送到眼前的猎物就此逃脱，吼叫着在前边堵截。由于大鹿的身躯过于庞大犄角看来尖利如矛，且不顾命地朝它冲来，使它一时间找不着下口的机会。

此时甄二爷则抱着枪准备射击，但因鹿与巴顿纠缠在一起使他投鼠忌器，眼看着两头大鹿一边攻击巴顿一边将要转过一个山嘴逃遁而去时，才不得已开了一枪。硝烟散尽后，他发现两头大鹿和巴顿都杳如黄鹤不见踪迹，甄二爷懊恼不已！在他半辈子的行猎生涯中，从来没有失过手，而今日如此硕大的两只大鹿居然从自己的枪口下逃脱而去，如果叫别人知道了自己的颜面何在？在祁连山麓大名鼎鼎的枪手的尊严何在？

但凭感觉他的枪弹击中了大鹿！这种感觉是准确而神秘的，他自己也闹不清楚，反正开枪后的刹那他就能准确无误地感觉到是否击中了猎物。今日他像往常一样似乎听到了“乒”的一声很瓷实的回音，他就感觉到他击中了猎物。他收了枪，急急地赶到刚才大鹿停留的地方察看。

那儿有一滩新鲜的血，在鲜血旁边，大鹿的两只后蹄的蹄印明显深于其他。他判断出他的这一枪并未击中猎物要害，大鹿在受伤后骤然逃命，且逃命的速度很快。在两个深蹄印正前方三丈开外，他发现了血迹，且点点滴滴淅淅沥沥远去。他欣喜地笑了一声，将土铳枪斜背在肩上，很悠闲几乎安步当车地循着血迹尾随而去。他知道猎物受伤只可尾随直至其流尽最后一滴血倒地而死，而绝不能奋起直追，那样会使猎物负痛惊奔，等倒地死亡时已然翻越了几座大山，到时你想找也找不见。

巴顿似乎也深谙其道，它在不远的前方等待着主人的到来。等主人靠近后，它又继续在前进引路。他俩一前一后不慌不忙，大有游山玩水的意味。反正那匹受伤的大鹿是灶王爷伸手稳拿糖瓜儿的事，着急干嘛？

但那匹大鹿的生命力是极其坚强的，它一直翻过了几座大山，径直来到了松树掌。

松树掌四面是壁立千仞的峻岭，中间是较为平坦的盆地。人们根本无法运出这儿砍伐的木材，所以这里的树木荫天蔽日，有些地方树木浓密得连人都进不去，是个理想的藏身之地，千百年来是土匪强盗盘踞的地方。大鹿作为祁连山麓的世代居民，知道这个理想的天国，在人类冒烟的枪口下，也自然地逃匿到了这个地方。

甄二爷和巴顿爬上山峰居高临下地查看大鹿的行踪时，蓦然发现在如篷的丛林中，竟然冒出了缕缕炊烟！此时正是清晨，朝阳的金辉只在山梁上缭绕，盆地的丛林有些阴暗，呈现出一片墨绿，在这片墨绿中那股升腾而上的淡蓝色的炊烟格外醒目。是什么人不住在巉岩下的石洞里，而住在阴冷潮湿浓荫蔽日的丛林中呢？须知，在祁连山的巉岩下，有无数的深浅不一高低不等的石洞，这些石洞冬暖夏凉遮风蔽雨，有些经过千百年来猎人、牧人的住宿和修葺，不但舒适宽敞，而且还备有一些简单的生活用具，简直就是一个个简陋的免费旅馆。

巴顿耸动鼻子嗅了嗅，不安地低声吼叫。甄二爷轻声呵斥了一声，然后在它的肩胛处轻轻地拍击。巴顿心领神会很快安静下来。甄二爷心生疑惑，领着巴顿沿着一条陡峭的羊肠小道悄悄地下到了盆地。

盆地积有厚厚的树叶，走在上边如踩在棉花堆上，给人以不得劲的感觉，但却保证他俩能够悄无声息地朝丛林深处冒烟的地方摸去。约莫一个时辰后，他俩终于来到了冒烟的地方，透过浓密的树林，甄二爷发现，在前方三十步开外的一棵大树下，立着三块石头，石头上顶着一个破铜罗锅。锅下火已然灭了，只有一些灰烬在苟延残喘，飘荡着一丝丝的烟雾。在锅的上方，那棵几个人都合抱不住的大树中央，有人用树枝搭了一个小木屋。木屋不够规整凌乱如鸟窝，但较大，住两三个人绰绰有余。

他俩躲在大树后边，静静地观察那座木屋。观察良久后得出结论，木屋的主人不在。也许他俩往这儿摸的这些功夫，木屋的主人已然吃过早饭，出工干活去了。为了保险起见，他将土铳枪瞄准了小木屋的出口，然后拍了拍巴顿的脑袋，巴顿心领神会，从大树后边窜出，直朝冒烟的地方冲去，并发出了声如洪钟的吼叫声。见无动静，它习惯性地抬起腿，在树根里撒了泡尿，然后吱吱叫着，示意主人这里一切安全尽可放心过来。

甄二爷收了枪，走过去仔细察看了一番，然后迅速地离开，静静地埋伏在旁边，等候小木屋主人的到来。但是木屋的主人中午没回来，晚上没回来。第二天直至第三天一直没有回来。甄二爷悔恨得砸自己的脑袋。砸罢脑袋，他爬上木屋，将那些铺着盖着的兽皮丢下来叫巴顿熟悉气味，然后叫巴顿领着他追击。巴顿在木屋周围嗅了嗅，直朝密林深入钻去，但走了大约几百步后，巴顿显然丢失了目标，在原地急躁地打转，不安地低声吼叫，吼叫几声后，将一只酒瓶叼过来丢在主人的脚下。

这是一只“黛彤醇”牌白酒瓶子。他打开瓶子，闻到了一股浓烈的青稞酒味道。他知道正是这酒的气味，使巴顿的嗅觉失灵了，找不到跟踪的目标。他拣起瓶子用力地甩向远处，瓶子碰上一棵松树的躯干后分崩离析了，分崩离析如他的希望。他知道，是自己的疏忽大意自以为是的守株待兔，让木屋的主人感觉或惊觉到了危险，他已然如脱钩之鱼，摇头摆尾潜藏而去。

他回到小木屋的大树下，仔细端详着这个奇特的小屋，一心认定这是一个土匪的巢穴。他真想爬上树，将小木屋掀下来，将那些破铜罗锅之类的生活用具砸扁了打碎了，一骨脑儿扔向丛林深处。要不是怕引起森林大火，他更恨不得放一把火，将这里的一切化为灰烬！但理智告诉他不能这样，他必须做到放长线钓大鱼，不惊动这木屋的主人，说不定有朝一日，他会通过这个小木屋，逮着那个万恶不赦的土匪头子张子龙，进而将那些流窜的土匪一网打尽！

第六十九章

就在甄二爷在草原丛林中寻找土匪的时候，斡尔朵公社的李书记立即带了几名工作人员火速赶往现场。自从草原起了纠纷之后，李书记一直工作在第一线，但一旦有了缓解和暂时的平息，他又不得不赶回位于斡尔朵草原深处的公社住址，去抓革命，促生产，成天宣传文件搞阶级斗争，接羔育幼，转场放牧成天忙得不亦乐乎。而在这千头万绪的工作中最令他头痛和揪心的是群体性草原纠纷。这表面看来为了物质利益争夺草场的纠纷，实际上蕴涵着很深的民族问题、宗教问题，甚至有反革命分子挑拨怂恿而演变的政治问题，稍有不慎，就会演变成两个甚至几个不同民族之间、宗教教派之间的纷争，人民内部矛盾会质变成敌我矛盾，会危及到社会主义人民民主政权。

公社驻地到夏季草场有几百里之遥，其间还要翻越几座达坂山，道路崎岖，所以李书记是几天以后才到达那儿的。到那里后他发现他们这边的牧民们在一条山沟中已然用石块和草皮垒了很高很结实的工事。工事的构架和布局完全符合军事防御的要求。李书记知道这是他们将民兵训练的成果完全运用到实战中来了。牧民们将土铳枪和“七六二”步枪甚至冲锋枪架在那儿严阵以待，完全是一副节节败退被迫防守的架势。离此三百步开外，觉什科草原的牧人们则在一个新修的居住点旁生着了篝火，篝火上烤着全羊，正在那儿撕扯着羊腿啃咬着羊肋巴吃中午饭。

“李书记、李书记！”牧民们看到他到来，仿佛看到了救星一样，一个个围拢过来，七嘴八舌地诉说这两天发生的事。原来这两天，对方用骑兵突袭的办法，旋风般卷来，将他们的牛羊全部赶走，帐房全部烧了，锅碗瓢盆全砸了。对于敢于反抗的，他们用事先准备好的皂角长棍往死里打，对于有夙怨或看着不顺眼的则直接上枪或刀子，不弄残废决不罢手。

“李书记，你把全公社的民兵都调过来，把我们的草场和牛羊抢过来吧！”牧人们几乎带着哭腔。

“李书记，你可要为我们报仇啊，我哥哥被他们打残废了！”

“老乡们！”李书记是内地人，说的话牧人们费好大劲才能听得懂，“大家千万不要冲动，不要乱开枪！这事儿由我来处理。我过去跟他们谈！”说着卸下了背在身上的盒子枪，交给了身边的武装干事。

“书记，你不能去啊，这些人不讲道理的！”武装干事阻拦道。

“我找他们领导！我们同是共产党的干部，这里同是共产党的朗朗天下，我就不信道理讲不进去！”说完他赤手空拳单枪匹马直朝对方的营地走了过去。

对方看见有人打马走过来，纷纷站了起来行注目礼。有人紧张地丢了手中的羊腿，抓起了身边的木棍或步枪。“老乡们好啊！”李书记扬扬手，笑容可掬地打招呼，“老乡们辛苦了！”

走近前来，看见来人是一个皮肤白晰似乎弱不禁风的书生，大家纷纷丢了手中的木棍和步枪，席地而坐，仍就吃他们的羊肉去了。只有那个叫俄日更的壮汉——就是那个败在巴顿嘴下、觉什科草原有名的打熊英雄，斜坐在一块大石头上，睥倪着李书记，噎死憋活地啃着羊肋巴。李书记早就知道就是这小子凭着一副蛮力和天不怕地不怕的胆子，领着一干人不断挑拨是非不断攻击侵略，是这次群体性草原纠纷的始作俑者。但随着事态的扩大，李书记敏锐地感觉到，有一股神秘的力量一直在背后别有用心地操纵着这些忠厚朴实而又单纯鲁莽的群众。同时，也与觉什科草原一方当地政府的纵容、放任甚至鼓励是分不开的。因此，他深知这次纠纷的复杂性，深知处理中稍有不慎便会酿成大祸。作为一级党委政府的负责人，他将承担不可推卸的政治责任，所以他一再告诫自己必须格外谨慎小心。这几个月，他一边火速报告请示上级党委政府，一边马不停蹄的奔驰于两地，讲政策说道理，甚至牺牲斡尔朵草原牧民的利益，妥协让步以草原换和平。但是角什科草原人贪得无厌，每当得到一片草原，得到片刻的安宁后，便会重新找茬子，挑起新的事端。而且一次比一次更加变本加厉，争斗的目标似乎不仅仅是争夺草场、掠夺财物，而似乎有着唯恐天下不乱的企图，千方百计地推动矛盾的升级和事态的进一步的扩大！

“你好，俄日更同志！”李书记主动打招呼。

“你是谁啊？”俄日更故意问，“是谁把裤带没勒紧，把你给露出来了？”

“哈哈哈……”那帮人躺在山坡上开怀大笑。

“你们……”李书记满面绯红，但他强忍着怒气，“我要见你们公社的书记！”

“你见我们的书记，不去公社，跑这儿干啥呀！”有一个三十多岁的汉子用一双阴鸷的眼光盯住他问。

“你们都给我听好了，在我去见你们书记没回来之前，你们谁都不准轻举妄动，否则……”

“否则，你会把我们怎么样啊，你有本事把我那东西拽长了挽个疙瘩？”

“你叫什么名字？嘴里放干净点好不好？”李书记不失威严地吼了一声。

“你们大家看，这当官的对老百姓吼惯了，动不动就像吆喝牲口似的吼我们！”那汉子怂恿大家，“老子站不改姓、坐不改名，吉合茂就是！”

“打这驴日的！”有人喊道并且蠢蠢欲动。

“对，将这驴日的打个半死！”吉合茂跳起来抓住了李书记的马缰绳。那马是青海骢中的极品——那时节公社书记骑的都是那个公社最好的马——看见生人来拽他，便咴咴而鸣，前腿竖了起来，冷不防两只铁蹄朝吉合茂踏来，吓得他就地一滚，躲过了致命的一击。

“妈妈的，这畜生还敢踢老子！”吉合茂勃然大怒，顺手抄起一根木棍，狠狠地砸向李书记的马。马骤然遭到打击，尥了一个蹶子，将李书记掀了下来。

掀下马来的李书记还未等翻起来，身上已然挨了几闷棍。“看来今日要死于乱棍之下了!”李书记绝望地想，但还是挣扎着想站起来。

这边的人看见李书记被那些人打倒在地，便发了一声喊，在武装干事的带领下，风驰电掣地赶了过来。这武装干事是军人出身，打过日本鬼子，参加过兰州战役，更在祁连山麓里剿过匪，是个在千军万马中冲锋陷阵腿不颤手不抖眼不眨的硬汉子，区区几个老百姓的木棍和破枪他根本没放在眼里。草原纷争一开始，他就主张将那些肇事者一个个歼灭或捉来绳之以法，但被李书记拒绝了。他一直以为，是李书记的瞻前顾后优柔寡断才养虎为患，导致了这个今天不可收拾的局面。

今天他看到这帮不知天高地厚的家伙居然将李书记打下马来，不由得勃然大怒!他当即抽出两把二十响的盒子枪喊了一声“乡亲们，跟我过去将这些驴日的收拾了!”一马当先，如潮水般涌了过去。

那边的人见这阵势，立马严阵以待，将十几条枪黑洞洞的枪口对准了来人，气氛一下子紧张到了极点，大有一触即发的态势!

“都给我住手!”李书记从地上爬起来，抹着额头上的污血喊，“小张，你给我冷静点，千万不能冲动!”

“李书记……我……”叫小张的武装干事委屈得说不出话来。

“你什么你，赶紧给我回去!今日一旦惹出事非出了人命，我要法办你!”

张干事怒目逼视了一会儿，便将两把盒子枪放进枪套中，悻悻地带着大队人马原路退了回去。

看见自己的人退了下去，李书记转过身，双手往下压了压，平静地说:“你们也不要这么紧张，都把枪放下，该干啥干啥去……我去找你们领导，相信这事会得到妥善处理的!”

“是吗?”吉合茂不怀好意地笑道，“最妥善的处理就是将斡尔朵草原全部让给我们，你们肯吗?”

“哼!”李书记不屑地看了他一眼，“我不跟你说!”说完就去牵自己的马。

“等等……”吉合茂拦住了李书记，“就这么走啊，到帐房里喝点酥油茶吃点羊肉手抓再走也不迟啊!”说着朝俄日更使了个眼色。

俄日更心领神会，走过来很亲热地搂着李书记往帐房里走。他瞎熊似的庞大身躯搂着瘦小纤弱的李书记，如一只黑鹰叼住了一只尕鸡娃，轻飘飘地将李书记裹进了帐房。一进帐房，俄日更便将他揪起来扔到了一张羊皮上。吉合茂冷笑着说："你狗日的三天的羊羔没见过狼啊！我们的书记是你想见就见的吗？"

"你们想干什么？"李书记紧张不安地问道，"你们千万可不能乱来啊！那可是要负法律责任的！"

"法律！哈哈！"吉合茂冷笑，"在这草原上，老子的话就是法律！"

"无法无天！"李书记站了起来，想训斥他的部下似的训斥几句。

"我就无法无天，怎么了？"吉合茂一个耳光扇过去，将李书记凌空打到帐房旮旯去了，"把这狗日的给我绑了，饿上三天两天，他才会明白不该用这样的口气跟老子说话！"

立马就有两个小伙子上来，一根牛毛绳三下五除二，就将李书记捆成了一个毛蛋蛋，丢在了帐房旮旯里。李书记摇头苦笑，自己大半辈子为普通人民群众谋利益，为解放贫苦农牧民镇压了无数的反革命分子地主牧主恶霸，今日却给被自己解放了的人民群众捆绑起来，这简直是一个黑色幽默一个绝大的讽刺！

张干事看见李书记被"请"进那个帐房后，就派人轮换盯住那儿。三天了，没见李书记出来，也没见有人送饭进去，心想坏了，李书记肯定有了性命之虞。如果不采取行动尽快拯救，李书记不被他们折磨死也给活活饿死。

这天晚上，他自作主张宰杀了一只羯羊狠狠地犒劳了一下民兵和牧人，然后布置他们一部分人迂回到角什科人的后方，举火为号，这边发起正面攻击，前后夹击，将这些狗日的趁黑夜打个落花流水，将李书记救回来。

这天碰巧天阴，云层又厚又黑如牛毛毡房，夜黑得真正伸手不见五指。民兵和牧人们在李廷瑞的带领下翻过两道山梁，淌过一条小河悄悄地摸到了敌人的后方。在离那些人帐房三百米开外，他们十几个人趴下来悄无声息地匍匐前进。凭借厚密的草丛和鞭麻丛，他们决定直接摸到他们的帐房里，放一把火，来个出其不意攻其不备，将熟睡中的角什科人烧个屁滚尿流，打个措手不及。

但是，他们犯了一个致命的错误。这个错误让他们功败垂成遗憾终生！这个错误就是，他们忽略了对方阵营中的那匹藏獒的存在！

在人们动刀动枪纷纷争斗时，那匹用铁链拴在柏木桩上，名字叫铁蛋的藏獒只是躺在山坡的萋萋芳草上晒太阳，如跳出三界外不在五行中的绝世高人。但一到晚上，它就会在主人帐房方圆五十步的范围内巡逻警戒毫不懈怠。今晚，它游弋到帐房北边时，就从空气中闻到了一种异样的气息。这气息新鲜而浓烈，在悄悄地逼近它的领地！这种气息中掺和着浓烈的火药味，它知道这是一种危险的气息。

它潜伏在领地外围，静静地观察着。它的眼睛即使是如此漆黑的夜晚也是格外敏锐的。它看见十多个男人提着枪拿着棍子匍匐着逼了过来。它悄悄地迂回过去，警惕地注意着一举一动。

当他们离营地只有十多步远的时候，铁蛋突然跳起来，一边发出古庙金钟般的吼叫声，一边奋不顾身地扑过去，顷刻间有两三个人就被它放倒了。

被它放倒的人发出了惊恐的喊叫声！但这拨人长期在草原上放牧，对付藏獒还是蛮有经验的，看见一只藏獒凌空扑来，在短暂的慌乱之中立即镇定迎敌。

但铁蛋如漆的皮毛与黑夜融为一体，它如一只黑色的幽灵，左突右蹦，使他们根本无法防御。等辨别出铁蛋的声音时，它那尖利的牙齿已然撕开了人的肌肤。这帮在斡尔朵草原连瞎熊都不放在眼里、敢于之对峙的汉子们，在这个夜晚被一只藏獒撕扯得鬼哭狼嚎！

不唯如此，被铁蛋如古刹钟声般的吼叫声惊起的觉什科人点亮了火把，刹那间将他们围了个水泄不通。

张干事看见营地里打起火把，以为是偷袭者点的信号，便率领其他人冲了过来。吉合茂冷笑一声，对俄日更说："按第一套方案进行！"

俄日更喊了一声"开！"他们的队伍又熄灭了火把，忽喇喇地两边散开，将正面腾空。等张干事他们冲到营地跟前时，俄日更又喊了一声

“合！”，如一字长蛇般摆开的队伍立马首尾相合，将他们一骨脑儿围在中间了。

吉合茂站在熊熊燃烧的松明子下嘿嘿冷笑：“狐狸奸，狐狸的皮子叫人穿，你狗日的还想偷袭我们啊？没想到被我们包掉饺子了吧？……今晚老子要叫你肉包子打狗有去无回！弟兄们，给我上，狠狠地打这些狗日的，往死里打，打死了我负责！”

“等等，”俄日更站出来喊了一声，“要不挨打也中，只要答应我们一个条件，我们就放你们回去！”

“啥条件？说出来听听！”张干事故作轻松地问，心里却急速地想着脱身之计。

“也没什么大的条件，只有一个，就是把整个斡尔朵草原让给我们，从明天全部撤出，从今以后不再踏入半步！”

“张干事，千万不能答应！没有了草场，我们靠什么生活啊？”人群中有人喊，“就是给了命也不能给了草场，乡亲们，跟这些驴日的拼了……”

双方刹那间混战在一起，只见棍棒乱舞刀枪并举，直打得天昏地暗一片凄风苦雨。这场争斗，双方各死三人重伤数十人，轻伤则无数。

被捆成毛蛋蛋在帐房旮旯里饿了三天三夜的李书记听见外边的打斗，急得额头上冒出了细密的冷汗。但他心有力气不足，眼睁睁地看着事态扩大，双方死的伤死的伤。

天亮时，帐房门被掀开了，头上绑着绷带的俄日更将他从帐房里拎出，一瘸一拐地走到一片草滩上，扔在一大群摩拳擦掌怒目而视的人面前。他的旁边还有包括被抓的李廷瑞等十几个斡尔朵草原的牧人，而在不远的山坡上停放着昨晚被打死的三个角什科人和三个斡尔朵人。

“打死他们，打死他们为我们的亲人报仇！”那些死者的亲属呼喊着往前扑。

“对，有仇的报仇，有冤的报冤，将这帮驴日的全杀了！”吉合茂摩拳擦掌，手里攥着一把满尺的藏刀一幅杀气腾腾的样子，恨不得生吞活剥了他们。

“年轻人，千万不能再杀了啊！”几个老汉齐刷刷地跪在了吉舍茂和俄日更面前，“这都是为了啥啊？老天！”老汉们双泪横流有些甚至呼天抢地，“斡尔朵人角什科人黛彤川人，我们是世世代代的好邻居，是砸断骨头连着筋的好亲戚，千万不能再自相残杀了，求求你们！”他们推金山倒玉柱将黄金般尊贵的膝盖抵在了草滩上，头磕得嘣嘣作响。

“可他们打死了我们这么多人啊！”吉合茂瞪着血红的眼睛说，“我们绝不能放过他们，我们一定要为死去的弟兄们报仇……”

“可冤冤相报，双方会死更多的人啊！我们可不愿再去白白送死！”除了那些死者家属，其他的牧民们纷纷丢掉了手中的棍棒。

“都是你这不成器的东西惹的祸！”人群中一个老汉突然跳起来，抡起拐仗直朝俄日更的头上打去。

“阿爸，阿爸！”俄日更左跳右躲，在父亲的棍棒下抱头鼠蹿而去。

吉合茂见众怒难犯，便不再坚持报仇，只是喝叫几个年轻人将李书记他们一骨脑儿赶到那个前几天刚建起来的定居点里锁了起来。

第七十章

关押了李书记后，角什科人对于如何处置他们意见分歧。有些人主张，尤其是那些老汉们一直坚持将他们放了，然后拆了定居点，回到自己的草原上去。而以吉合茂为首的一帮人则极力主张与斡尔朵人斗争到底，不抢占下那些丰美的草原绝不罢手。为此两派各执一词，莫衷一是。于是俄日更在父亲的逼迫下到角什科公社请示汇报去了，而吉合茂则骑了一匹马，秘密进祁连山丛林中去了，说是去寻找前几天走失的两匹儿马子。

而斡尔朵人一边在张干事的带领下加紧构筑工事，一边派扎西阿扣骑了快马向黛彤县姚书记汇报。“你一定要将这里的形势向姚书记汇报严重些，务必把正在集训的民兵大队给搬来，将这些狗日的一并收拾了，叫他们永远不敢侵犯我们!”张干事一再叮嘱扎西阿扣，“我就是走不脱，我要是走得脱，我一定会搬来救兵的……”

阿扣骑了马快马加鞭往黛彤川赶。作为一代名医，采药、制药已然成了他的习惯和本能。此时时令已至初秋，祁连山麓的各种药已然成熟、饱满。他骑在马上，看到铺在草地、丛林中的各种名贵药材，便想起了那些在这场纠纷中受伤的牧人们，便不由自主地下马采挖。心想挖一点就赶路，可惜一挖起来就忘了时间。

这天，他正低头在丛林中采挖羌活时，突然听到有人在喊：“阿扣，你又来挖药了啊?”。抬头一看，发现叫他的人居然是甄二爷。

“呵呵，是你啊!”阿扣也明显地有些惊喜。在这茫茫的丛林草原中，尽管牧人、猎人、采药人形形色色的人不少，但关系如此亲近的两人能不期然而遇，实在难得。阿扣站起来，与早已滚鞍下马奔过来的甄二爷紧紧拥抱在一起。末了，阿扣问："你的白牦牛找见了吗？"

"没……还没有呢，"他嗫嗫嚅嚅地说着赶紧岔开话题，"阿扣，你怎么到这么远的地方来挖药了啊？哦呀，挖的还真不少……"

他丝毫没有丰收的喜悦，反而神色凝重一脸忧戚。"哎！多啥呀？这点药根本不够用！"

"呵呵，"甄二爷笑着，"这没问题！"说着从褡裢里拿出了三枚麝香蛋和三架十八杈的鹿茸递给了阿扣。

"我正打算将这些东西送到你家去呢，成天驮在马背上，鼓鼓囊囊的，不方便……想不到就遇见了你，正是想睡觉，就有了枕头。"他打着哈哈，心中充盈着遇见好友的喜悦。在这草原丛林，人们往往是非常孤独的，能够遇见熟人，说说话，那简直是一件天大的好事。

这些都是出自于祁连山麓的名贵中药材，作为曼巴的扎西阿扣自然十分喜欢，他躬身双手接过后一再感谢："刮真切、刮真切！……可惜还是太少！"

"还少啊！"甄二爷不禁惊呼。

"就是少！"阿扣长叹了一口气，手捻着佛珠说："你知道斡尔朵草原有多少人需要医治吗？"

"是不是发生了疫病？"甄二爷紧张地问。在他的记忆中，每过若干年，黛彤川祁连山草原乃至藏东的牲畜或人都会发生一次可怕的瘟疫。记得最严重的一次是民国二十五年，牲口传染了瘟疫，凡是破蹄（偶蹄）的牲口，蹄子和嘴上都生疮化脓，似乎除了马和骡子，所有的牲口都一瘸一拐，无法啃食牧草而活活饿死了。这瘟疫在草原上蔓延肆虐，整圈整圈、整群整群的牛羊死去，一时间人们哭天动地流离失所。

也就在这年盛夏的一个傍晚，在夕阳的余辉里，人们分明看见祁连山麓的一个峡谷中，一股绚丽妖艳的雾气袅袅地升腾盘旋，如一匹妖邪的巨龙。有经验的老人们惊呼"瘴气！"从这天傍晚开始，人们拉稀打摆子，发疟疾，然后发烧说胡话，几天后抽搐而死。草原的天葬台上横七竖八地堆满了尸体，天葬师们根本来不及肢解。那些大鹰们一个个吃得大腹便便，对尸体们不屑一顾。在黛彤川的农区，土葬的汉人们在自家的祖坟上挖了一个大坑，家族中的人死了，索性拉去往坑里一丢，埋也懒得埋。瘟疫过去后，家家的祖坟里竟然填埋起了很大很高的坟堆。有些大户人家，十几人甚至近百人都埋在了一个坟坑中，祖坟几近万人坑。讲究礼仪伦理的黛彤川人埋葬人是严格按辈份排序的，先上后下男左女右，丝毫不能乱了的，但在这大灾之年，一切都顾不得了。瘟疫过后万物凋敝一片荒凉，几十里几百里无人烟！那时候，甄二爷刚刚记事，他发烧说胡话昏天黑地地睡了几天，喝了一个黑衣本本教僧人熬制的草药后奇迹般地活了过来。瘟疫肆虐时节的凄惨与恐怖使他事过几十年后至今犹心有余悸。

难道今年又发生了这样可怕的瘟疫？但现在不同旧社会，现在是社会主义新中国了，即便是发生瘟疫，政府也会派来医疗队派来工作组，用疗效很好的西药进行医治的。这几年，口蹄疫、伤寒甚至肺结核、天花一类传染性极强的疾病不时发生，但都在政府医疗队，有一年甚至派来了珍珠玛尼（解放军）来救治，疾病很快得到了控制。近两年，公社卫生室的医疗队赶着牦牛驮着帐房药品，随着牧民的游牧而迁徙，跟踪服务；各大队也成立了马背上的医务室、牛背上的防疫站，定时注射疫苗，疫病很长时间没有大面积地发生了。

“不是发生了疫病，是这场草原争斗打伤了很多人，需要救治！”阿扣神色黯然地说。

“还在争斗啊？”他吃惊地问。他以为自己回避了，公社李书记亲自来处理，这事儿就会很快平息下去了。想不到事件没有平息下去，那些胆大妄为的角什科人竟然将他们公社的李书记给扣押了，这简直就是无法无天呀！

“那你这是？”他疑惑地问。

“我这是到黛彤川姚书记汇报，请他派民兵大队来啊！”阿扣如实相告。

“嗯……”甄二爷沉吟良久，说：“我看，照我们这速度，到姚书记那儿差不多需要四天时间。等姚书记他们研究决定后，再下达命令派民兵来，恐怕就是七八天以后的事儿了！到那时，恐怕李书记他们早就……”

他不敢说“死了”这样犯忌的话，只是拿眼睛征求阿扣的意见。

“哦来，哦来！”阿扣用藏语表示同意。末了问：“那依你的意思，该咋办？”

“要不这样吧，我俩不去姚书记哪儿了，直接到民办集训的地方去，找县武装部长，求他派民兵大队来。我知道民兵集训的地方！”

“那你不去寻你的牛了？”阿扣有些疑惑地问。

“到这节骨眼上，还去寻啥牛啊？”心说，找张子龙不是一天两天的事，可这事可就火烧眉毛了。再说，这纠纷闹得这么大，说不定也有自己的一份责任呢，自己怎么能袖手旁观呢？

说完，他领着阿扣直朝一个叫阿咪东索的大山驰去。作为胜利大队的一名民兵，他不止一次在阿咪东索后边的大山坳里集训过。

第七十一章

“阿咪”在藏语里是爷爷的意思，而“东索”的意思是“千万个”，合起来“阿咪东索”就是众山之神的意思。其山在逶迤摆布的群山中独峰陡起，巍然屹立于群山之上，显现着众山之首的威严。山巅乃千古不化的冰川，其色皑皑，其下依次是青灰色的岩石、郁郁葱葱的灌木丛、翠绿如茵的高山草甸，山根则是有名的务松塔拉草原。“塔拉”在藏语里是一片草原连着一片草原的意思。务松塔拉是祁连山草原中最丰美的草原之一，那草厚密得羊们钻进去后看不见。牧人们八九岁大的孩子出门时，父母一再叮嘱他们，务必将嘴闭紧。因为张着口走进草原，草籽会蹿进嘴里，那些生有倒刺的草籽会自己一路向嗓子眼窜去，弄得孩子们恶心呕吐，往往大人们费很大劲才能弄出来。

县武装部之所以选择这么个地区集训民兵，原因有二，一是这里距黛彤川遥远、偏僻，民兵们来到这里就断绝了回家看望尕媳妇、尕“连手（情人）”的念想。这些民兵都是一些十八九岁、二十几岁的小伙子，浑身有着使不完的劲儿，而他们的尕民兵们比他们更有劲儿，白天晚上，操练得他们吃不好饭、睡不好觉。据说，这些家伙白天训练时，夸张地用刺刀在地下挖个窝窝儿，将尕民兵放进去才能趴在地上进行正常的瞄准、射击。而一到晚上，他们就会在查哨过后，一股脑儿消失得无影无踪。为了加强管理，提高集训质量，县武装部闵部长苦思冥想之后才想出了这么个法子，寻到了这么个地方。二是这里有着数不尽的、打不完的野生动物，他们来这里集训，根本不需要带什么给养，这里的野生动物完全能够保证他们的吃喝用度。不惟如此，他们还隔三差五整卡车、整卡车地往军分区、县上各大机关运送野生动物肉。

甄二爷他俩是第二天下午到达民兵集训队驻地的。看到那依山而搭建、整齐划一的两排草绿色军用帐房时，甄二爷顿时有了一种难言的亲切感。每年差不多一个月的准军事化生活，从理论和战术上提高了他军事水平，培养了他许多优秀的品格，养成了他许多良好的行为习惯的同时，也使他认识了许许多多新的朋友。更重要的，作为一个剿匪英雄，在这里，他常常受到格外的尊重，以往辉煌的战绩和他那出神入化的枪法，使他常常成为那些涉世未深的新兵蛋子们崇拜的偶像。他非常受用作为名人、重要人物的那种美妙的感觉。

民兵们大都不在。只有营地伙房旁的草地上，大师傅们手执利刃在剥大角盘羊、黄羊、野驴野马等野生动物的皮子。皮子成垛、鲜肉成山，同时血流也成河，其血腥之状直令笃信佛教的扎西阿扣双手合十高声念佛。

“闵部长呢?”甄二爷下马问。

“去实战训练去了!”大师傅中有人认识甄二爷，热情地回答。

所谓实战训练，实际就是去打猎了。将打猎列为民兵们的训练科目，可以说是闵部长的发明。因为打过日本鬼子、剿过匪的闵部长知道，那些岩羊、獐子等野生动物较之人类机敏何等百倍，丛林、草原、巉岩较之一般地形复杂又何止百倍，如果将打猎的本领练好了，那么他的实战本领将不练自成。“你们知道咱们县的剿匪英雄甄二爷么?他也没受过什么特殊的专门训练，他为什么就成了剿匪英雄了呢?就因为他是一名猎手!”闵部长常常这样训导民兵们。

“他们去哪儿训练去了?”

“那边!”大师傅指着西北方向说，“你俩急啥啊?吃了饭再去也不迟……他们今天可能到务松塔拉西边去训练去了……”说着，赶紧招呼其他大师傅准备饭食。好客是黛彤川人及祁连山麓所有人的美德，也是这个与其他地方迥异的优秀传统。家里来客了，不论认识不认识，都要拿出最好的东西免费给他吃，你不吃饱不喝足不让你走。

说话间，大盘的岩羊肉端了山来，满碟的白面馒头也端上来了，还有俨俨的茯茶……“这部队的生活就是比一般老百姓的好！”阿扣不由感慨万端。

二人此时才感到饥肠辘辘了，便也不客气，抓起整条的肋骨狼吞虎咽起来。吃饱了喝足了，便告辞了大师傅们，快马加鞭朝务松塔拉草原深处驰去。

太阳西下时，他俩突然听到了一阵密集的枪声。二人急急打马走上一个平缓的山坡，发现前面的平坦上，闵部长正带领民兵们打猎。这场面甄二爷见得多了不以为奇，扎西阿扣却吓得一屁股坐在山头上，连声喊：“罪过，罪过呀，你们这是打猎吗？这是屠杀啊，你们可不能这样啊……”

原来闵部长们正在围猎一群野马。真如阿扣所说，这不是打猎，简直就是无节制的屠杀。只见闵部长命令一个枪法较好的民兵一枪将走在野马群前面的头马撂倒了。看到头马倒下其他马不知所以，不再奔跑，就停下来围住倒在地下的头马转着圈儿。这时架在马鞍上的机枪便疯狂扫射，其他民兵们也纷纷连射。不消一支烟的功夫，枪声骤停，硝烟散尽后，阿扣发现那足有一百匹的马群不论老少全部倒在了血泊中！

“罪过，罪过啊！”阿扣脸色蜡黄，委顿在地上起不了身。

“这有啥啊？”甄二爷不以为然地说，“那时候我们围猎野马、野驴的时候都是这个打法啊？不然三年灾害人们饿肚子的时候，县上几十个机关近千号人吃什么？”

说实在的，三年自然灾害期间，农村牧区人肚子饿得前心贴着后背的时候，城里人也没少挨饿。按理说，依着黛彤川盆地和祁连山麓的富庶，人们是不应该饿肚子的，最起码不应该饿死人才对。可那时的干部们似乎被爱国热情冲昏了头脑，一心想着为国分忧，省下粮食、肉乳等东西还苏修的欠账，吃的东西宁愿发霉了扔掉，也不让老百姓吃了。

不过话说回来，那时节草原、土地上所有的产出也几乎都被大马车运走了。城里机关单位的人饿急了，就想法设法去祁连山草原打猎，到青海湖捕湟鱼，甚至去湖边的鸟岛等沙洲、草丛中去捡拾鸟蛋。真是这些大自然的慷慨馈赠，才使黛彤川人、祁连山草原的人们没有像其他地方那样大规模的死亡。

以前的时候，这片草原上的野生动物们比现在多得多了。成群结队的野马野驴、黄羊、大角盘羊在草原上自由自在地觅食，见了人也不知道跑，只是好奇而友善地观望。青海湖的鱼多得令外人无法想象，随便下一网，三四斤大的鱼就可以装一卡车。每年五、六月份鱼儿们产卵的时候，青海湖周边的入湖河流中，随便骑马涉过，身后便是一片白花花的被马踩死的死鱼。而赶着马车在青海湖湖边转一圈，斑头雁、天鹅等野鸟的蛋就可以捡拾到一车。

但三年荒年过后，由于人们的大肆攫取和掠夺，野生动物们数量锐减。即便如此，富庶如务松塔拉草原，仍有大群的野生动物可供闵部长们用机枪扫射满载而归。

民兵们欢呼着，手执满尺的藏刀宰杀尚在地下挣扎的野马们。实际上，生活在祁连山麓的人们在打猎时，一般不会将猎物一枪毙命的，那是故意留给信奉伊斯兰教的回族、撒拉族等穆斯林去“跟刀儿”。穆斯林们是不吃偶蹄类动物，也不吃体内有污血残留自然死亡的动物，更不吃不是阿訇或者穆斯林们自己宰杀的动物。千百年来，祁连山麓里、草原上，汉族、回族、藏族、蒙古族以及裕固族等几十个民族生活在一起，大家团结和睦，友好相处，相互尊重。这种尊重更加突出地体现在对各自宗教信仰和生活习俗的认同、理解上。如果一个村庄里住有穆斯林，或者朋友中有穆斯林，他们的牲畜一定会请他们宰杀的，为的就是这肉也让他们吃。否则，穆斯林邻居或者朋友来了，以黛彤川人的待客之道，不请他们吃肉是大不敬，如果请他们吃不是穆斯林宰杀的牛羊肉，则会担负大大的罪过，这是他们万万不会做的。如果不经意或不小心将他们自己宰杀的牛羊肉请穆斯林们吃了，那他们的良心将会受到谴责，会因此而负疚终生的。

闵部长看见他俩后，打马奔了过来。甄二爷与闵部长在乱石窝里剿匪时就认识。那时候他还是一个二十刚出头的解放军，但已经是身经百战的老战士了。他的英勇善战、机智勇敢以及百步穿杨的枪法，与号称枪王的甄二爷更是惺惺相惜。后来他被分配到斡尔朵公社当武装干事，与曾当过民兵队长的甄二爷更是打过无数交道，二人不但很熟，而且私交甚好。他永远也忘不了这闵部长刚分到斡尔朵公社来当武装干事时的窘样儿。那时候，牧区公社的干部们都用牛粪做燃料，在自己帐房的“塔布卡”里做饭。这闵工事闻不惯牛粪味儿，往“塔布卡”里加牛粪时，一只手捏住鼻子，别过头，用另一只手的两根指头夹了牛粪块远远地朝“塔布卡”炉灶里丢。但等七八年后，闵干事调到县城当部长时，他已然是一个地地道道的藏族牧民了。头戴毡帽脚蹬毡靴，身穿白板老羊皮皮袄，还喜欢将右胳膊露在外边。那饮食习惯更与牧民毫无二致，即便是住在县城的楼房里，早晨起来第一件事就是盘腿坐在沙发上，先来一碗“得麻”，中午更得拌一碗“糌粑”，晚上必须吃一顿手抓羊肉才觉得吃饱了。

更让人叫绝的，是他那一口流利的藏语和蒙古语。民间的说法是，他有一年下乡时迷路了，找不见回公社的路，于是在草原牧民的帐房里串来串去，为了生活，逼迫与藏族、蒙古族牧民交流沟通，于是便学会了藏语蒙古语。官方的说法是，闵干事深入农牧业生产第一线，与群众同吃同住同劳动，为群众排忧解难，查访匪踪，更难能可贵的是，他为了更好地服务群众，积极主动地学习少数民族语言，于是很快便掌握了藏语和蒙古语。但不论怎么说，半年之后，闵干事回到公社时，他藏语蒙古语水平不要说公社干部们叹为观止，就是那些藏族、蒙古族老人们都摇着头感叹：“阿卡卡，了不得，了不得……”

“呵呵，是什么风把你给吹来了？”他跳下马，朝甄二爷当胸就是一拳，“怎么样，好长时间不见，过得还好吧？”

“托你的福，还凑合！”他也还了一拳，尔后二人紧紧地拥抱在一起。末了，闵部长看见扎西阿扣，礼貌地点头问好：“乔代毛！”

“代毛、代毛！”阿扣微笑着致意。

“张连长，”他回头朝队伍里喊，“张连长，你把队伍集合起来……你看谁来了？……不认识，你们当然不认识了！这就是我给你们常说的枪王甄二爷……今天真是机会天赐良机，我们请他给我们讲授讲授射击要领……”

看着整装列队的民兵，甄二爷不仅局促不安起来。“嘿嘿……嘿嘿，我那懂什么射击要领啊？我那是瞎撞的，实在不好意思，我没啥可讲的……”

“那你那一手百步穿杨的枪法是怎么练出的啊?”张连长代表民兵们疑惑地问。

“这也没有什么诀窍，就是练啊，不停地练，练着练着，枪就打得准了……”

“听说你打枪都不瞄准的，是不是真的啊？有那么神吗？敢情不是吹吧？你给我们露一手看看……”

“呵呵……”他笑着，举目四顾，恰好看见阿米东索半山腰的岩石上，有一群岩羊在夕阳下走走停停，似乎要下到山脚下的草甸来吃草。照例，那只头羊站在高高的岩石上放哨，警惕地望着远在八百步之外的民兵们，做出随时逃跑的样子。

“看见那只大岩羊了吧?”甄二爷指着说。民兵们顺着他的手势，看了半天纷纷说：“看见了，但这也太远了吧？你能打着？这也太玄乎了吧?”

“你把你的七六二步枪给我，我试试……我这破土铳枪射程不够……”

一个民兵跑过来，将自己的七六二步枪递给了他，但还未等他转过身，步枪已然发出了震耳欲聋的响声。大家急忙将目光投向那只岩羊，发现它还一动不动地站在那里，而其他羊看见头羊岿然不得，躁动了一下后又镇定下来，警惕地望着枪声响起的地方。

“嘻嘻嘻……我说是吹嘛！哪有那么神的枪法?”

“这人到黄河边吹牛皮船，我看一个顶俩……”

“就这破枪法，还打土匪哩，恐怕连他大大的逑都打不着……”

“……”

正在民兵们纷纷议论说风凉话的当儿，有个民兵惊呼：“倒了，倒了……”

只见那只岩羊轰然倒地，骨碌碌一路滚下山来。有个民兵打马跑过去，将那只足有一百五十斤的羊提过来，扔在民兵们脚下。

“看看吧！人家的枪法是不是连他大大的逑都打不着……”闵部长有点气愤地说。

民兵们聚拢来查看，发现那子弹正好从岩羊的“镫眼”里打了进去。七六二步枪子弹威力巨大，将心脏从另一边碗口大的枪眼中带了出来。

“阿卡卡，了不得，了不得……”民兵们啧啧称奇，佩服地望着他。末了，异口同声地请求：“甄二爷，求你给我们讲讲射击要领吧！有了你这枪法，狗日的苏修、美帝国主义来了，我们也不怕……”

“是啊，有了你这枪法，我们一家老小就可以天天吃肉了——出去抬手一枪，就是一个猎物啊……”有个喜欢打小九九的民兵自私地说。

“闲话少说，注意听我们的英雄给我们讲授射击要领和心得……”闵部长命令。

“是！”民兵们齐声答应，迅速列队，又整齐划一地站在甄二爷面前。

“这射击要领啥的，闵部长肯定讲过无数次了，大家也练了好多天了，我也就不说了……刚才有人问，说我不瞄准就开枪，还打得那么准，这有什么诀窍，我只说一句，这要用心来射击。就是说，不是用眼睛瞄准，而要用心来瞄准，凭感觉打枪……达到这个境界了，也就成了枪王了！”

“呵呵……”那个张连长笑着说，“你说得怎么跟久美尖木措阿扣说的一样啊？看来这还真有道理，久美尖木措阿扣也是一个神枪手。以后我们就得用心瞄准、凭感觉打枪……”

“久美尖木措阿扣是谁啊？”甄二爷疑惑地问。

“别问了，我们谈正事要紧！”扎西阿扣走过来，拉了拉甄二爷的衣袖说。

“哦！”他这才恍然大悟似的说，“闵部长，这次我俩来，是有要紧的事来跟你汇报的……”

“我就说嘛，你是无事不登三宝殿的嘛！有啥事你说，我能办到的，我一定给你俩办……”闵部长真正如藏族汉子一样豪爽。

“是这样的……”甄二爷拉过闵部长，如此这般地将斡尔朵草原形势以及他俩的来意说了一遍，末了，十分诚恳地请求道：“闵部长，时间紧张，我俩专程来找你，你一定要帮这个忙啊……”

闵部长听完后，脸色变得严峻起来。他在草原上走来走去，用马鞭抽打着马靴，思考良久后说：“真对不起，动用兵力去调解草原纠纷，这事儿事关重大，我做不了这个主！这只有县委和军分区的命令，才能调动民兵……这个忙我帮不了！”

阿扣失望地一屁股坐在了草地上，神色沮丧心情灰暗，心想李书记他们这回肯定没命了。而甄二爷并未绝望，还在那儿跟闵部长死缠硬磨："闵部长，这个可是人命关天的大事啊，你无论如何也得帮这个忙……"

"小甄，其他事儿什么都好说，就这事我还真帮不了！……这个不是我帮不帮的问题，是个原则问题、政治问题……说这些也许你不懂，但我明确地告诉你，这事绝对不行！不要说我，就是姚书记在这儿，他恐怕也得跟军分区司令商量商量才能决断，不然是不敢随意用兵的……"

看到闵部长态度决绝，甄二爷彻底绝望了。绝望了的他跟扎西阿扣一样，神情沮丧心情灰暗，颓然地跌倒在草地上不知所措。

看到他俩这个样子，闵部长有些不忍心。"这样吧，你俩今晚先住在我们这儿，我打发两匹快马连夜向县委和军分区报告。如果县委和及军分区有了命令，我们立马开拔，跟你俩去斡尔朵草原……"

"远水解不了近渴啊！闵部长"扎西阿扣凄然地说。因为他知道，这一请示一汇报，就是及时得到命令，民兵们赶到斡尔朵草原最早也是几天以后了。到那时候，李书记他们说不定还真出了意外呢！

说完，他走过去紧了紧马肚带。看到阿扣这个动作，甄二爷知道阿扣打定主意要连夜回去的。于是他向闵部长告辞："闵部长，一旦接到命令，你一定要快马加鞭地赶来啊！那边的情况真的非常严重，说不定会出人命呢……"

说完，他俩翻身上马，狠狠地抽打着马屁股，朝来路风驰电掣般驶去。

第七十二章

半夜时分，他俩才回到阿扣家的帐房。迷糊了一会儿，天就亮了，他俩收拾好救治伤员的药物，快马加鞭地赶去边界。当他俩出现在张干事他们构筑的临时工事里时，人们纷纷从猫儿洞里钻了出来。那些绑着绷带拄着棍子的汉子们上前来“阿扣曼巴阿扣曼巴”地喊叫着，要求扎西阿扣给他们换药。阿扣责无旁贷，解下随身携带的褡裢，取出藏药一一给他们换敷或煎服。

甄二爷跳下马，来到战壕，朝对方的工事望去。他吃惊地发现，对方构筑的工事依山傍水而建，进可以攻退可以守，暗含兵家之道，说明对方阵营里藏有高人，至少有行伍出身深知用兵之道的人。

“李书记们就关在那个房子里吗？”甄二爷指着工事后边那几间土坯房子问。

“就是那里！怎么？你想偷袭将他们救回来吗？”张干事回过头吃惊地问。“那没用的！看见房屋后边躺在山坡上晒太阳的那只黑色藏獒了吗？那家伙比老虎还凶猛比猴子还机灵，我们那次偷袭失败全是吃了它的亏！”

“那咋办呀？这样下去李书记他们会受不了的！”他忧心忡忡地说。

“我们已经派人联系其他公社的帮牧队了，估计这两天会有大批民兵大队过来，狗日的到时候我们一窝儿端了，看他们还狂不狂！”

“是真的吗？”他又一次地吃惊了，“那不是要死更多的人吗？”

“同志，你要记住，阶级斗争都是残酷的！”张干事指点他。

“不是人民内部矛盾吗？谁又定性为阶级斗争了？”

“事物都是发展变化的，毛主席说过：人民内部矛盾也会发生质变，演变为阶级斗争的!”

“毛主席真的说过?”文盲甄二爷对毛主席记录不甚了了。

“不管说过没说过，反正目前这就是你死我活的阶级斗争！非得用残酷的武装斗争解决不可!”

甄二爷的耳朵里听不进这些玄乎的理论。他的脑子在急速飞转，想象着如何成功地救出李书记和李廷瑞他们，并安全地平息这场纠纷化干戈为玉帛，重新恢复草原上昔日的宁静与和平。他知道大队民兵到来之日便是李书记们命归黄泉之时，不甘心失败的角什科草原人肯定迁怒于那些俘虏，为他们死去的弟兄报仇为他们失败的灰暗抹上一抹鲜亮的色彩。

必须在民兵大队到来之前，将李书记他们救出来。他暗暗下定决心。

作出这个决定后，他便坐在帐房的羊皮褥子上，闭着眼睛苦思冥想，谋划着今晚行动，预测着每一个可能遇到的困难和危险，设计着每个行动的细节。

他像一个入定的老僧，在床铺上闭目冥思一直到太阳落山，然后接过牧人们递过来的糌粑和羊肉手抓，将自己塞了个肚儿圆。半夜时分，他将自己扎绑停当收拾利索了，只带了一把满尺的藏刀，出了帐房，悄没声息地朝对方营地那排定居点房屋迂回过去。

那匹叫铁蛋的黑色藏獒白天养足了精神，一到夜晚，它便在自己认定和主人暗示的领地边缘踝躞着，用他发达的嗅觉和听觉察勘着每一个来自领地外的危险信息。今晚，它除了查觉到东北方几匹狼和西南方一只瞎熊觊觎牛群羊群，小心接近的气息外，它还从祁连山麓清冷清新的空气中嗅到了一股危险的气息。这气息中有一种淡淡的时隐时现的火药味，还夹杂着黛彤川汉人所特有的气味。从近几个月人类的纷争中，它已然明白带着这种气息的人是主人的敌人，今晚沿着北边的那条山沟摸上来的人绝非善类！

意识到这点后，它便在来人前方五十步开外的一个土塄坎下趴下来，将耳朵伏在草皮上，迎风轻轻地耸动着鼻子，不动声色地察看着来人的动向。

但来人也似乎发现了它的意图，在踏进它领地，公然向它实行藐视和侵犯后，也静伏下来，查看和等待着它下一步的行动。铁蛋有些愤怒！说真的，在它守卫家园和抵御外敌的生涯中，还没有什么东西，包括那些不可一世的瞎熊甚至雪豹，胆敢如此公然地藐视它和激怒它！

它低吼了一声，匍匐着滑行，接近这个不可一世的狂妄家伙。它想近距离地看看这家伙是个什么角色，然后知己知彼，骤然出击，出其不意地将这个敢冒藏獒之大不韪的家伙一口毙命。铁蛋非常自信自己的坚牙利齿，这种自信来自于无数次所向披靡的胜利。

接近对方十多步远的时候，它看见沟底有一彪形大汉，手里紧紧攥着一把在夜色中闪着寒光的藏刀，正警惕百倍地望着山梁，眼神是既期待它出现又惧怕它出现——夜晚藏獒们的视力是格外发达的，看东西跟白天差不多。看到这里，它鄙夷地笑了，当然，藏獒的笑不在脸上而在内心，是内心里产生的一种愉快的感觉。笑毕了，它蓦地翻起身，蹲在山梁上，歪着头半眯着眼睛看着他，一副居高临下目中无人的架势。

甄二爷在这个不太深的山沟里来回移动，以人类无法察觉但藏獒绝对察觉的动作激怒和引诱这匹令那些民兵和牧人们闻风丧胆谈虎色变的藏獒，想在这个偏静的所在将这狗日的一刀毙命，剪除这个解救李书记，解决与角什科人纷争中的克星。

一切在他的预料中，这匹壮硕凶猛而又聪明冷静的藏獒在他料想的时间内如期出现在他的头顶的山梁上。它伟岸的身躯在星光稀疏的灰暗天空中剪影出了一幅夸张的木刻版画，而那双画龙点睛似绿莹莹的眼睛让这幅版画更加灵动飞扬。

他仰视着它，一股寒流透身而过！白天远远地看它晒太阳，觉得它只不过是一条比较壮硕凶猛的藏獒，至多是一条三等的藏獒而已。今晚近距离地面对它，才发现它竟是如此高大威猛，简直可与他的巴顿相媲美！

这样的藏獒一定力敌千钧，如果它像巴顿一样富有战斗经验，他能否杀死它尚在未知之列！

“巴顿、巴顿！你在哪儿啊？”他突然觉得格外想念巴顿。也后悔今晚没将巴顿随身带来。

没有了巴顿的他，有些后悔自己的贸然行动。

但此时箭在弦上，他不能在这家伙面前露出丝毫的胆怯与畏缩。那样的话，会助长它的勇气刺激它攻击他杀死他的决心，但也绝对不能轻敌也不敢轻敌。他明白今晚遇到强硬的对手了，自己唯有沉着应对将这把满尺的藏刀如他精心设计的那样顺利地塞进它的心窝或剖开它的肚皮，自己才能全身而退，否则即便是不会命归黄泉也会体无完肤！

他将藏刀横在面前躬身下沉，拉开了一个被动防御的架势。铁蛋低声吼叫了一声，警告他赶紧退出它的领地。在草原上成熟的藏獒一般不对侵犯它领地的陌生人贸然发动攻击，只有那些不谙世事心浮气躁的年轻藏獒们才会那样做。但那样做的结果只有一个，被主人用粗重的铁链绑在柏木桩上，在方圆一丈的范围内打磨它的性格，直到它沉稳坚韧冷静刚毅为止。

但他不听它的警告，不但不退，反而挑衅性地顺手拣起一块石头朝它砸来。

铁蛋被激怒了！

激怒的铁蛋吼叫了一声，突然躬身像一只蛤蟆似的伏在地上，四蹄收拢腹下，尖利的指甲扣住了祁连山草原厚实而柔韧的垡皮，双目炯炯地观察着他。几秒钟后，突然凌空蹦起，居高临下，像一道黑色的闪电向他袭来，真正做到了静如处子动若脱兔。

甄二爷大喜，一切如他设计的那样。他突然仰身一躺，将藏刀像一枝竹笋似的竖在胸前。他想借着铁蛋的惯性，在他掠过他正方的时机将它的腹部犁开，轻松地将这狗日的五脏六腑给倒了。

但铁蛋是一匹何等机敏的藏獒！它发现了他的意图后大惊之下，做了个凌空翻滚的动作，生生地将自己抛向一侧。饶是如此，也未躲过甄二爷骤然刺来的一刀。它的肩膀被戳了个血窟窿，鲜血立马汩汩地流了出来。

一招过后，局势发生了变化。这回是铁蛋落在了沟底而甄二爷却站在了山坡上居高临下地虎视着它。一招失算且受伤，铁蛋锐气大减而甄二爷算计成功信心大增。

铁蛋蹲在那儿，舐着流到腿上的鲜血。过了一会儿，它似乎已然认输，顺沟而下遁入了夜色中。甄二爷知道这是铁蛋的缓兵之计。果然不出所料，没过一个时辰，从他右边一丛灌木中，一泓黑色的旋风“呼”地裹了过来。他暗叫不好急忙闪身躲避，但说时迟那时快，铁蛋已然凌空弹射而来，用它硕大的身躯将他撞出了两丈开外！

甄二爷在身不由己顺坡滚动的同时，脑子也在急速地飞转。飞转的结果是一股透心的凉意沁入骨髓。他知道铁蛋此时已然蓄势待发，在他停下的刹那会凌空前下，将他扑在壮硕的身躯下，刹那间撕个粉碎！而他，不要说防御和反击，就是翻身坐起的功夫都没有！

意识到危险后，他索性顺势往下滚，他想在滚动中寻找战机，抵御铁蛋的致命袭击。但铁蛋显然识破了他的诡计，也绝对不给他机会，在他速度稍慢之际，不失时机地“呼”地一下扑了过来，一张血盆大口朝他的脖颈咬来。

甄二爷浑身瘫软下来，双手本能地抱着头心中一片悲凉。心想自己英雄一世，最后居然命丧于一匹看着不起眼的藏獒之口。

但他紧接着感觉到一阵急剧的飓风从他身后刮起，紧接着又听到两个物体在他的头上方相撞，发生了沉闷的撞击声，紧接着他又听到了铁蛋的哀鸣声。

就在这个刹那间，他又翻滚了两下，本能地跳了起来。跳起来后他惊奇地发现巴顿坐在他的旁边，低声地吼叫着，与铁蛋对峙着。

巴顿！巴顿！甄二爷心中感激地呼唤着心爱藏獒的名字，为它在千钧一发之际救了自己的性命感动得涕泪滂沱。

巴顿从铁蛋口下救了主人性命后，仔细地审视着这个险将英勇彪悍的主人毙于口下的对手。铁蛋也在审视这个使自己在功成名就之际功亏一篑半路上杀出的程咬金。四目相遇，双方都在艳羡对方的魁梧与俊美。双方那硕大的头颅那挺拔修美的身躯那粗壮笔直的四腿，都令对方沉浸在一种美的浓液中，短时间内忘却了对方是不共戴天的仇敌。

也许是惺惺相惜，双方的怒潮渐渐消退，反而被一片平和所浸泅，浑身冲天的毛发如微风拂过的稻田一片平滑。巴顿转过身，舐着甄二爷被铁蛋撕烂的伤口疗伤，准备在主人镇定下来后回到他们应该回到的地方。

巴顿相信主人在独往独来行猎时与铁蛋不期而遇的，双方并无深仇大恨。它想就此罢休。但主人此时却发出了“韶韶”的命令，命令它向铁蛋发动攻击！

听从主人的命令是藏獒的天职，就像人类中的军人。巴顿听到命令后，低吼叫了一声向铁蛋冲了过去。铁蛋看见巴顿冲了上来，也毫不犹豫地迎了上去。

双方刹那间激战在了一起。这场打斗可以用惊天地泣鬼神来形容，直看得甄二爷目瞪口呆。

巴顿不亏是来自金银滩草原的一代獒王，不消半个时辰，它老虎钳的大嘴紧紧地咬住了铁蛋的脖颈，直至它窒息而死。

松涛阵阵，流水哗哗，声若惊雷的打斗声都被淹没在祁连山麓的天籁声中。那些角什科人沉浸在甜美的梦乡中，完全没有察觉到他们已经痛失了一名战将。

甄二爷将铁蛋的尸体吃力地拖到一个旱獭洞藏好后，已然浑身酸软精疲力竭了。但他不敢有丝毫的懈怠，他拍拍巴顿的脑袋，悄悄靠近土房，将里边的人一一放出来。他们怀着胜利的喜悦，回到了营地。

第二天是个风和日丽的好天气，斡尔朵草原的夏天温馨而宜人，天空如水洗过一般湛蓝，空气如过滤过一般清新。牛羊在没膝的草地上自由自在地觅食，百灵鸟老早就唱着婉转悦耳的歌。在这一片宁静与平和中，角什科草原上突然发动了攻击。

“不好了，他们攻过来了！”站在山梁上放哨的牧民惊慌失措地喊道。

正围坐在锅卡旁边拌糌粑的张干事一脚踢翻了锅，抽出两把盒子枪朝天开了一枪，“同志们，操家伙！”

民兵和牧人们纷纷跳起来，操枪的操枪，握刀的握刀，拿棍的拿棍，各自依据工事占据了有利地形，准备拼命反击。

这边尚未准备停当，那边足有七八十人的队伍枪刀林立呼啦啦地涌上前来。俄日更和吉合茂骑在马上，提着冲锋枪，一马当先，颇有点大将军横刀立马威镇沙场的意味。

“大家听好了，他们狗日的再敢往前冲，就一齐开火，将打头的那两个先给我干了!”张干事命令道。

“等等，千万别开枪!”甄二爷对大家说。他怕这次冲突又会死人，他知道再也不能死人了。说完，他骑了枣红马提了土铳枪，径直朝角什科人的队伍迎去。

巴顿跳起来，紧紧地跟在后边。

俄日更和吉合茂看见甄二爷和巴顿，顿时噪动不安起来。吉合茂更是脸色大变，将毡帽往下拉了拉，将黑洞洞的枪口直指向甄二爷，声嘶力哑地喊道:“站着，再往前走一步，老子就要开枪了!”

也许是吉合茂的吼叫声激怒了巴顿，它在甄二爷旁边缩身蓄劲，低声吼叫着，如一支蓄势待发的利箭，将目标直直地对准了吉合茂。

“巴顿，呛呛!”甄二爷喝住了巴顿。他奇怪巴顿为何对宿敌俄日更全然不顾，却将目标对准了素昧平生的吉合茂?而且看那样子，只要主人不阻止就会将他扑下马来撕个粉碎。也许这家伙看出了吉合茂已然攫升为这伙人的头。它乃至所有的藏獒都有一个天生的本领，就是能在庞大的敌人队伍中几乎一眼就能辨认出谁是头，就是与狼群的对峙中，它们也能刹那间辨认出头狼，并在以后的行动中准确地实施斩首行动。

巴顿的反常表现引起了甄二爷的警觉。他不由得打量这个凶神恶煞般的家伙。他发现吉哈茂穿着一件藏式盘袄，脚下蹬着一双破旧的马靴，身材壮硕表情复杂，毡帽檐阴影下的那双眼睛躲了闪闪不敢与人对视，仿佛对世间万物都怀有疑惧之心。

“妈的，我说谁有那么大本事弄死了我的铁蛋，解救了那些人，原来是它啊!”俄日更看着巴顿有些恍然大悟地说。

“我说你们也太没人性了，你看看你们把我们的李书记他们折磨成什么样了?”甄二爷强压着怒火说。昨晚李书记他们被解救回来后，扎西阿卡一直忙到天亮也没有忙完。十几个人个个体无完肤气息奄奄，好多人伤口已然溃烂，有几个人一直处在昏迷状态。

“妈的，你们还有资格跟我们说人性?……你们有人性，我们那么多人怎么死了!”俄日更咬牙切齿地说。

“可你们也打死打伤了我们那么多人啊?”甄二爷心平气和地说，“这笔账要算到挑起这场草场纠纷的人头上……”

“哼，算到谁的头上你说了不算，得由它说了算!”俄日更拍着枪托说，“今日怎么着吧！你们赶紧带着你们的人滚回去，老子今日就放过你们，不然……”。

“不然怎么样?”甄二爷生气了，冷冷地说。

“不然要把你们全收拾了……”吉合茂狠狠地说。

甄二爷将土铳枪刷地对准了吉合茂的眉心，说：“你收拾我这之前，我会让你脑袋先开花，你信不信?”

吉合茂大惊失色，似乎深知甄二爷土铳枪的厉害，往后退了退吱唔着不敢大声。

“哼！你拿根烧火棍吓唬谁啊?”俄日更冷笑了一声，“你那杆破土枪还能快过我的冲锋枪？抵挡住我们这些大队人马？弟兄们，听我命令，我数十下，他们还不滚就给我狠狠地打！一、二、三……”

当他数到九下，双方剑拔弩张千钧一发之际，突然从斡尔朵草原深处传来沉闷的轰鸣声，如同来自地底下的惊雷。双方人马都竖起耳朵手搭凉篷望去。不多一会儿，从斡尔朵草原深处，百十匹矫健的青海骢驮着荷枪实弹的民兵如旋风般刮了过来，在俄日更、吉合茂他们惊慌失措中将他们围了个水泄不通。

张干事从工事后面跳出来，用驳壳枪指着俄日更和吉合茂的脑袋有些兴奋地说：“你狗日的狂啊？狂啊？怎么现在像老阿爷的毬儿似的硬朗不起来了?”

张连长向张干事敬了一个标准的军礼：“张干事，我们没迟到吧!”闵部长没来，他派张连长带着一个连的民兵赶了过来。

“没有、没有，来的正是时候!”张干事用枪管顶了顶头上的军帽，“你归队做好准备，一切行动听我指挥!”公社武装干事对尚是农民或者牧民身份的民兵连长是有绝对指挥权的。

有了发言权的张干事打马来到甄二爷旁边，冷笑着对俄日更说：“现在该轮着谁滚了，该轮着谁数数了？现在我数十下，你们立马拆了定居点，打了帐房赶了牛羊彻底滚出斡尔朵草原，不然我们会拆了房子烧了帐房，然后砸烂你们的狗头敲断你们的狗腿……”

“哦！哦！哦……”赶来的民兵们呐喊助威。他们不唯带枪，每人手里还握着一根胳膊粗细柔韧异常的红柳棍。枪只是震慑非不得已才用，如原子弹氢弹，而这红柳棍才是真正的武器。

俄日更脖颈一梗，“你以为我们怕了啊！今日不是你死，就是我亡！……大家做好准备，跟这伙狗日的拼个你死我活！

“好吧！哎……”张干事故意长叹一声，以一副悲天悯人的口气说：“给你阳关大道你不走，偏要来闯鬼门关！死了以后千万别怨我，是你自己要找死的！我现在开始数了，十下后还不滚，就别怪我不客气了！一、二、三……”。

“弟兄们，操家伙！”吉合茂喊了一声。顿时间，从角什科人队伍中传出了哗啦啦拉拉枪栓的声音，同时，橘红的红柳棍也如竹林般竖了起来。

情势又千钧一发！

数到九时，甄二爷大喝了一声：“等等！”硬生生将张干事即将喊出的“十”噎了回去，“大家听我说两句，中吗？”

张干事不解地望着甄二爷，慢慢放下将要挥出去的手。俄日更则长长地出了一口气，说：“有啥屁快放，老子们也不是怯铁的磨石……”

“我说，我们两家老这样打来打去也总不是个办法，我看我们双方都退几里，等上边派人来解决吧！……我们要相信党和政府，他们会公平处理的！”

“哼！我们退可以，但我们可不是怕了你们才退的！老子们个个都是角什科草原的英雄好汉……”俄日更在寻找下驴的坡，要找回一点面子。

“你以为我们怕了你们啊！”行伍出身的张干事连日来的积愤无处发泄，今日正可凭借绝对优势报一箭之仇，出出心中的恶气。他可不愿这帮平日里不可一世恃强凌弱的家伙就这么轻松的溜走。“你们就是要退走，也得给我们道歉，并保证今后不再侵犯我们斡尔朵草原……”

“哈哈哈……”吉合茂仰天大笑，“谁说要退？你们要退，也得给我们跪下磕三个响头，叫我们爷爷，我们再放你们走！”

俄日更吃惊地回望着不知天高地厚的吉合茂。

“那你们来打啊！千万别老虎般起来，狗般卧下！”张干事有些激动地说。

双方一触即发。

“等等、等等！”甄二爷用土铳枪将双方往下压了压，“我知道大家心里都有气，也知道大家都是草原上的英雄，是成吉思汉格萨尔王的后代，打起来肯定难分胜负！我提个建议，大家看中不中……”

“什么办法？快说！”俄日更说。

“我们双方阵营中各推举出一个神枪手，我们比枪法，如果你们赢了，就以此地为界，你们占领的这些草场，”甄二爷用手指了指俄日更身后的大片草场，“就归属你们，我们再不抢夺；如果我们赢了，你们就退出斡尔朵草原，并保证今后永不再犯，中不中？”

大家面面相觑，不发一言。

“双方各给一柱香的功夫，好好商量商量，如果中的话，就比枪法！”

“他们会答应吗？”张干事紧张不安地问。

“他们会答应的，他们可不是傻子，不愿吃眼前亏的！”

“我们会赢吗？”

“应该没问题吧……”

俄日更和吉合茂商量了一阵，打马走过来，“我们同意比枪法……我们这边由吉合茂参加比赛，你们谁来比？”

“我！”甄二爷扬了扬手中的土铳枪说。

“比啥呀？”吉合茂将半自动步枪推上膛，举目寻找着射击的目标。目光移到左边时，他突然两眼放光，指着三百步开外的一匹马说：“看见那匹马了吗？看见那匹马马背上蹲着的那只红嘴乌鸦了吗？我就把它打下来！”

“中！”甄二爷答应。

那匹马在蚊蜢的叮咬和乌鸦的骚扰下，不停地走动，而马背上乌鸦也不时张开翅膀，在马背上飞上飞下。打下它何其难啊！

俄日更和所有的角什科草原人暗暗捏了一把汗。

吉合茂举起枪瞄准，良久后开枪了。

但乌鸦没像人们想像中的那样掉下马来，而是呼地飞了起来，直向蓝天蹿去。

斡尔朵草原人高兴地大叫，而角什科人则垂头丧气。

“什么破枪法啊！”张干事讥讽地说。

“哼，这就是我的好枪法，你们看……”吉合茂不如得意地说。

大家不约而同地抬头仰望，只见那只乌鸦在天上盘旋了一圈后，顺风直朝两队人马阵前的空地上栽了下来。吉合茂打马飞驰过去，一个镫里藏身，如那达慕大会上捡拾哈达一样，将乌鸦的尸体捡起来，跑过来凌空丢给了甄二爷。

甄二爷接过来看了看，递给了张干事。张干事看后暗暗吃惊。乌鸦的肚腑中的五脏全没有了，说明子弹是擦着马脊梁穿进乌鸦的腹部的。子弹穿进腹部将里边的肠肚都倒了，但没伤及心脏等要害，所以乌鸦骤然受惊后仍然能窜向天空并盘旋几圈的。

“哦哦哦！”这回轮着角什科人高声吼叫了。

张干事大惊失色，说“甄二爷，我看就不比了吧？反正我们人多，打他个狗日的落花流水，赶出斡尔朵草原再说！”

“那怎么行？人不能不讲信用啊！”

“说虽这么说，可这……”他举着手中的乌鸦为难地说。

“该你开枪了！”吉合茂得意地打马兜着圈子，鄙夷地看着甄二爷说。

甄二爷骑着马在空地上转圈子，寻找着射击的目标。他必须找出一个难度更大更加危险的目标一枪中的，方能服了吉哈茂服了这帮桀骜不逊妄自尊大的角什科人。

“开枪啊！开枪啊！”角什科人在草场上剁着木棍，催逼道。

甄二爷转了两圈后，蓦然发现，在五百步之外的一个帐房前，一个藏族阿妈戴着帽子在拍牛粪饼，帽子上的一绺冲天的红缨随着她拍牛粪的动作左右抖动。

“看见那边那个拍牛粪的藏族阿妈了吗？看见她头上的那支红缨了吗？”甄二爷逼视着俄日更和吉合茂说：“我就将她头上那绺红缨打下来！你们可看好了……”

“别别……”张干事急忙阻止。“这太危险了，一旦稍有偏差，打死了人这可不是玩的！”

说时迟那时快，甄二爷说话间抬手就是一枪。硝烟散尽后，人们发现那老阿妈兀自在拍牛粪饼，而头上的那绺红缨已然不翼而飞，而阿妈似乎对此浑然不觉。

早有好事者打马跑上前去，将老阿妈头上的帽子拿了回来，递给了俄日更和吉合茂查验。他俩用手抚摸帽子上红缨的断茬面面相觑，脸色一片土黄。良久后打马走上前来，对甄二爷作了一个揖说：“你不亏是祁连山麓里有名的枪王，枪法果然厉害，我们愿服输！”说完，拨回马头，喊了一声“走！”

角什科人呼啦啦地往回撤了。

而就在这时，一直目光炯炯盯着吉合茂的巴顿低声吼叫了一声，呼地蹿起，直朝打马回走的吉合茂冲去。还未等吉合茂和他的坐骑回过神来，巴顿已然将他从马背上扯了下来。紧接着，它一个大回剪，大口直朝吉合茂露在外边的脖颈咬去。

“巴顿！”甄二爷情急之下厉声吼道。巴顿听到主人的呵斥声，硬生生地闭合了嘴巴，耷拉着尾巴，千万个不情愿地朝甄二爷慢慢地走来，嘴里吱吱唔唔地叫着，似乎受了莫大的委屈。

甄二爷拍了拍巴顿的肩胛，叫它安静下来。这个时候千万不能对这些人发动攻击，否则这家伙振臂一呼，他们所有的努力将会前功尽弃。但他诧异，巴顿为何对素昧平生的吉合茂怀有如此深的敌意呢？

第七十三章

角什科人撤走后，已然被扎西阿扣调理和治疗一天后恢复了大半元气的李书记下命令，杀牛宰羊，在草原上摆开盛筵，庆祝这来之不易的胜利，庆祝草原又恢复了往日的平和和宁静。

牧人们欢呼着，纷纷抽出藏刀，挑选羊群中最肥最大的羯羊，就地宰杀起来。人们沉浸在喜悦中，大块吃肉大碗喝酒，围着熊熊燃烧的篝火，跳着欢快的锅庄，扭着优雅的秧歌，唱着“拉伊”漫着“花儿”，狂欢着这个难得的不眠之夜。

甄二爷又一次成为英雄。人们众星捧月般地围着他，在大沙碗里盛满了醇香的“黛彤醇”牌青稞酒跟他碰杯，碰过后还要划个十二连喜连连喜。毕竟好汉难敌三拳，未到半夜他已然醉得不省人事了。

第二天仍然是一个风和日丽的好天气。立秋后，祁连山下所有的草原连续几天都天高云淡风和日丽。甄二爷从帐房里钻出来，站在露水淋淋的草原上伸了个懒腰，为这草原上重新来到的和平感到无限欣喜。百鸟啁啾牛羊欢跳，树木葱茏芳草茵茵，一切生命都呈现出平和和喜悦。纠纷结束后，牛羊就可以到最好的山坡上去觅食，趁着秋天牧草成熟的季节可以大吃特吃，待白露霜降后吃他个膘肥体壮，然后转回冬季草原，回到黛彤川回到桦树湾。

他将手放在口中打了一个响亮的呼哨，在远处山坡上吃草的枣红马抬头看了看，一路小跑而来。在不远处山梁上眺望远方的巴顿也慢悠悠地踱了过来。他搬出鞍鞯准备搭上枣红马，打算不惊动经过了昨夜不眠之夜的民兵和牧人们，去措毛的羊群里，去查看一下她放牧的桦树湾的那些羊。等清点好数目后，他想请求李书记从其他大队调拨一些，使他回去后对谢队长和桦树湾的老少爷儿们有个交代。

正当他将鞍鞯搭上枣红马的时候，巴顿突然冲了出来，将鞍鞯撞在一边，尔后从鞍鞯之下抽出那条牛毛褡裢狠命地撕咬起来。

这条褡裢是前几天他俩从松树掌里那间建在树上的木屋——他怀疑是土匪头子张子龙的巢穴中缴获的。巴顿撕咬这条褡裢，莫非已察觉了什么？他蓦然想起了昨天巴顿几次扑咬吉合茂的情形。

他蹲下来，拍了拍巴顿的肩胛使它安静下来，脑子里狠命理着这几个月里发生的一切。良久后，他提了土铳枪，只身跟随巴顿朝角什科草原深处走去。

深秋的角什科草原妩媚而动人。晶莹的露珠在朝阳下熠熠生火，在人影的周围散发着七彩的光环，亦幻亦真扑朔迷离。巴顿在前边边嗅边走，他在后边时停时行。中午过后，巴顿终于引着他来到了一条山沟。巴顿趴在沟口，目光炯炯地望着山沟里一个平缓、向阳的山坡上的一个蒙古包低声咆哮。

甄二爷赶紧按住巴顿的头，隐蔽在一丛茂密的金露梅后面，仔细地观察那个蒙古包。蒙古包的烟囱里冒着淡蓝色的炊烟，显示主人正在包中。蒙古包前边的草地上停着一辆破木车，在朝阳下显得有些苍凉和破败。木车的旁边有一只被拴在木桩上的藏獒，那藏獒似乎觉察到了生人的气息，朝着他俩藏身的地方拼命吠叫。随着吠叫声，蒙古包的木门被推开了，一位身材欣长，体格丰满，穿着一袭浅蓝色蒙古袍的年轻妇女走了出来。她站在蒙古包前搭眼朝这儿望。紧接着从门内又蹿出了两个五六岁七八岁的小孩，也贴在妇女的旁边朝这儿张望。

看了良久没有发现什么，那妇女便在山坡上整理牛粪堆。而那俩孩子则在如茵的绿草上摔起跤来，如两个真正的蒙古摔跤手一样，先是躬步跳跃，尔后扭在一起，摔了一跤又一跤，谁也不服谁。

甄二爷则紧紧地盯着蒙古包门口，他想象吉合茂此时肯定埋伏在蒙古包里边，黑洞洞的枪口对着藏獒吠叫的地方。如果他和巴顿出现——经过这场如火如荼的草原争斗，他俩可是声名大振，吉合茂会更加小心地提防他俩——就会让他俩死无葬身之地。

等了好一会儿毫无动静，加上那妇女拾牛粪堆的动作恬静平和有条不紊，那俩孩子的玩耍也一派天真无忧无虑。他断定吉合茂一定不在家——如果这是吉合茂的家的话。

他又拍了拍巴顿的头，叫它稍安勿躁，然后走向蒙古包。那年轻女人看见有人朝蒙古包走来，同草原上所有的家庭主妇一样，第一个动作是跑到吠叫的狗旁，呵斥住狗。而那俩孩子从草坡上爬起来喊："阿妈阿妈，家里来客人了……"一口纯正的黛彤川汉话。

"大嫂，我是寻牲口的，我放牧的一头麻嘴巴牦牛走失了……"甄二爷看着那女人礼貌地说。他想既然这俩孩子能说一口流利的汉话，那她也一定会说汉话的。

"哦！"年轻女人长长地叹出了一口气，面带微笑说，"先到蒙古包喝口热茶吧，牲口慢慢寻！"她的汉话并不纯正，似乎拖着很重的鼻音。

他走进蒙古包坐下来，一边喝着醇香的奶茶，一边四周打量起来。他发现这是个家境殷实的家庭。科什加鼓鼓囊囊，看来装满了青稞炒面；蒙式家具一应俱全，古色古香的木柜洁净得一尘不染，木柜上被子叠放得整齐划一，被子旁边居然摆着一只"凯歌"牌半导体收音机。

"掌柜的不在家啊？"他似乎漫不经心地问。

"他呀，进山打猎去了！"她端上了一盘手抓羊肉，热情地将刀子递给他说。

"是吗，他是不是叫吉合茂啊？"他试探性地问。

"是啊，你们认识？"

"是……我们年前打猎时认识的……我们还是朋友哩……他什么时候走的啊！"

"今早刚走的。……你吃你吃啊，吃饱了好寻牲口！"

"你看见一头麻嘴巴的白牦牛了吗？"

"好像没看见，没跑到我们这儿吧？"她极力地回忆着，从记忆中寻找那头纯粹子虚乌有的牦牛。

“算了，我还是到别处去找找！”他一副忧心忡忡的样子。

“牲口丢了，得慢慢找！”她将一根肥嫩的羊肋巴递到他手上，“先吃得饱饱的再说……这牲口啊，你千找万找找不着，说不定那天它溜一圈又回到牛群里来了呢！”

“说的也是！”他吃饱了喝足了，揉着肚皮告辞，“谢谢大嫂的羊肉奶茶！”

“这有啥呀！这草原谁家还不给客人一碗茶喝、一盘肉吃？”她依然微笑着送客，“如果你的牛跑到我们的牛群里，我会收拾好的，到时候我捎话给你，你来赶回去吧！”

看着这年轻漂亮、热情好客、勤劳淳朴的大嫂，他真不敢想象她是那个与松树掌上土匪有密切关联的吉合茂的妻子。

他突然觉得对不起眼前的这位大嫂，他满腹愧疚局促不安。他突然想起自己腰带里裹着一个麝香蛋子，便不暇思索地掏了出来，双手递了过去：“大嫂，这个你留下吧，算是我感谢你的盛情款待！”

“你这是干哈呀，我怎么敢收你这么贵重的礼物！”大嫂吃惊地叫道，硬将麝香蛋子塞过来。

“这是我的一点心意，你一定得收下！”说完他头也不回，大步流星地原路返回。他觉得自己很卑鄙，他不敢看大嫂那双美丽而纯真的眼睛。

接下来，又是巴顿在前边走，他在后边跟，一直朝西南方向走去。他知道，他在大嫂家的蒙古包吃肉喝茶的功夫，巴顿一边捕猎鼠兔填肚子，一边在蒙古包四周侦察了一番，已然确定那个在松树掌的小木屋，尤其从那小木屋中搜出的牛毛褡裢上留下的气味，与这蒙古包主人的气味是一致的。而且蒙古包的主人已然朝西南方向的松树掌去了。

它边嗅边走，他在后边紧紧跟随，一直朝松树掌走去。

甄二爷有些兴奋。他知道凭着巴顿的灵敏嗅觉，一定会顺着吉合茂留下的气息找到他，甚至会将藏匿在小木屋的那个神秘人物顺藤摸瓜地找见。他们寻寻觅觅走走停停一天一夜后，终于又来到了树木荫天蔽日阴冷潮湿的松树掌。

进入丛林，他们都格外警惕，小心翼翼地向丛林深处的小木屋摸去。

但巴顿吱吱叫着，咬住甄二爷的衣袖扯了扯，径直又向丛林的更深处走去。走到一个壁立千仞的山峰下后，它突然低吼了一声，趴了下来，眼睛紧紧地盯着前边一丛浓密的荆棘林后边半露的一个山洞，双耳耸动目光炯炯，浑身的肌肉块块凸起，一副警惕百倍随时准备发动攻击的模样。

"有情况！"甄二爷打了一个激灵，赶紧潜伏下来，拉开土铳枪的机关，将火炮儿小心地扣在了火嘴上，瞄准了那个山洞。

但山洞内毫无动静。山洞口一丛披肩草饱满的穗头在微风中轻轻摇曳。

他回过头看巴顿，巴顿仍然是一幅高度戒备的样子。他相信巴顿的嗅觉和判断，想那山洞里一定潜藏着人，并且一定是个十分危险的人物。

大约过了一个时辰，他俩被祁连山麓恶毒的蚊蝇叮咬得忍无可忍的时候，前边那丛荆棘突然被分开了，接着是一根乌黑锃亮的枪管在左右移动。停了一会儿，一个毛茸茸壮硕的头颅露了出来。

果然不出所料，是吉合茂。只见他左右观察了好一会儿，见没有动静，便提着半自动步枪走了出来，迎着太阳舒服地伸了个懒腰。

没有来得及阻拦，巴顿从西番柳丛后边呼地跳起，吼叫着直朝吉合茂冲去。吉合茂先是一愣，以为是受到了熊或豹子的攻击，本能地朝后退，有些手足无措。但当他认出是一身金黄色毛发的藏獒巴顿时，立马镇定下来，顺手提起枪，很熟练很利索地推弹上膛，朝扑面而来的巴顿就是一梭子。

就在这时，甄二爷的土铳枪响了。

吉合茂打中了巴顿，巴顿撞倒了吉合茂，甄二爷的枪便在这刹那间失了准星，居然没有打中。

开了一枪后甄二爷就扑了过去，吉合茂也在这个时候从地上一个鲤鱼打挺站了起来。站起来后他立马寻找被巴顿撞倒后摔向一边的半自动步枪，并没命似的扑了过去。

甄二爷容不得他拣枪，一个箭步横在了他面前。

"咳！是你啊！你到这深山老林里干啥来了？"吉合茂故作吃惊地问道。

“这个应该由我来问才对！你到这深山老林里干啥来了？”

“我来打猎啊！我老婆得了风湿病，起不了床，我来打副麝香给她治病！”

“是吗？哈哈！可蒙古族人信佛，是不杀生的啊？”甄二爷冷笑着。

“为了治病偶尔杀生，是不犯戒的，佛爷说……”吉合茂煞有介事地说。

“佛爷就别说了，还是你说吧！”甄二爷打断了他的话，“你常来送炒面送肉的那个木屋的主人到底是谁？他现在到哪儿去了？”

“你胡说些什么呀！”吉合茂苦笑道，“我根本不知道什么小木屋，更不知道小木屋的什么主人！……你问我，我问谁去？”

“别给我打马虎眼了……”甄二爷冷笑道，“前一阵子我发现了松树掌的小木屋时，我就判定这是逃窜土匪的巢穴。可我纳闷儿，他除了吃肉还吃什么呢！后来我在木屋里发现了牛毛褡裢，从褡裢里抖出了青稞炒面！”

“那又怎样？你不吃炒面啊？”吉合茂的鼻子也在哼哼。

“你吃炒面不稀奇，可他作为一个长年藏在深山老林里作藏头乌龟的土匪，他哪来的炒面吃？这只有一个解释：除非有人给他送！”

“哼！照你的意思是我送的了？”

“难道是我送的不成吗？……自然是你送的了！”他口气肯定地说。

“他妈的，你想血口喷人，你有什么证据？”

“我当然有证据！那天我将褡裢给我的藏獒——就是它……”他指了指负了重伤后躺在地上喘粗气的巴顿，一边蹲下来仔细查看伤口，并狠命地撕蓝土丹林衬衣的襟子想包扎，一边用眼角警惕地盯着吉合茂继续说，“给它闻了闻，它就明白我的意思，一直循着气味寻到了斡尔朵草原。那天，它三番五次向你冲的时候，我就知道你就是那个褡裢的主人，就是给那个土匪送盘缠的土匪同伙！”

“哼！你这狗鼻子就那么灵啊？”他不屑一顾地撇了撇嘴，内心里却胆战心惊。

“当然了，是它今日一直嗅着你的气息，一路寻你到这儿的。以后你就是逃到天涯海角，它也会找到你的，包括你送盘缠的土匪，终归会被缉拿归案，受到人民的审判的！”他学着法官的口气神色俱厉地说。

“哈哈哈……”吉合茂突然仰天大笑，“可惜啊，可惜！”

“可惜什么？”甄二爷警惕地站了起来。

“可惜你的藏獒活不了了，你也活不了了！……十天之后，你俩就是这深山老林里被蛆虫吃光了的一堆白骨！而我，这个当年的土匪，如今的社会主义新中国的牧民，依然是过着老婆孩子热炕头，羊肉手抓糊奶茶的日子，享受着社会主义新生活！没想到吧？”

说完，他“嗖”地从马靴里抽出了一把闪着寒光的满尺藏刀，目露凶光步步逼了过来。

赤手空拳的甄二爷心一下子凉了半截。要知道，这吉合茂身体强壮，心狠手也辣，要对付他实在太难了。甄二爷一边后退，一边眼睛左右逡巡着，想寻找武器或借助地势阻挡他的进攻。

但吉合茂不给他机会，一个箭步，藏刀当胸就刺了过来。甄二爷侧身躲过了这凶狠一刀，翻转身与他紧紧地扭打在一起。

这真是一场虎狼之争。二人打斗得呼呼有声，将方圆几丈的灌木丛全给压倒了。但吉合茂毕竟手中有刀，甄二爷在躲避顾忌中占了下风。终于，吉合茂将他逼到了一个峭壁的夹角，将藏刀对准他的心窝狠狠地刺了过来！

就在这千钧一发的关键时节，突然，躺在地上奄奄一息的巴顿挣扎着跳了起来，直朝吉合茂扑去。只听见“噗”的一声，满尺的藏刀刺进了巴顿的胸脯，刀尖从后背露了出来！而吉合茂被巴顿壮硕的身躯撞了个白肚朝天。

甄二爷心中惊呼了一声“巴顿！”然后奋不顾身地扑过去，不等吉合茂拔刀起身，木榔头般的拳头直朝他的脑袋狠狠地砸过去。他左右开弓，拳头如冰雹初降，将心中的悲愤、痛苦和仇恨借着拳头酣畅淋漓地发泄出来。等他将胸中的暴风骤雨平息下来后，发现吉合茂满脸污血，头脸浮肿，已然晕了过去。

“巴顿！巴顿！”他抱着巴顿泪水潸然，摇晃着大声喊叫他心爱藏獒、救命恩人的名字。巴顿吃力地睁开双眼看了看他，眼角流出了两绺清泪，然后乌黑清亮的眼睛逐渐黯淡，最后变得一片灰黑。鲜血淌了一地也染透了他的皮袄，巴顿往日依偎在他身边如火炉般的体温在祁连山清冷的秋风中渐渐冰凉！

甄二爷脑子一片空白，木然地望着杨树上片片飘落的黄叶在肃杀的秋风中翻飞如蝶！

第七十四章

大约过了一个时辰，吉合茂才悠悠地从阴间转了回来。其时，尚未从失去心爱藏獒的悲痛中缓过劲儿来的甄二爷正抱着巴顿的尸体，寻找一个合适安置它的地方。他真想挖一个坑将它埋了，免得它抛尸荒野，任由野狼、熊们撕扯。但黛彤川人迷信，认为这种带毛的东西是不能埋在地下的，否则天长日久，便会成妖成精，成为魑魅魍魉的一分子出来害人。于是，他精心挑选了一棵夭矫的大柏树，将巴顿的尸体放在了高高的树杈上，就像一只非洲猎豹将捕获的猎物放在上边一样。

他从树下爬下来时，看见吉合茂挣扎着坐了起来。他走过去，蹲在他面前，脸上毫无表情，问："给老子老实回答，这木屋里住的是不是张子龙？"

吉合茂也毫无表情地看了看他，别过头不说话，一副死猪不怕开水烫的架势。

"不说是吧？"甄二爷冷笑一声，"老子有叫你说话的办法……"说着，他背了两支枪，提着吉合茂向一个山垭豁走去，走到一个树枝弯下来的地方时，他朝前一推，刹那间，吉合茂便被猎人们布好的提扣吊在半空中了，晃晃悠悠地打着秋千。

"说不说？"他依然毫无表情地问。

"你要杀就杀，要剐就剐，哪来那么多屁话？"吉合茂吃力地吼叫。

"真不说？"他又一次问。

他等待了半天，吉合茂不出一声。看来这小子是吃了秤砣铁了心，死活硬抗了。

“好吧，看谁抗过谁！”他冷笑一声，提了枪转身朝松树掌那个小木屋走去。他到那儿后，仔细观察着，发现这里有人来过。几天前，他在进木屋必经的树杈上，用一根很细的柳枝做了记号，现在那记号不见了，说明有人来过。再去查看树下的那个简易炉灶，看得出有新鲜的木炭，而那只破锅依然在那儿，但里边有一层新鲜的油污，说明有人这几天用它煮肉吃来着。他想到这些后，从肩上捋下枪，闪在一棵大树后边，警惕地四下逡巡。他知道，这木屋的主人要么是胆大包天，要么是有恃无恐，否则绝不会在已然察觉危险的情况下，依然来这儿休息、吃饭。

还有一种可能，那就是这木屋仅仅是一个普通猎人的临时住所。没做亏心事，不怕鬼叫门，他才不管有人发现没发现这里，依然我行我素，白天出门打猎，夜晚回来吃饭睡觉。但直觉告诉他，这种可能性极小，否则吉合茂屡次出现这个地方就无法解释。他猜想，吉合茂到这儿，其目的不外乎两个，一是给这木屋的主人来送吃的喝的，二是来汇报这次草原纠纷情况。也许李书记的判断是对的，这次草原纠纷就是有别有用心的人在背后操纵，妄图挑起民族纠纷，以便于他们从中谋利。如果这样，抓住土匪头子张子龙，不仅仅是个人复仇的问题，而是关乎到草原长治久安的问题。

他在那儿警惕地查看了良久，确保周围一切无异常后，又悄没声息地溜出了那片阴暗潮湿的黑松林，回到那个吊着吉合茂的山垭豁。他看见吉合茂双手在地下够得着的地方被刨挖出了两条小沟。他知道，这小子在他离开的这段时间，还不甘心地企图逃跑。而此时，他似乎已经筋疲力尽了，双臂长长地垂在地下，对他的到来无动于衷。

他走上前，翻开他的眼睛查看。发现由于长期的倒吊，这家伙双眼充血，脸也憋得通红，一副半死不活的样子。看样子这阵子够他受的，再这样吊下去，说不定到半夜就一命呜呼了。这可不是他所期望的，他还没有问出张子龙的下落呢！再说，在这里随便弄死他，也跟掐死一只蚂蚁一样容易。但他不是土匪，若非不得已，实在不愿看到一个鲜活的生命在无谓的纷争中消失。再说，他也没有权利去决定他的生死，现在已经是和平时代、法制时代，他所犯的罪行应该由政府来审判。

想到这里，他将他放了下来。此时夕阳已然挂在大山巅上，祁连山雪峰上清冷的秋风向谷底劲吹。被打得半死的吉合茂已然被冻得瑟瑟发抖，牙关打架，连说话都有些吃力了。

甄二爷讥讽地冷笑着，顺手从旁边的灌木丛中捡拾了一些干柴禾，点燃起熊熊篝火，一边取暖，一边将刚才路过前边那条山沟时打的一只兔子架在火上。等到兔子被烤得焦黄流油时，又到附近的灌木丛中拔了几根小孩子小腿似的野葱，就着兔子肉吃得满口生津。

吉合茂先前别过头，故意不看这里。但毕竟已经一天没吃饭了，饥饿促使他不得不不时用眼睛的余光瞟那香气四溢的兔子肉。甄二爷分明听见他在“咕咚、咕咚”地咽唾沫，也听见他的肚子里发出打雷似的声响。

“想吃不？想吃就说一声，我给你一条兔子腿！”他故意问，并夸张地吧叽着嘴，仿佛在吃一顿天下最美味的饭食。

吉合茂哼了一声，干脆来了个大转身，将背对着他，还是死活不出声。这下可惹恼了甄二爷，不由破口大骂：“妈妈的，你还硬得很呐？狗日的我看你能硬到什么时候！你我都很清楚，这回你是死定了！你说，等明天我把你交给公社，你能活得了……听我说，你还不如能吃就吃，少遭些活罪，就是死了也能做个饱死鬼……”

他似乎被说动了，在那儿动了动。

“实际上，你把张子龙的情况如实交代了，帮我们抓到他，你就是戴罪立功了，说不定政府会考虑你的立功表现，宽大处理你，不枪毙你也是不一定的……”

“……”

“你死了也就死了，只可惜了你的老婆和孩子……”

“你怎么知道我有老婆孩子？”吉合茂一骨碌翻起身，“你把他们咋样了？”

“他们好好地在你的蒙古包里啊！”看见他被说动了，他趁热打铁，“你死了也就死了，只是你要抛下那个年轻漂亮的媳妇，你甘心啊……我敢打保证，你死了不到一年，你老婆肯定成了别人的妻子了，那些自留畜，——你家自留畜肯定不少吧？还有你的蒙古包什么的，统统成了人家的了，就是你的孩子也是人家的，而且……”他说到这里，故意卖个关子，看着他不说话。

“而且什么?”吉合茂急红了脸问，仿佛甄二爷所说的这一切已经在发生。“人家不会好好对待你的孩子的——天下有几个后父、后妈好好对待孩子的呢?”

吉合茂一脸忧戚，痛苦得脸都变了形。

“这还是轻的了，”他看了看他的表情，心中窃喜，“最严重的，你的孩子以后就是土匪反革命后代，这辈子就甭想出人头地了！到哪儿都受人白眼，一辈子抬不起头，可怜的娃娃，那么机灵、那么好看，咋憨墩墩地就这么个命啊……”

他一边拿眼偷偷地观察他，一边似乎在自言自语。突然吉合茂哭喊着嚎叫：“甭说了，甭说了……”一边用头撞击草地，涕泪磅礴号啕大哭。

甄二爷看着他，兀自津津有味地吃着兔子肉，等他有所平静后，才说：“哭完了？哭完了就好好想想，光哭顶屁事儿!”

看着他哭得欷歔不已，他知道事情有点眉目，便走过去，将绑着他双手的绳子解开了，然后从火上取下半只兔子肉递给他“先吃吧，吃饱了，我们好好合计合计，这事儿到底该怎么办……”

吉合茂搓着被捆得发麻的双手，感激地望了望他，接过兔子肉，狼吞虎咽地吃了起来。等他吃完了，甄二爷这才接着说：“实际我知道，你在土匪窝里时，跟我一样，也属于被裹挟的群众，也没干啥伤天害理的事！如果你干了太多的坏事，我肯定会记得你，但我记不得你。你是那部分的?”

“你当然记不得我，我那时候只是一个伙夫，而你是张司令身边的红人啊……”吉合茂开始说话了。

“哦!”他努力地想着乱石窝里那些个伙夫。那时候，他被仇恨烧昏了头，一心想着报仇的事，脑子里成天要么是卓玛在欠隆沟被土匪们蹂躏致死的惨景，要么是想着怎么设计将那些罪大恶极的张子龙、刘福贵们弄死，对那些被裹挟、胁迫的农民牧民们确实没太放在心上。但在那吃不饱饭的艰难时光里，一日三餐的清稠是每个土匪非常关心的大事。不要说那些当官的了，他们肯定吃的是小灶，就是冬日来临后野生动物缺乏，大家嗷嗷待哺的时候，他依然有大盘的岩羊、大鹿肉可吃。就是那些与火夫沾亲带故的土匪，打饭时也能从哪儿多弄点稠的吃。最苦的就是那些既不是官，也与伙房的大师傅们没有关系的土匪了，一日三餐吃的都是能照见人影的清汤，饿的一个个前心贴着后背，走路打摆子。

他记起来了，伙房里确实有个瘦小的伙夫，他每天的任务是砍柴烧火。但那个小土匪与今天的吉合茂是一个人吗？他仔地查看，发现当年那小土匪的样子依然模模糊糊地映在吉合茂的脸上。也难怪，当年的小土匪由于又冻又饿又怕，整个人瘦小得像一只猴子。今天的吉合茂，尽管经过了三年的饥荒，但依然被祁连山的富庶滋养得膘肥体壮。再说，几十年岁月的打磨，也完全可以让一个人判若两人的。

“记起来了，你就是当年伙房里砍柴烧火的那个小土匪，那时候又瘦又小的！”

“是是是，那就是我！”吉合茂一连声地说。

“你看你看，我说你就是一个被胁迫的群众嘛！那时候的政策是首恶必办，胁从不问，立功受奖，难道你不知道吗？后来怎么就不投降，争取光明呢？那次解放军攻打乱石窝时，好多人都投降了，政府根本没追究他们的罪行，他们现在都是遵纪守法的农民牧民，在家里种地放牧，日子过得很滋润啊……”

“嘿，说啥哩，我确实是一时湖涂上了贼船！我本来就是一安分守己的农民啊……”吉合茂长叹一声，娓娓诉说起自己的身世来。

原来，这吉合茂不叫吉合茂，而叫张满囤。他家祖籍东北，祖宗们世世代代生活在跟老毛子毗邻的额尔古纳河流域。光绪二十一年，他父亲为了躲避战乱，辗转迁徙，一路给地主老财家打短工，或者讨饭，带着他和叔叔二人来到了祁连山脚下。看到黛彤河边两边那富庶的盆地，以及盆地周围那茂密的丛林，老爷子便想到了额尔古纳河，想到了河边的丛林，一种恋乡的情结迫使他选择这个地区定居下来，结束了颠沛流离的生活。由于长期的战乱和流浪，他们对饥饿有着切肤之痛。等这个孩子出生时，他们唯一的愿望就是有满囤的粮食，于是将希望寄托在了他身上，给他起了名字叫张满囤。

也不知是这孩子的名字吉祥，还是黛彤川的富庶，就在甘肃、宁夏以及遥远的陕西等北方地区被恶毒的太阳晒得赤地千里，庄稼颗粒不收，人们饿得流离失所的时候，张满囤家租种地主老财家的二十多亩土地却因为祁连山雪峰雪水的滋养，连续十多年获得了丰收。这张满囤家的土地跟黛彤川所有的土地一样，不怕旱、不怕涝，怕就怕两种天灾，一种是雹灾、一种是霜冻。而不论怎样，这两种天灾不像旱灾，不会让你颗粒无收。记得民国二十七年祸不单行，两种灾难先后而至，但秋天后，土地里仍然收获了不少庄稼，那些瘪青稞、坏洋芋，再加上随手可打的猎物，一年三百六十五日仍可在家舒适地度过，不必像其他地方，遇到这样的天年，一家就得出去两三个人，背着馍馍皮袋去讨饭。

连续十多年的丰收，加上平时的节俭生活，使他的父亲萌生了置办土地的伟大理想。他父亲的节俭和吝啬在黛彤川是出了名的，因此，他父亲荣幸地获得了一个“张五里”的雅号。据说，他家吃饭从来都是把门顶得严严实实的，怕来了外人吃了他家的饭。不唯如此，就是那天窗眼也要盖得一丝不露，为的是怕有苍蝇进来。而苍蝇是防不胜防的，有一天一只绿头苍蝇从天窗眼飞进来，衔走了一块饭团。老爷子心痛之余，起身直追，直追出五里地才悻悻地回来，因此获名“张五里”。

当然，这未免有点夸大其词了。满囤知道这是村里那些嫉妒他家日益发达、又歧视他家这个外来户的人捏造事实，送给他父亲的一种诬蔑性绰号。但父亲的吝啬确实让他至今记忆犹新。吃饭闩门这事儿确实存在，父亲从不会白白地让不相关的人来他家吃饭的，父亲从来不会借给任何人一分钱。父亲的节俭也真是出乎其萃拔乎其类的，别的不说，那时节他们家做饭，在地上洒下一点青稞面，他都会蹲下来，指头蘸了唾液，一一沾进嘴里吃了。吃饭时，有面汤溢在桌上，不论桌子多脏，他都会伸出舌头舔个一干二净。现在回想起来，父亲留给他印象最深的，就是他吃饭时伸出长长的舌头转着舔碗的模样。他舔碗的技术娴熟，优雅得就像杂技演员上台表演一样，一度让他羡慕和模仿。记得他们小时候头发老长，不等到五寸长父亲是决不允许剃头的。等到他们剃头时，父亲常常守在旁边，将剃头匠剃下的头发精心收集起来，再加上一些牛毛，搓成缰绳拴牛系马。这与黛彤川热情、大方、好客的文化习俗是格格不入的，难怪左邻右舍用异样的眼光来看他们一家了。

不论怎么说，到民国三十七年，父亲终于实现了他的伟大理想，他家终于从一个赌博郎财主手里盘下了五亩川地。拿到地契的那天下午，他们爷儿仨个跪到了地边，父亲双手抚着黛彤川那黑黝黝的土地，号啕大哭。他知道，那是父亲高兴得哭了。在他的记忆中，父亲从来没有落过泪。父亲的一生经历了太多的苦难，但多大的苦难都没有让这个东北汉子落泪，而在流浪、逃荒几十年后，在遥远的祁连山脚下黛彤川盆地，因为拥有了跟额尔古纳河岸边那疙瘩一样五亩黑黝黝的土地而涕泪磅礴。他理解父亲，作为一个农民，他太知道父亲对土地的感情了。

然而好景不长，第二年，父亲死了。父亲是死于他的吝啬的。他为置办了五亩土地而高兴，却为五亩土地上太多的苛捐杂税而心痛。秋后，衙役们在保长、甲长的带领下三天两头地来征税款，什么大马款、烟囱款、修建款、土地款，甚至养一只鸡都要交养鸡款，只把那五亩土地上的所有收入搜刮完后仍不罢休。有一天，衙役们在甲长的带领下又来到了他家的土屋，要求上缴一块袁大头的兵役款。这回，一向胆小怕事的父亲愤怒了，跟衙役和甲长们争执起来："你们要命啊，你看看我们这破屋里还有啥东西?"

"嘿嘿，"衙役们冷笑着，"你这样的刁民，老子们见得多了！三句好话不如两马棍，什么时候好话你们能听得进去?"说完，抡圆了红柳棍，朝父亲劈头盖脸地打去。瘦骨嶙峋的父亲那经得起这样的毒打？只几下就倒在地上起不了身，尔后被衙役们一绳子吊在了屋梁上："狗日的，谁不知道你是黛彤川有名的张五里？你平时省吃俭用省下的钱藏到哪儿去了？说?"

先是父亲破口大骂："王八犊子，还敢打我吊我，小样儿，看老子哪天不整死你……"过了一段时光便捱不过了，便开始央求："大老爷，我哪有什么银子啊？有钱我们一家还过这样的苦日子啊?"

但衙役们不管这些，仍然用皮鞭抽打着他，逼问银子。一个时辰后，父亲已经没有气力了。他不是不说，就是想说，也已经说不出来了，而衙役们认为这老不死的是不见棺材不落泪，不给点颜色瞧瞧是不会说出藏银子的地方的。于是说："先给他吊着，吊上两三个时辰，不叫他说，他小子也要跟你说！"说完，在甲长的带领下到别家征税去了。

等他们征完了一个村子的兵役款，想起吊在屋梁上的张五里时，已经是夕阳西下的时候了。等他们急忙赶到他家的土屋时，发现老爷子已然死去多时了，那身子都已经冰凉了、僵硬了。那甲长顾念乡情，不由埋怨那些衙役们："我说这老爷子瘦得跟猴儿似的，打不得、吊不得，你们不听我的话！这下可好，弄死了，咋向他的弟弟和儿子交代？"

"你不是说这小子有银子吗？这时候来埋怨我们！"衙役们横鼻子竖眼睛，反倒埋怨他的不是。

"可这征款是硬任务，完不成要拿我是问，我也是没办法啊？"

"那你放什么臭屁，这征款的差事，你也干了不是一天两天了，赶哪儿不得打着要？你见过谁愿意将税款高高兴兴地交给我们？"

"可这毕竟是人命关天的大事！你们当官差的，屁股一拍走了，我可得在这儿生活啊？毕竟我们乡里乡亲的，抬头不见低头见……"

"好了好了，"一个衙役过来打圆场，"狗咬狗，一嘴毛，都到这个时候了你俩还争吵个屁，赶紧想办法啊！"

"想什么办法啊？想办法能将人想得活过来？"甲长依然愤恨地说。

"事情到这个地步了，埋怨也没用了，"那衙役头儿说，"赶紧将他解下来，再把绳子套到脖子上吊上去，做出上吊自杀的样子。对外边就说是这狗日的不交兵役款，我们逼了逼，他一时想不开，自寻了短见！"

几人七手八脚地伪造了现场。末了，甲长出得门来，对庄员们如此这般地说了，并叫老汉们赶紧料理后事。几个老汉赶紧聚拢到张家，将满囤的父亲从绳子里解了下来。那些老汉们见多识广，当下就看出了破绽，面面相觑心知肚明。甲长也是聪明之人，就说："你们今天在这衙门大老爷前仔细看清楚了，这张老爷子可是他不交兵役款，害怕老大爷们问罪，才畏罪自杀的……"

“是，是，大老爷们，我们知道，这是他自寻短见的……”老汉们自顾尚且不暇，哪敢跟衙役们作对，替这个从遥远的东北来到黛彤川的非亲非故的人申冤呢？何况，这是衙门的大老爷打死的，又到哪儿去申冤呢？

其时，张满囤正在山后替地主老财家放羊。等他被一个半大小子火急火燎地叫回来时，父亲已然停放在土屋的地上了，脸上盖了一张黄表纸，身上盖了一床破被子面。几个老汉正将几沓黄表纸在父亲前面点燃了祭奠。

他发疯了似的扑向父亲，但被几个老汉生生地拽住了：“娃娃，人死不能复生，就不要太伤心了！”

他像一个拴在柏木桩上的藏獒，奔突着、嚎叫着，伤心欲绝。父亲之死，对于他而言，不啻于天塌地陷。从他的童年起，父亲就一头挑着他，一头挑着一些生活用品，领着叔叔，从遥远的东北，一步三摇地一路打工、乞讨。那时候，日子虽然艰难、困苦，但有了父亲，便有了他童年的欢乐与幸福。后来，他们来到这个相对富庶的黛彤川，看到这草原、森林、雪山以及黑黝黝的肥沃土地，使他一时间忘却了这是远在千里的大西北，而以为是早被日本人占领了的额尔古纳河岸边他家乡的某个地方。父亲显然也被这个地方所吸引，便结束了流浪，在这里定居下来，雄心勃勃地想在这儿置办家业，给弟弟和儿子娶妻生子，将老张家的一脉在这儿延续下去。正当他们起早贪黑，给地主老财家做长工、打短工，以常人难以想象的吝啬和节俭积蓄实现理想的资本时，不曾想命运多舛，叔叔被抓去当差夫，到南达坂修路去了，并且一去不复返。没有了叔叔，他爷儿俩相依为命，一边耕种着那五亩土地，一边给人打短工度日。日子虽然清苦，但因心中的理想尚未泯灭，倒也充满希望。有时候他从山后边套一只兔子，或者打一只旱獭，改善改善生活，倒也其乐融融。不曾想这个秋后下午，噩耗突然从天而降，父亲居然为了那一块袁大头的兵役款而上吊自杀了。

这一年，恰好是民国三十七年，也就是公元一千九百四十九年。这年他虚岁十七。父亲的死，使他十七岁的天空塌陷了。他无助、彷徨，他迷茫、痛苦，他怀有一腔的仇恨，却不知道复仇的目标。而就在这时，张子龙在那晚半是号召半是胁迫要求他们去攻打县城，刹那间，他似乎找到了发泄对那个社会的不满、对逼死父亲的衙役们的仇恨的渠道。还有摆脱那个屈辱而窝囊日子，从此出人头地的欲望也撩拨得他头脑一阵阵发热。

他当下回家，找了一根铁叉，跟着张子龙他们浩浩荡荡地出发了。先是在红崖古城设下埋伏，杀了个解放军人仰马翻，尔后又是攻打二区政府，之后又在平羌沟追杀解放军……说实在的，十七岁的他营养不良身体单薄简直就是一个半大孩子，手里握着一根挑草用的铁叉子，不要说杀解放军，就是解放军的面都没照见。记得红崖古城设伏的那天早晨，他的尿早就洒了一裤子，嗓子眼里干得就像火烤一般。但没吃肉，也喝了汤了。等解放军平定了叛乱后，他知道由于自己的懵懂无知，已经上了贼船走上了一条不归路。

第七十五章

“那后来你又怎样逃脱的呢？”甄二爷又添了些柴，将火烧得旺旺的，望着吉合茂在火光中闪烁不定的脸疑惑地问。

“解放军攻打乱石窝的那一天，我出去砍柴去了……”吉合茂擦了擦眼泪，神情黯淡地继续叙说。

在成为土匪的日子里，他心情一片灰暗。尽管张子龙一再说第三次世界大战即将爆发，蒋介石和马步芳很快会打过来，国民政府会很快重新执掌政权。到那时候，他们这些坚守在敌人后方的人就是有功之臣，到时候论功行赏，大家都将得到重用，不要说张子龙这些当官的，就是他们这些当兵的，每人封个保长、甲长是板上钉钉的事儿。但在这深山老林里，信息闭塞，根本听不到外部世界的任何信息，所谓第三次世界大战以及蒋介石反攻大陆取得的节节胜利，都是张子龙憋了一个晚上后，根据需要在那儿发布。土匪们尽管识字不多，大都是一些见不多识不广的大老粗，但最起码的判断能力还是有的，都知道这是张子龙在糊弄大家。不信你看，那些解放军民兵大队哪有大军压境、即将溃逃的样子？有的只是亦将余勇追穷寇，追剿得他们鸡飞狗跳的勇气和决心。

绝望像瘟疫一样蔓延，他们惶惶不可终日。同绝大多数土匪一样，他也在寻找一切机会逃跑。那个时候，特别是他们来到乱石窝以后，逃跑几乎成了所有土匪们念兹在兹、无时忘之的念想，也是他们活下去的勇气与希望。但张满囤清楚地知道，凭他自己，要想在张子龙他们的严密监视下逃得出去，几乎是不可能的。同时，他也清楚地知道，即便是逃得出土匪窝，也逃不出莽莽的祁连山丛林，逃不出那雪封了的几重达坂。

那一段时间，他觉得自己就是已经死了，还活着的行尸走肉。但有一天晚上，九天保突然提出要与他“打脚蹬”去。

张满囤自小受人歧视，记忆中似乎除了父亲和叔叔，从来没有人关心过自己。他简直有点受宠若惊，因为只有不嫌弃你的人才会跟你“打脚蹬”，如果关系不好，或者你有狐臭、脚癣等疾病，别人不要说跟你“打脚蹬”，避之犹恐不及。他收拾完锅碗后，抱了被子去跟九天保睡在了一起。

半夜里，九天保长长叹了一口气，紧接着，睡在一个窑洞里的其他两人也长长叹了一口气。看来，在这个绝望而恐惧的日子里，大家都睡不着，都在为自己的未来担忧。听到大家的长吁短叹，他也不免长叹了一声。

“还没睡着啊?”九天保问他。

“没有!”他回答。

“想什么啊?”

“也没想什么!”

“不要骗我们了，”九天保突然从被窝里爬起来，对着他的耳根偷偷地说，“你就没想想今后该咋办?”

“唉！想也是白想。我看，照这个样子，我们在这儿只有等死!”

“是啊!”窑洞里的另一人接话说，“达坂山的雪过几天就要开了，说不定解放军民兵大队这个时候已经开拔了，来清剿我们呢!”

“跑是最好的办法。”另一人也接话说。

“满囤，你就没想着跑啊?”九天保试探性地问他。

“呵呵，人叔，”他说话不自然地带点东北口音，“你就甭开玩笑了，能跑得出去?”

“是啊，能跑得出去，弟兄们差不多都跑完了!”

“也不知道跟甄二爷出去打猎再没回来的那几个人跑出去了没?”

“你们想想，能跑得出去?”

“跑出去试一试，也总比窝在这里等死强啊!”

窑洞里几人睡意全意，七嘴八舌地悄悄议论起来。

“你跟张司令是什么关系啊?”九天保突然话题一转问他。

“我跟张司令啊?”他不知道九天保问这话的意思，“我俩只是庄员邻居，我们是一个村的人!”

“不是亲戚?”

“不是!”他老老实实地回答，“我老家是东北的，我们一家十多年前从老家那儿一路讨饭过来的……你知道，老家被日本人占了，在那儿没有活路了……你看，我说话还有点东北口音呢!”

“哦!”九天保若有所思地说，“那我们就放心了!”

“放心什么?”

“我们有个活路，不知你愿不愿意走?”

“什么活路啊?”他一听说有个活路，兴奋得一骨碌翻起身，抓住九天保的胳膊急切地问。

“你先别急，你得先发个誓起个咒，保证不对第二个人说!”

“好的!”他翻身起床，从伙房了找来了一些柏香，在窑洞里点燃了，跪在那儿，面对冥冥中的神灵郑重其事地发誓起咒：“山神爷，今晚我如果将九天保大叔的话对第二个说，出门遭雷劈，上山遇瞎熊，砍柴滚下山崖……”

看到几人在柏香火的微光下还不相信任地看着他，他急了，“如果我将今晚的秘密泄露出去，解放军的第一枪就打在我的脑壳上……”

“好了，好了，娃娃!”九天保大手一挥，总算是相信他了。然后嘴对着他的耳朵，说出了一个惊天的秘密。

原来，那个哑巴李九儿不是真正的哑巴，而是民国二十五年来到青海，后被打散的共产党西路军战士。同其他西路军战士一样，民国二十五年对他们来讲是一个可怕的梦魇。至今让哑巴李九儿夜半惊心的是，马步芳那骑着天下名马“青海骢”的骑兵部队，来如风、去如电，直打得来来回回在祁连山麓里蠕动的他们七零八落。又一次惨烈的战斗结束后，他同大部队失去了联系，他只好跌跌撞撞像一只没头的苍蝇到处乱窜。半夜时分，他终于从狗的吠叫声中发现了一个坐落在山脚下的村庄。

那时节，在这大西北，在这黛彤川，革命的氛围远没有革命老区、他的家乡闽赣地区浓厚，人民群众尚未觉醒，共产党红军在反动派的宣传下，在人们的心目中只是一些长着红头发、蓝眼睛，青面獠牙，专吃小孩心脏的恶魔，他们来了不但要共产，还要共妻。

又饿又乏的他不敢去敲那些人家的门，只好找了一个草垛钻了进去，以抵御祁连山料峭的晚风。天亮时，那户人家的女主人出来抱柴火时发现了已然冻得僵硬的他。于是喊叫老伴赶紧将他弄到了滚烫的火炕上，又烧了一壶姜汤灌了下去。大约过了一炷香的时光，他的牙关才软和了，才能说话了。他不说话则已，一说话吓得老俩口面如土色，忙不迭地跑去关严了那俩扇破木门。因为他们听到了他那软软绵绵的南方口音。听到了他的口音，也就不难判断出他的身份了。

“娃娃，以后你可千万不能开口说话啊？”

于是他脱下了军装，换上了老羊皮皮袄，从一个身经百战的西路军老战士变成了九天保邻居李四十五的远方外甥哑巴李九儿，成天赶着李四十五家的二十多只山羊在后山里放牧。实际上，除了那些衙役，那些马步芳的搜查部队，全村的人包括九天保都知道这娃娃是西路军战士。也不是他们有怎样的思想觉悟，他们善良的本性促使他们不愿意将这个还是孩子的小战士交给那些人去杀害。

后来，李九儿被抓走后，乡亲们自发地卖牛卖羊，凑钱将他从马连长手中赎了回来。

张子龙抢劫了陈有忠家后，李九儿觉得有必要打入这股土匪当中，分化瓦解他们，于是便装傻卖憨地跟随土匪来到了乱石窝。之后，他一直在寻找合适的对象，做着那些被胁迫群众的工作，以期有一天对张子龙倒戈一击，给解放军剿灭这股土匪做出应有的贡献。

“原来是他啊？”甄二爷听到这里，不由得惊呼。他想起了他被张子龙绑在石洞中的那个夜晚，那个给他准备了马匹、枪支，解开了绑他绳索的那个人，那个陌生的南方口音。

“是他！”吉合茂抬头看着他说。

“那后来呢？”

“后来的事你都知道了啊……”

就在甄二爷逃出土匪窝的那天夜晚，哑巴李九儿秘密召开了一个会议，会上宣布解放军不久就要来攻打乱石窝了。“到时候，大家尽量去抢张子龙亲信们的枪支。没有枪的，就在胳膊上挽一块白布，各自寻找安全的地方躲起来……”土匪们缺少枪支弹药，那些不多的枪都属于张子龙的亲信们所有，小喽啰们只有铁叉之类的武器。

张满囤第一次听到了李九儿的讲话，果然是一口费好大劲才能听懂的“下边话”。

于是他们一边等待着解放军和民兵剿匪大队来攻打乱石窝，一边秘密准备着。但命运好像老跟他过不去，就在甄二爷领着解放军攻打乱石窝的那天，他同往常一样，天还没亮就爬上山坡去砍柴。还未等他抡开斧子，在黎明前的晨曦中，他发现甄二爷领着解放军从山后边那个仅容一人通过的羊肠小道直朝乱石窝插去。

他赶紧在一棵大树后边趴了下来。他知道，他是没有时间赶回去的，就是赶回去了也是无济于事的。何况他知道什么叫玉石俱焚。紧接着他就听到了如爆豆般的枪声，如打雷般的手榴弹声和迫击炮声。尽管做了这么长时间的土匪，但他何曾见过如此的阵势啊？他趴在树下，大气也不敢出，不知什么时候，尿已经将破褐裤给浸湿了。这是他第二次尿湿了裤子，第一次是红崖古城设伏的那天清晨。

直到土匪们土崩瓦解，解放军们打扫完战场，乱石窝一片死寂时，他才从藏身的大树后边爬起来，没命似的朝草原深处窜去。

之后的日子里，他不止一次地想回到黛彤河边他的家乡去，但他知道那儿已经没有了他的容身之地。他知道，他的庄员邻居们都知道他已经跟着张子龙当土匪去了。如果贸然回去，在这个刚刚解放，政府严惩反革命分子的特殊年份里，自己说不定来不及被甄别，就会像那些土匪一样莫名其妙地被枪毙的。于是他连自己的名字也不敢用，改成了一个蒙古族的名字吉合茂，在斡尔朵草原、角什科草原以挖药、打猎，或给藏族蒙古族人家放牧为生。

也许是草原牧民家那些极富营养的乳制品和牛肉羊肉的滋养，也许是他继承了父亲东北大汉的优秀基因，他由一个干瘦矮小的孩子疯长成了一条壮硕、健壮的大汉。加上他那一口纯熟的藏语、蒙古语和一身蒙古族男人装束，在别人眼中，他已经是一个地道的蒙古族汉子了。

大约是十年前吧，由于他的健壮、他的勤劳、他的勇敢，他入赘到一个蒙古族家庭，组建了现在的家庭，过上了安逸而幸福的牧家生活。

“那么，你是怎么遇到张子龙的呢？”甄二爷疑惑地插话道。

“那是两年前的一个夏天……”吉合茂似乎不愿回忆遇到张子龙的情景。

两年前的一个夏天，牧民吉合茂在赶着一群羊在角什科草原一个向阳的山坡上放羊。当羊走过坡底时，突然四下惊散开来。吉合茂大吃一惊，心想羊群可能遇到躺在沟底的狼了，忙不迭地骑了马飞赶过去。到那儿一看，在一个旱獭古塘（人们挖掘冬眠的旱獭留下的土洞）里，有一个人蜷缩在那儿，已然奄奄一息了。

“救救我……”那人说了这句话后便晕死了过去。

他赶紧下马查看，发现此人双脚上冻疮流着红绿相间的脓水，身形消瘦如猴，一头蓬乱的头发犹如随意搭上去的一堆乱麻，乱麻间爬满了虱子虮子。特别是那一脸胡子，胡乱地将脸严严实实地遮盖了起来，使人不识庐山真面目。

吉合茂赶紧将他扶上马，驮回了家中，交给妻子精心护理。而他自已则骑着快马，赶到斡尔朵草原著名藏医扎西阿扣那儿去求治疗冻疮的藏药。他知道，这人的冻疮由于长时间没有得到救治，现在已经到了非常危险的时候，如果不赶紧施救，说不定不久就会坏光，他将会永远地失去双脚。

也许是那人的体质本身很好，也许是他妻子的精心护理的结果，第二天，那人就开始进食了，狼吞虎咽啃羊肋条，憋死噎活地吃酥油糌粑，老牛喝水似的灌奶茶。吃饱了喝足了，脚上敷了阿扣曼巴的藏药后，他就在他家的蒙古包周围游走、查看。

“你洗洗澡、刮刮胡子吧！”吉合茂叫妻子烧了一大锅水后诚恳地说。

等那人洗了澡、刮了胡子后吉合茂简直惊呆了。直到此时，他才认出，他是土匪头子张子龙！尽管十多年岁月的打磨已然使今日的这个落难者跟昔日的张子龙判若两人，但那神态、那神情、那眼神依然在明明确确地告诉他，此人就是被政府一直缉拿的张子龙。

看见吉合茂手中的剃头刀无端地掉在地下，张子龙先是吃惊，继而仔细地打量起他来。很显然，他也没有想到眼前救他的这个蒙古族汉子，就是黛彤川黛彤河边他们那个小村子里的那个东北娃，后来在乱石窝烧火做饭的那个小伙夫。尽管眼前的这个壮硕的蒙古族大汉跟当年那个瘦小的火夫不可同日而语，但他还是认出了他。因为他太熟悉他的一举一动了，当年在乱石窝，就是他一天三餐负责他的饮食，早晨晚上给他端来滚烫的洗脸水烫脚水。

双方在认出对方的刹那间，都吃惊得往后跳出了三步。

"吁！"还是张子龙心里素质好，率先开口示警。他指了指吉合茂在蒙古包里忙进忙出的妻子和在草地上玩耍的两个孩子，用中指堵住嘴唇说。

"你……你是……"吉合茂语无伦次地问。

"没错，是我！"他抢先回答，"但我现在姓李，是一个从黛彤川那儿来这儿打猎的猎人，你可要记清楚了……"

"是……是……"他下意识地回答。

"呵呵，日子过得不错嘛，张满囤！"张子龙又一次望着他的妻子和孩子说。

"我现在不叫张满囤，我叫吉合茂……"说这话时，他飞快地瞟了一眼妻子，声音压得很低。说实在的，现在他太满足这种生活了，他太珍惜自己这来之不易的家庭了，他可不愿意别人知道他是当年的土匪张满囤，是一个仍被政府通缉的反革命分子。他真的无法相信，他的妻子知道如果知道他是一个潜藏在人民群众当中的土匪、反革命分子，会不会毅然决然地离他而去。如果那样，他再也没有活下去的勇气了。

"哦，叫吉合茂啊！"张子龙打着哈哈说，"说得也是，当年的张满囤已经死了，在乱石窝早被解放军剿匪大队打死了！就像当年的张子龙也已经死了，现在活着的是一个姓李的猎人……"

"那是，那是……"吉合茂简直不知说什么好。

“你给我听着，吉合茂，”张子龙突然走到他眼前狠狠地说，“我们两个现在可是一条绳上的蚂蚱，跑不了我也蹦不了你，如果你告发我，就是枪毙了我，你不被枪毙，也得坐十年八年的牢……”

“是，那是……我哪敢告发你啊……”他语无伦次。

“这就好……你知道那个二连三排排长李宝儿吗？”他故意问。

怎么会不知道呢？李宝儿被甄二爷和阿扣曼巴扭送到政府后，不久就被枪毙了。这事儿政府做了大张旗鼓的宣传，并且一再强调，仍有零星土匪藏匿在这草原，特别是土匪头子张子龙仍然逍遥法外，要广大革命群众提高警惕，擦亮眼睛，一旦发现可疑人员，要在报告政府的同时，全力缉拿，务必将那些十恶不赦的反革命分子彻底、干净地消灭之……

“知……知道！”吉合茂一屁股坐在草滩上，浑身酥软，似乎再也站不起来了。

第七十六章

“后来怎么样了呢？”甄二爷既兴奋又紧张地问。

“后来，他就不定期地来我家……”吉合茂幽幽地说。

那天，张子龙看到吉合茂的样子，就完全放心了。之后的日子里，如果有县上、公社的工作组来时，他就趁黑到丛林中打猎，吃住在松树掌的小木屋中。到了接羔育幼的牧忙季节，我便来到他家，也帮他家干一些放牧、剪毛、收拾柴禾等等的事儿。

好在草原上地广人稀，人们并没有发现吉合茂家来了位不速之客。即便偶尔发现了，也认为是他的亲戚朋友或者干脆是哪个公社哪个生产队寻找牲口的，在他家“打尖”（吃饭休息）或借宿的。这样的事儿在草原是再平常不过的。草原民族热情好客，即便是陌生人来到家里，谁家还不给客人端来一壶热腾腾的奶茶，让客人拌一碗香喷喷的“糌粑”呢？即便哪位寻牲口的或者打猎的晚上来借宿，也断断乎没有拒绝的道理，否则，便会遭到邻居们的耻笑的。

起初的一段时间，吉合茂整天提心吊胆简直惶惶不可终日。他害怕张子龙像李宝儿一样，会毁了他的家毁了他的一生。每当张子龙来到他家，他便终日不离他左右，看似殷勤地接待他、照顾她，实则是警惕他、防范他。他的妻子木英琪琪格是角什科草原有名的美人，做姑娘的时候后边追她的年轻人简直有一个连，如今虽然已经是两个孩子的母亲，但仍然是那么的丰姿绰约。他知道张子龙天生好色、残暴成性，他带领群匪在欠隆沟奸淫甄二爷的未婚妻卓玛及其母亲的那一幕，自从他来到他家后，像电影似的一直在他脑海里放映。好多时候他看着他，觉得他就是一匹卧在羊圈边的锁了口的恶狼，不是他不扯人，只是时候未到。

妻子木英琪琪格可不知道他俩的关系，只是认为丈夫行善施好，救回来的只是一个素昧平生的陌生人。看到这个乞丐一样又老又脏奄奄一息差不多要死的人，她母性的爱心被充分地激发了出来，她精心地照料他，每天将最好的奶乳、最肥的牛肉做给他吃。更加难能可贵的是，她每天早晨傍晚各一次，烧好滚烫的水，不嫌脏、不嫌臭，精心擦洗他那流着令人作呕脓水的脚，然后用阿扣曼巴开的藏药精心擦洗、敷治。大约一个月以后吧，张子龙的体质得到了彻底的恢复，脚伤也差不多痊愈了。恰好这时，吉合茂得到通知，说下乡工作组也跟随转场的牧民来到的夏季草场角什科草原，要他们明天一早去开会。

第二天早晨，看到吉合茂要走，张子龙也收拾好行囊辞别："谢谢你们啊，谢谢你们一家这一个多月的照顾!"说着，他对着木英琪琪格深深地鞠了一躬。令吉合茂万分惊异的是，张子龙在鞠躬的瞬间，眼中噙满了泪水。

"我会常回来看你们的!"他重重地握着他的手说。那语气那神情，一点也不像是客套的样子。那一瞬间，他的心彻底地凉了，他知道他是彻底地缠上他们一家了。他是多么希望他从此杳无音信。这一个多月的时光，最好是一个漫长的噩梦，随着他的离去而彻底结束，让他重新回到以前那安宁、平静而又幸福的生活中来。

但这只是他的一个美好愿望，这个愿望在一个霞光满天的下午，随着张子龙的又一次到来而彻底地破灭了。

那天下午，他的心情不错。这两天，公社工作组和大队干部们组织人员对各家各户放牧的集体牲口进行了一次全面的统计和评估，最后的结果是，他吉合茂家放牧的二百多只羊和一百多头牛膘情最好，羔羊的成活率甚至是全公社最高的，达到了百分之八十七，而全公社的平均水平是百分之七十七，居然高出了整整十个百分点。因此，公社书记在三级干部会上狠狠地表扬了他一番，并说，过一段时间，他要组织全公社的干部、优秀放牧员要来到他家学习、取经，并要他全面、认真、系统地总结先进放牧经验，在全公社现场观摩会上作典型发言。

这使他感到无限光荣。实际上，他家这些成绩的取得，完全是他那既漂亮又勤奋的妻子的功劳。作为农人出身的他，侍弄土地倒是行家里手，尽管在牧区生活了这么多年，学习、实践了这么多年，但对侍弄牲畜，相对于妻子而言，药简直是小巫见大巫了。什么时候该给牲畜灌药、灌什么药驱虫，而这些药又该到什么地方去采挖；什么时候该给羊配种了，是配夏羔，还是配春羔；什么时候该给牦牛、羊剪毛了，剪多长，不至于让牲畜被冻死而又实现最大的收入等等，都是妻子说了算。作为牧人，牲畜，尤其是绵羊产羔的季节是十分辛苦的。产羔季节妻子几乎一夜不睡，在羊圈里等待着临产的母羊下羔儿。因为没有人的照料，刚刚产下的羊羔会被其他羊或自己的母亲踩死的。特别是那些产头羔没有经验的母羊，产下羊羔后不知怎样给自己的孩子喂奶，是需要人手把手地调教的。好多时候，他看见妻子在昏暗的酥油灯下，扶着刚产下不久湿漉漉、趔趔趄趄站立不稳的羔羊，一次次地将小家伙的嘴贴在母羊的奶头上，不厌其烦地调教绵羊母子，最终使他们母子相认，协调配合。正是妻子的丰富经验和勤劳操持，才成就了他全公社优秀放牧员的无尚荣光。他怀着一颗感恩的心，赶着牲畜急急地往家里赶，准备特地宰杀一只自留畜的羔羊，犒劳犒劳辛苦的妻子。

他是在太阳落山的时候赶到家里的。大老远的他发现，自家蒙古包旁边的木车车辕上，吊着两只宰杀好的羊肉，而蒙古包里早已冒着袅袅炊烟，一股浓郁的羊肉味漫漶在草原上，沁人心脾。莫非是妻子已然知道自己受到了表扬，特地宰羊打算庆贺一番吗？他疑惑地赶牛羊入圈。妻子闻讯后，从蒙古包钻出来，帮他收拢牲畜。

“那羊是你宰的吗？”他笑着问。

“不是，”妻子正在往牛接连里拴奶牛犊，头也不回地回答，“是李山客李阿扣……”

他骤然间像遭到雷击一样，愣愣地站在那儿，头脑一片空白。原本想那只是一个可怕的梦魇，这个梦已然随着张子龙的离去而彻底地烟消云散了。好多时候，他努力地不去想他，不愿意承认他还在这个世界上，以及他还来过他家这个事实。也许是近两个月的自我暗示，至今他真的认为张子龙来到他家，那只是一个自己做的一个梦。而今天，妻子的一番话，犹如来自天边的惊雷，使他又一次站在了现实的土地上。张子龙还活着，此时此刻，正在他家的蒙古包里！

妻子将牲畜收拢入圈后，看到他还呆呆地站在那儿，便“咯咯咯”地笑了起来：“你今天这是怎么了，魂丢了吗？”说着拽着他胳膊将他拉进了蒙古包。

蒙古包里，火炉上果然煮着一锅肉，锅正“噗嗤噗嗤”地冒着香气。火炉旁，张子龙正蹲在那儿，用锯子分解一架十八叉的鹿茸。看见他进来，热情地站起来伸过双手：“你回来了，吉合茂！”他将“吉合茂”三个字说得很响。

“回来了……”他没好气地说。对他伸过来的双手置之不理，自顾去脱身上的袍子。

“来来，衣服我放在这儿！”他将伸出的双手一转接住了他的袍子，化解了刚才的尴尬，“这包里就是热……呵呵。”

“阿爸、阿爸……”他的两个不谙世事的孩子跳起来，争先恐后地向他喊：“你看，阿咪给我俩的礼物……”

“阿咪”在蒙古语里是爷爷的意思。两个孩子与张子龙经过一个多月的一块生活，已然形影不离了，在妻子的指导下，“阿咪、阿咪”的叫得格外欢。上次张子龙脚伤痊愈后离去时，两个孩子居然哭喊着不让走。张子龙走后，十多天像丢了魂儿似的，郁郁寡欢，这让吉合茂哭笑不得。

“我的比哥哥的漂亮！”弟弟说。

“哥哥的没有我的漂亮！”哥哥说。

兄弟俩将张子龙带给他俩的礼物递到吉合茂的眼前，争相炫耀。

哥哥的礼物是一只雕刻得异常精美、跟真枪毫无二致的木质手枪，而弟弟的，则是一件经过精心打磨、光滑润泽的羚羊角。两件礼物都是就地取材，材料稀松平常，但都是作者用心制作的。看见吉合茂仔细端详着兄弟俩的礼物，张子龙在旁边笑着解释：“晚上没事干，就给这俩娃做了这个……看样子，他俩还是很喜欢的……”

“以后不能随便收别人的礼物，记住了没有？”他没好气地说。

兄弟俩看着阿爸似乎有些生气，噘着嘴期期艾艾地答应：“是……”

“啥别人不别人的，李阿扣又不是外人……”单纯的妻子不知就里，一边埋怨他，一边从锅里捞出早已煮好的岩羊肉端上桌来，“这是孩子他阿咪带来的，我特地多放了点的花椒、姜皮，你们尝尝，看香不香……”说着，挑拣了一块肥嫩的，递给了张子龙。

“嗯……香，简直要香死人了！”他咂着嘴夸张地说，“你真是好手艺……来来，赶紧趁热吃……”说着，他也挑拣了一根肥嫩的肋骨递给了吉合茂，“放了一天的羊，也该饿了……”

到了这个份儿上，吉合茂也不能表现出不快，接过肉，他也客气地说：“你吃你吃，你是客人啊……”

“唉！”张子龙长叹一口气，幽幽地说，“本来也不想再来打搅你们……只是山里每天吃肉的日子不好过啊，真想你们家那青稞面糌粑，还有这俩孩子。也不知怎的，那一个多月你家疗伤，还真跟这俩孩子有了感情呢……晚上睡在被窝里，老是这俩小子的影子……”说着，他爱怜地抚摸着两个孩子的头，眼睛里流露的全部是脉脉温情。

“再说，在你家住了这么长时间，又吃又喝的，还麻烦你们给我求医问药，治好了我的脚伤……我也没啥好东西报答……这些岩羊肉，这架鹿茸，还有几个麝香蛋子，是我这几个月的全部收入，是我的一点心意……”

吉合茂疑惑地望着他，似乎不认识似地。难道这家伙改邪归正了，放下屠刀立地成佛了？这决不可能！他在心中摇着头坚定地说。那个在黛彤川、在乱石窝惨无人道、丧心病狂的张子龙，那个指使土匪抽解放军俘虏的肠子、纵容刘福贵揭小土匪背花的张子龙，那个在乾隆沟强奸甄二爷的未婚妻致死的张子龙，难道经过这十多年时间的打磨，已然有了一副菩萨心肠？“这决不可能！”他又一次摇着头坚定地否定。

第二天临走时，两个孩子扯住张子龙的衣袂仰着头说：“阿哇，你要走了吗？那你什么时候再来啊？”

他蹲下来，抚摸着他们的头说：“阿哇要去打猎……等阿哇打了好多猎，再给你们送肉来……”

“不嘛，不嘛……你再玩两天走嘛……”两个孩子撒娇地央求。

“听话、听话……”他们的母亲走过来，拉着他俩走开了。她凭着女人特有的直觉知道，丈夫和这位李山客还有话说。

“以后如果没有特殊情况，我再也不会来找你了……我知道，你是不欢迎我来的……”看着她们母子三人走远后，他依然幽幽地说，“只是我打的那些猎物我一个人用不了，腐烂了又可惜……我希望你过一段时间来我居住的地方，驮一些肉回去，顺便带一些鹿茸、麝香啥的卖了补贴家用……我知道，你家也不容易……”

“谢谢，我们不需要！”他冷冷地说。

“哎！”他又长长地叹了一口气，背着行囊向雪峰方向的丛林走去。走上一道山梁后，他手拢在嘴上喊：“别忘了，我住在松树掌黑松林深处的一个木屋中……我的这些东西也不是白送给你的，来时别忘了给我带点糌粑……”

第七十七章

“后来，他确实再也没有来过我家……”吉合茂说到这里，费劲地动了动手脚。甄二爷这才想起，他还被结结实实地绑着呢。

他犹豫了一下，走过去松开了绳子，说：“天这么冷，我松开你就是，但你别想着跑啊，你昨天见识了我的枪法，别说是你，就是这山里的野生都跑不脱我的枪口……”

“呵呵，”吉合茂苦笑了一下，“我往哪儿跑，能跑到哪儿去……我就知道，这张子龙是一个瘟神，他的到来，会给我一家带来毁灭性的灾难啊……”说着，他甩着被捆绑得发麻的双手，凑到柴火前烘烤。

“后来呢?”

“后来，我过段时间就到这小木屋中来，驮走一些肉，也给他带来一些青稞面……”

“你不是不想见他吗？怎么又来了？”他疑惑地问。

“我是不想来，但那次他临走时站在山梁上对我说的话，我妻子和孩子全都听见了，是他们过一段时间就逼着我来看他……”

“……”

“呵呵……”甄二爷冷笑着说，“你就别骗我了，我知道你跟他联系得非常密切，前一阵子你们抓住李书记后，你还专程前来向张子龙请示是不是?”

“不是不是，那次是我来给他送青稞面的……”

“吉合茂，到了今天这个份儿上你还不说实话，还替这个十恶不赦的土匪头子开脱，我看你是真没救了……”

“不，不，我不是这个意思……”他急得头上的渗出了细密的汗珠，在火光下晶莹发亮。

“那你什么意思?”甄二爷厉声吼问，“你老实交代，这次草原纠纷，是不是张子龙在幕后指使，目的是把事情闹大，他想浑水摸鱼，重新拉起队伍，妄图颠覆我们的人民政权，妄图重新使我们受三座大山的压迫?”甄二爷经过几十年大会小会的熏陶，也已然谈吐不凡。

“不是，不是……”吉合茂看到他这样上纲上线，急得差不多要跪下了，“我说的是实话，这次草原纠纷，张子龙真的不是幕后指使，是另有其人……”

“那又是谁?”这回轮到他大大地吃惊了。

“我也不太清楚，我只知道，有人在暗中操纵，听说总指挥甚至在国外，他们有一些秘密通道……”

“好了，好了，你也别给我编故事了！我现在只想知道，这张子龙现在在哪儿？等抓到了他，是不是他操纵、指挥了这次草原纠纷，就真相大白了！到时候不怕他不承认……狗日的，有算他新账老账的一天……”什么总指挥在国外等，这在他听来，简直是天方夜谭。美帝国主义想打我们，那倒有可能，但毛主席说了，一切帝国主义都是纸老虎，咱们不用怕他；听说国民党反动派也天天想着反攻大陆，但那不是白日做梦吗？咱们毛主席共产党领导的新中国社会主义人民政权早已稳如磐石了，他等跳梁小丑的所作所为简直就是蚍蜉撼树痴心妄想！

“我确实不知道他在哪儿……”吉合茂无奈地说。

“看来你是不见棺材不落泪，想顽抗到底了……我只好把你交给政府了，到时候不怕你不说……”说完拿起绳子，准备又要绑他。

“别……别，你听我说，”吉合茂这回可是声泪俱下，“我可以对着这岗什尕雪山的神灵发誓，我真的不知道张子龙去哪儿了……如果我说的是谎言，走路雷劈死，骑马马拉死，我一家人也得不到好死……”

看到吉合茂发如此重的誓言，他相信了。他知道，在这祁连山草原、黛彤川盆地里，人若非不得已，是绝对不会发如此重誓的。人们相信誓言会显现的，而且有许多故事在佐证这誓言的灵验。最典型也最让每人们津津乐道的一则是，有个人偷了人家的一头牛，被逮住后信誓旦旦证明自己的清白：“我没偷，如果我偷了，有朝一日叫土崖捂死我！”发完誓后他偷着乐了，因为他生活在黛彤川盆地，他家周围、他劳作的土地坦荡如砥，哪来捂死人的土崖啊？但有一天，他在拌酥油糌粑时，那松散如土的青稞炒面突然像土崖一样垮下来，捂住了他搭在龙碗上喝茶的嘴上，生生地将他捂死了，准确地说，呛死了。

“那你最后一次见到他是什么时候？”

“我上一次来到时候就没见着，那是十天前吧……”他皱着眉头推算日期，“没错，是十天前！”

甄二爷也在皱着眉头推算，十天前的一天，正是他和巴顿追着那匹受伤的大鹿发现了松树掌黑松林里小木屋的那一天。他知道，正是那天，他俩惊动了如惊弓之鸟的张子龙，使他再也不敢到这个隐秘的小木屋中来了。

他相信了吉合茂的话。但又是谁动了他打在小木屋上的记号呢？现在的问题是，他该怎样处置这个与张子龙有瓜葛的吉合茂呢？是放了他，还是交给政府？

经过了一夜的反复思量，天亮时，他起身背了枪说：“吉合茂，我知道你是一个好人，也是一个老实人，昨晚的事就我俩知道……你回家去吧，就当不认识那个张子龙！”

“你肯放了我？”吉合茂简直不相信自己的耳朵，“你不押我去公社了？”

“不了，按政策，你也是一个被胁迫的群众，跟我一样……”说着，他走过去握住了他的手，“忘了那一切吧，就当啥事儿也没发生过……不过，如果以后张子龙来找你，你如果不敢向公社报告，就想办法告诉我，我来收拾他……”

说完，他背着枪大踏步地走了。

“喂，你等等……”当他走下谷底时，吉合茂又喊他。他追下谷底，犹豫了片刻，似乎鼓足了勇气才说：“张子龙脚冻伤了，常常到扎西曼巴那儿去医治，你去问问阿扣曼巴和李廷瑞曼巴，说不定他俩知道他的行踪呢……”

第七十八章

“呵呵，”李廷瑞面对甄二爷的询问，笑着说，“是有这么一个人常来我们这儿医治冻疮，可他怎么可能是张子龙呢？”

“怎么不会？”他本想说出这是吉合茂亲眼所见，但考虑到这样说也许会对吉合茂带来不利，便打个马虎眼说，“是有人亲口告诉我的……”

“好了，好了，甄哥！”李廷瑞依然笑着说，“如果说是别人，我倒相信，如果说他是那个土匪头子张子龙，打死我也不信……”

“你怎么知道就不是他呢？”他疑惑地问。

“大约是今年初春吧？就是你赶着五头驮牛回桦树湾后不久的一天……”李廷瑞回忆说。

今年初春的一个风和日丽的日子，他将牲口赶上冬季牧场的一个山坡上后，觉得百无聊赖，便招呼妻子措毛去照管，他则随便从马群里抓了一匹马，到丛林里找大鹿干角去了。梅花鹿、白唇鹿夏天的角叫茸角，其角圆润柔软鲜活如刚灌出来的血肠，而一到冬季，这角便变得坚硬了，如刀如矛。来年春天，这角便会自动脱落，以便夏天重新长出茸角来。这大鹿有一个习性，一支干角脱落后，为了头部平衡，它一定会在附近找个大树、岩石一类的东西，将另一支也一并敲下来。

这天，他在一片茂密的森林中找见了一支干角后，兴奋地在方圆五十步的地方寻找另一支。他寻找得仔细而认真，差不多在寻找一根绣花针。但就在他全神贯注搜寻的时候，突然感到天旋地转。等他回过神来，才发现自己掉进了一个掩盖得极为隐蔽的地窝子里来了。

“你是谁?”他听见有人厉声问他。等他适应了地窝子昏暗的光线后这才发现，在地窝子一角，有个人围着一些动物的皮子蜷缩在那儿。他一幅惊慌失措的样子，一支半自动步枪的枪口黑洞洞地指着他。

看他铺的是皮子盖的也是皮子，旁边还摞着山也似的皮子，还有那杆枪，一看就知道是从黛彤川或者其他农区趁农闲时节来山里寻“光阴”（财富）的山客。“呵呵!”他笑着说，“我是采药的藏医，不小心掉到你的地窝子里来了，真是对不起……”

他又狐疑地望着他，又警惕地望着地窝子的入口。等他确信只有他一个人时，他收起枪，热情地说：“欢迎欢迎……我还以为是一头熊钻进来了呢，吓了我一跳，原来是一个人……要不是你出声早，我这子弹恐怕就已经招呼到你的身上了……呵呵!”他打着哈哈。

“你是打猎的山客啊?同伴出去了?”寻光阴的山客一般都是结伴而行，很少有一个人单独出远门的。

“啊?……是……是，”他似乎恍然大悟似的说，“狗日的想媳妇，年前就跑回家去了，这阵子恐怕还在家走亲戚拜年，每天吃肉喝酒呢……”

“呵呵，”他被他的幽默逗笑了，“他不回来，你一个人的日子也难过啊……别的不说，在这空山野洼里，没个说话的人，就这孤独，也会把人折磨死……”

“是啊是啊……这几天我正憋屈得慌呢”，说着他从皮毛堆中钻出来，“我给你煮一锅肉，我俩一边吃肉，一边好好说说话……”

但他站起来后，又跌倒在地上。“你怎么啦?”李廷瑞见状赶紧过来扶他。

“哎!”他坐在地上，抚摸着被包裹在厚厚皮子中的双脚长叹一声，“前几年一个冬天，我打猎时迷了路，夜宿在一个石洞里，不成想把脚给冻坏了……这不，一到冬天，这双破脚就犯病，脓脓水水的淌个不停不说，痛疼得连路都走不了……”

“呵呵，”这回轮着李廷瑞笑了，“今天你可是遇着人了!你大概不知道，我可是斡尔朵草原有名的藏医。医治你这脚上的冻疮，那是小菜一碟，我可以说能做到手到病除……”反正这里又没有别人，吹牛又不上税，他便可劲地吹嘘开了。但等他剥开他层层包裹的双脚时，简直惊呆了。他看见那双脚肿得就像两只大馒头，馒头表面全部裂开了口子，从那些细密的口子里，正源源不断地流着散发着恶臭的液体。十个脚趾头全部掉了，光秃秃地像两只榔头，饶是见过、医治过无数冻伤的脚的李廷瑞也感到吃惊和恶心。

“天啊，咋冻成这个样子了啊?”略有行医经验的他知道这是冻伤后没有及时治疗的结果。“为啥没有及时治疗啊?你看，十个脚趾头都掉了……别的能治好，这脚趾头可是治不回来了……”

“哎!”张子龙心中苦笑了一下，心说：“憨娃娃，我咋不知道及时救治啊，但救得了吗?”他想起了从乱石窝逃出来后的那个冬天。

那天清晨，解放军如天兵天将般突然降临在他们石洞上方时，他本想组织队伍凭借乱石窝天险与解放军做一殊死搏斗，可他很快发现除了那十几个当过兵、吃过粮的铁杆兄弟外，其他人听见枪声后顿时乱作一团，像一群没头苍蝇到处乱窜。他知道他的队伍是一群乌合之众，根本不是能征惯战的解放军剿匪大队的对手。更让他吃惊得眼睛瞪成花狗的卵子的是，那哑巴李九二指挥着九天宝他们一帮人，右胳膊上绑了一绺白布，掉转枪口居然朝他们开枪!

看到这个样子，他知道大势已去，便抢了一匹快马，按事先侦查好的路线，率先逃跑。他的那帮铁杆兄弟见状自然无心恋战，纷纷随他而来。好在他们胯下所骑的都是名驹“青海骢”，翻山越岭如履平地，不一会就将解放军们甩在了身后。但两天后，他们在水罐峡又遭到了解放军的致命打击。那一次，他从“七六二”步枪的点击声中，对甄二爷的神奇枪法才有了切身的体会。这之前，他从没发现他有着这样一手如此精妙的枪法，如果早知道了，让他去教习他的队伍，也许不至于如此的一败涂地。

在他见识了他的枪法后，他一边命令部下拼命抵挡，而他自己则偷偷地钻进旁边的丛林，没命似的逃去。他不是不顾他的兄弟们，而是他清楚地知道，有了甄二爷做向导，解放军剿匪大队就有了鼻子和眼睛，从此以后，他是决不能跟他的兄弟们一起大规模地行动了。因为那样，目标太大，容易暴露行踪，迟早会遭到解放军的围剿的。只有一人单独行动，也许会有一条活路。而之后几十年的实践证明，他当初的决定是对的，他一个人在草原、丛林中，装扮成猎人、挖药人、牧人后，一直自由自在地活到了现在，而他的那些侥幸逃脱的兄弟，大都被逮捕了，枪毙了或者投进大牢去劳改了。

这几十年尽管提心吊胆，但也舒服的日子里，最让他痛苦不堪的就是，这双被冻坏了的脚。每到冬天，这双脚开始犯病，让他又痒又痛。每当这时，他就想起冻坏脚的那个寒冷的冬天。

就在水罐峡那次围剿中侥幸逃脱后，他不敢见人，不敢到空旷的草原上去，他知道，能藏身的地方只有一个，那就是这茫茫的祁连山麓。祁连山麓山大沟深，树大林密，别人一般是不会发现的，加上那里野生动物繁多，凭着自己的枪法，断断乎不至于饿死。

一切如他所愿。他找了一个个极为隐秘的石洞、树洞，还狡兔三窟，在松树掌那片遮天蔽日的黑松林的一棵大树上建了一座小木屋。但就是这年冬天，一场罕见的白毛大雪后，气温骤降，致使不敢生火取暖的他被冻得蜷缩在一个石洞中，几天几夜无法入睡。后来一天早晨起来时，他发现自己的双脚肿胀得老高，痛疼得走不了路。他知道自己的脚冻伤了，他也采取了用雪擦、用草药敷等多种方法救治，但一切无济于事。双脚先是奇痒痛疼，后来脚趾头失去了知觉，而后便一个个脱落了。脚趾头的脱落对他行走崎岖不平的山路带来了极大的不便，似乎无法有效抓扯地面似的，老叫他摔跤。后来，他又在这个灌丛茂密的山坡挖了这个地窝子，来度过祁连山麓难熬的冬天。他觉得他的这个挖在一丛茂密灌木中间的地窝子极为隐秘，洞口盖上同样的灌木枝，外人是根本发现不了的。近十年来，无数人在他的地窝子旁边走过，甚至那些行动极为警觉、嗅觉极其灵敏的大鹿、獐子、岩羊都在他近距离的偷窥下，毫无察觉地从他的地窝子旁边走过。他本想这里永远不会被人发现的，想不到今日这个小伙子低头寻找大鹿干角时，不经意间闯了进来。

他在不同的住所间轮番居住。冬天除了去吉合茂家外，就住在这个地窝子里，夏天一般住在松树掌的小木屋中，而其他季节则住在另外几个石洞中。这使他的行踪飘忽。在这十几年中，也有不少的猎人、挖药人甚至牧人不止一次地对他的身份表示怀疑，也不止一次地向公社报告过，公社的民兵们、下乡工作组也不止一次地来搜寻过他，但他都是神龙见首不见尾，都未能发现他的行踪。

今日这小子发现了这个地窝子，看来自己又得搬家了。除非……除非将这小子杀了，以绝后患……但他马上被这个想法吓得浑身冒起汗来。“绝不能这样做！”他赶紧将这个想法掐断在意识深处，并为有了这样邪恶的想法而深深自责。自己一生作孽太多，至今之所以未能身陷囹圄或者命赴黄泉，除了自己的奸滑和聪明外，这片土地上人们的宽容、善良也是决定性因素，否则自己不止一次到草原人家，去求治脚伤、要馍讨饭甚至替他们放牧挣钱，那些牧人们为什么没有扭送到政府，或者检举、揭发他？

“搬家就搬家吧！”他在心中对自己说。好在现在天气已经逐渐转暖，不至于一下子失去住所之后，又将他抛到天寒地冻的地方去——他对寒冷有着切肤之痛。

“咋冻成了这个样子啊？”李廷瑞半是谴责半是怜惜地说，“说实话，你这个脚治起来确实有困难，再说这么严重，也不是一天两天能治好的……”

“我知道，这病也不是一天两天了，折磨我十多年了……”

“这样吧，你跟我走吧！我老丈人是斡尔朵草原的名医，治疗冻疮是他最拿手的了！”

“这，这不太合适吧？”张子龙犹豫着说，“你不是说你能治吗？你就在这儿给我治治算了……”

“我是能治，可我两手空空的，拿什么治啊？”他摊开两手，“巧妇难为无米之炊，你只有到我老丈人那儿，你这脚才有救，不然的话，这个冬天过去，你这双脚就完了，你也就残废了……”

“有那么严重吗？”张子龙有些吃惊地问。

“我不骗你，今后如果再冻一次，以后你能不能走路，我都不敢给你打包票……”

张子龙默然了。不唯是这个看来真懂医学的小伙子这样说，就是他自己也已经意识到，他这双脚如果再不想办法根治，说不定真会逐渐化成脓、变成血，一点一滴地从他的身体上消失。如果自己真残废了，那他的死期也就到了。与其这样，还不如冒一次险，跟这个小伙子去他老丈人那儿医治，即便是行踪暴露，抓起来毙了，也认了。

“你老丈人是？”他还想最后证实一下，他老丈人有没有如此高明的医术。

“人们都叫扎西曼巴，听说过吗？”

“听说过，听说过！”他一连声地说。心说怎么没听说过呢？在吉合茂家，就是用他老人家的药医治的。他这脚的冻疮，也算是顽疾了，他一直认为这辈子是没指望治好它了，可是自从在吉合茂家内用外敷了一段时间扎西曼巴的藏药后，症状明显减轻了，并且大有好转的迹象。也许是自己一心向佛，断了邪念，多行善事带来了善果，今日佛爷保佑，天可怜见，竟然送来了这么个救星，救他于水深火热之中。

“只是怎么好意思打搅你们呢？”他有些过意不去地说。

“这有什么？治病救人，是我们做医生的本分……”说着，他便不由他分说，便过来搀扶他。

“等等，”他说，“我这儿还有些鹿茸、麝香和冬虫夏草，还有一些草药，是我半年的收获，本来想拿到山北边甘肃武威或者什么地方卖了，回去好跟生产队换回几分工分，也想给家里婆娘娃娃买点什么东西……今日啥也不说了，只要你们能治好我的脚，这些就当是我付给你们的药费……”

“你看你看，你干吗这么客气？这病不是还没治吗？怎么就收你这么贵重的东西？不要，不要……就是我要了，我老丈人也会骂死我的……”

说着，对他从皮子堆里拽出的那些药材重新放好，搀扶着他走出了地窝子。

张子龙不由感慨万分，心想他们不图财不图名，这样无私地帮助他这样一个陌生人，又是为什么呢？

他的双脚痛疼难忍，无法长时间地行走。走了几里路后，他便一屁股坐在地上，呲牙咧嘴呻吟不已。李廷瑞见状，无限怜惜地过来蹲在他面前："来吧，我背你走，我知道，你脚痛的厉害……"

"这……怎么好意思呢？"心想自己与他非亲非故，今日只是偶然一遇，他就是再有怎样的古道热肠，帮他治病已经是仁至义尽了，怎么还愿意背着他呢？要知道，此时天已经黑了，他所说的他家的冬窝子还远在十里之外的那条山沟里呢！

"呵呵，到这个时候了，还客气什么？"他说着，一转身就将他背在身上，大踏步地往前赶路。看着他消瘦单薄的身体背着尽管消瘦，但仍然高大的自己，他心中的愧疚无以复加，感激的泪水悄悄在眼窝里打转。

半夜时分，他俩深一脚浅一脚地终于到达了阿扣家的冬窝子。一进阿扣住的黑牦牛帐房，李廷瑞就像一堆泥似的瘫在铺上。他气喘吁吁，汗水将衣服全部浸透了，使他整个人像刚从水中捞出来一般。措毛心痛地递给他一条毛巾，但他连擦汗的力气都没有了！

"他怎么了？"阿扣用藏语问。

"他的双脚冻伤了，走不了路……"

"他叫什么名字？"

"哦，这个我倒忘了问……"他转过头用汉语问，"对了，你叫什么名字？"

"我……我姓李，是到这山里寻点光阴的山客……大家都叫我李山客，你们也叫我李山客吧……"

"冻疮严重吗？"阿扣不再问，拿过酥油灯，就着他的双脚仔细查看起来。看完后，阿扣胸有成竹地说："严重是严重，但也不难治，只是得用一段时间……"

"从那天开始，这李山客就住在我家，专心治病了……"李廷瑞说到这里，看了看甄二爷说。

第七十九章

“天啊，那可是一只披着羊皮的狼，你家可要遭殃了！”甄二爷听到这里，不由地惊呼起来。

“我说了，他不是那个土匪头子张子龙，”李廷瑞笑着说，“如果他是张子龙，后来发生的事就没法解释了，除非张子龙已经从一个恶魔变成菩萨了……”

阿扣的医术真是超凡绝伦，不出一个月，这李山客的脚开始奇迹般地恢复和痊愈。先是那些脓脓水水停止了流淌，之后那种难受的奇痒也明显缓解，继而他能够下地走路了。这让他更加坚定彻底治愈这个折磨了他十多年顽疾的信心，于是他不再打算离开，就一心一意住在了阿扣家，一边帮助阿扣家干一些力所能及的活，一边继续接受治疗。一个多月与阿扣一家的温馨生活，简直使他有点乐不思蜀，有时候甚至忘记了这不是他的家。

阿扣的精心治疗，措毛尕阿切的一天三次为他擦洗、换药的精心护理，阿妈一日三餐的伺候，使他心存感激，常常思谋着寻找一个什么机会表达阿扣一家的大恩大德。而这个机会终于来临了。

惊蛰过后，牧草开始冒出柔嫩的尖叶，在去年的枯草丛中发出沁人心脾的馨香。牛羊们禁不住这馨香的诱惑，便疯了似的往向阳的山坡跑。阿扣家东边的是一片向阳的山坡，山坡上边是浓密的低矮灌丛。他们一家都知道，那灌丛是狼、豺、猞猁等食肉动物的天堂，是牛羊们的地狱。为此阿扣一般是不会让措毛将羊群赶到那儿去放牧的，特别是大雪、浓雾的天气里，更是严禁到那儿的。但对牛群确是例外，因为阿扣知道，那些与野牛没有太大区别的牦牛，特别是大驮牛、种公牛，狼、甚至熊一类的动物是奈何它们不得的，所以大可放心地让它们去自由觅草。

但是有一天他发现了牛群的异常，先是一些健壮的大驮牛不见了。他起先以为，那些平常喜欢独来独往的家伙独自去什么地方觅食去了，或者是到别的牛群里谈情说爱去了——这个即将春暖花开的季节，也是一些膘情较好的牦乳牛们开始发情的季节。但是有一天，有头大种公牛回到牛群后，阿扣发现这小子起居十分不便，卧在地上后老半天起不了身。阿扣想这家伙是不是病了。阿扣不但是治疗人类各种疾病的名医，也是治疗牲畜各类疾病的名医，治疗牲畜较之人，医术有过之而无不及。他有着许多独创的土办法，治疗各种疑难杂症，成本极低却是疗效绝佳。比如，他用一根特制的火针，烧红了刺进牛马的鼻腔中，治疗牛马因阴寒、风湿导致的一系列厌食、消瘦等疾病；甚至用人身上的虱子、河滩中遍地皆是的沙柳、黄烟叶熬制后，治疗牲畜肝胆上的各类疾病。今天他看见这牛萎靡不振的样子，走过去，先是查看鼻苔，发现那儿湿漉漉的，积满了像露珠一样的水珠；然后再摸牛角的根部，温热适中，没有发热也没有冰凉的感觉；最后翻开牛嘴，查看舌头，也是红润鲜活，一切都说明这牛没有发生生理性病变，也就是说，它没有生病。那么，这么健壮的一头牛，到底是什么让他它起身都感到这么困难呢？他心生疑惑，不禁往它的全身摸去。这是一头使唤顺了的驮牛，温顺乖巧，平时你怎么动它，它都不躲不避，但今日摸到它前肩时，他竟然一反常态，居然甩着头喷着响鼻受惊也似的跳来了。也就在它跳开的一瞬间，阿扣分明摸到它的前肩部位有一道很高的棱。仔细观察，这才发现那棱从前肩开始，直达尾部。他暗叫不好且大惊失色，有着多年放牧经验的阿扣已然知道牛背上这道肿得老高的棱是怎么回事了！

这是祁连山雪豹的杰作。

祁连山雪豹是一种非常凶猛的动物。它一般栖居在雪峰下面空旷多岩石的地方。在寒冷贫瘠的达坂山岩石地带，它一般捕猎山羊、岩羊、盘羊等高原动物为主，也寻猎一些小型的动物，如兔、旱獭或鼠类，也喜食高山的雪鸡、马鸡和红雉等鸟类。在食物缺乏时，它常常会潜伏到牧场附近盗食家畜、家禽。就像今天。

雪豹同时也是以树为家的森林动物，是高超的爬树能手，在相邻的两树之间跳跃对它们来说是小菜一碟。它们可以肚皮朝上，倒挂着在树枝间移动，也能后腿勾着树枝在林间荡来荡去。它们的特殊本事得益于千百万年来的进化。它们的四肢粗短，使得重心降低，更适宜在陡峭的巉岩上潜伏、跟踪捕猎岩羊等猎物，不像非洲猎豹，必须进化得拥有细长有力的四肢，必须以长距离追逐、奔袭猎物才能活命。

阿扣知道，这牛背上的那道楞，是雪豹用豹尾抽的。豹尾有千斤之力。这雪豹捕获猎物，除了用设伏、追捕等常规办法外，更多的时候，它则对着猎物一尾巴抽过去，一般的岩羊、獐子等小动物，轻则腰折腿断，重则直接毙命，就是像牦牛这样的大牲畜，也会趴在地上起不了身，任由它宰割。

想到这儿，阿扣拿了枪，骑了那匹他家马群里最好的铁青马，风驰电掣般朝东边那片灌木丛奔去。果然不出他所料，在灌丛深处，他家的十多头牦牛一无例外地被杀死在那儿，尸骸狼藉，惨不忍睹！

他感到头脑发胀发懵，胸闷气短，险些栽下马来。要知道，一下子损失了这么多的大牲畜，他是没办法向公社和大队交代的。再说，这些牲畜与他朝夕相处，建立了深厚的感情，是它们给他家提供了醇香的乳汁，给了他家御寒的帐房……今日居然惨死在这畜生的手中，怎不令他痛心？而造成这一切的，完全是因为自己的疏忽和大意，怎不令他愧疚和自责？

正当他在自责、后悔的时候，他坐下的铁青马喷着响鼻，躁动不安起来。阿扣猛然意识到，此地太危险！看铁青马这惊慌失措的样子，这畜生肯定就在附近！想到这里，他几乎惊出了一身冷汗，赶紧拨转马头，朝来路快速返回。奔出灌丛，他回头查看，果然看见一匹雪豹在山脊上飞奔而过，其身形的矫健，较猿猴有过之而无不及，令阿扣叹为观止。

回到家后，阿扣与李廷瑞商量，该怎样灭了这家伙以绝后患。但商量来商量去，总也想不出一个万全之策。要知道，这家伙不但居无定所，而且来无踪去无影，平时连它的影子都看不到，埋夹脑、下扣子、挖陷阱这些传统的方法根本不好使，就是你拿了快枪蹲点守候也未必可行，因为你不知道它的行踪。再说，它的嗅觉较狼有过之而无不及。你带了枪，它在十里之外早就闻着了，知晓了你的意图察觉到了危险，早就避而远之了。

看着阿扣和李廷瑞苦思冥想的样子，一直在药水里泡脚的李山客发话了："我有个办法，不知道好使不好使……"

"啥办法？说说看……"阿扣急切地问。

"我看，非这样不能收拾了它……"他如此这般地说出了他的计划。阿扣听完后沉吟良久，最后说："也只好这样试试了，只是又要麻烦你了……"

从第二天开始，由李廷瑞负责，将那些牛全部赶到另一个地方去放牧。就是别人家的牛，也远远地赶离那片灌木丛。这样过了五六天后，李山客指使李廷瑞从牛群里挑了一头瘦弱的牦乳牛，拴在那个山崖下面的灌丛中，而他和李廷瑞则怀揣两杆半自动步枪，埋伏在山崖上一个岩石后边，静静地等待那匹雪豹来送命。他俩相信，如果那家伙这几天没有捕到北山羊、岩羊或者獐子一类的猎物，它肯定已经饿得发疯了。它一定会像以前一样来这地方捕杀被人们圈养的又大又肥的牦牛的。

但是，它第一晚没来，第二晚没来，第三晚也没来。他俩有些心灰意冷了，要知道，这初夏的祁连山夜晚，从高高的雪峰上劲吹下来的寒风是那样的凛冽，像细密的针一样刺透厚厚的老羊皮皮袄，直往人的肌肤里钻。不知不觉间，李山客的脚病又被冻得复发了，又痛又痒，让他痛苦不堪。

"我看这个办法不行！"第四天晚上，他们又埋伏到老地方后李廷瑞说，"今晚再不来，我看就算了，我们再想别的办法。"

但就在这晚后半夜，他俩裹着皮袄差不多睡着了的时候，突然听到那头拴在灌丛旁的牦乳牛发出了惊恐的叫声。他俩一个激灵，赶紧爬起来，朝那儿望去。只见那头牛突然变得狂躁不安起来，狠命地挣扎，想挣断绳子逃跑。就在这时，在月光下，一道白色的闪电从灌丛上边一掠而过，像猫一样轻灵、无声地落在了牦乳牛面前。

他俩的心收紧了，握着枪的手冷汗涔涔。说实在的，就是身经百战的李山客，尽管打过无数的野生动物，但打这样凶悍的祁连山雪豹，也还是第一次。李廷瑞更不要说了，他只跟甄二爷打过几次岩羊和大角盘羊，最厉害的，也就是那次在巴雨千斯措湖边跟狼群搏斗过一番。这狼跟雪豹是不可同日而语的，今日面对这个阵势，吓得他立马想小便。

它落下后，并没有马上对无法逃跑的牦乳牛发动攻击，而是站在那儿，轻轻地摇动着尾巴，十分警觉地聆听和查看着周围的一切。也许，天生机警的它已然觉察到了危险。观察了十几秒后，它并没有像阿扣说的那样，用力钧千斤的尾巴抽杀牦牛，而是跳起来，凌空朝牛扑去，并且像狼一样，准确无误地咬住了牛的脖颈。

牦乳牛痛苦地嚎叫了一声，接着便喊不出来了，因为它有力的嘴巴已经紧紧地闭了它的呼吸。它挣扎了一会儿后，便訇然倒地。就在这时，李山客的枪响了，接着李廷瑞的枪也响了，密集如爆豆。硝烟过后，他俩急忙赶到牦乳牛旁边去查看，发现那里除了被打成筛子眼的牦牛外，那雪豹杳然无踪，连一根毛都没留下！

"我俩是不是眼花了？"李廷瑞揉着眼睛不相信地说。

"你说呢？"李山客用枪管拨着牦乳牛脖颈上那几个还在冒着血的伤口说，"你看看它用牙齿咬的这些伤口，你就知道我俩的眼睛是不是花了……"

"那怎么没打中啊？"

"我估计，第一枪没打中，它就跳到一边去了……"

不论怎么说，整个行动以失败而告终，他俩只好悻悻地回到了阿扣家的冬窝子。

也许是这次猎杀行动吓破了它的胆，此后的一个多月里，它再也没有光临过那片灌木丛，阿扣家的周围又呈现出了一幅太平盛世的模样。但是，过了一个月，阿扣家的一头牦牛又被杀死在那片灌丛中，其手法跟以前毫无二致。正在阿扣忧心忡忡的时候，更严重的事发生了。有一天午后，措毛赶着羊回来，经过那片丛林边上时，那雪豹突然从一丛灌木后边跳出来，直接窜进羊群中，用它那钢鞭一样的尾巴，横扫羊群，只打得羊们四散奔逃，一片狼藉。等它就地吃了一只羊，悠然离去后，阿扣盘点羊群，发现它杀死的足有十多只，伤了的不计其数。这还犹可，羊群被惊散后，到处乱窜，又被潜伏在附近的狼们捡了便宜，掳去了好几只。

阿扣长吁短叹，李山客安慰他说：“你别着急，我帮你收拾这狗日的!”

自此以后，他不顾伤痛，每天骑着阿扣家的那匹铁青马，背着半自动步枪，整天整夜地搜寻、设伏。通过细心观察，他发现这石山上有一个庞大的岩羊群，每天定期从另一边转过来，通过这个山垭豁后，到山下的丛林去刨食被厚厚积雪覆盖的枯草、苔藓之类的食物。他知道，那雪豹经过了那次打击后，如非不得已，一般是不会到那片灌木丛中去猎杀牧人家的牦牛、绵羊的，更多的时候，它会跟踪、设伏猎杀这些岩羊的。功夫不负有心人，二十多天后的一个大雪纷飞的下午，他终于发现了它的行踪。原来这家伙的就栖息在这片岩石地带，而且每天都在悄没声息地跟踪、觊觎着这群岩羊。

发现了这一点后，李山客兴奋不已。它挑选了下风处的一块岩石，静静地埋伏在那儿，等待着。也许是大雪模糊了岩羊的视线，劲风吹走了他那人类独特的气味，总之，那些羊们经过被厚雪埋了的李山客身边时，都没感到异常，吃吃停停一副悠然自得的样子。羊群过后，他突然听到了一声轻微的声响。他循声望去，只见一匹雪豹轻手轻脚地从一块岩石上跳了下来，然后蹑手蹑脚地朝一只走在队伍边缘的公岩羊摸去。等离那只岩羊只有十多步远的时候，他突然一纵老高，以迅雷不及掩耳之势朝岩羊扑去。那岩羊此时才发现危险临近，骤然跳起，往一处山崖蹦去，雪豹随后也纵跳着追去。

二人都是攀岩高手。这场在笔直陡峭的山崖上上演的追逐战，直看得李山客目瞪口呆。在漫天的大雪中，岩羊和雪豹如两道闪电，在山岩沟壑间闪动、飞掠，砾石散落，积雪飘飞，不消一刻钟，岩羊就被雪豹紧紧抱住，那张有着尖利虎牙的大嘴很熟练地咬住了岩羊的脖子。岩羊垂死挣扎着，发出了骇人听闻的惨叫声。

直到这时，李山客才回过神来。他知道机不可失，时不再来，此时不开枪，等这家伙进食时，一切都晚了。于是他上膛、瞄准、射击，一梭子子弹全部贯进了正在全神贯注杀死岩羊的雪豹的身体中。

他的英雄事迹在草原上迅速地传开了。其时，省报的一个记者正在草原上采访，听到这个故事后，写了一篇新闻通讯，发在了报纸上，报道还配发了一张李山客的照片。

“那张报纸还在吗?”听到这里，甄二爷急忙问。

“有啊，为了留个纪念，我老丈人专门保存了一份呢!”说着，从皮箱中翻出了那张报纸，递给了他。

报纸很新。照片上的李山客侧身站在那匹死了的雪豹旁边，头埋在皮袄中，大概是照相机不好的原因，看不清楚他的面容。

“是张子龙吗?”李廷瑞问。

“看不清楚，但看这身材，似乎不像……”他虽然辨认良久，但仍然有点拿不准。十多年了，十多年岁月的雕刻，足以将一个人改变得面目全非。昔日的张子龙正是春风得意风华正茂的青年，而这张报纸上的这个所谓英雄，身体瘦弱，形容猥琐，一看就是一个饱经沧桑的老牧民、老猎人。

这是张子龙吗？他揉了揉眼睛仔细辨认。

“别费劲了，他怎么可能是张子龙呢？如果他是张子龙，发生在他身上的那些事就没办法解释……!”李廷瑞又一次肯定地说。

第八十章

就在李山客灭了那匹可恶的雪豹后不久，阿扣一家还没有从喜悦中缓过劲儿来，一场更大的灾难降临了。

清明过后的第三天，天突然变得阴沉沉的，似乎蒙上了一层帷幔。遥远的南方，此时正是春雨纷纷，垂柳依依，暖风吹得游人醉的美好季节，但在这北方，东风带着湿气，从太平洋长江中下游平原一路迤逦而来，经过祁连山雪峰时，变得刺骨寒冷、凛冽凌厉，然后在草原上肆虐了两天两夜后，变成了一场几十年不遇的白毛大雪，漫无天际地铺了下来。

这场被劲风裹挟、十步之外不见人的白毛大雪袭来时，阿扣和李廷瑞就骑了马去寻找措毛放牧的羊群。李山客也要求去寻找，但被阿扣严词拒绝了。因为他的脚伤反复冻伤、反复发作，他已经无法正常行走了。如果再受冻，说不定就会形成痼疾，永远也治不好了。

阿扣和李廷瑞二人离去后，李山客像热锅上的蚂蚁，在帐房里坐卧不宁。天黑下来时，他终于坐不住了，不顾阿妈的劝阻，用羊皮裹了脚，走出帐房走进茫茫大雪中，也去寻找措毛及她放牧的羊群去了。

坚硬而细小的雪粒打在人的脸上，如同针刺一样的痛。李山客用皮袄裹了头，朝措毛放牧的下风处艰难地走去。他知道，羊群遇到这大雪后，肯定已经惊慌失措了，肯定会顺风毫无目标地乱跑。记得有一年，青海湖湖滨草原也下了这样一场白毛大雪，有家牧民的五百多只羊顺着大风，全部跑进了湖里，一只不剩全都淹死了。羊这种动物太过愚蠢，即使前边是万丈深渊，只要领头的羊跳下去，后边跟着的便会一个接一个的跳下去，全然不知道危险。今日只有顺着羊群逃跑的方向去寻找，或许会撞得到。

他深一脚浅一脚，估摸着一个大致的方向走去。天地一片混沌，世界一片迷蒙，风吹在山崖上、灌丛中，发出千百种尖利而恐怖的叫声，似乎一夜之间天上地下所有的魔鬼都出来了，在人世间过起了狂欢节。在这些声音中，李山客分明听见了草原狼那凄厉而悠长的嚎叫声。他只觉得脊背一阵阵发凉，他知道，这些家伙也在觊觎着阿扣家的羊群。这个天气，正是他们围猎的绝佳机会，说不定那嚎叫声，正是它们发号施令、部署今晚的围猎行动；或者在呼朋唤友，邀请同伴来共进晚餐。

意识到这点后，他几乎被惊出一身冷汗。他停下来，仔细倾听着狼叫声。在祁连山丛林在松树掌，他为了躲避狼的袭击，将木屋建在了大树上。在那儿，他几乎是每晚听着狼的嚎叫声入眠的，也是听着狼的嚎叫声起床的。久而久之，他同草原上有经验的牧人一样，也总结出狼的叫声有九种，同时抑扬顿挫、长短不一。这些叫声有机组合以后，形成了狼族复杂而独特的语言体系。他一直相信，狼族语言的丰富绝不亚于人类。正是它们这内涵丰富的语言，使它们情感的丰富也绝不亚于人类。在亡命天涯的这十多年中，他与狼朝夕相处，甚至互相利用，猎捕猎物相濡以沫，在深深地体会到了狼族精诚团结、英勇善战等优良品质的同时，也在钦佩它们利用天时、地利布阵、设伏、偷袭等猎杀动物的聪明与机智，羡慕他们的自由与潇洒。当然了，也在同情它们生活的艰辛与命运的多舛。

知狼莫若他。他从狼的嚎叫声中听懂了，它们今晚要利用这天时之利，要打一次漂亮的围猎。只是不知道目标是不是阿扣家的羊群。

他吃力地爬山一个山脊，站在那儿，努力的辨别方向。但这场白毛大雪将世界搅成了一团粥，他动用了一辈子在草原、丛林中生活的经验，也未能判断出自己此时此刻处在什么位置，而时间又到了什么时候。

他开始感到焦虑，感到一丝丝的惊慌和恐惧，但他马上镇定下来了。因为理智告诉他，越是这个时候，越要冷静越要镇定，否则方寸自乱，人的意识就会迷乱，意志就会消弱，那后果就不堪设想，诚所谓千年之树，风不能摧之，而毁之于自朽者也。

想到这里，他长长地呼了一口气，双手合十，口中念了一遍六字真言，待心静下来后，他侧耳细听狼群的叫声。

狼群的叫声虽然此起彼伏，但基本上大都集中在西北方向。今晚暴风雪的方向也是西北至西南。这说明，措毛的羊群会从西北方向而来，而那些狼此时正跟在羊群后面寻找战机。

想到这点后，他一面倾听着狼的叫声，一边直朝南方插去。但过了大约一个时辰，狼的叫声突然沉寂下来了。他感到了不妙，他知道，狼群已然完成了部署，下一步的行动就是寻找一个合适的地点进行猎杀了。

没有的狼的叫声，不大一会儿，他就没有了方向感。他只好动用长期在丛林、草原生活的经验，查看灌丛的长势、岩石的积雪状况，辨别方向。大约是后半夜，他终于找着了措毛及她的羊群。

其时，羊群被漫天的暴雪和暴雪中狼的叫声吓破了胆，正顺风毫无目标地逃窜。措毛站在羊群的前边，正奋力堵截。但她一人势单力薄，堵截这群足有二百多只的羊群，不亚于堵截一泓决堤的洪水，堵了这边，溢了那边，羊群仍以不可阻挡之势向西南方向的阴山坡拥去。李山客和措毛都知道，阴山坡今晚有着厚厚的积雪，羊群一旦到了那里，便会陷进积雪中寸步难行，那时候，狼群就可以毫不费力地大开杀戒，不消一刻钟工夫，就可以将这群羊杀个片甲不留。尤为危险的是，狼们一旦发现只有他俩个人，说不定同羊群一起，将他俩也一锅烩了，当做另一道小菜给尝了鲜。

“措毛，我来了！”他斜刺里赶过来后，大声对全神贯注堵截羊群，也被白毛大雪搅得几乎失去了听觉的措毛说。

“李阿扣……”措毛一看是李山客，激动得哭了出来。她一心认为今晚没救了，不但生产队的这二百多只羊没救了，自己也没救了。不说自己绝不能丢下生产队的羊独自逃命，就是逃命，他也逃不出那些嗅觉灵敏的草原狼的血盆大口。更何况，她已经全然没有了方向感，不知道自己家的帐房在什么方位，即便是她放弃羊群想回家，也已经找不到回家的路了。不到明天早晨，她早已冻死在这草原上几十年不遇的白毛大雪中了！

实际上，措毛是一个非常坚强的姑娘。同大多数在马背、牛背上长大的姑娘一样，生活教会了她们坚强，严酷的环境要求她们坚强。她们的眼泪，可以为情而流，为亲而流，为生而流，但绝不会为死而流。即便是以为哥哥是被熊杀死的那段日子里，全家人沉浸在巨大的悲痛中，父亲、母亲及嫂子都整天以泪洗面悲恸难抑，但她没有哭，她只将悲痛化为仇恨，圆睁着那双杏仁眼，整天思谋着哥哥的死因。凭着少女的敏感和直觉，以及对瞎熊习性的了解，她觉得哥哥的死绝不会像放牧人钦德说的那么简单。直到甄二爷和阿爸将化名钦德的土匪排长李宝儿捉拿归案绳之以法，印证了她的直觉后，她才痛痛快快地哭了一场。那一次，她是跑到草原深处偷偷哭的。在那空旷的草原上，她双膝跪在那儿，呼喊着她亲爱的哥哥，只哭得地动山摇，雪山为之静穆、天地为之动容，就是草原上的那些动物们，也都停止了吃草和嬉戏，静静地站在原地，与她共哀。

她也是一个非常大胆的姑娘。长期在几十里无人烟的空旷草原、杀机四伏的丛林中的生活和劳作，历练了她的胆量。草原姑娘的大胆是人所共知的，但措毛的胆大让甄二爷和李廷瑞目瞪口呆。有一次，一匹饿极了的公狼来到她放牧的羊群，看到她只是一个没带枪的女孩子，便肆无忌惮地蹲坐在被她赶到一个土崖下紧紧护卫起来的羊群边，歪着头跟她对峙起来。措毛知道，这次相遇，它们之间不是实力的抗争，而是胆量的抗争，自己如果稍显胆怯，这群羊就要遭到灭顶之灾。当时，她先是站在羊群前边，眼睛一眨也不眨地与狼对峙。对峙了一会儿后，狼的眼睛有两次移向了别处，她于是乘胜追击，一边继续与它对视，一边迈着坚定而有力的步伐向它走去。在她与狼只有五六步远的时候，那家伙开始扭动身子，似乎要发动攻击。但她依然脚步沉稳地继续走去，在距离只有三步的时候，狼彻底溃败了，翻起身，悻悻地走了。

“不哭不哭！”李山客几步抢到她面前，奋力堵截潮水般涌动的羊群。看到有了两个人，尤其看到有了一个身强体壮的男人，那些羊的胆子似乎也壮了起来，不再惊慌失措的逃窜，而是背风而站，咩咩地叫着，等待着人们的安排。

看到羊群安静下来了，措毛这才有工夫向李山客说多谢：“刮真切，刮真切……”

“呵呵！”他爽朗地笑了起来。他是想通过笑声给这小丫头以勇气与信心。也就是这丫头，要换了别人，面对这五步之外不见人的白毛大雪，面对着这伸手不见五指的黑夜，面对着虎视眈眈的狼群，可能早就吓破胆了，哪还能一直护卫着生产队的羊群呢？

“离说谢还远着哩！你知道这是什么地方吗？”他大声喊着问。反正他自己已经完全没有了方向感，说不定这丫头自小生活在这里，凭直觉能感觉到大体的方位。

“不知道……”措毛也大声喊着老实回答，“就是知道家的位置也是白搭，现在我们俩根本无法把羊赶回去的……现在唯一的办法，就是找一个避风的地方，把羊圈起来，不让它们乱跑……”

这是草原牧人遇到暴风雪后常用的办法。于是二人配合着堵截羊群，慢慢地随风前行，寻找合适的地方。也该是天无绝人之路，走过一段平缓的山坡后，一个巨大的山包突然拔地而起。措毛看到这个标志性的山包，也辨清了地方，喜悦而激动地喊：“阿扣，这山包后边有一个石崖，石崖下有一个牧人们用过的石圈，我们把羊群赶到那儿去……”

越过山包到了背风处，羊们再也不需要人们的照顾，争先恐后地朝羊圈拥去，并扎堆地挤在了山崖下。等他俩刚跨进羊圈那破败、散乱的豁口时，狼群倏然而至，在黑夜中一字儿排在面前，虎视眈眈地觊觎着他们。这是一支足有十多匹的狼群，狼王就是那个被甄二爷追赶至冷龙岭雪峰下，被小狼王以调虎离山计救下来的两匹狼中的那只母狼。那天，当甄二爷骑着快马赶来，它们在厚厚的积雪中已经逃不脱他枣红马的追击，即将毙命于他那威力无比的土铳枪硕大的铅弹下时，小狼王毅然决然地停下来迎敌，让它和另一匹公狼逃走。其时，它俩是不愿意逃走的，它们誓与小狼王同归于尽，但小狼王用它们狼族特有的形体语言命令它俩逃走。它们与它们敬爱的狼王在长期生死与共的战斗中、相濡以沫的生活中，沟通交流已然达到了心有灵犀一点通的至高境界。它俩当然知道小狼王的良苦用心，那就是要他俩肩负起繁衍子孙，重续它们家族香火，有朝一日重新恢复和建立那已经覆灭了王国的重任。

那天，它俩听从小狼王的命令，逃上旁边的一座山峰，看着小狼王引着那个可恶的枪手甄二爷一步步地走向那冰川笼罩的冷龙岭大山深处时，它俩发出了声声长嚎。风萧萧兮易水寒，壮士一去兮不复还，这叫声是对小狼王视死如归英雄气概的礼赞，也是它们必报国仇家恨的旦旦誓言，更是有朝一日王师北定中原的檄文。

后来，小狼王被雪崩完全掩埋，甄二爷安然无恙地返回时，它俩又开始了新一轮的嚎叫，那叫声没有了慷慨激昂的气概，有的只是凄厉悠长的悲恸。直到如雪的残阳没入南达坂山后边，它俩才频频回望着掩埋了小狼王的山谷，融进了大山深处，融进了如漆的黑夜中，回到了它们的家园——斡尔朵草原。

回到家乡后，它俩一边频频打猎，想将身体滋补得肥肥壮壮，等待母狼那个神秘发情期的到来。到那时候，它们就可以在欲癫欲狂的欢乐中，播种下它们光复家国的希望。但狼是一种群居性动物，团体性作战是它们捕猎的致胜法宝。它二狼势单力薄，捕猎的效率远远低于它们的预期。有时候一连好多天，它俩根本无法捕猎到大的食物，只好以一些兔子、山鸡一类的小动物充饥。要想进行大规模的围猎，猎取牧民家那些肥嫩的祁连山绵羊、大牦牛，必须有一个纪律严明、团结协作、英勇善战的团队才行。大约是一个月后吧，它俩开始去主动接触割据占领了扎西阿扣家冬窝子草原的一个狼群。

它俩之所以在如此多的狼群中选择这群狼，是因为它俩发现李廷瑞就住在那个黑牦牛帐房旁的白布帐房中。这个人与那个覆灭了它们家族的甄二爷有着非常深的渊源，盯紧了他，就不难找到它们的仇人。同时，这家的绵羊和牦牛是整个斡尔朵草原最为肥壮的。

但这群狼不接纳它俩。那天，它俩贸然地突破了那群狼的狼王用尿布下的边界线，小心翼翼地来到狼群边时，狼王率先发动了攻击。其他狼群起而攻之，用它们长长的獠牙撕开了它俩的肌肤。它俩忍受着痛苦，将两只耳朵抿在脑后，趴在地上，表示了对它们的顺从，展示了它们的弱小。但那些狼们毫不同情毫无怜惜之心，只将它俩远远地逐出了它们的领地才作罢。第一天，若不是它俩躲避有方逃跑及时，它俩不要说会体无完肤，说不定双腿也早给咬断了。它俩太知道那些正值壮年的狼们宽阔大嘴的咬合力了，它们可以将成年牦牛坚硬的腿骨生生咬碎的。

为了能够加入到这个狼群，它俩忍辱负重，一次次地接近狼群，一次次地被撕咬得遍体鳞伤后被逐出来。大约是五次以后吧？那狼王在打了一次漂亮的围猎，吃得大腹便便心满意足时，终于接纳了它俩。那次，它俩照例低眉顺眼地表示了对狼王的慑服与顺从，吱吱叫着匍匐到正在进食的群狼身边时，狼王破天荒地没有攻击它俩，只是傲慢地看了看它俩，转身走上了一个山梁。那些年轻的狼们先是跃跃欲试想发动攻击，继而看到狼王的态度，便不再理会，自顾进食去了。它俩看到这个样子，小心翼翼地接近食物，试探了几次，看到群狼态度和善，便趁机捞出了一块少肉的肋骨，躲得远远的吃了。要知道，狼族即便是进食，也是有着严格的等级规定的。动物的心脏、肺、肝等，是狼王首先享用的御餐，是谁也不能动的，其他的如腿、肩胛等，都是随着狼群中级别的不同而分别享用的。它俩初来乍到，地位极低，能够分到一块少肉的肋骨果腹，已然是狼王法外开恩了。

加入狼群后，它俩如鱼得水，将从小狼王那儿学来的捕猎技术尽数施展开来。一时间，狼群的食物大增，它俩在狼群中的地位也逐渐提高，在狼王那儿也逐渐有了发言权。有一天，母狼在狼王面前建议，去袭击扎西阿扣家的羊群，但被狼王严词拒绝了。这在它俩也在意想之中，因为谁都知道，它们狼的王国里有一条不成文的法规，那就是决不捕食狼窝附近牧人家的牛羊，而牧人们也决不去招惹居住在自家附近的狼，力求做到相安无事，和谐相处。它之所以提出这么违反常规的建议，实在是复仇心切，想通过这样的袭击，把那个屠戮了它家族的仇人甄二爷给引出来。

一计不成，它又想出了第二计。有天傍晚措毛姑娘牧归的时候，它带着同它一块儿来的那匹公狼埋伏在羊群经过的一条山沟里，挑衅性地从措毛姑娘的眼皮底下将一只肥美的大羯羊给掳走了。

这计果然奏效。李廷瑞对生活在他家附近的这群狼有了全新的认识，说什么狼不会伤害邻居牧人的牲口，那纯粹是人们在自欺欺人，狼娃子就是狼娃子，到什么时候都改变不了那贪婪、残暴的本性，就像狗改不了吃屎一样。

他决定给它们点颜色看看。自从这群狼将家安在离他家西北方向不远的那个土崖下面后，他就建议老丈人想个办法将这些家伙灭了，或者赶走。但被老丈人严词拒绝了，理由跟那个狼王一模一样。但今日这匹年轻母狼的举动完全颠覆了千百年来牧人们从实践中总结和升华出来的理论，使他对这些邻居狼反常的举动大惑不解的同时，也认同了“木华”李廷瑞的最新理论：狼娃子就是狼娃子，到什么时候都改变不了其贪婪、残暴的本性。

理论是行动的先导，认同了理论自然就会默许行动。看到老丈人不反对，李廷瑞第二天骑着马背着枪径直朝狼窝奔去。老狼王在那土崖下面极为隐秘的地方掏了三个很深的洞，作为它们家族生儿育女的安乐窝。而此时，它的王妃，一匹母狼生下的八只狼崽在里边嗷嗷待哺，而它们的母亲，跟它们的父亲一道，正迂回到很远的一条山沟去打猎了。

李廷瑞趴在洞口，一个一个地查看、侦听。那些只有两个月大的狼崽们此时已然察觉到了危险的临近，求生的本能使它们做出了在这个年龄段不可能做出的举动，那就是一改平时的吵闹，尕兄弟几个挤在土洞深处，屏气敛声静悄悄地潜伏着。但人类毕竟是一个极富智慧的动物，李廷瑞终于查到了蛛丝马迹，知道这第三个洞里肯定有狼崽。他邪恶地笑了，笑过之后像一条狼似的爬了进去。进去后，他将那些狼崽们放在皮袄上全部拉了出来。那些狼崽们从阴暗潮湿的土洞中蓦然来到阳光明媚的外边，恐惧不安地吱吱叫着，吃力地想睁开眼睛。李廷瑞冷笑了一声，拿出早已准备好的钢针，不顾狼崽们的哀叫，将它们的双眼全部刺瞎了，然后又放进洞去。之后，他又在洞口撒了些胡椒面，悠然悠然地回家了。

这是人们对付狼邻居的常用方法，这样，狼不但看不出破绽，不会招来穷凶极恶的报复，而且瞎了眼的狼崽们长大后，因为无法外出打猎，它们的父母又无法给它们提供日渐增多的食物需求，只好活活饿死。这是一个杀人不见血的绝招，也只有像人类这样富有智慧且阴险恶毒的东西才能想得出来。

狼群依然恪守着它们的规则，即便是在八只小狼的食物供不应求的那些日子里，狼王依然严厉要求部下不得猎杀每天在它们眼皮底下晃来晃去的阿扣家的那些肥美的牛羊。但随着食物的极度匮乏，在一个大雾蔽日的午后，有几匹饿极了的年轻的公狼在我们那匹年轻母狼的带领下，避开狼王，将阿扣家的一头大牦牛杀死在了离狼洞不远处的一个山坡上。

这让李廷瑞大光其火，整天想着如何将这群狼给灭了。卧榻之旁岂容他人鼾睡？在自己家附近居然居住着一群狼，这在他始终是一个心病，犹如屁股下安了一颗定时炸弹一样，让他吃饭不香、睡觉不安。但如何彻底消灭它们，却始终想不出一个万全之策。不说它们昼伏夜出，行踪极为诡秘，就是它们明目张胆地暴露在他的枪口下，他也没有把握将它们彻底消灭。

就在李廷瑞苦思冥想歼敌良策时，狼王家族又有六只新生命诞生了。李廷瑞有一天去查看狼洞时，又发现了这一秘密。这回他没有那么大的耐心，因为前几天他家的羊群又遭到了狼害，此时他正在气头上。气头上的他爬进狼洞，抽出满尺的藏刀，将它们尽数杀死在里边。

狼王晚上回到家发现了这一惨剧后，站在洞顶声声长嚎，其他的狼也跟着嚎叫，叫声充满痛苦与愤怒。那一夜，扎西阿扣从被窝里抬起头，听到狼的嚎叫声，不解地说："这狼娃子咋了，又嚎又叫的?"他当然不知道他的"木华"李廷瑞已经闯下了大祸。

之后的日子里，这群狼开始了它们的疯狂的复仇，搅得阿扣一家几乎没有睡过一个囫囵觉。幸亏他们家有森格和昂多两匹藏獒的护卫，才使他家的牛羊没有遭到灭顶之灾。后来，这个狼群家族发生了一系列的变故，我们那匹年轻的母狼继承了王位，成为新一代狼王。成为新一代狼王的年轻母狼在计划生儿育女光复它们王国的同时，国恨家仇集于一身，对这个坐落在它家附近的牧人和牛羊关注备至，时时刻刻观察着、觊觎着，寻找一切给它们以致命性重创的机会。

而这个机会居然随着今天这场几十年不遇的白毛大雪如期而至。

就在前天，它看到天空变得一片灰暗，东风劲吹的时候，嗅着空气中那夹杂着的丝丝海腥味，就知道会有一场白毛大雪要降临。它兴奋得有些忘乎所以。白毛大雪蕴涵着战机，这意味着自己担任新狼王以来可以第一次打一次大规模的围猎，第一次为它的王国做出一次突出的贡献，树立新一代狼王的威望了。

兴奋过后，它站在山梁上，脑海中过滤着斡尔朵草原的山山水水、牛牛羊羊，如同一个站在作战沙盘前运筹于帷幄之中，决胜于千里之外的将军。说实在的，斡尔朵草原，甚至它们打猎的领域金银滩草原、角什科草原以及祁连山广袤的其他草原，牛羊如云，遍地皆是，可供它打一次大规模围猎的地方太多了，在天时地利人和诸方面利好的羊群、牛群简直屈指可数。但在劲吹的东风中，它第一个想到的，就是阿扣家的羊群。也许，消火阿扣家的这群羊，已经成为它一个难解的心结。

所以，当白毛大雪开始飘舞时，它几乎是下意识地来到了措毛姑娘放牧的羊群旁。后来果然如它所料，老天刮起了凌厉的西北风，羊群开始如溃堤的潮水，朝西南方向拥去。它得意地笑了，站在山梁上开始长嚎，一方面欢愉地歌唱，一方面招呼同伴们按照它的部署，对羊群形成三面包围之势，借助白毛大雪，用嚎叫声威胁、裹挟羊群只朝西南方向而去。它跟李山客一样，知道西南方向的达坂山下，肯定会有厚厚积雪的地方，在那里，它可以不费一弹一枪，就可以将这群羊杀个片甲不留。

就在它的战略计划即将实现之际，想不到半路里杀出个程咬金，一个健壮的汉子居然像地缝里钻出来一般，突然来到了羊群边，同那个姑娘一起，完全改变了羊群的行程，打乱了它的计划和部署。这始料不及的变故使它一时间措手不及，还没想出一个应对之策，他们已经合力将羊群赶到了石崖下面的石圈中。

它心有不甘，如影随形般跟踪而至，招呼部属，齐刷刷站在羊圈外。今晚这群羊，它是志在必得，只是得好好想想，是强攻还是智取。

看到狼群以半圆形包围之势将出路全部封死，并蹲坐在那儿虎视眈眈地看着他们时，李山客的心抽紧了。他身上背着半自动步枪，这可是对狼的最大威慑，聪明的狼自然早就知道的，但它们仍然如此肆无忌惮，说明要么它们已然决定孤注一掷以命相搏，要么知道他的枪里边只有两颗子弹。

他将枪从肩上捋下来，对着那些黑影将枪栓拉了一下。尽管风仍在吼，雪仍在舞，但枪栓那特有的金属撞击声依然是那样清晰可闻。听到枪栓声，那幢幢黑影刹那间相互交错快速移动，令人眼花缭乱。李山客知道了，这狼对他的枪是早有防备了，这一招，除了枪王甄二爷，天下恐怕没有第二个人能够破解得了。

想到甄二爷，他的心痛了一下。

但形势容不得他分心。此时此刻，他必须心无旁骛才能应对目前的危机。稍有懈怠，这些家伙攻进这石圈，不要说这群羊，就是自己和措毛，也将难逃劫难。

看到李山客举着枪做出一副随时射击的样子守住了那个石圈的豁口，措毛姑娘就到另一边，手执一柄五寸的藏刀，聊胜于无地守在那低矮的石墙边。它很清楚，这些不足一人高且破败不堪残缺不全的石墙，对于狼而言，简直就是聋子的耳朵样子货。它现在唯一的作用，就是能够阻挡羊群四处乱跑，她和李山客可以一心一意对付狼群。

对峙了大约不到一刻钟，狼群开始进攻了。它们相互交替快速移动，逐步缩小着包围圈。李山客知道，包围圈缩小到一定程度后，它们会突然以迅雷不及掩耳之势大举进攻，到那时，你就是有一挺机枪，也恐怕奈何它们不得。因此，在它们尚未发动总攻之前，给它们一个重创，最好将狼王给击毙了，灭掉它们的锐气，也许它们会知难而退，自己和措毛以及羊群才能全身而退侥幸活命。

但夜是那样的黑，在地面白雪的映衬下，在迷蒙的飞雪中，他将双眼睁得生疼，也只能勉强看见群狼的模糊身影，哪里还能分得清哪一只是狼王？

包围圈缩小到一定范围后，他知道自己再不能犹豫了。为了提高射击的命中率，他对着一个离自己只有五步之遥的黑影扣动了扳机。随着一声震天动地的响声，他看见狼群刹那间乱了阵脚，“哗”地一下全体撤退了。但到了几十步远的地方后又不约而同地站住了，稍事犹豫后，边开始重新布阵，重新形成包围圈蜂拥而来。

“怪了，难道这些家伙不怕枪？”李山客吃惊得头皮有些发麻。他仔细查看刚才射击的地方，发现那里空空如也，他知道刚才那一枪落空了。凭自己行伍出身，又在这祁连山麓里摸爬滚打了半辈子，时时刻刻与枪为伴，按理说，如此近距离的射击，应该是百发百中才是。今晚真是倒了血霉了，居然给射空了。这一射空不要紧，或者泄露了自己蹩脚的枪法，让狼士气大涨的，或者狼们会以为刚才那震天动地的声响，只是牧人们吓唬它们的鞭炮声。这会让它们肆无忌惮的。理智告诉他，必须在狼开始总攻之前，必须使自己那仅有的一发子弹，将冲在最前边的那匹狼撂倒，否则今晚的后果真不堪设想。

想到这里，他射出了仅有的一发子弹。这回狼群只是躁动了一下，狼阵居然稳如磐石。他仔细一看，发现他所瞄准的那匹狼居然毫发无损地站在那儿。“天灭我也！”在黛彤川熟听《三国演义》、《水浒传》的他发出了一声长叹。

他的叹息声尚未完全从腹腔里全部呼出来，随着狼王的一声嚎叫，狼群发动了总攻。只见一匹狼从五步开外一个纵跳，直朝他扑来。

“小心，李阿扣！”他听见措毛姑娘在不远处呼叫。

他双手本能地护住头，心想完了，自己精心呵护的这一百多斤没交代给剿匪大队，没交代给共产党专政下的人民政府，也没交代给苦苦寻觅他的甄二爷，今晚居然交代给了这么几个畜生！

就在他的心一片灰暗，准备受死时，那匹狼居然凌空脱开了去。他急忙睁开眼查看，发现措毛拽着那匹扑向他的狼的尾巴死死不放，正跟它在原地打圈。狼被拽住了尾巴，也吓得不轻，吱吱叫着，想拼命挣脱。也许被措毛的勇敢所激发，李山客倒提着枪，狠狠地朝那匹狼砸去，直砸得它吱哩哇啦乱叫。

但其他狼则不管这边的争斗，径直朝扎堆挤在石崖下吓得瑟瑟发抖的羊群扑去。

就在这千钧一发之际，半自动步枪“哒哒”地响了起来，紧接着，两匹藏獒发出洪钟般地吼叫声扑进石圈内，与狼展开了殊死搏斗。

那位年轻的母狼王看到形势瞬间发生了变化，敌我双方实力悬殊，便知道今晚胜利无望，于是毅然决然一马当先，窜出石圈，领着群狼刹那间消失在了茫茫风雪中。

“阿爸！”措毛扑进扎西阿扣的怀中，喜极而泣。

“甭哭甭哭，靠佛爷保佑，现在一切安全了！”阿扣用藏语安慰女儿。

原来，阿扣和李廷瑞领着藏獒僧格和昂多去寻找措毛及羊群时，也因为风雪太大迷失了方向。后来他俩也不约而同地意识到羊群肯定会被风雪裹挟到西南方向的阴山坡时，便跌跌撞撞地一路寻觅而来。正在他俩辨不清方向时，突然听到了枪声，接着两匹藏獒似乎也回过了神儿，带着他俩及时赶到了这里。

第八十一章

赶走狼后，他们这才发现，夜是这样的寒冷。刺骨的寒风夹着丝丝雪粒，透过厚厚的皮袄，直往人的肌肤里钻，直逼得几个人顾不了许多，直往羊群里钻，与羊相濡以沫共渡难关。好不容易捱到天亮，本想赶紧赶了羊回到冬窝子去，却发现这场几乎下了一天一夜的白毛大雪，居然在地上积有五尺厚，有些背风处，甚至有几丈厚。这样的大雪，十天半月是消融不了的，这就意味着这十天半月里，草原上的牛羊将吃不到一根草！

阿扣发了疯似的朝积雪中走去，但走了十多步后，便陷在雪中动不了了。他绝望地将双手伸向天空，口中念佛泪如泉涌。他知道，草原遭到浩劫了，草原上的一切生灵将面临灭顶之灾了。在他刚记事的时候，大约是民国二十七年吧，也是这样的一场白毛大雪，也是这样的一场厚雪，牧人们的黑牛毛帐房绝大多数被压塌了，人们趴在积雪中，几天后就冻饿死了不少，一时间哀鸿遍野惨不忍睹。不要说人，就是那些牛羊，先是饿得发出声声惨叫，叫声撕心裂肺。后来叫不动了，便拖着衰弱的身躯在雪地里用蹄子艰难地刨，希望能刨出点草来充饥，再后来，只好互相撕吃同伴身上的毛吃，到最后，它们嘴里塞着毛，鼻腔里流着血，成堆成堆地死在一块，其状惨不忍睹，给童年的他留下了刻骨铭心的印象。

也正是那样的大雪，给草原的牧人们教会了许多生存的智慧。其中最让他们感觉重要得不可或缺的是，必须储备好足够的干牛粪。牛粪是草原上取之不尽用之不竭、最廉价、最清洁的燃料，遇到这样的大雪灾，有了足够的燃料，就有了生存的希望，不说不会冻死，就是食物没有了，可以杀牛宰羊充饥。没有饮水了，可以融化雪水喝。如果没有了燃料，这一切就无从谈起，就只有等死的份儿了。因此不论何时，你走在草原上，就会看见每家每户的帐房旁，都积存有小山也似的干牛粪。

积攒干牛粪是牧民家妇女的份内活儿。每天早晨挤完奶，将牛羊放上山坡后，妇女们便会将晚间牦牛便出的粪拍成饼状，摊在草原上翻晒，待晒干了收拾起来储存好。为此，牛粪堆的大小，几乎是牧民家妇女是否勤劳的标志。谁家的牛粪堆大，就意味着这家的妇女勤劳，反之亦然。

阿妈和措毛是斡尔朵草原最勤劳的。因此，阿扣家冬窝子里牛粪像小山一样，一家人度过这个大灾是不成问题的。只是这牛羊没有牧草可吃，全部饿死是在所难免的了！

除了自己家的牛羊，阿扣还忧虑草原上其他人家。但这大雪将所有的通路完全封死了，就是你有普度众生的菩萨之心，也力所不及了。阿扣长叹一声，擦干了眼泪，安排“木华”李廷瑞和李山客想办法去弄些灌木枝之类的燃料来。他明白，备足抵御严寒、烧水煮肉的燃料，也是他们赖以活命的根本保障。他和女儿措毛则宰杀那些昨晚被狼咬伤的羊。那些负伤的羊在寒冷的天气中悲惨地叫唤，惨不忍闻，不如杀了，一方面解除了它们的痛苦，另一方面为他们四人储备度灾的一点食物。

李廷瑞和李山客挖了一条雪道，就像当年张子龙在兰州的那个山头阻击解放军时晚上挖的那条地道一样，绵延数里，才挖到了阴山坡一片灌木丛中，然后好不容易弄回来了两捆干柴。有了这些干柴，一切都好办了，他们烤了一只全羊吃了，总算解决了吃饭问题。

第一天就这么度过了，第二天也就这样度过了，但从第三天开始，阿扣童年时期经历过的惨剧开始重演了。先是羊们饿得惨叫，后来就撕吃对方身上的毛充饥，其状惨不忍睹。阿扣和措毛用藏袍捂了眼睛偷偷抹泪。

就在他们走投无路、准备等死的时候，奇迹发生了。他们听到了隆隆的打雷也似的声音，大家举眼望天，发现天空万里无云。正在大家面面相觑万分惊异时，见多识广的李山客惊呼：“飞机，是飞机的声音……”接着大家都看见，一架发着银色光芒的飞机在斡尔朵草原低低地盘旋。盘旋着盘旋着，看见有牧民居住的地方，就将一些东西空投下去。

除了李山客，其他三人还没有如此近距离地看见过飞机。草原地处偏僻、交通不便，别说飞机，就是汽车，好多人都是不曾见过的。前几年剿匪部队的那个连长开着卡车，拉了一车士兵帮扎西阿扣消灭那头裹挟了他家乳牦牛群的野公牦牛时，沿路的牧民们都是扶老携幼来看稀奇的。据说解放军刚进山来时，前面是当官的坐的吉普车，后面是士兵乘坐的卡车，风驰电掣般的在草原上行驶，好多老牧民吓得直念佛："阿卡卡，那么大的东西，追那么小的东西，它跑得过吗？快要抓住吃掉了……"

今日他们看见低空盘旋的这个硕大无朋像老鹰似的飞机，一时间忘乎所以，只是站在那儿呆呆地看。到底是李山客经验丰富，喊了一声："快点着那些柴禾……"说着便不由分说，将那两捆木柴尽数点着了，然后脱下身上的皮袄，跑到石圈前空旷的地方使劲朝天挥舞。那飞机似乎看见了滚滚浓烟以及挥舞着皮袄的李山客，盘旋了一圈后，径直朝他们这儿飞来。临近后，从屁股后边扔下了许多东西后，轰鸣着飞过几个山头不见了。

李山客欢呼着，带着阿扣他们将投在不远处的东西搬了回来。看见大捆的牧草、压缩饼干以及作燃料用的灌装汽油，阿扣他们跪在地上，用藏语高呼"毛主席五岁，珍珠妈咪呀咕嘟"，感激和幸福的泪水溢满眼眶。

第八十二章

到底是初夏季节，太阳一出来，雪便逃遁似的消融，仅过了五六天，那层足有五尺厚的雪居然奇迹般的消失得无影无踪了。经过丰润雪水滋养的草原变得更加飘逸灵动了，雾气氤氲，百鸟啁啾，牧草鲜活的嫩叶像疯了似的向上窜。吃了一冬半春干枯牧草的牛羊们敞开肚皮，贪婪地大吃特吃，就像一个平时生活清苦的农民突然面临一桌丰盛的满汉全席似的。

大灾过后，政府的慰问团马上下来了。他们带来了帐篷、食品以及一些生活用品，挨家挨户地根据需要发放。阿扣家的那顶黑牦牛毛帐房年久腐朽，在这场大雪中被压烂了，政府发给他家一顶军用黄帐房。他们一家将帐房搭好后，好奇地东摸摸西拽拽喜不自禁的时候，李山客在旁边泼冷水："东西是好东西，就是用过一两年之后就破了。再遇到今年这样的天气，照样会压塌……"

"那有啥办法啊？千百年来，我们就是住在帐房里的！破了再置，置了再破……"

"实际上，如果像汉人那样，盖了房子住下来，该有多好……你看，这里什么原料都有，就只差有几个人盖了……"

"我们要跟随着牧草，一年四季不停地转场的，定居下来怎么行？"

"关键是冬天不好过。在冬窝子建了房子，冬天就不怕冷了啊！其他季节天气暖和，住帐房也很好的……"

"可谁家都没想过要盖房子，"阿扣在那儿犹豫，"多少年了，我们都是这样住在帐房里……"

"呵呵，"李山客笑道，"这就是个思想和生活习惯问题了。你只要在脑子里转个弯，事情就不一样了……这样吧，阿扣，我在你家也住了这么长时间了，你也治好了我的脚伤，我也没什么报答的……现在也已经到了暖和的季节了，干脆，我帮你家盖几间房子吧……等盖好了，你就会知道到底是房子好，还是帐房好……"

从第二天开始，他就为阿扣家盖起了房子。首先，他花了大约十天的时间，把草原上那千百年来草根串接缠绕而成的草皮垡子用铁锨裁成方块，选择一处向阳、背风且比较平坦的地方，按照黛彤川汉人家造房子的模式，砌好了五间房子的墙。然后又赶着牦牛驮来了一些白土，里边加进了一些高茎类的枯草当做泥筋，在那墙上抹了三遍，直到墙光洁、规整为止。

墙砌好后，他又花了大约十天的时间，吃住在森林中，整日精心挑选上好的木料，砍伐下来，刨了皮，放到水中泡上三天，然后捞出来，放在山垭豁口让劲风吹着风干。木料备齐后，用牦牛拖回来，分别加工成梁、檩子、柱子等。尽管这些工作中，李廷瑞、阿扣他们尽力帮忙，但由于缺乏必要的木匠工具，这一切进行得艰难而缓慢。

等到转场的时候，阿扣只好从来自黛彤川搞副业的农人中雇了三个小工给他使唤，他们一家则按照公社的通知要求，转场到夏季牧场上去了。后来发生了与角什科的草原争斗，他们一家忙得焦头烂额，根本没顾得上回冬窝子一趟，也不知道李山客那房子建得怎么样了……

"这么说，这李山客还在阿扣家的冬窝子建房子？"听到这里，甄二爷兴奋地问。

"估计已经盖好了。他是不是还在那儿，我就不好说了！"李廷瑞沉吟着说，"不过，以我估计，这李山客根本就不是张子龙……"

"我们先别说他是不是张子龙，等见了他，一切就会真相大白了……现在我俩就回你家冬窝子一趟！"说完就迫不及待地拉着李廷瑞，骑了两匹快马，风驰电掣朝阿扣家的冬窝子驰去。

夏季草场离冬季草场有几百公里之遥。饶是他俩骑着著名的"青海骢"，赶到阿扣家的冬窝子时，已经是第二天的午后了。远远地看见，五间整齐漂亮的房子已然矗立在了那儿，房顶上的烟囱里，正冒着淡蓝色的牛粪烟。显然，房子里有人居住。

甄二爷立马警惕起来，大老远地下了马，端着枪摸了过去。李廷瑞看见这个架势，藏在一个小山坡后边不敢现身。城门失火殃及池鱼，这二人都是不要命的主儿，一旦打起来，说不定自己会没来由的吃了花生米，自己都不知道是怎么死的。

甄二爷像一个解救人质的特警，时而蹦跳时而匍匐，不一会便摸到了房前。他趴在门边听了一会儿，突然跳起来，一脚踹开了门冲了进去，将黑洞洞的枪口对准了坐在炕上的几个人："不许动，谁动打死谁！"

坐在炕上正喝着青稞酒的几个人显然被这突如其来的变故吓坏了，手中的大砂碗"当"地掉在地上摔成了八瓣，嘴张得老大，有肉渣纷纷掉落，下意识地作出了举手投降的动作。

甄二爷快速地扫描了一遍，发现这几个人只是几个年轻的小伙子，根本没有张子龙。"张子龙呢？张子龙去哪儿了？"他厉声吼道。

"张子龙？谁是张子龙？我们这儿没有这么个人啊！"那几个小伙子面面相觑，不知道这突然冲进来的人说什么话。

这时，李廷瑞也跟着冲了进来，一看便明白了，说："甄哥，这几个人是我家雇来盖房子的小工……"

"那张子龙呢？"

"对了，张子龙，也就是李山客呢？他去哪儿了？"

"他呀？"几个人一听是找张子龙的，如释重负地放下手，顺势躺在了土炕的行李上，"他走了！前天这房子竣工后，他用扣子套了两只旱獭，又请我们喝了一顿酒后就走了，说以后再也不来这儿了……对了，他还捎话给你们一家，"他们看着李廷瑞说，"说他十分感谢你们一家，你们使他死了后又活过来了……"

"这话啥意思？"甄二爷不解地问李廷瑞。李廷瑞摊开双手："我也不知道是啥意思！这人真怪……"

甄二爷知道，如果这李山客真是张子龙，那么他一定是听到什么风声了，或者察觉到什么了，在他赶来之前就潜逃了。这家伙老奸巨猾，一旦逃脱，再去寻找他，无异于大海捞针。他失望地坐在土炕上，想下一步该怎么办。

而李廷瑞完全被新房子的完美所陶醉，从这间窜到那间，又摸又看，喜不自禁。说真的，这李山客真是一位能工巧匠，在现有的条件下，就地取材，造出了这样一幢即漂亮又结实的房子，真是不简单。特别是他用山后那些光滑、平整的大石板做成地炕，到冬天，底下煨了遍地皆是的羊粪，整个房子就像坐落在火堆上，温暖如春。跟那个黑牦牛帐房比起来，简直就有天壤之别。

同时，他在裁挖了垡子的地方，全部种上了燕麦草。那足有三四亩大小的地块，燕麦草已经长得翠绿一片。农民出身李廷瑞知道，到秋后，素来高产的这些燕麦草收割了，作为牲畜过冬的储备草，别说是遇到一般的灾难，就是遇到今年春天那样几十年不遇的大雪灾，牲畜也会安然无恙的。

“他不是张子龙吧?”李廷瑞看着坐在炕上兀自发呆的甄二爷说，“土匪张子龙哪有这么好的心肠？我看你是多疑了……”

“哼，”但甄二爷鼻子里冒着冷气，“狼有时候会披着羊皮的，不见到李山客，就不能肯定他是不是张子龙！我一定要找到他！兽走留踪，雁过留声，我就不相信他连一点踪迹都没留下……”

在阿扣家的新屋里住了一晚后，第二天一大早，他就顺着那几个民工指示的方向，一路寻去。